〈感動の体系〉をめぐって

谷川雁　ラボ草創期の言霊

松本輝夫［編］

アーツアンドクラフツ

〈感動の体系〉をめぐって　目次

第一部　珊瑚礁のように育つもの
――論考、エッセイ、発言・講話録

カバー装画――野見山暁治「来春まで」（リトグラフィ、一九九五年頃）
装丁――坂田政則

［凡例］

一、本書は谷川雁がテック（＝ラボ教育センター。テックはラボ草創期の会社名）在職中も本名の谷川巌でなく「谷川雁」名、あるいは「らくだ・こぶに」名で残した散文、発言録等を殆ど網羅し収録した。

二、無署名のものでも、谷川雁が中心的・全面的あるいは最終的に関わったことが確認できる散文もあらかた収録した。

三、谷川雁の再話・創作そして制作による物語作品こそがこの時代の彼の最高の表現であり言霊だが、諸条件勘案の上、収録はとりやめとした。巻末資料として、その一覧を付したので、関心ある方はラボ教育センターから取り寄せるなどして玩味してくだされば幸甚。ただし、第二部「講演記録」の『ロミオとジュリエット』『国生み』では雁の再話力のエッセンスに触れていただきたく、講演当日のワークショップ的やりとりで使用された原文をそのままかなり収録している。

四、第二部の「講演記録」では、『国生み』等ラボ在籍時代の谷川雁の作品についての話であっても彼の退社後、テーマ活動文庫刊行会から刊行された冊子に収録されたものは除外している。なお、第一部でも谷川雁がラボ・テューターやラボ社員等に語った講演や基調報告のテープ起こししたものを少なからず収録しているが、テック在職中に彼自身が最終的に手を入れ、文章化したとみなして第一部に収めた。今回編集時に新たにテープ起こしし、編集責任者が文章化したものを第二部「講演記録」に収録した。

五、基本的に初出の原文尊重を貫いたが、明らかに誤記、脱字、誤字と認められるものは正した。また読みやすさ等を勘案して、中見出し等を必要に応じて付している。

〈感動の体系〉をめぐって

——谷川雁　ラボ草創期の言霊

第一部

珊瑚礁のように育つもの

——論考、エッセイ、発言・講話録

こどもたちの意識の根を強くおおらかに育てよう

――静かに燃え続ける触媒として

一九六六年の春、ひとつの誘ないに似た声がきこえました。ことばがこどもの未来をつくる……あたたかい潮のみちる思いがあると同時に、日々の暮しをつらぬくかすかな痛みがありました。私たちは、すこし首をかしげるようにして「ラボ教育センター」という耳なれない名前のまわりに集まりました。

私たちがすぐに心をひらけなかったのは当然です。私たちにとって、「ことば」とか「こども」とかは魔法のようなものですし、それに酔って、いつのまにか鵜の一羽にされてしまわないかとおそれたからです。しかし、このよびかけには、台所に立つ者の夢想にふれてくる強い響きがあり、ある可能性を暗示してやまないものがありました。私たちはテューターとしての仕事をはじめることにしました。

混乱はかぞえきれないほどありました。事務局は、ポスター一枚はるのにさえ途方にくれている私たちの、整序しがたい矛盾のかずかずを性急に割りきろうとしますし、私たちテューターは、事務局から効果的な教授法がすっぽりと出来あいの形であたえられないことにいらだち、両者の関係が険悪になったことも一度や二度ではありませんでした。いろいろな事情があるとはいえ、惜しいことに中途でやめてしまわれた方も、かなりの数にのぼりました。

心が萎え、力がつきかけるときもありました。だが「ぼくはラボをつづける」「わたしも」という明るい声に、どうしてなまじっかな絶望がゆるされるでしょうか。「思い直し、引き返し」という古いことば通りに、地味な活動と討議がつづけられました。幼児に三人称代名詞をどうして理解させるかといった、いまから思えば、いくらかこっけいな問題にも、みんなで取り組み、苦心のあげくの工夫に耳をかたむけたものです。

経験は私たちに、自分自身の努力をはなれて、外なる権威はないことを教えました。外国語学習に関するこれまでの定説のいくつかを、私たちはひとつひとつ試み、疑い、そしてくつがえしていきました。その核心ともいうべきものは、こどもに外国語を「教える」ことは不可能であり、こども自身が「習得する」よりほかないということでした。この結論にもとづいて、六九年秋からはじまった〝テーマ活動を軸とする総合化を軸とするシステム総合化〟は、ようやく眼をみはるような展望をきりひらきました。

私たちの仕事を、特殊な才能教育や規格化されたお稽古事の一種だと考えたがる人々に向かって、「このこどもたちをごらんなさい」と示すことができます。ごくふつうのこどもたちが、外国語の微妙な表現を快くとらえ、母国語への反応をするどくみがき、音や形象をも動員して単独または集団の創作物をつくりあげています。そこには、夢をつむいで織るみどりいろの風が吹きとおっています。それにともなって私たちの主張もすこしずつその輪郭をうかびあがらせてきました。

なぜ、こどもたちに外国語をあたえるのでしょうか。なによりもまず、こどもたちの意識の根を強くしたいからです。それは、この世の一部分を偏愛する人間ではなく、世界の全体性を率直に感じとることのできる人間をつくることだと、いい変えることもできます。外国語の底によこたわるものを感得することは、母国語の奥にひそむものを知ることです。それをすぐ人類共通のとか、民族固有のとか理屈づけてしまわないで、無数の人間のいろとりどりの心の大洋を、そのままますなおに招きいれてほしいのです。母国語と外国語ではさまれた意味内容をよろこんで受けいれるとき、そのこどもはすでに未来のあたらしい存在へと変身しています。なぜなら、その感動は、二つのことばの岸につきあたり、はねかえりしながら、その間を自由に流れて、まさしく自分独特のものになっているからです。このような自由さの体験が創造的精神の形成におよぼす影響を考えるとき、私たちは、幼児期に大きな意味を見つけないわけにはいきません。

私たちは、教育の専門家であってはならないと考えています。教育とは、もともとあきれるほど広いもので、その根幹は、人間の一世代が総がかりで次の世代に向けておこなうわけですから、私たちは、娘であり、妻であり、母であることをまぬかれない、世界の自然な一部分として、新鮮な生命の群に対するのです。外国語が私たちの活動にとって媒介であるように、私たちはこどもたちの成長にとって静かに燃えつづける触媒であることを、欲しています。このようなのぞみのありかたが、単体としての完結を自分に求めがちな男性の指向とすれちがう限り、私たちは、この仕事を当分女性の手にとどめておきたいと思います。

また単なる母親集団でもなければ、専門的な教師集団でもない私たちは、あまり整備されすぎて、どこか息のつまる感じのする制度や環境を好みません。こどもたちが、自分の内部にとてつもなく広い空間を見つけ、そこで鳥のように、魚のようにあそぶには素朴なふんいきだけでたくさんです。つまり私たちの「教室」は、質素な明るい一室を中心に、街路にも、村にも、林にもあるという風に考えます。それは「現代の寺子屋」と名づけられるものかもしれません。つきつめていえば、学校や家庭とちがった、第三の教育の場を探究していることになりましょう。

私たちは毎日々から出発します。ちいさな事象を観察し、記録し、考え、発表し、討議しあいます。私たちがこどもたちからまなぶとき、はじめてこどもたちは、まるで略奪者のように何物かを持ち去り、私たちの心をみたします。これまでに私たちがまなんだ最大の事実は、こどもたちの精神が信じられないほど精妙であるということです。このことは、教育に際しての、薄っぺらな評価の態度がどんなに誤っているかを痛感させます。いわゆるおくれているこどもは、ある意味ではるかにすすんだこどもであり、いわゆるすすんでいるこどもは、ある意味ではるかにおくれたこどもなのです。この関係を、外国語を媒体にする精神活動ほどはっきり示すものはないようにおもえます。私たちは、こどもたちの成長を、敗者のめざましい復活というすがたでつねにとらえてゆきたいと考えます。

私たちは、こどもたちの変化にみちた言動のはしばしを、まるで探険家のように、発明者のように見つめるよろこびを味わってきましたが、それはまたもうひとつの別の光をあたえてくれました。これらの事例をみんなと検討しあうよろこびです。とりわけ、自分は気づかないまま報告した現象がおもいがけない照明を浴び、その大きな意味をさとったときの感動は、他の人々の報告から受けた感動とあいまって、私たちの間にふしぎな力がめぐりめぐることとなったのです。この力が、多くの委員会や研究会を発足させるとともに、長い間討議してきた規約の現実化をうながすことになりました。いま私たちは、自分たち自身の手で、実質的な規律を編みあげようとしています。私たちは、この過程を「テューター組織の自立」とよんでいます。

仕事は、今はじまったばかりのところです。

この運動は、着実に、全国を蔽っていくでしょう。やがて海外にも、東西を問わず、結び目ができていくことでしょう。しかし、文化の根源を、こどもの魂のなかでたがやそうとするこの運動は、長い長い時間に耐えなければなりません。いまのこどもたちがテューターになり、そのこどもたちがまたテューターになり、回帰してはのびるはるかな連鎖が、私たちを永遠の無名に送りこむとき、私たちのひとりひとりが、先駆者としての大きな意味をもつことになるのではないでしょうか。その水平線を見つめるまなざしを失わないようにしたいものです。

（一九七一年一月）

ラボ教育センター

設立趣意書

いま日本の母親たちが、こどもの未来を考えるとき、いちばん切実な問題は〝ことば〟であります。交通の発達、通信の複雑化にともない、母国語だけでは社会の健全な働き手になれないという事態が目の前に迫っており、この状況を母親の愛情がするどく見ぬいているからです。

しかも、外国語の訓練は、幼児期に奥深い感覚をめざめさせておくことがとくに望ましいという事実を自覚している主婦の願いを、充分にみたすことのできる制度がわが国にはまだありません。

三年前開校した東京イングリッシュ・センターでは、この要望にこたえて、ジュニア英語コースを設け、教授法の研究と教課の作成につとめてまいりました。

しかし、特別に恵まれた環境にいないこどもたちでも、親たちのわずかな負担で学ばせることができて、かならず話すことができるまで続けさせられる方法を求める声は、年を追ってますます大きくなっています。このとき大学で英語を専修したのち、家庭に入った多数の婦人から、もし具体的な指導方針と適切な教課が与えられるならば、ぜひ自分の能力を新しい時代の要求に結びつけ、自分の家庭を教室に開放し、こどもたちに英語教育を施したいという熱心な提案がよせられてきました。

この提案をもとに、同じような立場にある婦人に呼びかけましたところ、想像以上の大きな反響があり、先生（テューター）を志願される方は東京都とその周辺だけですでに千名を越えるに至りました。

この状況にはげまされた私たちは、ここに東京イングリッシュ・センターの後援を得て『東京言語研究所』（Tokyo Institute for Advanced Studies of Language）を創立し、言語学の最新の理論研究とそれにもとづく教課開発に着手することにしました。東京言語研究所は、東京イングリッシュ・センター設立当初よりの宿願であった言語学の理論研究とその教課プログラムへの応用的研究をめざしています。すなわちわが国言語学界の精鋭の指導による画期的な「理論言語学講座」および「言語科学公開講座」、「理論言語学国際セミナー」等を開催します。そのほか啓蒙雑誌「ことばの宇宙」の発刊、言語治療相談室の開設、言語教育機器の開発研究などの計画が進められています。

さらに、これらの研究と、教育の現場である家庭をつなぐ機関として、『ラボ教育センター』を研究所の一部門として設けることになりました。

これに協力していただいている研究者には、東京大学教授服部四郎、同藤村靖、東京外国語大学教授柴田武、早稲田大学教授川本茂雄、慶応義塾大学助教授鈴木孝夫、国際キリスト教大学助教授井上和子、同講師吉沢美穂の諸氏をはじめとする多数の学者があり、前記国際セミナーの講師には今年度マサチューセッツ工科大学教授ノアム・チョムスキー博士、来年度はハーバード大学教授ローマン・ヤコブソン博士の承諾を得ております。また、理事にはジャパン・タイムズ社長福島慎太郎氏、東京外国語大学長小川芳男氏らをはじめ各界有識者の方々の決定を見ております。母親の熱情と能力を主柱としたこの運動は、やがて日本の次代がのびやかな国民性をみずから育てあげ、一つの代表的なヨーロッパ語ともう一つの代表的なアジア語を駆使して、世界の文明と平和に貢献するという使命にたいして大きな役割を果たすであろうと期待されます。

私たちは、この運動が健やかな姿で全国のすみずみにまで広がり、すべてのこどもたちに豊かな実りをもたらしますように、あなたの御後援を切望いたしております。来る三月二十八日（月曜）午後一時半より日本生命会館国際会議場において開かれる『ラボ教育センター発足祝賀パーティ』には右の趣旨を御理解の上、ぜひ御出席いただきますようお願い申上げます。

一九六六年三月十五日

東京言語研究所
設立準備委員会

代表者　榊　原　陽

ことばが こどもの 未来をつくる
——月刊誌『ことばの宇宙』創刊のことば

ことばがこどもの未来をつくる——これが雑誌《ことばの宇宙》の精神です。ことばの未来は人間の未来であり、世界の未来です。感じること、知ること、考えること——それはみんな、ことばを必要とします。ことばは、人間の歴史の重みとふかくむすびついています。

そして宇宙時代といわれるこんにち、これまでにない角度から、ことばの問題がよびおこされています。科学技術のめざましい飛躍のなかから、今世紀最大の成果とされている電子頭脳の誕生を中心に、人工言語、翻訳機械など、ことばの世界に機械が登場してきました。

また、テレビ、写真印刷など視聴覚文化の発達は、わたしたちの生活の表情を、大きくぬりかえようとしています。情報革命ということばがうまれるほど、通信、交通手段の急激な変化は、ことばにたいするわたしたちのあたらしい態度を要求しています。

同時に、全世界の国々の交流はますますふかまり、それぞれの個性のうえにたって、共通のことばを発見する必要性は、今日から明日にかけての切実な問題となっています。いまや、外国語の習得と、ことばにたいするつよい自覚は、社会の有用な働き手となるための必須の条件であるとさえいうことができます。それゆえ、ことばはつぎの時代をになうこどもたちにとって、いちばん大切な課題であります。
この要求にこたえ、言語時代の黎明期における格調高い知性と感性の創造をめざして、この雑誌《ことばの宇宙》は創刊されます。おとなとこども、学者と母親、研究所と家庭とがたえずことばをかわしながら、ことばの問題を考えていくための広場が《ことばの宇宙》です。

（一九六六年六月）

テック・グループと労働組合の関係について

討議資料「谷川雁専務取締役発言内容」

テック・グループと労働組合の関係について基本的な考え方について説明する。労働組合の現在の運動主体に対して率直に話をすることが必要と考えている。テック・グループは四部門が集まって形成されているが、それは一つの方針で動かされている一体的なもので、一つのユニットと考えていい。このテック・グループについて本部はどう考えているのか。確かにこれはChomskyのいうようにStrange Companyであり、かなり珍しい形を持っている。しかし形はじつは問題ではなく、どういう質をもっているかが問題である。そして、この、テック・グループはどんな形でとらえてみても一種の学校だと考えていい。四つのそれぞれ学校というイメージに収斂していく傾向、そしてことばにつながっている意味で、ことばの学校といえる。形の上で企業内、家庭を教場としているという意味で変わった学校であるのみならず、質的にも変わっている。それは一種の運動Movementといえる。我々の理想とするところをいうならば――それは実体としてそぐわないものもあるが理想として――その一例をあげるならば、ダイナマイトを腹にまき、ライフルを構えた一人の朝鮮人がいる。

彼はどう見ても相当やっている。一人の男が単身異民族のただ中でやっていることとしては相当やっている。朝鮮民族に対して日本民族がやってきたことに対して、その中心部分である警察にあやまれといっているのは相当のことだが、そこでニュースを読みながらいつも感じることは——もし普通の人間が警察に対して、あやまれというのは、のぼせるなということになるが、彼は相当にそれを確実的にやっている——彼は、ことばを使う世界に一挙にとび移ってきたということができる。それは一人の人間が言葉をもった瞬間である。日本語でもった。これは、ことばを持ったということだと思う。我々は韓国語テープを作っているが、我々はまだ韓国語を使って彼に語りかけることはできないだろうと感じる。ダイナマイトといえば炭鉱で、やはりダイナマイトをもって鉱底に座りこんだ人々のことを経験としてもち、よくわかる。

彼に話しかけたい気がする。しかし、その時、彼に朝鮮語で語りかけたい。それができないことは苦痛である。言語運動というのは、そこから考えることだ。彼にとって四十一歳がもっとも幸福な瞬間であることのしみじみとした状況、それをよくわかりたい。しかしわかることに対して我々はことばを持たない。そのときのことばをもつことに、我々の言語教育運動の出発点がある。社長がよくいうように、ギリギリのところで発せられることば、それこそがことばであり、人間の全体がある。そのようなことばこそ、ことばである。詩人のはしくれである私も全的に、そう思う。ことばの重さを考えない言語意識なぞなんの意味もない。テックの出発点はサルトルのいう限界状況におけることば、それを出発点とする。

すべての仕事、財政、人事等すべてを、いまいったようなことばに対する意識のもち方とまっすぐつながるようにしていきたいと努力している。一方、そういう風に考える考え方は労働組合運動とどうつながりがあるかを考えると、単に労働運動は考えをお互いに交換し合う必要があるばかりでなく、ことばなき労働運動はありえないと考えるばかりでなく、ことばをことばの関係以上の上に労働運動の出発点として考えるべきではないかと思う。

たとえば、一人、どうしても食っていけない人がいる。同じ賃金の人がいて彼は食っているとすると、その人Aにどうすればいいか。単純にAに賃金をあげることはできない。しかし何とかしなければならない。制度ではすくえず、そこからもれてくるもの、しかもそこに賃金の実体があるとすればどうすればよいか。賃金問題の実体はそこにこそある。しかし、問題のGrade degreeからいえば、やはりピンチな人間がいるとすれば彼をどうすればよいか。これは雇った方が自分たちの責任としてそれを考える。それこそ、テック・グループの経営の意識だと思う。それをぬくと、十把ひとからげの問題になり、それも問題である。しかし最高の問題ではない。最高の問題にも責任を感じることにテックはある。平均をあげればよい、それでよいとは考えていない。だからテックに労働組合があることはきわめて大切である。必要不可欠であるばかりでなくある質、最高の問題にコミットする場合は絶対に必要である。テックはある意味では学校であると同時に、ある意味ではテック・グループはある種の労組である。平均的なものをあげるようなことであればヤラない。

賃労働と資本という関係はあるが、そこからはみ出したものはある。それを、はみだしたものを、賃労働と資本という関係に対抗できるものか、何かできるものはないかと考えるからやる。賃労働と資本という関係はあるが、それをつきつめれば、全体的、人間的な全体性という関係であり、プライバシーの領域にふみ込むこともある。安部君は大学、二万円、どれだけ働けるかわからないが、単なる賃労働と資本の関係でないことは、はっきりしている。テックマン一人一人との間にそういう関係を結ぶことを求める。全体的な人間の存在に迫っていくことに目標がある。ある部の部長、次長、二人とも非常に早く父親が死んだ。そのための苦労があった。もしテックで働いていて、ポックリ自分が死んだときどうすればよいのかわからない。それが問題だ、といった。それに、まさにその問題に、問題を解決することをテックはかんがえよう。テックマンのこどもたちは今日、各小学生入学の頃だが彼らが大学に入るとき、こどもたちに大学教育を受けさせることは、テックが意志をもてばできる。

テックの人間が一番気にかかっていることをどうするか解決していくこと、それはテック・グループの内面的仕事であって、これは、教育――こども――マルクス主義、キリスト教を教えることではないが、こどもの育つことにテック・

グループは意識的に対応することを願っている。広場にこどもたちのドミトリーを作ること。

労働組合も同じことをやるものだと思う。組合は十把ひとからげも必要だが、それだけで終わるなら賃金要求にもならない。一人一人の個別性に対して、その精神のレベルに対する思想、その必要性を含めて、賃金要求はある。そのようなLabourshipなしには認めない。つねに問題は全体的であると同時に個別的である。個別―全体、それをある均一性によってキルことは信じられない。

たとえば女子大を出てテックに入ると二万三千~二万五千という給与をもらう。そうすると部屋を借りると相当大きな支出となるが、寮を作ることには絶対反対する。こういうことに女性は大体ネガティブになるが、そこでなぜなのかを考えてみることから、女性自ら考えてみなければテック労働運動はないのではないかと思う。それは谷川、榊原の主観的判断といわれればそれにすぎない。しかし、テック・グループは学校であると同時に労働組合であると本気で思っている。労働組合の委員長は誰か？　谷川、榊原、いずれ、すべて委員長であると考えてもいい。なぜそれでは彼らは、人事、賃金権をもつか？　株主総会が指名したからだ。なぜ指名したか、そうする以外にない。なぜそうする以外ないか？　テック・グループを引っぱっていくもっとも強烈な意志が彼らにあるからだ。しかしかりそめにも榊原陽はその子が次代のPresidentとなることは絶対にＮＯである。

ここでは一番強烈な、賃労働と資本という関係でキレてしまわないある本質的な秩序、言語教育運動の問題に発して労働組合にまで意識を貫徹させていく者こそPresidentであるべきで、そういう方向にやりたい。

その中で労働組合運動をやることは意味がある。解決しなければならない問題はある。気づかない問題はある。労組という形でやることはまさにそのような意識によって貫かれていなければならない。一応、賃労働と資本という形はかりにあってもそのなかで主体はどういう所に置いているか、そこで勝負は決する。利潤追求が仕事と思っているならちがうが、いかに資本家に利益を少ししか与えずに一人一人が実存の世界に入っていくかを考えている。

そういう人間と労働組合が対話するときは、おのずから話し方があるはずだ。ウソだと思うなら思っていいが、自信がある。現在の労働組合代表とはそういう意味での対話ができない。タダの労働組合なのだ。話が出来ない。もっとやはり粛然とエリを直させることの本質において深さと深い根、人間的苦悩をとらえ、そのことに反省させられることを我々は求めている。われわれはこれだけの深みのある問題だという形であらわれてくることを望んでいるのだが、出てこない。そのことがなければ当方から本質的な考え方をのべ、本質的に労働問題、労働運動を持ちだしてきてもらいたいと思って、話した次第である。

（一九六八年二月二十四日）

英語とぶつかる「触媒」としての合理性をめぐって

第一回事務局討論集会総括

言語、または教課の基本的問題に関して

（質問）われわれが、なぜとりわけて英語を教えてゆくのかという問題を、いま主体的に位置づけようとするとき、当初この運動が出発したときのモチーフが何であったのか、改めて知りたいと思うようになった。それは何であったのか？なぜ英語であって別の言語は選ばれなかったのか？

（谷川）問題提起の意味で、いまの問題に対するあるヒントとして僕の考えを話してみよう。

まず、英語でなければならないという根拠のひとつは、誰が見ても明らかな通り、これを一定の量的な運動として展開する場合の現実性にほかならない。つまり、われわれの歴史的・社会的条件からみて、これがスペイン語であっては話にならないのだ。だからいまの問題は、われわれが異質な言語を学ぶことを通して、われわれ自身の精神のカテゴリイを拡げ、そのflexibilityを増してゆこうと考える場合、その触媒として英語がどのような合理性をもち得るのか、と

いうことになる。

ところで、われわれは好むと好まざるとを問わず、インド・ヨーロッパ語圏という、ヨーロッパからアメリカに至るところのある文明の範疇をもっている。英語を学ぶということは、言語を通してこの文明の総体とぶつかるということにほかならない。僕にとってその際、確実な指標となるのは、もちろん日本語と比較して言うのだけれども、英語がもっているsubject の強さなのだ。日本語に主語ないし主格というものがあるかないかというような問題はいまは措くとして、主語あるいは主格という発想そのものがインド・ヨーロッパの言語に胚胎しているのであり、これが全インド・ヨーロッパの文明を貫徹している最大のfeatureであると言うことができる。日本語にはそのように強烈な主語や主格はない。だからわれわれにとって、これとぶつかるということは、ひとつの積極的な意味をもつことになる。

あるいはまた、言語は語の連合によってそれに対応する観念の連合を生みだすということがある。この場合も、英語における観念の連合（もしくは解体）が行われるときの語と意味の対応と、日本語におけるそのような対応とでは、全く異質な対応の現われ方というものがある。人間の意識の総体をひとつの有機体にたとえ、強烈なsubjectをもっているということをインド・ヨーロッパ語の一つとしての英語の骨格的特質とするなら、このような観念連合（解体）の独自なありかたは、その肉質的な特質とも言えるだろう。動詞を中心とするこの観念連合ないし解体の異質さを体験することによって、われわれは自らの意識世界により多くのflexibilityあるいはliquidな対応力を獲得することができるはずなのだ。

以上は問題の全部ではなくて一部にしか触れていないけれども、なぜ英語を教えるかと言うなら、このような意味でも英語は「触媒としての」合理性を具えているからだ、と考えることができる。

（一九六八年十二月）

産ぶ湯のひとしずく

『Halloo! TEC-man』は、一九六六年九月三日に創刊された。約四年前のことである。その年の春、ラボ教育センターと東京言語研究所が発足し、『テック言語教育事業グループ』という名前も同時に生まれた。いわば今日のテックの基本姿勢が、そのとき宣言されたのだと考えてよいだろう。

同時に、『ことばの宇宙』、ラボセンのサマー・スクーリング、海浜・林間学校、チョムスキー教授を迎えての国際セミナーなど、幅広い活動が開始され、それぞれの部門や社員に知ってもらいたい情報も一挙にふえた。

しかし、それまで発行されていた『テック週報』は主として販売促進用の社内速報という趣きであって、「だれそれ君、ただいま何台」といった上位成績者の告知板が中心で、上記のような新しい情況に対応するものではなかったから、これを廃止して、テック・グループの魂を盛りこんだ社内報を出そうということになった。

社内報のタイトルとアイディアの懸賞募集が行なわれ、前者に九十一、後者に二十八の応募があったが、八月二十六日の選考会で、タイトルは当時教育事業部の第五課にいた本間修一君が当選、賞金一万円を獲得した。アイディア賞の佳作入選に浪間日出男君や新井紀子さんの名前もあった。

ところで、本間君の原案はたしかカタカナで『ハロー・テックマン』となっていて、明るくリラックスした印象を買われたのだが、やはり英語でやろうということに決まった。そうなると、テックマンはどう表記すべきなのか。TECmanか、TEC-MANか。いまの本部のあたりに位置していた開発部の周辺で、にぎやかな議論があって、結局外人スタッフの協力で現在の形におちついた。

そのとき開発部西藤さんがHelloではあまり曲がないから、いっそ思いきりよくHallooにしたらいいとはじめた。若干のためらいののち、それが採用された。辞書を引くと、Hallooは猟犬をけしかけるときの声とある。「そらゆけテックマン」というわけか。

さて、題字をどんなスタイルにするか。手書きの感じをということで、思い思いに四、五人が書かされた。私も書いた。そして決まったのが定村君のもの、現在のそれである。

初代編集者は、さきごろ『聖地遍歴』という本を出した詩人村岡空、ついで現代思潮社の編集者に転じた荒川君、それからいまの吉原君等、手まめ足まめの多士済々に亘る。

小さな生命にも、独特の歴史はある。『Halloo! TEC-man』は大樹でないばかりか、「ひかりごけ」ほどの華やかさすらも無用であり、それゆえに多くの人々の、日々の仕事の葉脈を見せてくれる。土曜日ごとに音もなく配られ、開けばシャラとかすかな声をあげる。この小誌の生まれっぷりは、およそ以上のような次第であった。

（一九七〇年八月）

学在自得（学はみずから得るにあり）の実現

——企業内教育の課題と方向

(一)状況の大前提

テックがはじめて小型のＬＬを世に送ったとき、従来の外国語学習の方法に頼るしかなかった人々は、それを一つの「福音」とすら感じた。Native Speaker の声を繰返し聞けるだけでなく、実用的な話しことばとともに、指示によって新しい形式の練習ができ、自分自身の声も録音して比較することができる。この感動は、もはや完全に忘れ去られてしまったように見えるが、しかし個人学習の場にこの方式をもちこんだテックの功績は、それだけでも後世に残るであろう。（厳密にいえば、その素朴な先例は米国にあった。しかし、かれらはこれを主として一般的な職業教育に有効と考え、その後機器と教課の両面でなんら見るべき発展を示さなかった）

当然にラボ（※ここはラボ機のこと）は人々の心をとらえた。わずかな教課しかなかったにもかかわらず、それは会話習得のための小さな万能機械として迎えられた。財務的にいって、幼弱というもおろかであったテックが、今日までその経営の自主性をかろうじて支えることができたのは、何といってもこの機械の機能的新鮮さにあったといえる。

だがこの新鮮さは、三年間の先行ののち終止符を打たれた。模倣品がカセットという一見新しい装いのもとに続々と登場した。テックはこれをラボ'70という、より優良な性能をもつ後続品によって迎えうち、死闘が展開された。もし旧型を墨守していたならば、テックは確実に敗れたであろう。同様に、もしテックがカセット用機器を開発していたならば、その活動財源はそれだけが独自のものである教課テープに収斂してゆき、決定的な衰微はまぬがれなかったであろう。必死の努力によって、ラボ'70はテックの存立を支える主柱の一つとなった。

ラボ'70は、音質、一本のテープに収容しうる教課時間の長さ、Again機能、Auxの機能、一五分×一二Channelから容易に求める部分を選ぶことのできるランダム・アクセス方式等々によって、外国語学習機器としての必要条件をことごとく備えている「完全機器」である。ロールス・ロイスが前世紀からロールス・ロイスであったように、ラボはこれからも幾多の改良を加えられながらもあくまで最高級の言語学習機ラボとして生きつづけるであろう。

しかしながら、機器の優秀性と言語習得の必然とはもちろん同一の次元ではない。類似模倣企業の続出という事態のただなかで、テックのとったもう一つの進路は、組織的学習の推進ということであった。ラボ発売後一年にして、早くもこのときあるを見ぬいたテックは、さんたんたる苦心をなめながら、幼少年の外国語習得という野心的課題に取りくみ、ラボ教育センターを組織しつつあったが、同時に成人の分野において、地域販売と企業販売という二本立方針のなかから、あえて地域販売をいったん切り捨て、それまで相互に無縁であった企業内セミナーとラボ学習の相関づけに腐心し、企業内テック・システムを形成していった。

このことは、衝動買いをねらう類似模倣企業と自己を厳然と区別し、どこまでも自己の活動を恒久化して進もうとする方針にもとづくものであって、これによって諸企業のテックに対するイメージは、いちじるしく改善向上した。これは一昨年秋の東京周辺における企業内セミナーが、わずか四〇クラスであったのにたいして、現在二五〇～二七〇クラス、全国で五〇〇クラスを突破している事実によって証明される。

だが、他方ではいささか予期に反する事態が起きた。セミナーの増加と相乗的にふえるはずのラボ販売数が、停滞現象を示してきたことである。とくに、二次、三次セミナーの編成にあたって、この現象がいちじるしく、その原因の究明と根本的な解決策の実施が、企業内教育部門の急務となっている。

このときにあたって、創立以来四年を経たラボ教育センターでは、グループによるテーマ活動を核とする新システムが決定的な成功を収めはじめ、こどもたちの創造力の可能性を充分に立証することになった。これまで経営面および教育面からするあからさまな非難、不安と懐疑にさらされてきたこの組織の、苦悶のなかから躍りでたみずみずしい跳躍は、テックの全部門に力強い衝撃をあたえた。

ラボセンのこの方式は、成人にとっても可能であろうか。可能であるとすれば、どのような条件のもとにおいてであろうか。その条件によっては、かならずしも企業の内部だけでなく、いったん切り捨てた地域においても組織化が可能ではなかろうか。

いや、この方式では成人には通用しないのではあるまいか。しないとすれば、従来のセミナーと自己学習の内容をますます充実する方向で充分なのか。それとも別の、いわば第三の道が考えられなければならないのか。

これら二つの考え方の系列は、ひとりの人間のなかでも交叉しており、まだ自信のある解答を各人が身につけるにいたっていない。

類似模倣企業の追撃をいちおうふりきり、かなりの企業に橋頭堡をきずいて、防衛そのものにはいちおう成功したけれども、さらに積極的な前進という見地からは、模索を強いられている企業内教育部門にとって、ラボセンの投じた波紋をいかに受けとめ、自分たち自身の成人教育にたいする基本思想を確立するかが当面最大の課題となっている。まさに主要な敵はもはや外側には存在せず自分自身の内側にあることを凝視すべき地点に達したのである。

いいかえるなら、企業内教育部員にとって、個々人の創意工夫が鮮烈な意味をもち、討論と実験の上に立つ集団的合意が爆発力となる、もっとも生きがいのある過渡期がいま眼のまえにひらけたのである。

(二)状況の小前提

目下のところ、企業内教育部門の主対象は一般的な成人ではない。かれらは企業の成員であり、その学習は次のような特殊性をもっている。

①学習の目的は、純粋に私的なものでなく、その企業のなかにおける彼の活動と結びついている場合が圧倒的に多い。
②雇用者である企業も、外国語を習得させたいと希望している。ときにはその熱意は学習者自身よりも高い。
③学習形態はグループ学習に重点が置かれ、職場に学習の場所（教室）が設定される。
④学習グループの外側に、編成、管理の役割を果す「教育担当者」という媒介的存在がある。
⑤企業による一部または全部の費用負担がある。

これらの特徴は、この教育が学習者自身よりもむしろ企業側に主導性のある「管理教育」であることを示している。そして、まさにこの管理性の強さこそは、ラボの「個別販売」から「システム販売」へと、比較的容易かつ急速に転移することのできたもっとも有力な原因であった。トップから担当に至るマネージメントのラインを説得するには一定の努力と時間が必要である。しかし、いったん説得が完了するや、ほとんど学習者個々人に対する充分な説得がなくとも、学習グループの組織化にまで到達する例が多い。つまり学習者以外の人々を説得することで、学習者を組織するにひとしい結果となる。

このドミノ的手法は、企業内教育の営業実績をある程度安定させることができたが、他方では企業内教育部員をして、すべての教育上の矛盾を、その現場にとびこみ、学習者そのものと触れあうことによってではなく、制度の力によって解決しようとするか、または無気力に放置する精神的荒廃をもたらす「農薬」の役割をも果した。

学習の実態を制度的管理によって割りきろうとする傾向は、実施企業の側でもすこぶる強い。それは近視眼的な実用教課への固執、性急すぎる期間設定、点数による評価の過大視、講師にたいする形式的すぎる要求……などにあらわれる速効主義と保護主義の癒着である。これに見合って、学習者の側にも立身出世主義風の功利心と過度の依存心が癒着して、教育の内実を破壊する場合がある。

こうして、本来大河の流れのようなものであるべき言語教育を、職能教育の小さな部分にとじこめてしまう傾向は、それが企業の管理教育であるかぎり、自然に放置すればかならず発生するのであるが、それを世界にたいして開かれた人間への改造に向けて、一歩々々次元を高めていく努力において、企業内教育部の現在の活動は、決定的に欠如しているといわなければならない。

もちろん、これはあきらかに難問であり、企業の内側においてそれが果してどこまで可能かという疑念も残るであろう。さらにいうまでもなくテックは、いかなる種類の政治活動をもめざすものではない。しかし、絶えざる技術革新と公害の谷間にはさまれた現代の企業は、その対象とする人間を単なる消費者、すなわちとどまることを知らぬ受動的な欲望の市場とみたすことに限界を感じはじめているのである。企業の側から見た、企業の対象としての人間とはいかなるものか——ここに現代企業の興亡を分つ重大問題が存在することはもはやあきらかである。

そしてテックは、外国語習得という一見地味な努力を通して、企業とその成員にたいして、能動的に感応する世界と人間の像を知覚させていかなければならない。

ともあれ、テックの企業内教育で、システムとしての一定の形式性は得られたが、外国語習得という場において、人間的感動をひきだすことにまで成功するに至っていないことはあきらかである。したがって、これを口先で説得しようとしても問題にならない。感動の理論ではなく、感動の事実をつくらねばならない。そのためにはどうしなければならないか。

なによりもまずわれわれが、小さな事実に感動する人間でなければならない。他人の感動を味わうことのできる人間でなければならない。その感動を運んでゆき、まざまざと伝えることのできる人間でなければならない。われわれの信仰や主義はさまざまであり、そうであってよいが、言語習得にたいするQuaker（震える人）であるという一点においては断乎結集しなければならないのだ。

㈢成人における外国語習得の意味

いったい成年に達した日本人にとって外国語（とくに英語）を習得したいという欲望は、どこから来るのであろうか。企業への提案書には、ほとんど例外なく国際化とか貿易自由化とか技術提携とかの文字が並べてある。つまり、それは外部から強いられた要請のもとに学習して実利を得させようとする立場である。好むと好まざるとにかかわらず、しかたなく、やむをえず必要だというわけである。

たしかに、それはものの一面ではあるだろう。必要性のないところに言語学習があるはずはない。しかし、この必要性がみたされる充分な水準というものは規定することができない。テックのインタビュー・テストでLike a nativeと評価された例を私はこれまでに二人みたが、これとて内心から発露する言葉の自在さという点では、五才のNative Speakerにすら天地のへだたりがあるにちがいない。さらに意地悪く考えるなら、水準の高い外国語を話せば話すほど、ある微妙な箇所で、相互の誤解は決定的に深くなるおそれすらあるといえる。そこで、実利的必要から出発して、誤解を避けようとすれば、Conventional（月並み）な表現に終らざるをえまい。だが真の了解は、間一髪で決裂しかねまじい表現をくぐりぬけて、ようやく達せられるのであり、そのとき言語はかぎりなく複雑で、かつ全身的な人間表現の炎の先端にとびちっている火花に変る。そしてこの、人間表現全体のなかに、はっしと植えこまれている言語であってこそ、必要性を完全にみたすものといえるのである。

しかるに外国語の必要性が強調されるとき、それはあたかも母国語が日常生活においてはたらくのと同じ気楽さを理想とするかのごとく考えられている。だがそれは決して到達されない幻想であるばかりでなく、そちらへ向えば向うほど、人間関係の急所で燃えることのない、先端をすりへらした言語へと傾斜していく。

Conventionalな言葉がいけないとか、不用であるというのではない。言語は歴史的存在でもあるから、そもそも一種の習慣である。だがConventionをConventionとして学ぶのでなく、だれきった日常表現のなかですらUnconventionalなものとして、自分自身を覚醒させてゆく起爆剤にする——そこに外国語をまなぶ最初の人間的意味がある。

つぎに忘れてならないのは、異なる言語体系間の基本的相違が、精神の深部にあたえる刺戟である。英語をふくむインド・ヨーロッパ語系の言語を日本人がまなぶとき、意識するとしないにかかわらず、またしばしばつまずきながらたたきこまれるのは、主語の力強い、明快な存在のしかたである。もちろん言語における主語の明快さは、意識における主格の明確さに関連しており、それは明治開国以後われわれに西欧があたえつづけている影響のなかの核心部といってよい。

さらに、外国語をまなぶ意味は、それを通して異質のものを受容するところにあるだけでなく、外国人にたいしてわれわれ自身を宣明し、かれらの欠如を知らしめる点にも存在する。しばしば皮相な合理主義にとらわれやすい西欧の語法と意識にたいして、われわれの言語と文化は、潜在するものの影をするどく、軽やかにとらえることにおいて自在である。言語習得における一方交通の時代は過ぎた。まなぶことと教えることが同時に平行して存在する言語環境をつくりださなければならない。

以上は私の個人的見解に偏しているかもしれないが、成人における外国語習得の意味を、もう一度根源から内省してみる必要があると考える。

㈣方法的視角

（その一）いわゆるテーマ活動について

ラボセンにおけるテーマ活動の成功に刺戟され、これを成人の分野で試行的に展開してみることは、企業内教育本部の方針としてすでに決定されている。しかるにテーマ活動とは何ぞやということが、なお企業内教育の部門では完全には理解されていない。もちろんラボセンにおけるテーマ活動が、企業内におけるそれとして、形式の細部に至るまで転写されると考えるのは、早計である。それは今後の試行の結果いかんにかかっている。ここでは、それを前提に、ラボセンにおけるテーマ活動の概略を素描してみる。

①英日対応という独特の形式をもつ音楽入りのテープが、絵本（文章は英語のみ）とともに制作された。
②内容は、物語の形式である。
③こどもたちは自宅でこれを聞きこみつつ、パーティでRecitationあるいは紙芝居、劇などに再構成する。
④再構成を終えると、Recitationもふくめて、さまざまな規模の発表会をもつ。
⑤Tutorはこれまでの「教育」の中軸であったGraded Direct Method（G.D.M）による言語練習方式をやめ、主としてこどもたちの自主活動の推進者になった。

以上のことは、もっとも中心的に何を意味するか。通念上の「言語教育」が廃止されたということである。そのかわりに、こどもたちが物語という空想世界のなかで、自分の知らないことばを、日本語を鍵にしながら、直接体験することになった。すなわち教育→学習→体験という方向に力をはたらかせ、しばしばこどもたちは自分が外国語を学習しつつあることすら忘れ、自分の好みからくる遊び→言語体験→遊び（＝言語体験）という円環のなかで、急速に文字や文法すら自然に習得し、やがて自分たち自身の言語作品を創造するようになった。このばあい、外国語はこどもたちの遊ぶ空想世界の仮設性をより深く謎めいたものにする媒介として、不可欠のものなのである。

これは偉大なことであった。「学在自得」（学はみずから得るにあり）という古語そのままになったのである。これまで外国語学習への動機を明確に意識しえない、論理未発達の、あきっぽい幼少年に、まずどうして外国語との最初の結びつきをしっかりとつくりだすか——これが問題のAであり、Zであった。それに、コロンブスの卵にもひとしい、みごとな解決が与えられたのである。

さて、これをいかに成人の世界に接着するか。というのは、もしこれに成功するならば、①管理教育の無味乾燥さをうちやぶり、まず英語の心にひたらせるところから学習をはじめることができ、②英語を知りたいが、従来の教育方法ではついていけない初心者への道を大きくひらくことによって、ここでもまた画期的な前進が開始されることは確実だからである。

そのためには勇敢な実験こそ最大の教師であるが、先日発表した実施要領のもとで体験を積みたい。すくなくとも、そこには次の諸点が仮設として考えられている。

①成人は、最初の間、かなりこどもっぽい教課を演じさせられると感じるだろう。しかし馴れるにしたがって、みずから歩きまわり、ジェスチュアをしながら、大きく口をあけて発音することは、汚染された空気の下でのいじけた日常世界を逆転する一種の清浄化作用であることを発見するだろう。

②そして、最初から何となく英語がわかるような気をもちつづけられるということが、あたかも英語学習を記憶作業と論理操作の複合物のように感じさせる従来の偏見から解き放つだろう。

③成人とこどもの場合の差は、成人がこどものようにふんだんに自習する時間をもたないことにある。したがって、そのグループ活動は、こどものように或る自然な集団状態を保たせるのではなく、意識的に計画され、各人が自覚した規律にもとづく系統的進行状態を設定しなければならない。

④いわゆる「管理教育」にみられるような企業側の上からの統制をはずし、また外部からきた講師による「教育」という観念をはなれ、経済的にも各人がラボをもてばそれですむという安価なものにしなければならない。（寮などでは一室で一台を共有するという形でも充分である）

（その二）学習の掘り下げについて

すべて物事は、掘り下げることによってのみ面白くなるものである。shallowとshoalがどちらも「浅い」「浅瀬」の意であることはだれでも知っているが、それが語源的に同じだといわれると、小さなおどろきがある。Native Speakerにとっては本能的にあたりまえのことが、説明されるまではピンとこない。説明されると、理由もなく、なるほどと分る。この、ある意味ではきわめてにぶく、ある意味ではきわめてするどい言語了解の基盤は、いったい人間精神のなかのどういう機能によるものなのか――いわば、そのような考える態度を刺戟し、深めていってはじめて、外国語学習は、知的領域の全面をうるおす興味に発展する。

企業内教育部の活動は、この点でまだ全く不充分である。そのために次のことを提起したい。

①たとえどんなに初心者であっても、言語だけでなく、それをめぐるさまざまな角度からのInformationを豊富に与えなければならない。ある場合は、日本語によってでもかまわない。そういうことをすれば頭でっかちになるだけで、会話の実技を身につけることにならないという説は、英語馬鹿の手前ぼめにすぎない。その言語を話す人々の歴史、地理、風俗習慣、文化、産業を知らずして、何の交流がありえよう。

②したがって、読み書きについても新しい角度から考える必要がある。日本人は読み書きはおおよそできるが話すのが下手だといった俗説は、テックマンならだれでも信用しないであろう。とくに日常の平易なことばで手紙や作文を書いてみる練習は、非常に大きな意味をもっている。テックは、学習者を、日常的事件の話せる通りすがりの人

間としてではなく、知的に洗練された、毅然たる人格として育てる責任をもっているのである。

③以上の見地からすれば、英語を教えるのではなく、英語で教える必要はますます強まっている。そのために適当な人材、教課の整備に思いきった努力をはらわなければならない。

さらに外国語学習にとって忘れられがちな問題がもうひとつある。それは言語意識のなかに占めている美意識の位置がきわめて大きいということである。もちろん言語の美しさは、複雑きわまりないものであって、その全容を論理として把握することは不可能ではあるが、平易な表現のなかにある良さを一滴々々かみしめながら、まず現代の古典といえるものの世界にはいってゆけるようにみちびいていく必要がある。外国語を話したい。できるかぎり美しく話したい。美しさといっても、深味のある美しさで話したい。そのなかに自分らしい個性を生かして話したい――という風につづいていく欲求は、言語による交流への動機と一体のものであるにもかかわらず、在来の教材はそれを黙殺するか、あるいは破壊しているものが多い。ここにも、テックのなさねばならぬ、もっとも重要な分野があることを強く指摘したい。

（その三）体験的世界について

以上のべてきたことは、いずれも外国語の「体系」をなにがしかの直接的な方法で教えるのではなく、外国語によって、外国または外国人の「世界」を直接に体験させることがより重要であるという主張にもとづいている。そのために、次のような計画が発想され、進行の途上にある。

①TEC FESTIVAL

それぞれのクループの発表を積みかさねながら、地方ごとのTEC Festival（of Tokyo, of Nagoya etcで）を年一回開き、その優秀者たちを全国的に集約して、TEC Festival of Japanを年中行事にしていく。来年は地方ごとに開き、その成果を見ながら、再来年開催を期す。将来はラボセンと合同した巨大なものにする。

②Labo-Land
まず黒姫山麓に建設開始されたそれを徹底的に活用し、単なる宿泊訓練から一歩ふみこんだ生活体験の場を構成する。
③洋上セミナー
Social lifeになじむための訓練を中心に海洋のただなかで宏大な気宇を養い、自信をつけさせる。
④海外一ヵ月留学
ラボセンが七二年または七三年から連続実施予定の計画に対応しながら、Home stay、企業見学その他を行なう。積立金、ローン制度を、洋上セミナーとともに来春から実施する。

㈤学習組織の再検討

With Laboの管理セミナー方式だけといってもよい、今日の企業内・学習組織は、現状では非常に狭いし、またそれだけでは質的にも深めにくいということがあきらかになってきた。他方企業の統制下に直接置かれず、講師の体系的指導からもはなれ、自由な表現世界に遊びながら、言語をわがものにしていく無数のサークルを誕生させ、発展させる媒介役をつとめるという条件が、テックの側にも、企業の側にもすこしずつととのってきた。この両者を、本質的に結びつけていく仕事が、目下の重点目標である。

だが、この企業内自主サークルがある量的な観察によって、充分に説得的ないちおうの成果をあげるには約一ヵ年を要するだろう。また、このサークルはすくなくとも一ヵ年の周期でつづけさせることがきわめて重要である。その後は、むしろ胞子のように一人々々が核となって、また新しいサークルを組織し、指導することがのぞましい。三ヵ月に一篇のわりで、四篇を消化したサークルは、かなりの水準、おそらくBasic Courseの終了者よりも高い水準に到達していると考えられ、その後においても非常に高い自発的学習意欲が持続すると期待できる。

もし企業内自主サークルが成功するとすれば、あらたにもう二種類の学習組織が可能になろう。すなわち、そのひとつは一定のテーマ活動の経験を経たのちに、このサークルがその意識的および経済的自主性を保持したままで、より実用的な言語訓練のための「クラス」に移行する形である。かれらは自分たちの討議によって、教課の種類、学習の方法を決め、さらに自分たちに適当な負担額を出しあって、その範囲内で外人講師を招くのである。この場合、テックマンはかれらのカウンセラーとして、その水準を測定し、他の豊富な経験を提供しつつ、直接の接触を保っていく。これは非常に成功率の高い学習組織になるだろう。これをかりに「企業内自主セミナー」と呼んでおく。

また、サークルを形成できない個人についても、テックはさまざまな方法で指導していかなければならない。中国支社が試みようとしているTraining Courseは、この意味でひとつの基準として考えられる。

以上、企業内の学習組織は次のように大別して考えられる。

①管理セミナー

②自主サークル

③自主セミナー

④個人トレーニング・コース

これらはいずれもまだ仮称であるが、各支社の全体討議を経て、早急に正規の活動に入る必要がある。その際、もっとも重要なのは、これら各種のグループを綿密に観察し、記録を収集し、分析し、先進的な経験をつねに全体のなかになげかえしていく活動である。そのためには、この活動の初期の段階では、テックマンがあたかもサークルの正規の一員であるかのように常時参加し、全員がいちはやく充分な体験を積むことが成否のわかれ目である。いずれは省力化の問題にぶつかるであろうが、当面はそれを無視して、総動員による限界まで、おそらく夜間になるこの観察作業を、全面的に展開する。

なぜなら、このことによって、現在の企業内教育部員がもたざるをえない、あるいらだたしさの大半は解消すると断定できるからである。

なお、企業内とラボセンの活動構造の最大のちがいは、企業内には「テューター」という組織が存在していないことである。すなわちNative Speakerでない学習指導者が、深く責任を負いながら、タテヨコに組織されていることによって、ラボセンはときには激しいClaimを浴びながら、一歩一歩その関係を深めていった。企業内において、これに対応するテックと企業との媒介者をどこに求めるか、それはおそらく企業そのものの内側にしか求められないはずである。とすれば、どのようにしてそれを作りだすか。この問題はむしろ、今後の活動の進展のなかに鍵があると考えざるをえない。ただし、外人講師はその点充分に媒介効果をもちうる存在であり、それへ向けての強力な指導を即刻おしすすめる必要がある。とくに、クラスの外での活動（クラス生徒への手紙、電話、休日の交流など）を推進することは、すぐ可能であり、それらを企業内教育部員が媒介しなければならない。

学習組織の最後の問題として、地域自主サークルがある。これはきわめて広大な未開の沃野であり、七二年にはかならずテックが征服しなければならないNew Worldである。この場合、Organizer兼Instructorの存在は必須であると考えられる。つまりTutor組織にほとんど近いものが必要である。これについては目下構想中であり、準備を完了した上で発表したい。しかし、これはすくなくとも五年間を経れば、現在の企業内教育本部に匹敵する大組織に発展する可能性は充分にある。企業内、ラボセンと双方に接触面をもつ、この地域組織の造成に、充分の関心を払ってもらいたい。

㈥企業内教育部員のあり方

以上にのべたところから、本部長としての考え方はおよそつかんでもらえるとおもう。むしろ、この項目は、諸君たち一人々々が書きこみ、さらに全員の討論の結果が書きこまれていくべきであり、上から規定する問題ではまったくないとおもう。

ただ、私がひとつだけいうとすれば、テックおよびテックマンの未来は、質的にも量的にもとてつもなく大きい。それをナめるものはかならず敗北するということである。昨年の研修旅行で、私は「来年はまだだめだが、再来年の研修旅行はかならず自前の研修場でやろう」と結んだ。そのとき、期待に富んだ笑い声がわきおこったが、そのなかに話半分といった表情もかなりあったことを、私は胸に刻んでいる。しかし諸君、来年の研修旅行の場所ラボランドには、いますでにブルドーザの音が響いているのである。

（一九七〇年十月二十三日）

テック・グループの現状・到達点

第一回中部地区企業内英語教育研究会

昨日から名古屋に参りましてこちらの支社の報告を聞いておりますと、少しずつ中部の仕事が体をなしつつあるような感じが致しているわけでございますが、本日は単に中部という地域性にとどまらず、全国的に仕事をしております私共テック・グループの、現状到達点を一応事実なり或いは統計的な数字なりというようなものによってご報告しながら、新しい形での私共の考えております活動の内容、或いは目標というようなものを、お話し申し上げて皆様のご批判を仰ぎたいと考えている次第でございます。

テック・グループと申しますのは、ご承知のように、簡単に申しますと企業内に対する教育と、子供たちに対するラボ教育センターのラボ・センターの運動、それから学生社会人を対象としますところの学校という三つの部門に大別されているわけでございます。

企業内教育につきましては、現在全国でいわゆるセミナーというものを中心に活動を展開しながら、そのセミナーと並行して自主サークルを形成し始めてきているわけでございますけれども、この私共の方から講師を派遣してクラスを運営するという形のコースが、全国で現在のところ六〇〇クラス、企業と致しまして四三〇社の方々に対しまして、教育を担当させていただいているわけでございます。一社一クラスというところもございますが、中には本社から全国の事業所を含めて八〇クラスを越えるクラスを運営しているケースもございます。学習者の数に致しますと、約一三、〇〇〇人位の方が、この私共のセミナーに現在入って勉強しておられます。この方がおよそ六ヵ月位のサイクルで新しいクラスに進級もしくは再編成されまして、学習をしているわけでございます。本日はこの分野での私共の活動について、若干のお話を申し上げたいわけでございます。合わせまして子供たちのラボ・パーティといいますのは、現在この二月の段階でちょうど四〇、〇〇〇名に達しまして、全国で二、五〇〇のパーティが開かれております。このパーティは後ほど概略を申し上げますけれども、今非常な勢いで子供たちの世界に、ある非常に大きな可能性を切り開きつつあると考えております。更に学校でございますが、この学校は東京、名古屋、大阪、福岡という四ヵ所にございまして、現在のところ学生数は全部で約二、五〇〇名ほどおります。これも、今新しい学期に向って準備をしているところでございます。更にご承知かとも思いますけれども、私共は研究活動にも力を入れておりまして、テック・グループの一翼である東京言語研究所では、学術雑誌の発行、或いは学術図書の発行というようなことを含めて、私共の教課に関する監修活動、或いは国際セミナー、と申しますのは専門的な言語学者の間で行われるセミナーでございますが、そういうものも一九六六年以来五回にわたって開催してきております。それ以外に海外においても研究活動を進めておりまして、アメリカのボストンには私共がスポンサーをしているＬＲＦ（Language Research Foundation＝言語研究財団）というノン・プロフィットの研究財団がございます。ここでは言語学の新しい活動分野である複雑なデータの自動検索のプログラムの開発、あるいは、黒人ハーレムの子供たちのいわゆるBlack Englishの研究、たとえばwithという発音がwiffというふうになったりする、それをどういうふうにもっと通りのいい英語の方へ近づけるかというような基礎的な研究を進めております。また、今年の九月からは、ハーバード大学に付属して特別に設けられている、ユダヤ人子弟に対するヘブライ語の指導に、私共がこちらで、とくに子供たちのラボ・パーティで行っている第二言語の自然習得の方法を適用して実施するという課題にとりくむことにもなっております。私共はこのＬＲＦのスタッフ、ハーバード大学、ＭＩＴあるいはシカゴ大学その他の教授たちと、東京言語研究所の運営委員長をしていただいております服部四郎東大名誉教授を中心とする日本の学者の方々とも緊密に連携をとりながら、言語と言語教育の基礎からの研究活動を進めております。

このような諸活動のなかで企業内教育という分野を見ますとき、この分野はかなり特殊な要素が結びついている教育でありまして、この分野をどういう具合に考えていくかという点につきまして、私共もまだまだ非常に多くの研究なり実践なりを重ねていかなければならないということは当然です。ようやく少しずつ事実を確かめながら手さぐりで進んでいるという現状ですが、ただこの活動をかなりの数の企業を対象にしてやってきましたその過程からいえる問題としまして、やはり語学の教育ですからとにかくある具体的な成果として、結果というものがよくならなければならないわけですけれども、いい結果を生み出すためにはどうしたらいいのか、ということにつきまして、大人ですから当然やはり自分の認識、自分の考え方というものがあるわけです。その考え方というものを無視しては成り立たないというところに、成人教育の特殊性があると思いますし、とくに企業内での問題の難しさがあると思います。（中略）

ラボ・パーティでの成果

そういうもがきに対して今私共の活動が意外なところから、ある照明を浴びるというか、ある光明を見出すに至ったというのが、私共過去一年間の活動の中で最も特筆大書して、皆さんにご報告しなければならないことだと思います。それは一体どこからきたかと申しますと、先程もご報告しました子供たちに対する教育の中からきたわけです。当然のことながら子供というのは非常に勝手なものですから、面白くないような訓練をいくらやっても、訓育主義では到底ついていかない。その子供たちがいかにも積極的に自分たちの世界を、英語というものを武器にして、それを媒介にして自分たちの精神世界を表現する。そういうふうに考えられるまでになってきた、そのためにそのような方法というものを、私共自ら工夫してきたわけですが、工夫した側がいささか驚くような結果というものを、生み出した、ということがありまして、このことを今大人の世界に直輸入する訳にはいかないにしても、どういうふうにすればその結果が大人の世界とうまく結びつくだろうかということを、今非常に思案し、かつ模索し研究的な実践に励んでいるというのが、現状の一番特徴的なところです。これからそのことについて若干皆さんにお目にかけたいと思うわけです。そこでまず、子供がやるというけれども、一体子供がどんなことをやっているか、ということにつきまして、ちょっと映画をご覧いただきたいと思います。

これは去年の八月の終りに東京の砂防会館でやった発表会です。その中のあるパーティのある一つの上演を今からご覧いただきます。舞台を見ているのは子供たちをそれぞれ自宅で一種の塾のような形でグループを指導している、テューターと呼ばれる先生方です。

（映画始まる。「グリとグラ」の発表風景）

このようなパーティを企業の中で、企業の方々との連携のもとにやっているところもありますので、ついでにこれもご覧いただきたいと思います。これは千葉県の君津にある新日本製鉄での例です。

（新日本製鉄における企業内ラボ・パーティの映画始まる）

今ご覧いただきましたような子供たちの活動の中から生まれてきている、ナレーションに出てきたテーマ活動ということなんですが、これはどういうことかというと、具体的には主として子供たちにわかるようなやさしいドラマを、英語と日本語が一センテンスずつ吹き込んであるテープがあって、このテープがモデルになるわけですが、これを子供たち個人としてはそれぞれの家庭で面白がって聞く、それからパーティでは集ってきてそれを主題にした、授業ではなくて遊び、私共は再表現活動と呼んでおりますが、お絵書きであるとか或いは紙芝居だとか人形劇だとか影絵だとか、そういったものにまで組立てていく努力を集団グループで行う。そしてそれを最後には発表会という形式の中で表現させてみる。こういうプロセスをさしているわけですが、その事によって非常に大きな結果が生れてきました。最初は私共は、これを真似のうまい子供があちこちに出てきたと考えたわけですが、だんだん細かくそれを観察していくうちに、確かに最初は一見非常にうまい物真似としか思えないものが、非常に急速な勢いでたちまちのうちに、例えばアルファベットを全く教えないのにたちまち覚えて、単語の発音などは文字によって出来るようになる。thサウンドなどもきちっと出来るし、単語の最初の音が母音であれば、anというふうになって、子音であれば、aになるんだと、或いは同じtheという発音でも母音の前につく時は違うんだという、そういう文法的なルールのことまで、こちらが教えるんではなくて子供たちの方が自ら理解している、というようなことがどんどん生れてくるという事実を見まして、これは面白いということから非常に大々的な研究に取組んでみたわけです。子供だったら自然にうまくなるといいますが、一体いくつぐらいの子供からそれが出来るかといいますと、私共が持っている一番早い例では二才ぐらいから出来ます。

　パーティは四、五才からということになっておりまして、三才ではまだ入れないのですが、たまたまお母さんがテューターで、そのお母さんのラボ機を自分で聞いて、覚えてしまったという例もあります。しかし、私共が三才はやらないかというと、もちろんこれには日本語が固まらないうちにはいけないというような、そういう問題がありますが、そのことについては私共はそう大した大きな問題とは考えていません。といいますのは、日本の環境の中で子供たちがこういう方法で英語に触れる機会というのは、日本語に比べると圧倒的に量的にちがうわけですから、それで色々な混乱がおこるということは、全然考えられない。事実、具体的にも全くおこっておりません。ただ問題は、私共が単にこれを個人の活動ではなくグループの活動として考えている点にあります。個人の問題であれば、子供たちはいつかどこかで離れていく。ある期間続けさせるという点からいっても、またその子供たちの精神形成のうえに、この外国語習得というものが及ぼしてくる影響が非常にいい形で残されるというためにも、やはりグループ活動が成立しなければいけないというふうに考えているわけです。実際どれぐらいの年令から成り立つかというと四、五才からというふうに考えているわけです。

五才或いは六才といった子供たちが、覚えていくというプロセスというのは、一体どういうふうな感じなのかというと六才の小学校一年生の子供ですが、一昨年の十二月頃からそういうラボ・パーティのこのような方法を始めまして、最初はいっこうに英語を喋らないわけです。他の子供たちはどんどん覚えていっても、この子供はなかなか喋らない。そこでテューターが、必ずしも英語で喋らなくてもいい、日本語でお話ししてごらんなさい、といいますと、日本語なら出来るというんで日本語で始めるわけです。それが去年の五月二十九日のことです。

非常にたどたどしく、絵本がありますから、絵本を見ながら自分でお話しをするわけです。殆んど英語「グリとグラ」ということばが出てきただけで、あとは全部日本語です。それでも子供は絵本の中で、やはり「グリとグラ」の話を自分で、非常にたどたどしいながらも表現している。この表現性をどんどんこちら側が受けとめてやって、更に、思った表現をしてごらんといってやる。しかし、英語でやりなさいというような強制を絶対にしないで経過している。ということになりますと、約二ヵ月たつと日本語の中に英語がどんどん入ってくるわけです。これはモデルそのものが、英語・日本語、英語・日本語となっていますから、それを再現していくわけです。しかしその再現のしかたというのは、ただ丸暗記というのではなく、やはりある一つの状況に対応して、自分自身がその物語の中に入りこんだ形で表現している、という表現のしかただということがわかっていただけると思います。

グループでそういうことがお互いに刺激し合うことが出来、自分たちでも発表会をやろうということを、自分たちで持ち出し自分たちで考えることが出来る、というふうな年令がどれぐらいかといいますと、先程いいましたように五才からということです。ここに、一つの物語り作りの例がありますが、それは小学校二年生と小学校一年生と幼稚園と、三年生の五人ぐらいの子供が一つのパーティを作りまして、そして単にその物語を真似するということではなくて、自分たちの方から発案して、何かそれを少し変えてこういうことをやってみよう、ということを相談する。そして、今までグルンパという象が主人公だったのを、この象を兎に変えようという提案があって、名前は何だとテューターにいわれて、ラビットにするが、それはおかしいと指摘されて、それから色々出た末ピョンコになります。ずっと後を追って行きますと、子供たちがピョンコという名前が男名にはおかしいと気がつきます。そこで名前がピョンタということに、最終的に決ります。こういうプロセスがあるのですが、まさにグループ制というものが、この段階では完全に成立するということが、わかっていただけると思います。この段階では、無意識のうちに発音は非常にきれいです。或る意味では小さな子供ほどきれいなわけですが、小学校の三年生くらいになると、今度は自意識がかなりはっきりしてきて、英語をきれいに発音したいという意識が生れるようになります。そうなるとやはり、色々と表現のしかたも変ってくるわけです。

先程申し上げましたように、小学校四年生くらいになると、それまではグループでやっていたものを、今度は個人で英語を美しく発音するために努力していく、ということが、十分出来るようになります。

また日本人の英語という特徴も一方では出てきますが、しかし他方では美しい発音をするということについての、自己訓練への意識というものが十分にあるわけです。この両方のプラスマイナスの点が出てくるわけですがこれは段々と、我々大人のような駄目な方向へ行くようになるのですが、このぐらいの段階だとまだかなり美しいところへ持っていくことが出来るということです。それが中学生という段階になるとどうなるかというと、もう少し今度は内容の点で、文学的な意識というものが出てきます。そういうものの情緒的な感情の投入というものが、もう少し強烈になってくるわけです。小学校五年生ぐらいになると、今度は自分一人の力で物語を創作してみようという意欲が、出てきます。やさしい英語ですが、自分の世界を表現してみる。それを先生に直してもらい、更にまた自分で発音してみる。そういうことである感情を出すことが始まってくるわけです。そのうちの一人が文章を書いて、そして自分のパーティで相棒を見つけて、その相棒に日本語の訳をやらせて、いわゆる英日方式で読み上げていくというやり方をやった例もあります。

この程度のことは、自分で作ってみる気になるわけです。これは非常に早いんです。我々の方式での勉強を去年の一月に始めて、二月の終りにはこの物語を作って、それを直してくれといって持ってきました。日本人の先生ではちょっと手に負えないところがあって、ネイティヴスピーカーに直してもらいました。全然過去形なんかはありません。全部現在形で押しているわけです。翻訳も女の子がつけているわけですが、非常にいい訳だし、またそれを読む相棒の呼吸も状況的にピチッと対応した読み方で、単に活字を読み上げるやり方とは全くちがう。さて、それでは中学生ぐらいになるとどうなるか、それはかなり大人っぽい、先程申し上げたように、情緒性というものが強くなって、美しくやりたいという気持がかなり強烈になってきます。これは段々、高校大学を経て大人の世界に接続していくわけですが、大人の世界はどうかというと、今までの子供の世界に比べるとかなりpoorなものだというふうにもいえますが、これはある意味では当然のことで、人間の本性のしからしめるところだと思います。つまり一つの意識性というものが強くなるにつれて、こういう無意識性におけるところのプロフィセンシーはおちてくる。これは仕方がないと思うんですが、大人の場合はどうなのかということで、私共非常に実験的な感じでやってみたわけですが、大人もそれなりの結果が出るわけです。

一月十七日大阪で二一社の出演を得ておこなわれた関西フェスティヴァルの例では、男性よりも女性の方が無意識世界が非常に広いせいかも知れませんけれども、なかなかうまいわけです。また、関西フェスティヴァルのようにテーマ活動発表会をやっていくのには、一体どれくらいの時間をかけるのかということですが、だいたい関西のこのフェスティヴァルに出られた方々というのは、一応基準を五週間ということにしてありました。五週間も毎日やるわけではありません。かなり短い時間のうちに自分のものになっていく。

何故やれたのかということを考えますと、二つぐらいの理由があります。一つは、普通の語学のレッスンよりも、かなり自由でのびのびしているし表現に向っているので、そういう意味でみんな面白がってやる。もう一つの理由は、発表会を何月何日にやって、そこに出場しなければならないという、タイムスケジュールが決っているので、これに追いかけられてどうしても、出るからにはやらなければならないということで、インパクトが強くなる。こういう両方の側から、かなり短かい時間なのに一応どうにかこうにかものになっていくというような過程が見られるわけです。練習風景というのがどういうものになるかということですが、今ここに出席している中部テックの諸君たちが、自分たちでやってみました。自分たちでやるとどういうことになるか。社内で練習するということになると、私共にとっては英語は仕事なんですが、そうであるだけにややもすればかなり陰うつな感じにもなりかねない要素を持っています。ところがみんな爆笑のうずのなかで練習しておりまして経営者の一人として、ホッとするところがあります。こういうふうにやってくれればまあまあなごやかにいっているんじゃないかという、安心感を覚えるわけです。これは何もＴＥＣに限らないことで、実は昨日、住友電工さんでやられた発表会での雰囲気というのがどういうものであるか、住友電工さんの場合非常に特徴的なことは、この発表会の後アンケートを取ったのですが、三五才、四〇才、四四才という年輩の方三人をのぞきその他の方は二〇才から二三才の方々です。その中で、家庭を持っている方の中でどういうことが起ったかというアンケートに対して、年輩の方が三人とも子供が関心を持った、子供に影響を与えたと答えています。子供に対して始ったことですから当然のことだとは思いますが、面白いことだと思います。我々の家庭というものの中で、父と子の間にそういうことについて、刺激し合う関係が生れるということは、注目すべきことだし喜ばしいことだと思います。企業の中で内輪で発表会をなさる場合には、非常に和気藹々とやられる。このことはやはり、何か意味を持っていると思うんです。住友の飯田さんからお話がありますように、何故話せないのかという一番大きな問題は、ある意味では語学の外のところにある。といいますか、語学と語学の外の世界とがくっついているような、その皮目のところにあるというか、そういうところのものを何とかしない以上は、いくらどんなことをしたって、うまくいかない。同時にそのところをやれば、相当時間を短縮してもある種の心の流通というものは出来る。このどっちの方に傾くかという問題を決定する一番大きなポイントというのは、やはり我々が一つの気持の持ち方を、何らかの形で変えることが出来るような、そういう方法を全体として、グループとして工夫するということにあると思います。

日本人は特に個人として考え方を変えるというのは不得手ですが、グループでみんなでやってみようということになれば、非常にうまい。例えば私共は、一日にいちどラジオ体操をオフィスでやっているのですが、外人講師の諸君はこれを見ると、一番初めに日本に来た講師などこれを見ると翌日には八ミリかなんか持ってきて、我々がラジオ体操をやっているところを映画に撮るわけです。というのは彼らにとっては、オフィスの中で時間を決めてみんないっせいに立ち上って、上着をぬいで手をふり足をふりして体操をするなんていうことは、まさしくクレージーであると、これはもう日本人の最大の哲学だというふうに写るらしいのです。よく考えてみるとそうかも知れません。彼らには運動会もないわけです。アメリカンフットボールのキャプテンなんかは、女の子にえらくもてますけれども、我々のように運動会も学芸会もない。そういう一つのmassになって、グループを作ってその中で何かを表現して何かを獲得していく、そういうものではなくて、彼らにとって基本はあくまで個人なんです。それに対して、日本人が何かを達成していくしかたというものは、明らかにスモールグループなのです。お茶であれ生花であれそういうおけいごとに至るまで、一切スモールグループを使ってやった場合は、非常に大きな成果をあげる。この文化的伝統のようなものを、英語習得という世界の中に適応することが可能なのではないか、ということは前から考えてはいましたが、子供の世界というものを見るに及んで、だんだんそういうことについての考え方へ、傾いてきつつあるということです。そこで、そういうふうな態度なり姿勢なりというものを、今後私共の企業内教育の様々な分野の中に、どういうふうに展開しどういうふうに結びつけていくかということについて、いろいろ考えております。(中略)

テック新基本教課について

こういうふうに、一つの成人の英語学習という問題の中にも、なんとかして人間らしい息吹を通わせ、生々としたたましいを入れるという方向に向って考えているわけです。今ご紹介した方法というのも、その中の有力な一つの方法だろうと思いながら、基本は非常につらい忍耐に満ちた努力、これはある意味では人間があるものを習得するための基本的なものであって、そう簡単に努力ぬきで出来るものではありません。そういうものを何とかしてもう少し活発化することは、やらなければならないと思います。そういう観点から、今年これから一年間の活動というものを、どういう方向に進めていくかという点について、次のように四つの柱をたてて考えているわけです。

第一は、私共の基本教課であるイントロダクトリー、ベイシック、シニア、アドヴァンストの各段階に沿ったレギュラーなレッスンです。テーマ活動にすべてを直ちに一本化してしまうというようなことにはもちろんならないわけで、テーマ活動のようなものと並行しながら、レギュラーレッスンというものを有効にしていきたい、というように考えます。基本教課を軸とした、レギュラーレッスンをもっともっと充実させて行きたい。或る意味でいうと、今までご紹介した考え方というものを、この基本教課の中にかなり取り入れながら、しかし一方ではそれと対極的なきびしさというものも、コンストラクティブに採用していくということによって、一番最初にご紹介したような、学習者自体の中ですでに分裂しているものがある。その意識に対応してそれを全面的に包みこむような方向というものを、発見する。そのために、ある意味では両極分解するような形に見えようとも、一方の極というものを片方では追いつめていきたい。このように考えています。だだこのレギュラーレッスンについては、これまでも色々工夫してきています。例えばヴォランタリー・コースというものをやったことがあるのですが、その場合にもいえることは、学習者を消極的な状態にしないで、出来る限り積極的な状態にしておくためには、色々な方法がある。特に学習者の反応を引き出すために、勉強自体を自分で自分に試してみるというふうな、つまり人が自分を採点し評価するのではなくて、自分が自分を採点し評価するようなことを、もう少し強める必要がある。そうすると学習者自身も、自分で目標意識を得るということがあります。これは経験的にはっきりしているので、例えぱ私共今度改訂しましたニューベイシックの場合には、そういう考え方を非常に大きく取り入れているわけです。（中略）

我々は英語を勉強するといいながら、アメリカやイギリス、つまり英語が話されている世界について、知らないわけです。非常によく知っているようなところもありますが、当り前のことを知らない。これは、よく日本のことを紹介する外国の小学校の教科書みたいなものが、実に不正確なインフォメイションに満ちているということで時々憤慨したりしますが、これはその反対側の方にもいえるわけで、我々の方でも戦後アメリカの真似をしてやってきたなどといっていても、一番肝心なところになるとわからない。私共は「アメリカ精神」と題するテープを近々、発売する予定でおりますが、仮に合衆国憲法というようなものを一応原文で読んでみたことがあるか、ということを聞いてみると、戦後の日本の定義などというものがこれだけ深く、アメリカから影響を受けているということを、みんな認めていながら、意外に合衆国憲法というものを読んでいないわけです。こういうものは我々が英語を勉強する時、一応読まなければならないんじゃないかと思います。その他にも独立宣言だとか、リンカーンのゲティスバーグの演説だとか、モンロー宣言だとか、ウィルソンの国際連盟での民族自決の演説だとか、ルーズベルトのニューディール政策の演説だとか、国連憲章だとか色々な歴史的な意味で非常に重要なドキュメントというものがあるわけですが、そんなことについては非常に無知でありながら、英語ではかなり流暢に喋れるという人間が仮にいたとしますと、そういうのが事実上かなり多いわけですが、それは本当に平らな気持でながめれば片輪な人間だというふうに感じざるを得ません。そういう面で我々の英語教育というものが、そういう片寄りというものに対しても、一応十分に意識されたものでなくてはならない。そのためには、インフォメイションというものも、かなり大事な要素を外国語学習の中では占めるんだと思うわけです。それをいくらか補うという意味で、非常にわずかですが、例えば六五ページに、今申しあげました「Bon Voyage」という題で、合衆国をいくつかのパーツに分けて、そのワンパーツに対して簡単な説明を施すということをやっています。

非常に短いセンテンスです。しかしこの短い文章というのも具体的なインフォメイションと重なっていくと、それを今すぐいってみろといわれても、意外とそれが出来ない。しかし実際に我々の会話というのはそういうふうにして、わかったりわからなかったりするわけです。というのは、基礎的なインフォメイションがまるでなければ、メイン州がどこにあるかということが何もわからないで聞いていれば、理解は難しいわけです。それをただ抽象的にセンテンスが短いとか、或いは単語がやさしいとか、パターンがやさしいとか、そういうことをいくらいってみたところで、それ自体ではやはりことばというものについて我々が習熟する場合に、具体的な基準にはならないということがあります。

発音とかパターンとかの訓練とともに、同時にことばがもつ肝心の中味の充実をどうはかるか、これはほんの一例ですが、そういう一つの工夫というものを今後ますますやっていかなければならない。先程もちょっと申しました、アメリカの非常に重要な政治的な演説、あるいはマニフェストというようなものを、「アメリカ精神」という題で、この四月にテープにしますけれども、更に例えば詩だとか小説だとか紀行文だとか、そういう本来向うの人でハイスクールかカレッジぐらいを出た人ならば、当然知っているようなある一つの水準のものを、我々は本当に英語の文章で、特に音にした形で、自分が経験したことがあるかというと、これは非常に少ないわけです。そういうものを今後教材として出していきたいと考えています。と申しますのは我々の英語学習という場合に、一体何が目標なのかという場合、英語に関しては常に実用的なことが問題になるわけです。なりすぎるわけです。フランス語なんかを勉強する場合には、何故フランス語をやるんだというと、フランス語は非常に発音がきれいだから、きれいな言語だから自分で流暢にやってみたいという意識を持って勉強する人がかなりいる。ロシア語をやるという場合に、ドストエフスキーを読みたいからという人がどれぐらいいるか知りませんが、やはり英語ほど余りにも実用的な性急な実用性というものを目標にして勉強される外国語というのは、少なくとも日本人に関する限りないわけです。これはある意味では、太平洋をはさんだ二つの国として当然のことだと思いますが、しかし一方ではそこにはゆがみがあると思います。ことばというものが何らかの形で相手に伝わって我々の目的を果すためには、相手の心を動かさなければならない。相手の心を動かすことばというものは、単に中身がよくわかるというだけではなく、そこにもう少し相手に対して、ある場合には説得的であり、ある場合にはショッキングであるというように、心を動かすものでなければならない。その場合に我々が単に実用的だという基準からだけで物を考えるとすれば、往々にしてそれは非常に大きなまちがいをすることになる。もっともらしい貴族趣味がプンプンとしているような俗物的なことになってはまた、身もふたもないわけですが、やはりそれなりに機能的であると同時にその機能性がスカッとしているような、というような英語を求めるということが必要である。また、喋っている内容というものについても、発音が少々悪い、また文形も非常に不明瞭であるという場合でも、喋っている内容になんとなく中身があるということであれば、やはり相手の心を動かすのではないか。そういう意味で見た場合、確かに日本語としては知っているのですが、それを英語として表現する場合には、どういったらいいかわからない。こういうかたが相当あるわけです。（中略）

企業専用教課について

次に、そういうゼネラルな教課に対応して、私共がやる企業内教育のためには、企業の中における専用教課というものを用意したい。直接企業に対応して内容というものを考えたい。昨年その第一作として、日立製作所に関連して、「This is Hitachi」というものを作りました。すでにご覧になった方もあるかと思いますが、これは日立さんの依頼で作りまして、日立製作所の自己啓発推進センタの監修を受けているわけです。

これは私共の方で日立さんと一緒に話し合いながら作った教課ですが、まだまだ十分なものではなくて、折にふれて改訂しながら、その企業にとって必要な最低の枠組みというものを、あるメインロードのようなものとして一本引くと、その英語のレベルは色々ちがうわけですが、しかし一応この程度のことについては、だいたいマスターしておいてほしいという、具体的なメドを与えるということを、一つの目標にしたわけです。このような考え方を、それぞれ私共が担当している企業についても、今後一挙にはかなり手のかかることですから出来ないかも知れませんが、次第に充実していかなければならない。我々の一般的な教課と企業の専用教課というものがクロスしたところに、我々の教育内容を定めていきたいと考えています。（中略）

テーマ活動について

三番目の柱としては、先程から説明しておりますテーマ活動という形です。これは内容的にテーマ活動という形態をとる半面、もう一つ見逃すことの出来ない私共の特徴として考えている問題は、今まで我々の企業におけるクラスというのは、おおよそ企業の方で、例えばメンバーを決めるとか、或いは予算を決めるとか、この予算を全額企業が負担するとか半額負担をするとか、一応企業サイドで組織されたクラスの形式だったわけです。そういう形式は、企業の必要性に応じて、今後ますます組織されていかなければならないと思いますが、それと並行して、もっとベイシックな面で、あるレベルを一つの層として形成しておきたい、というように考えていただく場合に、そのようなところに過大な予算をつぎこむということは、企業としてもなかなか出来ない。これは一つの矛盾です。ある層はかねてから準備しておきたい。が、そのために年間予算等をもっと大きく投入するわけにはいかない。需要が顕在化してきたとき、初めて企業は、インテンシヴ・コースなどに金を使うことは比較的出来やすいけれども、ポテンシャルなものとしてそれを貯えておくことは非常にむずかしい。こういうことに対して私共も、そういう状況に対応してそれぞれのメンバーの方を、一つのヴォランタリーなサークルとして組織して、経費の方もそれぞれ皆さんに負担していただく。企業の側には、月々天引きしていただく、控除していただくというあたりの便宜をおねがいする。企業負担というのがゼロでありながら、なおかつ自由な形でのクラス、自分たちのサークルを作っていただく。こういう活動を本年は大々的に推進したいと考えています。もしこういう形のものが大きく積み重なっていると、この上に立った企業の特殊目的に基くところの特殊教育というものは、非常に楽になる。今までのものはその点で、基礎的な部分にエネルギーを食われて、投下資本が地盤のところにどんどん吸いこまれてしまう。そのために、なかなか企業としても外国語教育というのは、必要だと思いながらも積極的になれない、という側面がありました。またそれを放っておくと、確かに教材は買ったけれどもそのまま押入れの中に放りこんである。これでは担当者としても、せっかくこれをプロモートして責任を感じるという問題にぶつかる。しかし、今申し上げましたような活動だと、もし十分な了解が得られれば、非常に自由にそれぞれ工夫しながら、やっていける。それを一つの大きなものにまとめていくということのために、TECとしては、「TEC Festival of chyubu」というようなものを、中部地方で、先程の関西のものと同じようなものを計画しています。今年の八月か九月ごろには、「TEC Festival of Japan」というのをやりまして、全国の優秀チームを東京に集めて、大きな動機づけを行いたいと考えています。そういうふうに全体として大きく基盤作りをしていくという、私共の考え方に同調していただきたいと思います。

ラボランドの生活体験

最後に四番目の柱として、これはこれまでにも私共の大きな願いだったのですが、特に最近企業の皆さんと話し合いながらやっていく中で、非常に成果をあげているのは、宿泊集中訓練という形式を、低コストでやることが出来るならば、相当いい成果をあげることが出来るということです。日立さんの青山研修所での英語教育を五年以上担当していて、そういう成果には自信を持っています。その結果今回日立さんはまた、横浜工場に新しく英語専用の研修所をもう一つ建設して、それを私共がまだ担当しているわけです。すでに開始しておりますが、そういう形が全部皆さんのところで出来るかというと、なかなか場所がない。本社にはあるが、事業所としては使えない、というようなことがあったりで、それは私共の方でどういう具合にやったらいいか色々と考えていましたが、今回長野県の野尻湖地区に幸い土地を求めて、約二万五千坪の土地に、三〇棟ほどの宿泊用のロッヂを建てまして、その間に教室用の棟も設けました。食事その他も出来る。自然環境がよくてスキー場も湖も近く、色々な意味で活発に戸外の生活を楽しみながら、しかも静かな林の中で、理想的な合宿セミナーというものを作りあげたいと思っています。将来はここに外人の諸君も交替で住まわせて、生活というものにより近い形態を取引その中で一種の外国体験、生活体験というものを通して、外国語の習得に向かわせる、そういう環境作りをしたいと考えています。会員制度になっていて、三〇万円の会費を納めていただければ、これは預り金としてお預りして、永久に会員権の資格を持っていただいて、相手さえいればいつでも三〇棟の宿泊棟を何棟でも利用していただける、という形になります。私共の方からご案内にあがりますが、是非ご協力いただきまして、皆さんの力で間接的に協力していただいて、そういうものを作り上げることが出来れば、私共も望外のことと思っています。そういう意味で私共もここに一つの理想を追求してまいりますので、よろしくお願いいたします。こういう基本教課、企業内の専用教課、それから自主的なサークル、生活体験などを通しての一つの訓練、こういうものをそれぞれに組み合わせながら、私共の教育を今後一年間展開したいと考える次第です。

（一九七一年二月十八日）

ラボ・テープの考え方

〝語りたい衝動をもとに〟

はじめに、ラボ・パーティの活動というものについて私の理解するところを手短かにのべます。ラボ・パーティの活動は、だれか特定の人がどこかで一定のことを決めそれに全体が従うといった形のものではありません。かといってひとりひとりが、ばらばら勝手にやっているものでもありません。ラボ・パーティにかかわるみんなが、ひとつひとつの具体的な活動と経験を通して、大きなコンセンサスを作りあげていく、その大きな了解のなかで全体が動く、その大きな了解も全体が進んでいくに従って、了解されたことがら自体がある面ではさらに前進してさらに大きな了解事項を作っていく。ラボ・パーティの活動はこのような形で進められていくものだと思います。これから述べるラボ・テープ製作の問題も、以上のようなラボ・パーティの活動の大事なひとつとして考えていただきたいと思います。

何のためにこどもに語りかけるのか

ときどき、ストーリィテリングはラボ・パーティ活動のなかでどういう位置を占めるのか、あるいは、ストーリィテリングとテーマ活動とはどんな関係にあるのか、という疑問を聞きます。これに対して、英語の本でも日本語の本でも、テューターが読んで聞かせることがストーリィテリングであり、ラボ・テープを聞かせてこれを劇化し、発表会へもっていくのがテーマ活動であるというような皮相な見方がなされて、そのうえで、この二つのものは表裏一体であるということに対して理屈づけが行なわれているようです。

私は、このストーリィテリングをめぐる問題について考えるときには、そもそもストーリィテリングとは、人間の非常に語りたいという衝動と、同時に、非常に聞きたいという衝動によって初めて成立するものですが、そういう衝動がおこるストーリィとは何かということを考えない限りは、問題を解く出発点を見つけられないと思います。

どこかで出版されたよい物語をこどもたちに話して聞かせれば喜ぶのではないか、それを聞いたこどもたちは、いつの間にか美しい心情をもったり、鋭い感受性をもったりするようになるのではないか、ということは決して間違いではありませんが、ではいったい、自分は何のために人生の貴重な時間をさいてまでこどもたちに対面し、物語を語るのか、そこで自分は何を言いたいのかということについての答は、それだけでは出てきません。ストーリィテリングの出発点は、私たちおとなが、次の世代であるこどもたちにむかってどうしても語りたい何かがある、これだけは話しておかなくてはと思うところにあると考えます。

このことはラボ・パーティ運動全体をおおいつくすほどに大きいことがらです。つまり、ラボ・パーティ運動とは何かを問うときに今おとなである私たちが、今こどもである次の世代に対して、何かを語っておきたいという衝動のうえに立たなければ、なぜ英語をこどもたちに獲得させようとするのかということも含めて、本当の動きを見きわめていくことができないといわねばならないほどに大きなことです。

自分自身の原初的な〝想い〟を通して

何かを語っておきたいという衝動といいましたが、それはまず、私たちひとりひとりが個人として語りたいものは何なのだというところから出発しなければならないだろうと思います。たとえば、私たちが「夕日」というとき、その夕日が自分にとってどんな夕日なのか、これこそが夕日だと思えるような夕日の赤とはどんな赤なのかをみずからに問い、そこから浮かびあがってくる自分自身のある感情を通してしか、こどもたちに「夕日」を語ることはできないはずです。「海」というときも、自分にとっての海とはどんな海かが問われねばならないでしょう。

私は、ことばのなかには、ひとりひとりの人間のなかに、お互いに鋭く〝ちがい〟を喚起することばというかconception（概念）というものがあると思います。たとえば「井戸」「泉」ということばはそのひとつです。「井戸」とは何かと聞かれたとき、出てくる答えは千差万別だと思います。

生命の源である水、井戸というものを私たちの心の中にたずねていくとき、ある人にとっては、山の崖あたりから流れ出て筧か何かでひかれて来る水、途中にはしだの葉が流れにゆれているようなものかもしれません。またある人にとっては、農家の庭先のつるべ井戸かもしれませんし、また下町のなつかしいポンプ井戸かもしれません。そういう私たちひとりひとりが持っている原初的な〝想い〟というものを通さずして、私たちは何をこどもたちに伝えることができるでしょうか。

このように私たちひとりひとりでちがっており、また、日本人と砂漠に育った人とではさらにちがった〝想い〟をもつにちがいない「井戸」ということばは、それにもかかわらず、「井戸」あるいは「泉」ということばにふれた途端に、一挙に、〝ああ〟と、ある感情をひとびとに共有させるものでもあります。自分自身の〝想い〟をほり下げていけばいくほど、一方ではcommonな感情というものがみがかれてくるからではないでしょうか。

若い世代に話すべきテーマの発見を

いくつかの〝たとえ〟をのべましたが、このような語りたい衝動が、ストーリィテリングの基底を作るのではないでしょうか。まず第一に、私たちは、自分たちの世代が若い世代にむかって何を話したいのかという、自分自身のテーマを発見していかねばなりません。ストーリィ・テリングの前にストーリィ・ファインディングをしなければならない。そのうえで次に、それをどのように語るかという問題が生まれてくると思います。

ところで、こどもの側にも、おとなに語りたいこと、こどものストーリィがあるはずです。しかしそれを気楽に表現して言うことができないために、こどもには、自分の心のなかに深く深く埋没していく傾きがあります。夕日とか海とか井戸といった自然と人間の交渉地点をあらわすような単語をとりあげ、最終的に納得できるところまでつきつめてみると、そこには四歳ぐらいまでの自分の経験がひそんでいて、原初的なイメージを形成しているということに気づかされます。五歳になると本を読みはじめます。本を読みだすとイメージというものをtransfer（置換）できるようになり、transferできるから本を読むし、読んでもおもしろくもあるわけです。

ですから、お母さんがラボ・パーティに入れてくださいと手をひっぱってつれて来るころには、その子のなかにはすでにかなり本質的なイメージができあがっているといえます。

おとなとこどもの本質的対話の世界

つまり、どうしても語りかけたいという私たちおとなのなかの本質的なものと、こどものなかの本質的なものが対話するところに、私たちのストーリィテリングの世界、テーマ活動の世界が同時にあると思います。本を読む、あるいはお話を聞かせる狭い意味でのストーリィテリングと、テープによるテーマ活動をともにひっくるめて、私たちのラボ・パーティ活動全部が、非常に広い意味におけるストーリィテリングなのです。こういうきわめて大きな概念のなかでいうなら、こうしてテューターがミーティングを持つこと自体ストーリィテリングでありテーマ活動であるといえます。

これまでにのべてきたことを土台においてつぎに具体的な物語の問題に入っていきたいと思います。

深い断層を越えて普遍性をもつ物語

それぞれの本質的なイメージを内に抱いて、おとなとこども、あるいは個人と個人が向きあった世界は、強烈な時間的、空間的な断層をもっています。双方の間の対話は川の上にかかった橋を渡るというような具合にはいきません。そこにある断層は、まるでコロラドの峡谷のようなくさび状の深さと距離をもっているかのようであります。断層は私たちのあらゆる類的概念のなかにあります。このような断層をもちながら、私たちはどのようにして対話を生みだしていくのでしょうか。

このことに気づいたとき、初めて私たちは、人類が数百年、数千年かかってみがきあげてき、現在ではすでにみごとにimpersonalな形をとっている物語のほうに歩みはじめます。断層があまりにもきっかりとあるために、personalなものである限り、いかに優れた芸術作品であろうと万人に対して普遍性をもつほどにはみがかれていないからです。そこで私たちは生の自分をとおしてではなく、昔から語り継がれてきた物語をとおして、こどもたちの心に接近しようとするのです。

私たちが、impersonalな物語という形をとおして語りかけていくということは、ラボ・パーティの本質に対する問いに、ひとつの答えを与えることでもあります。

縦横の軸を構造的につくりだす姿勢

私たちは、nativeの底の底までおりていってuniversalなものの方へふみ出していく、またuniversalなものの方へ勇敢に歩んでいくことによってnativeなものの根をみつけさせる、このような相関性の上に立って人間を捉えようとしています。私たちの活動はどんな場合にも、よりnativeなものと、よりuniversalなものの両極を見つめていく活動に他なりません。私たちがこどもたちに与える物語は、X軸とY軸のように、長い間あるひとつの民族のなかでみがきぬかれてきた、nativeなものとuniversalなものを持ったものでなければならないし、また、そういうものとして与えられねばならないと思います。ストーリィテリングとは、まさに、こどもたちの心のなかにXとYを同時によびおこすためにすることなのです。

このようなものを構造的にこどもの心のなかにつくり出したい、こういうものを構造的に持っている物語を与えたい。また、構造的にこういうものが表現されてくる世界を共有したいというのが、テープ製作の基本的な姿勢でもあります。テーマ活動というと、ラボ教育センターが発明したように受けとめられている向きがあるようですが、すべての時代にすべての民族が、おなじことをやっています。

たとえば、お神楽はnativeなもの――地霊と、universalなもの――代表的神格の葛藤が初めにあって、そこにだんだんcommon fieldが出来あがってくるというテーマを基本にしています。私たちは、現代において、私たちの文化が持ちつづけてきた基本的な構造をnativeなものとuniversalなものの対応関係として捉え、それを、日本と日本の外なる世界というふうに置き換え、また、日本語と英語に置き換えて仕事を進めているということができましょう。

当然のことながら、英語と日本語の間にも、くっきりとしたくさび状の断層かあります。これをどのような形で埋めていくのかということが、テープづくりの基本的な課題であります。このような眼をもって、多くの素材のなかから選び出した物語をいかにしてテープ化するかを次に述べたいと思います。

小石はなぜ光るか？

感情のつじつまがあわないのは困る

impersonalな古典である物語は、がん強な普遍性とやわらかな固有性を同時にもっていますからこれを味わうためには、その固さとやわらかさの質をまず自分の歯でたしかめる必要があります。歯ざわりこそ、物語を賞味する際のかんどころであって、筋書の甘さや辛さ、味の濃淡は、それにより添って補足している二義的なものとさえいえます。

ですから、ラボ・テープを作るときに、もっとも必要なことは、製作者が自分の歯をあてて、自分自身の感覚の硬度を測定し、それから製作の過程でしだいにこの感覚を吟味しながら修正して、ある普遍性に近づこうとする努力であります。

現在製作中のグリムとアンデルセンの物語から四話をとりあげたテープについて、製作の過程でぶつかった問題点を例にして話を進めます。物語のひとつ「ヘンゼルとグレーテル」の場合、私が一番ひっかかったところは、こどもたちが捨てられると聞いて、外へ出て小石をひろい、ポケットにつめておき、森へ入っていくときにそれをひとつずつ落としていって、それをたどって無事かえってくるというところです。その小石がきらきら光って導いたというのが納得できない。この物語についてこどものころからずっと気になっていたところです。その辺の小石をばらまいておいて、夜、それが光ってみえるなどとは、どうしても思えない。こどもにとって、わからないことをおとなにたずねて「そうなっているのよ、信じなさいよ」などといわれるぐらい混乱し、腹のたつことはありません。こどもにとっては、感情のつじつまが合わないというのは、理屈にあわないよりもいやなことです。

英語版ではsnow white stonesとなっています。しかし、どうしても納得できないまま、原文（グリムによるドイツ語版）の第一版を読んだところweissen Kieselsteineとなっています。これは、（白い）表面のすべすべした丸い小石、あるいは火打石、石英もしくは非常に硬い石英質の石のことです。これならば月に光って夜道の二人を導くことかできるというのも自然です。というわけではじめて納得できました。

この小石の形容として、テープ用英文に——"...before the house,snow white stones glistened and gleamed in the bright moonlight"というのがあるのですが、glistened and gleamedという二つの動詞が、ピカッと非常にかわい

た感じで光っているのと、露にぬれたようにしっとりと輝いているというように区別できるのであれば、たとえば「あるいは強くあるいはあわくかがやいていました」というふうに、日本人にわかりやすい表現になり得ます。しかしnative speakerに聞くと、glistenというのは、直線的にピカッと光る、gleamというのは、全体がピカッと光るのだというのです。そうするとどちらもピカッという感じで日本語としてもうまくありません。この点も原文にKieselsteinということばを発見して、はじめてこの形容が、この物語の基調になっている「明度」の指標であることを納得した次第です。

先へ進んでいきますと、おばあさんがでて来ます（ここのところはふつう、白い鳥がおばあさんの家の前に導くようになっていますが第一版には、これはありません）。その英語は、はじめ〝A tiny old lady who looked as old as hills stood on the door steps〟となっていました。「山みたいに年とった小ちゃなおばあさん」、日本語では、山のようにといえば「大きい」ことをあらわすのですから、全然感情のつじつまが合いません。よく単語を日本語にしてならべただけのような英訳文がありますが、我々はそんなことではすまされません。そこでもう一度ドイツ語の原文にもどると、そこでは〝steinalt〟「石のように年とった」という形容詞が使われています。これならよくわかります。

「森」と「石」をとおして語られる

ここまできて、私は〝石〟というものが、この物語の中で、重要な箇所にあらわれているように感じられました。最後の方で、ヘンゼルとグレーテルは、おばあさんの家にあった宝石をポケットにつめこんで帰っていくとありますが、我々は宝石といえば、どうしてもネックレスとかブレスレットとか指輪とか、形になったものを思いうかべますが、そういうものがおばあさんの家のそこらじゅうにあったというのは、なんとなくそぐわない。しかし、原文ではEdelstein――英語でいえばprecious stoneに当ることばです。みがけば宝石になる値うちのある原石を、おばあさんが森の中を歩いてみつけては家の中に運びこみ、ためていたという風になれば、私には自然なのですが。

つまり、この物語には〝石〟というのが三つある。ひとつはヘンゼルとグレーテルの家のまわりにある石、これは道に迷った二人を救ってくれます。次は、石のように年とったおばあさん、これも森の中で迷った二人を救ってくれるかと思われたが、じつはwicked witchであった。最後にそのおばあさんがためこんでいた石、これを持ち帰って彼らの貧しい生活が救われます。

このように考えると我々日本人の自然というものとはちがう、中央ヨーロッパの持つ自然が「森」と「石」をとおしてくっきりと描きだされ、ヘンゼルとグレーテルの物語にすっと入っていくことが出来ると思いました。

ただし、それを露骨にテープに表現するのではありません。製作者の気の持ち方とでもいったようなものにとどめなければなりません。

物語を構造的にしっかりととらえる

「白雪姫」の場合も、ふつうは継母になっていますが、原文第一版によれば「白雪姫を授かった」ということで、実母です。白雪姫が七歳になった時、お妃の美しさを追越し、お妃は姫を殺して肝臓と肺をとってこいと命じ、〝cook in salt〟といいます。第一版通り実母であるということにすると、大変心配であるという声もありました。

グリムの物語は、十四〜十五世紀頃のゲルマンでほぼ完全な形にまで結晶したものと私は考えております。その中には当然、我々米作民族のウェットな心境とは対照的な何かがあるはずです。それを感性の根っこで理解しないままに、こどもたちを育てていったら、ヨーロッパの文化や歴史を我々以上に深くはとらえられないだろうという問題を、私たちは持っております。

また、最後には、お妃は、真赤に焼けた鉄のくつをはかされて踊り狂って死ぬのですが、ふつうは省かれています。

そのために、物語の最後が、「王子様のお城の中で、幸せに暮しました」であっけなく終ってしまいます。しかし、真赤に焼けた鉄のくつをはかされ、炎の中で舞い狂う向うに、真白な花嫁衣装の白雪姫という対照の鮮かさは、すばらしいドイツ的感性として、私たちとしては、どうしても入れたい。

そういうような問題にぶつかりながら、結局どのような形でおさめたかといいますと、まずお妃はある種のmagic power「あやしい力」の持主で、その願いごとから、あるとき美しい女の子がうまれてきたとしました。次に、朝早くから金を掘りにいく小人dwarfが出てきますが、これは地霊の化身とでもいうべき存在であるから、やはりmagic powerを持っている。それで白雪姫を護ろうとする。このdwarfを前近代的な鉱山労働者、あるいはギルド的職人のイメージに重ねますと、そのmagic powerの性格は、お妃の宮廷的な魔術に対して土着的な技術と考えることができます。もうひとつmirrorがありますが、これは両者の関係には全然かかわりなく、だれが美しいかときかれればズバッと答えてしまう、コンピューターのようなものともとれる超越的なものです。十四世紀から十五世紀にかけて、まだ産業革命は起っていませんが、発達してくる自由都市との対応関係において宗教改革が起ってくる。そういう時にみられた、あるテクノロジーに対する考え方ではありますが、当時にしてみればやはりこれもmagic powerでありましょう。そういう性格の異なるmagic powerが三つ巴になってせめぎあっている世界としてこの物語を考えるならば、そのまっただ中をすうっと通りすぎていく白雪姫の姿が、非常にはっきりとみえるのではないでしょうか。

このように、まず物語を最初に構造的にしっかりと自分で納得できて、それをラボ・パーティのこどもたちにあたえられる形とはどういう形なのかということを考えていって、そこから物語のディテール、翻訳の仕方に至るまで、その精神をもって貫徹していくということをやらねばならない。そういうことが、ラボ・テープをつくる活動の根本的な土台づくりであるといえます。

テーマ活動で見逃されているところ

しかし、発表会でみると、実際には必ずしも製作側の意図が表現されない場合も多いようです。たとえば「ブレーメンの音楽隊」ですが、これを表現する苦労はどこにあるかといいますと、始まってすぐ十五〜六行で歌をうたうのですが、劇が始まって十行や十五行で歌が出る気分にはなかなかなりません。それをどうやって歌わせるかというと、ロバの飼主が"I'll have to sell him to the butcher"という。これは"I have to〜"ではなくて"I'll have to〜"つまり売りとばそうと決意してはいるものの、まだちょっぴりのんびりした結論です。そこで"The donkey thought"と考える余裕がある。これが"I have to〜"ならすぐ逃げてしまわなければなりません。こうしてdonkeyもI'll, I'llとのんびりたたみかけた調子で歌に入ることができるのです。もちろん歌の各行のはじめのI'm no goodなどのIはそれを受けています。

四匹の動物たちの悲しみの表現

もうひとつ「ブレーメンの音楽隊」で私が重要だと思うことをあげますと、四匹の動物は林の中で野宿し、おんどりは木のてっぺんに止るのですが、というのは、そこが彼にとって"the safest place"だと思ったからです。ところが、そこをほとんどすべての劇では見逃しています。つまり、そこまでにげてきた動物たちは、まだ安全だとは思っていず、逃走の過程なのです。したがって泥棒たちが宴会をやっているのをみても確実に追出せるという気持でおどかすのではなく、お腹がすいているので、やらざるを得ないのです。そうしたら見事成功。そこで腹いっぱいつめこんで、しかしまだ安心していないから、それぞれ安全な場所にかくれて休む。そういう緊張の中にScarecrowがやってくることになります。こうして、「もうブレーメンに行くことなんかわすれてしまった」という最後の行でやっと平安がおとずれるわけです。

そういう、動物たちの、落着くことのできない悲しみがうっすらと流れている中で、ある陽気な活劇が展開されていくところに、この物語の面白さがあると思いますが、なかなかそこまでは表現されません。

またDonkeyが"But now I'm off to Bremen to be a town-musician there"というとDogが"Bravo!"といいます。このthereとBravoを、とくにおとなの発表会では、源氏と平家の名乗りあいのように意気揚々とやってのけますが、それでは動物たちの悲しみなぞ消しとんで、なぜこの物語が数百年にわたって生き続けてきたかという含蓄もふきとんでしまいます。

すこし注文がむずかしすぎるかもしれませんが、こどもたちに物語を噛みくだく強健な歯と柔軟な舌をもつ世界人になってもらいたいという願いをのべているわけです。

長く貫徹する主題を

パーティの全会員と物語のふれあい

私たちがラボ・テープにおさめられた物語を感受し、再創造していく場合に必要なことは、私たちの心の中に小さいこどもや、少年少女がいっしょに住んでいて、そこで対話しているという形で一行一行を読み、受けとっていくことだと思います。ラボ・パーティの活動のなかでこのことを検証する際、ややもすればテューターはパーティをひとつの単位として見ないで、個々のクラスを単位として見てしまうことが多いように思います。

このグループはうまくいっているが、こちらはうまくいかないというようなことがいわれますが、やはり一人のテューターがいる以上は、そのテューターに対する全会員がひとつのユニットであると考え、そのなかに生まれていく物語とのふれあいを見つめていくべきです。たしかに、パーティが三十人以上にもなればその中は、簡単な衝立のようなものでいくつかに仕切られてはいるでしょうが、しかし、衝立の間を出入りして、幼年と少年というものがある対話をしている姿を目のあたりに見なければ、私たちの心の中の対話も生れてはこないと思います。

小さなグループを顕微鏡的に見ていれば何かがわかるというのではなく、あるおおらかさの中で、いろいろな物語がこどもたちに反映したものが自然に出てくるすがたを、地下水が地表にわきでて、はるかな海へむかうひとつの水系のように、考えるべきではないでしょうか。

「ゆきむすめ」の中で"Can't you jump?""Afraid?"と、こどもたちが聞くと"I can jump.And I'm not afraid,either!"と雪娘が言います。

ここはとても重要なところですが、九州であるこどもが"afraid"が二つ出てくるけれども、この二つは意味がちがうといったことを聞きました。たずねる方は、単に焚火をこえることができるか、焚火がこわいのかという、ただそれだけのことを聞いているが、答えた方は自分の死すら恐れてはいないのだということを意味している。だから"and"は非常に強烈であるし、"either"も最後にボルトとナットをきゅっとひとしめしたような"either"である……。

こういうことをこどもがそこまできちっとわかるというのは、ラボ・パーティの活動のすばらしさを証明しているのだと思います。

私たちは素直にテープを尊敬できる

ここで私は、ラボ・パーティをネイティヴ・スピーカーではなく私たち日本人がやっていることの優位性はどこにあるのかという問題を考えてみたいと思います。

ネイティブ・スピーカーにこのような活動をやらせると、私たちがどれほど一生懸命にテープを作ったとしても必ず批評的に見てしまいます。それは私たちが日本語を教えるというときのことを考えればわかることですが、ここの録音はおかしいとか、ここの発音はカナディアンだとか、部分部分にこだわって批評するばかりで「ゆきむすめ」なら「ゆきむすめ」を全体としてつかまえることをしません。ところが、私たちは、どんなにがんばっても、言語の細部の感触についてネイティヴ・スピーカーに及ぶべくもありませんから素直にテープを尊敬することができます。自分が教える教科書やその内容を尊敬することなしに、それを教えている教師が今日いかに多いかを考えるとき、これはすばらしいことだと思います。

かつて寺小屋で論語を教えていた時代には、教師は生徒ともどもに論語を尊敬し、孔子を尊敬し、大切にしておりました。それとおなじ信愛のこころを、私たちはある特定の理念にたよることなくラボ・テープにたいして持つことができます。

また、今でさえ、四万人のラボのこどもたちがＳＫⅠ、ＳＫⅡをもってやっているのですから、これが十年、二十年と続いたときには、「ぐるんぱ」といえば、ぱっとわかるおとなが全国に何万人、何十万人と生まれてくるわけです。

〝ＳＫ〟の民衆的コンセンサスめざす

むかしの教育のおもしろさは、論語にしてもバイブルにしても、ずっとtraditionalに教えられて曽祖父から曽孫まで、おなじ主題が貫徹するところにあります。そういう意味で、私たちは、ＳＫのテープを少なくとも四代から五代位の間は貫徹させてみたいと思います。なかには「ＳＫⅠにはあきあきした。これから先、毎年新入生が入り、そのたびに〝サンダーボーイ〟をやらなければならないかと思うと前途がまっくらになります」とじょうだん半分にいう人もありますが、私は事情のゆるすかぎりこれは変えまいと思っています。できるだけ長い間もたせたいひとつの民衆的コンセンサスができてくるまでやりたいと考えています。そして、できれば、ハワイ、朝鮮、中国、アメリカなど、至るところで「ぐるんぱ」や「たろう」がCommonに存在するというような状態にしたいと思います。

こういう仕事のできる私たちは非常に幸せです。ですから、テープをつくるとき、そういうことで作っているのだ、という気持をいつも持ちつづけねば、と思っています。何十万、何百万のこどもが通過していくトンネルのようなものとして考えれば、ものすごくがっしりしたトンネルをつくらなければいけないと思うのです。

テープづくりに注ぎこむエネルギー

テープ製作のこまかな過程はここでは省略しますが、ラボ・テープが、テープづくりの専門分野でどう受けとられているかをちょっと紹介しますと、私たちが新テープをひとつ出すと、他のいろいろな会社が直ちに買って検討し、そこまで手をかけなくてもよさそうなものだ、というような感想を持つという話を聞いたことがあります。

たとえば、録音のときには、ひとりひとりの声の性格や発声のくせなどで、唇や舌の音、呼吸音など、ことば以外の雑音がどうしても入ってきます。テープを完成させるためには、これをていねいに除いていかなければなりません。

また、しばしば同じ場所を何回も録音しておいて、そのうちの一番よいものをつないで仕上げ、それを独立に録音した音楽と重ねる作業があります。多くの場合、英語と日本語は別々に録音されますから、これを一行毎に重ねていく作業もあるわけです。

こういう仕事は大変なもので、上記の作業をするのに録音そのものの時間をのぞいて少なくとも百時間、ノイズ（雑音）取りをするだけでも一本のテープにさらに百時間はかかっています。そのほか音のレヴェル調整、英日の間のポーズ調整などにも数十時間から百時間かかりますし、原テープから量産用のマザー・テープを作るのにも、五十時間くらいかかります。このマザー・テープは、約一万本プリントすると作り変えねばなりません。翻訳も、日本人とネイティヴ・スピーカー双方のスタッフの協同作業を最終的には私がみるという過程を通りますが、たとえば私が「ヘンゼルとグレーテル」の翻訳の検討にみんなを招集して、日本語を修正するだけで百二十〜百六十時間は要しています。ですから、うぬぼれかもしれませんが、他のむかしから教科書を作っているといった会社などでテープを作ったとしても、おそらく私たちが純粋に技術的な面で費すエネルギーの何分の一も使ってはいないのではないかと思われます。

しかし、多数のこどもたちに、それもずっと先の世代にまで残していく以上このくらいの努力は当然のことであり、もっともっとしっかりしたものを作っていかなければならないと思っています。

テープをラボ・パーティの眼として

このようにラボ・パーティの、「眼」ともいうべきテープについて、テューターのみなさんやラボっ子たちが、その製作そのものにいきいきと参加してくるのは、私たちの理想であります。しかし率直にいって、これは現状ではまだすこぶる困難であるといわざるをえません。またこの種の作業を、単に、「みんなでつくろう」式の発想で進めることは、ラボ・パーティのような創造的運動にとって最大の罪悪であります。

どのような力が私たちのなかにうまれ、そしてまたその力をどのように結びあわせることができたら、テープ製作という作業そのものが、私たちの運動の核心部にすわっていくようになるか。これはまだはるかな地平のかなたによこたわっている課題であり、それゆえにほんとうにたのしみな課題であります。

テック制作室は、みなさんの努力が、きたるべきその日を、着実に招きよせつつあることを固く信じながら、当面の仕事にいそしんでおります。東急プラザビルのかたすみで、またスタジオで、毎日毎日丹念な仕事をつみあげている一小部隊があることをお知らせしておきたいと思います。


（一九七二年七月十八日）

豊かな語りの誕生
——私たちが次代へ伝えるものは何か

テューターとは

今日の四つの体験報告は、どれも大変面白い、と同時に、ときどきじーんとしてくるような報告でした。この四人の方の報告を聞いての、私の一束の感想を述べさせていただきます。

昭和四十四年の初め、第一回中央セミナー（渋谷・東京都児童会館）で関西の西山（陽子）さんはじめ、何人かのテューターが話をされたときのことだったと思います。あのときの話を聞いていて私が感じたのは、これは研究報告などではない、抽象度は高くないものだが、しかし井戸端会議とはまたちがうものだな、ということでした。時間的な順を追って追求されているテーマは何かというならば、あそこにはテューターひとりひとりの自己認識のうねりが存在しているということができました。これは一体、何と呼んだらいいのかと私は考えました。私は自分の乏しい英語力も動員してみましたが、外国のことばを使ってみてもこのテューターの話に、一定の包括的な名前をつけることは非常に難しいということを知りました。

しかし、近頃になって、私は、テューターがテューターに話す話し方——語りくち——が非常にはっきりしてきたように感じてきました。そして、今日の第三回全国アドヴァイザー会議まできて、私が思ったのは、これはやっぱり、「語り」と呼ぶべきではないかということです。「語り」というのは、語り部によって伝えられたあの「語り」であって単なる日常的な「話」ではありません。やはり何か大いなるものが背景にあって、その大いなる力に動かされながら語るものです。大いなるものを背景にもっているから、かりに話し手の語り口はつたなくても話すことができるし、聞く方もその話はわかるのです。

それにしても、みんな話がうまくなってきた。同時にみんなのなかに聞く耳が生まれてきた。こういう関係のなかに、私たちの現状が如実に明るくのびのびと表現されているのだという感じがしております。

ここで「テューターとは何か」を考えてみたいと思います。明治以降の女性の活動の歴史のなかで「新しい女」といわれる女性が現れました。「自意識をよりどころにしている女性」ともいえます。しかし、テューターはそのような種類の女ではありません。一方、明治から今日にいたるまで、「新しい女」の対極にいたのは誰かと考えますと、それは「いなかのお婆ちゃん」だと思います。両者は仇敵のごとき闘いを続けてきたといえましょうが、この勝負の判定は簡単にはいきません。「新しい女」が勝ったということはないらしいが、さりとて、「いなかのお婆ちゃん」はお婆ちゃんなりに傷ついています。私は、「テューターとは何か」という問いに対してそれは、ひょっとすれば、「新しい女」と「いなかのお婆ちゃん」に対する「第三の女」としてグループを作って発生しつつあるのではないか？　と考えるのです。これは私の、テューターの皆さんへの最大のコンプリメントであります。（笑い）

新・家族物語……

これに関連して「新しい男」ということばを考えてみるのですが、これはちょっといないようです。「古い男」はいますし「古い女」も当然いるのですが、どうも「新しい男」の部分だけが空白です。あるいは、テューターというのは

この世に「新しい男」を誕生せしめるために集団発生しているのではないでしょうか。(笑い)

中国のことばに、「温故知新」(古きをたずねて新しきを知る)というのがありますが、私はラボ・パーティというのはどうやら「温新知故」ではないかと思います。そして、「温故知新」と「温新知故」とのテンションのなかにラボ・パーティの使命があるという気がいたします。

セミナー委員会などで「発表会とは何か」が問題になると、すぐ「物語を劇化する……」という具合になりますが、こどもたちの劇は現代劇作法あるいは近代ドラマとはかなり違っております。なにしろ、こどもたちは、電柱に登るということを演ずるのに、電柱の方をだんだん下におろしていけばよいなどということを発明するくらいですから、やはり近代演劇とはほど遠いものです。どちらかといえば、これは「外国語を使っての能狂言」ということができるのではないかと思います。

私たちはラボ・パーティで、なにか新しいことをやっているつもりでいますが、じつは、私たちの無意識のなかにある古い根拠と結びついているのではないかということを考えていただきたいのです。さもないと、来年から始まる4Hとの、さらに将来は他の国々とのExchange Programの本当の意味を明らかにしていくことは困難です。日本文化の伝統とラボ・パーティの間の関数関係をつかむことができれば、私たちは、外なる世界へもそれを示すことができると思います。

もうひとつ大きな問題があります。この夏、ラボ海外旅行に参加したこどもたちの報告や帰ってからの発言のなかに「アメリカのお父さん」「アメリカのお母さん」ということばがあります。あるこどもの場合には、「お母さん」というときは、アメリカのホスト・ファミリイのそれをさし、「母」というときは日本の実の母親をさすというように使いわけていました。

ここには、〝我々の世界をひろげていく〟という私たちの活動のなかで、家族関係をプルーラルに把握していく意識が発生しているということができるのではないでしょうか。おじいさんは二人で、お父さんは一人という事実に対して、自然に、感覚的に、だれがなんといってもそうだ、という形でもう一人の「アメリカのお父さん」「アメリカのお母さん」をそのように呼ぶこどもたちが、われわれのこどもたちのなかの最も上の世代に生まれているのです。それは、ラボっ子の全世界へのつながり方のひとつの表現です。私たちは、この事実をしっかりと見つめる必要があります。

事務局の父性

こどもたちに教えられるようにして、私たちは、ここまで考えてきました。これはすでに榊原専務理事の話のなかでもふれられたことですが、テューター組織と事務局組織の関係を育てていく心のありかたを解くひとつの鍵として、こどもたちが「アメリカのお父さん、お母さん」と呼ぶことがあるような気がします。テューター組織というのはmothership（母性）の延長上にあるわけですが、いま私たちは、そのさらに延長の上にfathership（父性）を行うものとしての事務局組織を作りあげていきたいと思っています。こどもたちは、「親族呼称」を使って、未知なる世界を切りとっているわけですが、私たちの活動にもまた、このようなかかわりあい方、心のもち方が求められているのです。

ここまでくると、もはや「テューターとは何か」という問いに対する答えではなく、テューターとその周囲のあり方、生き方として考えることになってしまいますが、このような問題に対して、私たちがあるまとまりをもったとき、私たちの現代世界の中での役割もくっきりとしてくるのではないでしょうか。

私たちは全員がラボの初代です。初代のテューターであり、初代の事務局員です。あと五年か六年もたてば、ラボのなかから生まれた二代目のおとなが育ってきます。初代が考えねばならないこと、やらねばならないことは何か、私たちの役割をはっきりさせなければなりません。

そのひとつは、日本の長い歴史のなかに根拠をもったラボ・パーティの活動を進めるなかで、次代——新しい世代が第一線で発見しもち帰ってくる「世界とのつながり」を、あたたかく、やわらかく受けとめうる第一世代として自分自身を育てることでしょう。

いまひとつは、このような活動が恒久的に成立しうる財政的根拠を確実にすることです。みなさんのなかから、ラボ・ハウスを作りたいとか、自分たちの地方にもラボランドがほしいといったお話がありますが、このような活動を保証するものとしても、どうしてもこのことが必要です。

第一世代としての役目をなんとか果して、次の世代におくりついでいきたいものです。

（一九七二年十月）

十代への手紙

「夜明け前」のきみたち……

いま十代のなかばを過ぎようとしている、またはもうすぐそこに達しかけているラボの若い世代……きみたち。きみたちのはつらつとした声が、毎日のように私たちのところに届くようになった。ふだんのクラスで、発表会で、屋外活動で、海外旅行で、きみたちの成長ぶりを告げる事実が、つぎつぎに寄せられてくる。それを集めて、じっと耳をすますと、林の奥をかけぬける渓流《けいりゅう》のような音がひびいてくる気がする。ラボ・パーティをはじめてから六年半、私たちテューターや事務局員が待ちつづけていたのは、この音ではなかったのだろうか。それとも、例によってこどもに対してせっかちになりすぎるおとなの早合点《はやがてん》なのだろうか。

私たちは、きみたちより十年も二十年も、ときには三十年も年上の人間である。苦難にも出あった。努力もした。失敗もたくさんあった。しかし、そのなかでいちばん心の底で気になることといえば、ふしぎにもほとんどの人間に共通した問題になってくる。それは、世界全体の、ひろびろとした感じを胸いっぱいに吸いこんで、それに溶《と》け込むということ。ごくあたりまえの人間として世界のひとびとと、まごころのあるふんわりした交わりができるということ。ことばにすればそれだけのことができるということ。ことばにすればそれだけのことがなかなかむずかしい。どうも、もうひとつうまくいかない感じなのだ。私たちだけじゃないらしい。明治の開国いらい百年、きみたちのひいおじいさん、ひいおばあさん、おじいさん、おばあさんも、そのところだけはお手上げだったように思える。そのためずいぶん苦しく、みじめな経験を自分にも他人にもさせてしまった。そこをなんとかしたい。長い時間をかけてもすこしおおらかで、かおりゆたかな道をこどもたちといっしょに見つけたいという願いを土台にして、ラボ・パーティははじまった。だから、まだ幼かったきみたちが「ラボはたのしい」と、かわいいことばを口にしながら何年かつづけているうちに、いつのまにか「ラボっていったい何だろう」「ラボは、ぼくたちが育てるものじゃないの」「こうしたら、もっとよいラボになる」といった、おとなっぽいことばに変りはじめたことを知ったときの、私たちの心のときめきをわかってほしい。

はじめの数年間はラボもたいへんだった。願いがあるばかりで、方法がわからなかった。よいということがわかっていても、実行する力がたくわえられていなかった。——クラスで一言も口をきかない子がいる。ほかの子のじゃまばかりする子がいる。ひとりよがりの優等《ゆうとう》テングがいる。あれもこれもあいてしまって、ふりむきもしなくなった。おしつけてもダメ、どうしたらよいか——山のような問題をかかえて、先生《テューター》たちは、ラボと家事の間を走りまわり、何度となく同じことを話しあわねばならなかった。

しかし、先生たちは根気よく、たくさんの例を研究しあった。「結局は、こどもたちがやり方を教えてくれますわよ」といった。そのうちに、すこしずつ様子が変りはじめた。——うちの子のテープをきいてください。この絵を見てください。こんなほんやくをすらすらやりましたよ……。先生たちは自分個人の力をじまんしたのではない。おとなたちの共同の力とこどもたち自身にひそんでいる力が結びあったとき、どんなにすばらしいことがおこるかをみんなで認めたのだ。ひとりの先生のよい報告は、私たち全部を勇気づけた。すぐれた例は、北海道から九州まで話題になり、顔も知らないのに名前をおぼえられた子がたくさんいる。

きみたちの活動や作品は、文字どおり私たち全部の心の糧《かて》になった。そうなると、すぐれた例として報告される活動は、ほとんどのばあい、ひとりのこどもの例ではなく、おおぜいのグループの例であることに、私たちは気がついた。教育とはグループの力による、あるはたらきのことだという考え方は、私たちを明るい心持ちにする。ちいさい子もなかまに入れて世話をするようになってから、どんどんのびていくおおきな子の話。おおきな子にまじってから、見ちがえるようにげんきになったちいさい子の話。そのたびに私たちは笑い、ためいきをつき、感動する。

こどもをばらばらに育てるのではなく、お互いにしっかり結びつけながら育てたい。そのためにはどの子も自分の子として感じることのできるおとなに、私たち自身がなりたい。とてつもなくむずかしい問題を、私たちはすすんで背負ったことになる。そして、最近のきみたちの活動には、私たちをかぎりなくはげましてくれる、ある〝きざし〟が見える。ことしの夏、海外旅行にいったきみたちのなかまは、アメリカにもう一軒のわが家、もうひとりの父、もうひとりの母、何人ものきょうだいを見いだしてかえってきた。もしそれがほんとうなら、アメリカではなく、別のところにも、わが家と父母ときょうだいは、まだまだあるはずだ。なんということだろう。あとどのぐらい親きょうだいが見つかるかわからないなんて。この世が、そんなにも測《はか》りしれないところだと、それ以前にきみたちは考えたことがあるだろうか。

実のところ、それは私たちもおどろきだった。十代もなかばになれば、そろそろ手に負えなくなる。だから、もっと幼い時代とくりかえし関わっていくよりほかに、私たちの役割はないのではないか。なかばあきらめかけた気持ちが一部になくもなかった私たちに、大きな声がきこえた。「そうではない。十代こそ、ラボの希望である」。もし私たちのラボに寄せる期待が、自分のにがい、苦しい体験からにじみでたものであるならば、いまの十代にも、やはり同じにがさと苦しみが残りつづけているはずなのに、どうしてラボは十代を棄《す》てるのか。毎日すこしずつ確実にすがたをあらわしてくる青春。ダムの壁をよじのぼるような気のする受験。まるでこの世にはその二つしかないみたいな単調さは、私たちも経験してきた。そのような季節のただなかで、きみたちが「ラボは、ぼくたちが育てるもの」といいだしているときに、どうして、私たちがきみたちの弱さや強さと離れて住むことができよう。

十代はたしかに若い季節である。だから、ひとびとはすぐ明るさだの、希望だのをそれに結びつけて語りたがる。しかし、私たちの経験や観察によれば、いつの世でも十代は決して明るいときではない。むしろ暗い。十代には十代の悩みがあるというだけでなく、それは人生のもっとも暗い「夜明け前」にあたっているからだ。暗くてあたりまえなのだ。しかし、それはただ単に暗いのではなく、かがやきを下地にした暗さということができる。サマー・キャンプの朝まだき、小鳥も鳴かず、どこかに水のしたたる気配のようなものがする闇《やみ》を経験したことがあるだろうか。あれが、やがてしずかに明け放たれる。そこにいま、きみたちは立っている。暗さにおびえてはいけない。虚勢《きょせい》をはる必要もない。きみたちより前に歩いた世代、私たちと、きみたちの後からくる世代、幼い者たちの間に立って、その両方にむかって、きみたちが見つけようとし、また見つけてきた「もう一軒のわが家」について語ってくれたらよい。

夜明け前の人間が、いちばんよくそれを見つけることができる。夜明け前だからこそ、何物かをもとめる心が強い。光をもとめる力が強い。それがきみたちの強さなのだろう。その強さは、私たちとこどもたちを同時に感動させ、この世の大きな光の一部となってかがやく。きみたちは、自分でもよく知らない力をそなえているのだ。しかし、きみたちには全体としてまだできないことがある。自分が見つけたものを集めて、しっかりした建築に組み立てる力は、まだきわめて弱い。長い時間をかけて、きみたちは力を組み立てる方法を知っていかなければならない。だから、私たちはきみたちをおだてる気はさらにない。十代はどんな人間にもある。きみたちの力がすがすがしくあらわれるのは、きみたちが他の世代といっしょにいるときに限られている。おとなたちと離れ、こどもたちと離れてしまったときのきみたちは、ほんとうは上滑りなよろこびしかつくれないことをかみしめていなければならない。

深いよろこびというのは、いったい何だろう。どうしてつくりだすものなのだろう。私たちもよくわからないけれども、きみたちのたのしいさけび声をずっと聞きつづけたい。

できたら年老いてもそうしたいと願っている三千人のおとなたち、テューターと事務局員が現にいる。きみたちと同じかたちの活動をしながら、いずれきみたちもなかまに入ってくるはずだと考えている二千人のおとなたち、ラボ・フエロウ・シップの高校生、大学生、社会人が現にいる。十年後には幼ない子たちがいまのきみたちになり、その十代をみつめる今よりもずっと大きな輪のなかに、きみたちがいる。何だか、ふしぎな感じがしないだろうか。ラボのなかで育ち、ラボを通して世界を知り、ラボといっしょに歩いていく——そんな人間がうんとふえ、旅行で知りあった者同士がいっぱいやりながら「ストップ・タロー」を競いあったり、となりのおじいさんとの昔話のついでに「グルンパ」が出てきたりするのではなかろうか。二十年後、三十年後、、五十年後、さんご礁《しょう》のように育ってくるものがきっとある。それがラボだ。そんなラボを、私たちといっしょにつくろう。きみたちと、いっしょにつくろう。

（一九七二年十一月）

「物語」を心のものさしに

「ラボ表彰制度」と「童心会」の精神

共感の回路を求めて――〝さむざむとした教育〟を越える

表彰制度とは、いったい何でしょうか。それは、ひとつの社会集団にとって何が是であり、何が非であるかという価値判断のシステムであります。このようなシステムは、古今東西かぞえきれないほどの例がありますが、多くの場合弊害をかもすか、無益なものに終っています。よい結果、よい行為を讃えたいというのは、集団をかたちづくらずにはおれない人間の自然な気持であり、それによって自分たちがめざしている方向を明示できるにもかかわらず、かくも失敗つづきであるとは、どうしたことでしょうか。

〝表彰〟へは批判的でありながら

教育とは、そもそも人間の大集団がおなじく人間の大集団にむかってよびかける活動の全体に根拠をもっており、いわゆる「教育」は、そのほんの一部にすぎないことは自明であります。この一小部分が、巨大な全体に代って、ある基準を固定させたときにおこる困った問題は二つあります。

一つは、部分が全体をうまく表現しきれずに独りよがりになること、もう一つは、全体すらまだ認めきれないでいる非常にすぐれた少数例を無視することです。この二つの危険をさけるように、あらかじめ保証されている表彰制度はまずないと考えてよいでしょう。そこで、おおよその表彰制度が、批判や嘲笑のまとにさらされるのは、歴史の通例であります。

ところが世の中は、片方で人間を区別し、ふるいにかける点ではすこぶる熱心です。その熱心さはゆきつくところ今日の受験制度として結晶しております。「ほめる」ことには懐疑的で、「ふるいおとす」ことには情熱的ですから、温度はいっこうに上らない仕組みです。さむざむとした学校教育をあたりまえと思いこんでいる全社会の荒廃が、いま私たちの眼の前に凍りついています。

何とかして、この温度をいささかでも上げられないものだろうか。ラボに関わる者であって、これを望まない人はありますまい。むしろ、これこそラボを始め、ラボに参加し、ラボを続けている動機そのものでありましょう。

根深い鍛練主義と戦後近代主義

しかし、戦後の「近代」教育が平等・民主の観念をこどもの世界に適用しているうちに、いつのまにか現代社会の動向にずるずると引きずられて落ちこんだ穴は、相当に深いものと思われます。何と弁解しようと、いまやそこに感動がないということは決定的です。平等・民主の観念をタテにして、人間評価という教育の大課題から逃げまわった報いであるといわざるをえません。もとより人間の評価とは、共感（愛）によって完結するしかないものであります。

おそらく、この平等・民主―無感動というルートは、戦前・戦中の鍛練主義に反発しておこったものでありますが、いまでも鍛練主義は根強く残り、とりわけ受験制度と一体になっております。これが外国語教育に反映しますと、ご承知の通り、私たちがこの三年間、当面の敵として、とり組んだ「パターン・プラクティスを基底とするリゴリズム」ということになるわけです。私たちは、まず現代教育へのアプローチを〈外国語・外国人・外国文化〉におき、ついで戦前・戦中の鍛錬主義と戦後の近代主義を〈物語を！〉というかたちで越えました。これは、たぶん後世が認めるほどの教育上の事件であろうかと思います。

人間は「物語的存在」——こどもをみつめた三年間

「総合システム」ということばを、もうすこしスローガンめいた表現に直しますと、「教育の人間化」とでも呼ぶことになりましょう。また方法論として表現しますと、人間を「物語的存在」としてとらえたということになりましょう。断片でなくて全体、分析ではなくて総合、法則ではなくて自然、解説ではなくて感動……さまざまな言い替えをしながら、こどもたちをみつめた三年間は、それ自身ひとつの長大な物語でありました。

人間とは、物語によって生まれ物語によって育ち、物語を背負い物語として完結する存在である。物語とは、人間の行為と夢が交換されていく経過であり、ひとりの人間はその事例集にほかならない。人間と物語の関係は、オーケストラの楽器と楽譜のように、またその逆でもありうるように響きあう対応である——そのような視点をとったとき、私たちのてのひらは何かずっしりした重みのあるものを感じ、私たちの耳は、「ここを進め」という声をききました。

物語を軸とする私たちの方針

物語を教育の手段と考えた人もありましょう。また物語を教育目的の一部分と考えた人もありましょう。想像上の物語と、行為の連鎖としての物語を区別してしまって、ゆるやかなからみあいを大切にすることを忘れる場合もあったでしょうし、よい物語と悪い物語という風な純粋主義におちいりかけた場合もありましょう。

しかし、全体として「物語を軸にする」方針はつらぬかれました。「英語を教える」活動から始まった私たちの脱皮は、教育史上まれにみる冒険を成功させました。この成功の意味は、どこにあるのでしょうか。文型練習を基底とする鍛練主義を越えただけでしょうか。この面は、だれの目にもはっきり映ります。しかし、もうひとつの面も、それにおとらぬほど重要です。つまり、それは人間不在の、まやかしの民主・平等主義を同時に越えたのです。

英語習得の場の人間の涙や笑い

人間をテストの点数や、一から五までのクラスの相対評価で測ることの奇妙さはいうまでもありませんが、それを非難しながら、人間の笑いや涙の重さ、すなわち物語の重さに正面からこたえていくことを忌避するならば、そこにうまれるのは、白っぽいしゃれこうべに似た空洞の無意味さしかありません。この課題を、英語習得の世界に置いてみた人間はありませんでした。しかし、私たちの共同作業は、はからずもこの重大課題にたいする興味あふれる解答を、一見思いがけない分野で提出しているのではないでしょうか。

単語―単純な文―複雑な文―文の集合といったぐあいに、ことばを秩序づけようとする考え方は、知識を点、線、面と分割しながら整序していく技術操作にもとづいていますから、そこには難易という軸をもった価値の序列が直線形で走っています。これにやりきれなくなった人間が、言語習得の上でとかく走りたがる方法は現実の会話に身をさらすこと、つまり実証を価値とみなすことです。しかし、通じさえすればよい、通じるものは正しいという考え方は言語による人間交渉の深浅を度外視しますから、どこまでも価値意識を卑俗化します。このように、外国語習得こそ私たちの価値観をするどくためす場でありうることを、かつてだれが説いたでしょうか。

そうです。私たちがいま見いだしているのは、「物語」というすがたをもった価値意識なのです。それは、点、線、面……あるいは小なるものから大なるものへという最終的に直線形をとる価値の序列ではありません。またそれは、人間を無媒介に平等の存在とみなすだけで、そこに生きる者の血涙の推移を感受しようとしない、価値の抽象化、無化現象でもありません。ある物語が、物語に働きかけ、そのことによってさらに新しい物語をうみだし、それらの物語が無数に集まってひとつの響きをなす、物語の巨大な生成過程にむかって、私たちは「イエス」といったのです。このことは、まさにそのとき、テューター自身が一個の物語の集成として、こどもたちの前に立ったことを意味します。

物語——そこに教育の大道がある

英日両語の併立という、ふしぎな形式によって、独特な緊張をもった物語に対面したとき、こどもたちの心は謎でみたされ、この力強い「なぜ?」というさけびは、物語とことばを同時につらぬきます。その瞬間に、こども自身が物語そのものになるのです。この小さな、生きた物語は、そのままパーティへと歩いてゆき、他の物語たちとはしゃぎまわって融合し、発表会という集合体の物語として結晶します。その後の解晶過程もまた一つの物語になります。これを、受験勉強と試験場と入学式といった現代の学校制度の特徴的場面と、パネルのように結びつけねばならないことは、まことに苦痛であるとさえいえます。

物語によって、物語的存在をみちびき、個々により深く物語をくみとらせるという方法は、前にもたびたびのべましたように、決してラボ・パーティの発明品ではありません。聖書や大蔵経や論語の名をあげるまでもなく、村々の無名の父親、母親たちは、かつて全部そうしてきたのであります。そこに教育の大道があるということが、いつのまにか忘れられて、ストーリィテリングといったようなことが、ちょっぴりハイカラなふるまいのように思われているにすぎません。そこで私たちは、英語習得を契機として、この問題を現代教育の矛盾のまんなかのところまでもちだしてきた——ここにラボの新鮮さが、あるのであります。

「定性化」への反省を――感動の事実をかがみに

ところで、私たちはこの意義をどのくらいの深さで自覚しているでしょうか。かつて私たちの祖先は、物語によって歴史を語りながら、それを「かがみとせよ」といいました。たとえば資治通鑑の鑑、大鏡、増鏡の鏡などがそれであります。これは、どうも物語は酒のようなところがある、精神を高揚させるによないものではあるが酔っぱらってはいけない、つねに自分の顔がよく見えるようにして読まなければならない、そんな風に読むと、つきることのない糧であるという、相当に厄介な注文でありましょう。いいかえれば、それは、感動しては覚め、覚めては感動し、それをくりかえすことによって価値判断の尺度を作りなさいという要求であります。私たちがそこまで物語というものについて考えたことがあるでしょうか。歴史の記録に近い物語と想像上の物語とはちがうなどといって「物語を軸にした」私たちの活動の反省から切りすててもよいのでしょうか。

なるほど物語は、教育の主な側面を技術習得としてとらえ、その効果をある数値で測ろうとする定量化の傾向にはっきり対立するものであることは容易に了解されます。また物語が、教育の目的は平等な人間空間をつくりだすことにあると考え、その個体差をゼロにしていこうとする観念化の傾向をはっきり否定するものであることも理解できます。しかし、ある個体の生きた時間の話である物語を自分の心のなかのものさしにするという場合、かなりきびしい問題が避けがたくうまれてきます。

定性化現象の具体的な二つの面

いちばん大きな問題は、化学で使われる「定量」「定性」という用語を借りるなら、物語を軸とする教育活動のなかで、定性化現象がおきるということです。定量化からは自由でありえても、定性化にしばられるおそれがあるわけです。

具体的に二つの面があげられます。一つは、自分の好み、つまり美意識をともなった価値意識が狭い限界にとらえられて発展しないことです。英日両語の物語は、その構造のなかに、この面での大きな振幅をもっているのですが、ややもすれば自分のちっぽけな情緒の匙ですくえるものしか食べないという現象があります。もう一つは小さな同類意識で物語を共有し、その内部に閉じこもってしまうことです。ラボ・パーティはもともと良心の名において小さな聖域を守るといった閉鎖性におちいらないように、開かれた巨大さをめざしてきたのですが、この点では今日なお討議と実践をくりかえして一致していかなければならない広い領域を残しています。

ともあれ、物語を軸とする教育活動において、もっとも注意しなければならないのは、この定性化現象であって、かつてどのように偉大な教義もまぬかれなかったところであります。そして、わがラボ・パーティもまた当然に、この現象による浸蝕がすでに見られます。なんとなく好みが一定し、なんとなく小ぢんまりとまとまり、総合システムの初期にあった、苦痛あふれる感動が伝わらなくなっています。

社会現象がますます根源的なやみを加え、その反映としての学校教育がますます困難さをましているという事実と、この現象は無縁ではないでしょう。しかし教育の原理はつねに「にもかかわらずそれゆえに」でなければなりません。外界がそうであるならば、にもかかわらず、それゆえにこそ、ラボは〈感動の事実〉を創造し、それを〈かがみ〉として、みんなの前へ出ることを共通の了解にしていると信じます。

どこで前に出たらよいでしょうか。こどもたち＝物語の若いるつぼのなかで煮えたぎっている物語をとりだすよりほかに、私たちに何が出来るでしょうか。それらを数かぎりなくとりあげ、伝えあい、感動をわかちあい、それらをラボの外界にまで遠く遠く伝播していく組織になるほかに、ラボ・パーティの意味があるでしょうか。

〝冷氷塊を融かそう〟――人間評価の新基盤づくり

物語を、物語によって、物語としておこなう表彰……それがいま提案されている表彰制度であります。少数の偉大な人間の物語ではなく、町にあふれている幼いこどもたちの、ほんの断片ともいえる行為の物語を無数に積み重ねていくことによって、それ自身を人間評価の体系の新しい基盤にしようというのです。

それはまだ夢想にちかい理念ともいえます。古今東西の表彰制度の失敗をふまえながら、物語で現代教育の冷水塊を融かそうというのです。まごうかたなき二十世紀のドン・キホーテ精神がここにあります。しかし、このドン・キホーテは「五才から英語を」とさけび、英日物語によるテーマ活動を進め、おとなにまでこの方法を一貫させてきた集団の呼び名でありますから、何物かをうまないとは断定できません。

通念をくつがえす表彰制度とは

夢想にちかいといっても、すでにぼんやりととらえられている基本的な視点がいくつかあります。

第一に、従来の表彰制度の通念をくつがえす表彰制度でなければなりません。そのためには価値判断の固定した尺度を設けるのではなく、多くの事例をめぐる対話を通して尺度そのものが生成変化していくように運営されることです。

第二に、入試の合格や、クラス内での相対評価ではなく、こどもが自分自身を越えていくときのある絶対性を讃えたいと思います。したがって、その結果よりも、こどもの姿勢や態度の展開のしかたを基礎に、多くのためらいや失敗を見のがさず、それをふくめてはげましたいのです。

第三に、従来の徳目にとらわれず、こどもの夢を大胆に肯定してやりたいと思います。とくに幼児のもつ夢をおとなが共有しようとする努力のなかに、本来あるべき表彰制度の核心があると考えたいものです。

第四に、こども自身が見せかけの善行などの何の役にも立たず、自分の自然な行為が他のこどもに関わるとき、思いがけないおとなたちのよろこびがあることを発見して、おどろき、かつ自分の固定観念を棄てていくようでありたいと思います。

おそらく、このほかにもたくさんあるでしょうが、すべてはこれからの討議と実践によって作りあげるべきもので、このような問題をつっこんで話しあえる思想的、組織的基盤がすでにあるという事実が、何よりもすばらしいことであります。たとえ提案の最初の形が変えられても、その動機が一つの物語として感受されて、より深い息吹きとなって再生すればよいわけです。

ともあれ、私たちは「物語」を英語習得の方法にすえた地点からそれを人間の全的な対話の軸にすえる地点にさしかかっています。であるならば、こどもたちの行為が織りなす一篇の物語と、私たちの愛好する一篇の物語が出あうのは自然のなりゆきであるとともにその媒介となる制度もまた、ただの制度ではありますまい。物語にみちあふれ、物語が親しくゆききする大組織としてのラボ・パーティを地平の彼方に見ましょう。


(一九七三年一月)

旅と旅じたく

いわゆる行事活動を除いてラボ・パーティを考えることはできなくなったといっても過言ではありますまい。４Ｈ（ハワイ教育会）との交換計画は、いまやラボ中高生の活動にしっかり組み込まれてきましたし、また小さなこどもたちにとっても大きな目標となっておりますし、夏のキャンプ、冬のキャンプがラボっ子にもたらすものを考慮の外に置くことはできません。これらの活動が、行事などという付足しのような呼び方が不適切なほど大きな意味をもつようになってきた一方、年々規模の大きくなることに追われて、ラボの教育活動のなかでの意味を追求することをつい怠りがちになります。

私たちの歩いてきた道をふりかえりながら、その一歩一歩ごとに何を考え、どういう施策をとってきたか、あらためて思いおこし、ラボの交流活動あるいは行事活動とは何かということを考えてみましょう。これは別に事務局方針などというものではなく、あくまでも私見です。これがみなさんの討議の糸口となればと思います。

ラボ・パーティ発足以来、夏の行事はつづけられてきましたが、私たちが本気になって組織的に取り組んだのは六九年夏の北竜湖キャンプでした。回を重ねるごとに様々な問題にぶつかり、それなりに多くのことを考えさせられるものですが、このとき、私たちはサマーキャンプとはラボの何なのかという問題を問いなおさぬ限り一歩も先へ進めないという地点にさしかかったということです。ちょうど時を同じくして、週一回のパーティ活動にも反省の声が出はじめ、私たちはこれら二つの問題を検討するプロジェクトを発足させました。いわゆるプロジェクトA、プロジェクトBがそれです。やがてプロジェクトAは、英・日、英で語る物語テープをもとにしたこどもたちの再表現活動として、またプロジェクトBは朝霧キャンプを経てラボランドの建設へと進み、今日のラボ活動の基礎を作りあげてきたわけです。しかし、いま振返ってみますと、当時のAとBの関係についての議論はたとえばAは内堀、Bは外堀、いや車の両輪のようなものであるとか、具体的な事例のともなわぬ抽象的な議論の段階であったと思います。

私たちの考え方を大きく前進させたのは、まずラボランドでのキャンプです。年齢の縦長グループの構成という考え方が、ここで打ち出されたことはまだ記憶に新しいことです。そして昨年の訪米にはじまり、今年の相互訪問へと発展してきた、4Hクラブ（ハワイ教育会）との交換計画の経験です。国内、国際の交流活動を欠いたラボ活動を考えることはできない、というより、日常のクループ活動を一駒として含む、ラボ活動の全体像がここに描きあげられた感じがします。

全体像をことばにするとなるとなかなかむずかしいのですが、いろいろ考えているうちに〝旅〟ということばがふさわしいのではないかと思うようになってきました。私たちの総合システムというのはこどもたちが仲間とともに物語テープを聞き、一人ひとりが発見したことを互いに交換し、話しあいのなかで発見を掘り下げ、最後に他のグループと発表会で成果を分ちあう活動だと大まかに描きあげられると思います。今日までの私たち自身の歩みと何とよく似ていることかという気もしますが、こういう教育活動の源流となる思想を、歴史をさかのぼってさがしてみますと、どうも〝旅〟にぶちあたるのです。

〝旅〟といっても当今のレジャーとは違います。西行や芭蕉、行基や一遍のように、行く先々での人々との出会いの体験をとおして自分自身が成長してゆく、そういう生き方のことです。これはあらかじめ達成すべき目標が定められているわけではなく、体験との出会いから人間としての全体的成長をみちびくに足る内容を発見してゆく方法です。総合システムとはこの〝旅〟に相違ありません。こどもたちと物語世界の出会い、これはいわば心象世界の中での旅です。私たちの指導は、こどもたちの旅を作り出し、与え、成長に寄与するものです。

行事活動と呼ばれているのも、交流の場を作り与えてゆく活動です。そこでこどもたちは生身の人間との出会い、交流を体験してゆきます。このように、心象世界、外部世界という二つの世界をとおして旅を重ねてゆくことが、こどもたちにとってのラボ活動であると考えることができます。現代のこのような旅というと、四国路のお遍路さんのことを思い出す方もおられましょう。あの笠には「同行二人」と書いてある。私たちラボの旅笠には同行何人と書けば十分な表現になるのかわかりませんが、お遍路さんには弘法大師が同行しているのと同じく、ラボの旅には大勢の仲間がいるというのも大きな特長になりましょう。

このように〝旅〟という考え方をとると、物語テープの活動から海外交流活動まで、一貫して見渡せるようです。このことはまた、私たちにもう一つの課題をなげかけているように思うのです。今までの私たちは一週一時間のパーティ、発表会、地域交流、キャンプ、海外旅行と、私たちが直接こどもたちに接する一定の時間のみをラボ活動としておけばよかったのですが、〝旅〟としてのラボ活動には、いわゆるラボのない日のこどもたちの生活を含めて考えなければならなくなってきたということです。こどもに直接接しない日々のことですから、テューター単独であたれる問題ではないことはもちろんです。当然のことながら、父母とのしっかりとした協働の体制を作り出さねばなりません。同時に、ラボのない日のラボ活動とは何かということも考えてゆかねばならないのです。私はこれを旅仕度ととらえてみたいと思います。具体的な指導は、こどもの性格、年齢によって違ってきましょうが、テューターと父母がこどもの旅仕度を手助けしてやることが、ラボのない日のラボ活動ではないでしょうか。

ラボは今、新しい段階にさしかかっていると思えてなりません。今、このことを事務局内部でも問題提起しておりますが、私見がみなさんの討論の糸口となれば、と考えます。

（一九七三年九月十八日）

幼児のラボ活動
――幼児にとって英語とは何か

全体の主題を「幼児にとって英語とは何か」とするが、これはこどもの外側ばかりをめぐってとらえようとしても明らかにならない問題である。

一・幼児とは何か

人間にとって巨大な課題

人間は成人しても大脳の潜在的capacityのほんの一部しか使いこなしていない。いわば、太平洋からバケツに一ぱいの水を汲んでそれを使っているようなものだ。しかし、幼児はバケツをつくりあげていないから、太平洋の側からおとなのバケツの方をみようとする。一方で潑剌たる生命力をみせながら、同時に存在の不安定さにふるえているのが幼児であり、その状況をみることは、そのまま人間にとって巨大な課題にむかうことである。

人間の特質――第二信号系

生まれつきの本能としての外界適応力は、人間は他の動物より著しく劣る。人間に顕著な特質は第二信号系の発達であり、その中心が言語を理解し、使う能力である。それによって状況に対応する力を養い、およそ二歳ごろから話す能力が顕在化する。

想像力と感覚のピーク

想像力のゆたかさと感覚の鋭さは四歳ごろピークに達し、以降下降へとむかう。人間の脳細胞の配線のもとになる部分ができあがる時期である。作文などにみられる表現も、事実を切りとって書くことから、客観化への移行として擬人文などがみられ、小学校三～四年になると概念的なことを文章化するようになる。

グループづくり――社会への適応

ラボ・テープをきいて物語を楽しむということは二歳半から三歳にかけて始まっているが、グループのひとりとして楽しむには至らない。四～五歳ごろから、たまたま生まれやすい状況があると自然にグループが発生して行く。やがて、こどもたちは自分の意志でグループをつくり、他のこどもによびかけ、グループにおける自分の位置づけをきめる。高学年、中学生においていっそう顕著である。

グループのひとりになるということは、社会に入り社会に適応しながら自分自身をenjoyすることである。ラボ・パーティの成立時期を大体四歳以降と考えてよい。

ふまじめごっこ――崩壊と建設

この時期のこどもの想像性や感覚のあらわれ方は、おとなのそれと対蹠的な形であり、太平洋の方からバケツをみる感覚がまだ力強く生きている。

ごっこというのは、まじめとふまじめが交錯して成立している仮説の世界であり、片方では成立しない。おとながどちらか一方に片寄せてとらえようとすると、そういうおとなをこどもはうけつけない。

崩壊感覚と建設感覚のいずれもがきわめてdrasticな形であらわれ、それがおとなの目を奪うが、一方でこどもは崩壊と建設をきちんと処理する感覚、規則正しさを求める感覚を持っている。

二、幼児のラボ・パーティ

まつり――序曲・物語・終曲

幼児がグループをつくって遊ぶのは、まつりをやっているのだ。この場合、未開人のまつりの原初を考えるのがよい。もともとまつりというのは、アポロ的な要素とディオニソス的な要素が結合して全体性が形成されている。

こどもたちは幼神であり、神が神をまつるために集まってくる。preludeとしての工夫をしよう。テューターがお話をしている輪にひとりまたひとりと集まってくる。あるいは集まってくるひとりひとりに話しかける。そして幼神たちがまつりで占める座を決めることも必要である。ライオンの座、キリンの座など。

まつりの始まりを宣言する必要があるが、「さあ、始めますよ」では始まらない。歌、なるべくきまった歌であろう。そして神、まつられる神がやってくる。降りてくる条件として静粛が必要である。幼児に静粛を求めるのは容易ではないようだが、物語への導入としての工夫をしよう。両手で耳をおおわせてテューターが静かに語る。「波のような音がきこえるでしょう。海です。むこうから一そうの舟が……」「ずっとむこうに何が見える?」と目の前の現実から一旦遠くに意識をつれ出して物語という想像世界への自然な導入を準備する。

物語の始まりは神人共歓、直会《なおらい》である。登場人物の出入りに現実感をもつことが大切だ。動物のコーナー、乗物のコーナー、人間のコーナーがきまっていて、幼児がそれになじむ。突然「さあヒロちゃん、タローになって」といわれても幼児はタローに乗り移れない。

物語全体といっても英日で三〇分、英語だけなら一五分だ。テープが流れるにつれて、幼児たちは好きなことばだけいい、あとは体を動かしてついて行くことによって起承転結の一貫した体験をする。

まつりが終わり、神が戻って行く。お面《めん》など道具を戻す位置もきまっていて、歌や次のパーティへの約束がなされる。

幼児にとって英語とは何か

小学生の低学年ぐらいでは、外国というものがあり、そこではちがうことばが使われていて、英語やドイツ語や中国語であったりするという認識はできる。大きくなったら外国に行きたいという願望から、外国語を現実的にとらえることができる。しかし、幼児にとって外国語とはもっと漠としたもので、外国語というよりも「彼方《かなた》のことば」であろう。

なぜ英語を

原始のまつりを成立させるものとして共有の暗号・隠語のようなものがあり、それを力として一種の秘儀がくりかえされる。幼児たちに、毎週ある統一性と連続性をもった活動を続けさせて行く力を、まつりの生命力は持っており、そうさせて行く力を英語が持っている。日本語とゆるやかに対応していることによって、彼方のことばがまったく意味不明におちいることが防がれる。彼方のことばが幼児にとって現実的な意味をもってくるのに相当な時間を要するのは当然である。

パーティと家庭——ハレとケ

日常的な毎日の暮らし（ケ）のあいだに、日々準備されてまつり（ハレ）がある。ケのときにテューターは直接的にはこどもに接することがないので、母親、父親、家族との関係性が大切だ。幼児は一方ではひとりの人格だが、一方ではいまだに母の影を宿した存在である。ラボを家できくという直接的なことだけでなく、まつりでの集中力とか静粛さをつくるためには、人間としていろいろな技量を養う必要がある。

テューターの役割

幼神たちのまつりの司祭であり、こどもの世界の魔法使いだ。そういう存在としてこどもたちが認めてくれないとうまくやれない。しかし、そういう役をtechnicでやる前に基本態度をすえることが大切である。

・よろこびをもってこどもをみることができる。
・幼児と同じ平面でものをわかちあえる。
・幼児という巨大な存在から教えられるよろこびをもつ。

幼児にとってテューターとは決して英語の教師ではない。

幼児からの旅

そもそも物語というものは大半が道行きである。

幼児というものを道行きのなかのひとこまというふうにみれば、幼児のその後の旅とかかわることなしに、幼児そのものへのかかわりをまっとうすることはできない。

はじめにみたように、幼児は人間にとって巨大な課題を与える存在である。太平洋側からバケツをみる幼児のラボ・

パーティにおける反応が、もっとゆたかにvividに上がってくれれば、その事実にそって新しい物語制作の世界が生まれるだろう。

幼児にとって英語の教師という役割はテューターのなかに存在しえない。このことは、ラボ・パーティ全体におけるテューターの本質的像を浮彫りにしている。

（一九七三年十一月八日）

ピーター・パンをめぐって

「ピーター・パン」をとりあげたについては、私の個人的な思い出もあるのです。私はずっと小さい時分に一時期、母と離れて暮したことがあり、時計を読めないようなばあやを相手にそのさびしさをまぎらわせていたのです。そうして四歳半のころに、分厚い本の「ピーター・パン」を読みました。ラボでお話のテープをたくさん作ることになったとき、また、物語ということに触れて話すときには、心の中にいつも「ピーター・パン」のことが思い出されていた――そういう事情があります。

ラボ・テープとしてのこの物語はまもなく私の手を離れるわけですが、次のテープにとりかかる前にまだ私の中で鳴っている「ピーター・パン」の旋律をすっかり追い出しておく必要があり、あたかも全面的にテープへの認識を新たにしていこうという運動がなされているのをよい機会に、私自身の〝ピーター・パンばなれ〟をしておこうと考えているわけです。

通常の出版物とちがって、ラボ・テープはそれに接する人たちの積極的なグループ活動が展開されてはじめてひとつの完結した世界をつくりあげるのです。ラボ活動の何たるかを理解しない人のところにあるラボ・テープは、ですから

〝半分〟しか生きていないといえるわけで、制作の責任をあずかる私の話も、そういう意味でお聞きいただきたいと思います。

四十二歳のJ・M・バリ、ピーターを生む

原作者のジェームズ・バリという人は、スコットランドの生まれで、お父さんは毛織物の職人だったといいます。アンデルセンの父が靴作りの職人だったことを思い出しますが、〝手職〟をもつ父親の子に与える影響を考えずにはいられません。十人兄弟だったということも、ちょっとニッコリさせられます。つまり兄弟でできた〝縦長クラス〟だったのです。

お母さんがやはり、非常にやさしい人で、「ピーター・パン」のダーリング家のお母さんやウェンディのモデルになっているといわれます。これもまた、アンデルセンのお母さんが、非常に信心深い人だったことと考え合わせてみることができそうです。

一八六〇年に生まれて、亡くなったのが一九三七年ですから、日本でいうと明治になる前から昭和十二年まで生きている。家はさして裕福ではなかったでしょうが、エディンバラ大学を出て、二十代には作家として認められるという比較的めぐまれた人生を送っています。

このバリが、最初にピーター・パンの原型を生み出したのが一九〇二年といいますから、四十二歳のときです。この年令は私にも興味がありまして、私がラボ・パーティを始めようと決心したのが四十二歳。どうも男親というのは、このあたりでこどもの世界へ突っこんでみたいという気持が起るのかなと思ったりもします。

それはともかく、ピーター・パンという主人公がこの世にあらわれるのは、二年後の一九〇四年に劇が初めて上演されたときあたりでしょう。当時の脚本がどういうものだったかはわかりません。一九二八年にこのドラマが出版される

までには、バリ自身も手を加えているはずですね。そのまた二年後、劇上演を追いかけるようにして「ケンジントン公園のピーター・パン」が本になりました。ドラマではなく、散文です。これは邦訳があります。そして一九一一年になって『ピーターとウェンディ』が出て、これが普通にいわゆる〝読む〟ピーター・パンの物語であるわけです。

私たちの「ピーター・パン」は『ピーターとウェンディ』および一九二八年に出版された戯曲を下敷にしているのですが、この戯曲には序文がついていて、バリが親しくしていた五人兄弟（みんな男の子です）の思い出なども書き留められています。四番目の子が病気になったとき、そのベッドのまわりでアマチュアの人たちが「ピーター・パン」の劇をしてみせたなどというエピソードもあります。

新世紀を迎えた時代意識の明証

つぎにピーター・パン誕生のころの時代背景を見てみましょう。一九〇四年といえば、わが国の歴史年表をひらけば明治三七年、日露戦争の時代です。ピーター・パンの五年後一九〇九年には、メーテルリンクの「青い鳥」がスタニスラフスキーの手によってモスクワで上演されています。この二つの物語は、どちらも初めに舞台があり、後になって本になっているのです。ピーター・パンとチルチル、ミチルは、おおよそ同時代人だと考えてもいいわけです。キャロルの「不思議な国のアリス」はバリが五歳のときに書かれていますし。「鏡の国のアリス」はその六年後の作ですから、たぶんバリも「アリス」を読んだろうと思われます。アンデルセンが死んだのは一八七五年ですから、その創作童話にもバリはこども時代に触れているかもしれません。

こうした重要な作品が十九世紀の末から二十世紀初頭に現れているということは、時代と童話というもののあいだにも深いかかわりがあると考えられます。いわゆる〝世紀末〟をくぐりぬけて新しい時代が到来する。そういうときにいろいろな意識が大きく動くということがありまず。ちなみにいえば、「ピーター・パン」の前半の一九〇三年に、ライト兄弟が初めて空を飛びました。こどもたちが、しかもグループをなして空を飛ぶ物語が生まれたのも、バリがそのことを意識していたかどうかは別として、時代と切り離しては考えられないところがあるように思われるのです。文学の方ではゾラやフローベルやモーパッサンなどを中心とするリアリズム文学とか、絵画の方では印象派など、世の中のすべての面に光をあてて人間をとらえようとする風潮が力をもっていましたが、それが世紀末から二十世紀初頭という時代になると少し変わってきます。いったい物事をそんなふうに「ある」「ない」とはっきりきめつけて考えるのは正しいのかどうか、というような新しい認識方法への追求が生まれてきたわけです。

物理学・天文学といった科学の理論の研究が進んで、合理性の追求のはてに、たとえば〝素粒子〟というような合理的ではあるが常識を超えたものを考えざるを得なくなってくる、そういう時代だったといえるでしょう。こうした認識の変化は、ことばの世界・表現の世界にも大きな影響を及ぼしてきて、そのもっとも著名な例が数学者ドッジソン＝キャロルの書いた「アリス」となった。だいたい、おとなの固定した観念を飛び抜けていくこどもの物語世界は、こうした人間の思考方法の変化を表現するのにいちばん適しているらしいのです。

また、十九世紀まで続いてきたフロンティアの時代が、ほぼ二十世紀の初めにはひと落ち着きしたかたちになります。そうして、それまではヨーロッパ文明こそが世界の中心であり、複雑高度な社会をつくりあげていて、それに対してナイーブでプリミティブな原始社会を考えていくという認識のしかたが中心的だったのが、これも少しちがうんじゃないか、〝未開社会〟というけれども、それは実は、ヨーロッパ文明が及びもつかないような複雑な構造の中におかれているのだ――というような主張が出てきます。

そうすると、そこから今度は当然〝こども〟についての考え方も変ってくる。それまでは、こどもは素朴で健康で単純で明快であるが、おとなは複雑で頽廃しているというふうに、対比させて考えられていたのが、じつはそうではない。こどもというのも、ものすごく複雑な存在なのだという考えに切り換ってきました。

こうした時代が、新しい芸術の潮流――未来派とかシェールレアリズムとかを胎動させるわけですが、それらが文字どおり胎動し始めたときに第一次世界大戦が〝一発の銃声〟によって勃発します（一九一四年）。ヨーロッパ全土がこの大混乱にまきこまれるわけです。

＊　　＊　　＊

「ピーター・パン」の場合も、古きリアリズムを打ち破って、自由奔放に、常識では考えられないようなものも大胆に表現していく――つまり、そのようなものも、「こどもの心の中に〝ある〟のならば〝ある〟のである」と主張することで、一つの世界を形づくり、しかもその中には、来るべきヨーロッパの危機をどことなく反映したような、暗い〝予感〟のようなものも一すじ現れているということが言えると思います。

そういうわけで、私たちの「ピーター・パン」も第一次世界大戦をひかえながら新しい二十世紀の到来をむかえる機運というもののみずみずしさを、こどもたちに与えるものですから、ある〝明るさ〟をもって書かねばならないと考えて制作に当たったことを申しあげておきたいと思います。

〝ない国〟の存在と〝永遠のこども〟と

今日の話の三つめの項目になりますが、「ピーター・パン」の主題について考えてみましょう。前段でお話したような時代風潮の中で、たとえば人間の〝核〟というものは、その人が二百億の金を持っているとか橋の下のコジキであるとかという〝目に見える〟ところにあるのではなくて、もっともっと〝見えない〟ところに存在するのだという考え方が強くなってきます。人間どうしが本質的に理解しあうときには、その人がたどってきた歴史のようなものの奥にあるものを感じとる――そういう方法でしか判り合えないのではないかということになってきたのです。

ここで〝物語の復権〟ということが起こってきます。文明が発達するにつれて、〝物語〟というものはこどもの世界・

老人の世界へと追いやられ、息もたえだえになっていたのですが、それをグリムやジェイコブズが掘り起し、アンデルセンらが創作童話として展開していく――そのひとつとして「ピーター・パン」が生まれてきたと考えるべきでしょう。

「ピーター・パン」がこうした時代の申し子であるといういちばんの証し――つまりこの物語の最大の特長は何か――。それは、ピーターたちが活躍する舞台が、Neverlandだということではないでしょうか。昔の人が考えた桃源郷とかエルドラドなどが、ある恒久性をもつ、どっちかというと"Everland"であるのに対し、バリは「そんなところはどこにも存在しない」と言い切っているわけです。「ない」といっておいて、今度はその架空性を正面切って物語っていく。これまでの日本語訳では、〝おとぎの国〟というように呼ばれたりしていますが、私たちはこれを「ない・ない・ないの国」ということにしました。同じようにLost boysは〝迷い子〟ではなく「だぁれもしらない子」にしてあります。この子たちはお話の中でしばしば"make believe"ということをします。これは「うそっこ」――「ほんこ」に対することばですが――で食べたり飲んだりする真似をするわけですが、そうしているうちにほんとうにおなかがいっぱいになってきます。

架空の世界で架空の行為をしながら、それが架空であるゆえに、非常に〝生きている〟――これがバリのとった手法です。こうして語られる物語は、その結果として現実の（おとなの）世界をかなり明確に否定することになります。この考えが人格化されたのがピーターなのです。ピーターは、自分はけっしておとなにならないと宣言しそれを実行することで、現実の（おとなの）社会とまっ向からむきあうわけです。バリはピーター、すなわち〝永遠のこども〟を現実社会にぶつけるとどうなるかということを第一に主要なテーマとしているわけですね。

こういうピーターのような存在に出会った普通のこどもは、どうなるのでしょうか。こどもには小児退行現象――もっと小さくなりたい、母なる大地へ帰りたいというような傾向と、母子分離といわれる傾向が同時的に存在していますが、こういう子たちがピーター的な存在と出会って成長していく途上でいろいろな試行錯誤があり、それがこのお話を形づくってもいるわけです。バリは、人間をほんとうに成長させていく力とは何か――母親の愛情だけでもなく、それがまったく不要なわけでもないという全体的な観点から物語っているように思われます。

＊　＊　＊

ピーター、ロスト・ボーイズ、ダーリング家のウェンディたちは、それぞれ違う性質のこどもたちです。しかし、かれらに（また、かれらとたたかう海賊にとっても）共通しているのは"Good form"ということです。ラボのテープには、ことばとしては出てきませんが、ピーターをはじめとするこどもたちの一種の行動原理のようなものなのです。〝心ばえ〟〝心ざま〟とでも言ったらいいでしょうか。つまり人間の心というのは絶えず動いていて、その変化する心の姿の美しさに値うちを見出すという考え方ですね。

また、バリがこの物語でとりあげているテーマには、幼時あるいは少年少女期の〝異性〟の問題があります。ピーター、ウェンディ、妖精のティンカー・ベルは三角関係みたいなことになるわけだし、ラボのこどもについて私たちがこれから現実に出会っていく大きな問題がここから引き出せるでしょう。これもまたGood formに即して、単なる固定的なマナーやエチケットとしてではなく、考えていかなければなりません。

物語の生地を示す語り、音楽、絵本

最後にこのかなりの長編をどのように私たちのものとして制作したかをお話しておきましょう。テープでは、四幕の劇になっています。もとのドラマでは五幕七場ですが、限られたチャンネル数を、私たちはむしろ積極的に生かすようにし、ラボ活動のありようを考えながら編集していきました。

これはGet on Targetシリーズに入ります。ナレーター（舞台まわし）の役柄がはっきりしているドラマであるということです。ときたま発表会などで、ダイアローグは熱心なのにナレーションの方はおざなりで、なかには本を見ながらやっていたり、お母さんたちにわかるようにというわけで、「テーマ活動の友」を持った子が横にペタッとくっついて、しょぼしょぼと日本語を言っている光景が目につきます。これはテーマ活動というものを大きく錯覚している例にほかならないでしょう。私たちは「劇」をしているのではなく、物語を出発点において〝劇の方へ〟と動いているのです。ですから、ナレーションというのは絵でいうなら〝下塗り〟に当たるわけです。その上に一つのタブロオを描いていくことができる。下塗りの色が明るければ、その上にどんな色を加えてもそれが明るみを帯びてきます。逆も真です。

ナレーションは長すぎて、とても英語では言えませんという人もいますが、だから日本語がついているわけでしょう。きちっとした日本語のナレーションができるということと、英語のダイアローグが充実していることとは当然対応してきます。ナレーションの英語と日本語とは、たとえに舞台の両側に立って、ちょうど太平洋の彼方とこちらをバンバン飛び交うような、そういう空間をつくるという姿であってほしいし、それがテーマ活動の意義なのです。というわけで、今度はナレーターを〝イヴニング・スター〟というピーターのちょっとした知りあいにふりあててあります。

今度のテープでは、文章も非常に短かい、シンプルなものになっています。原作にはゴーギャンのタヒチの絵のような要素がたくさん出てきます。それを重んじすぎるとたちまちディズニー的なイメージで劇をつくったりする傾向にかたむきやすい。ゴテゴテしてきます。そういう憂いを最初から無くそうとしてシンプルなものにしたわけです。短いからといってけっしてやさしいものではありませんよ。

日本語について言いそえますと、ところどころ海賊らしいことばが出てきます。悪態をつくところなどは居酒屋に出向きまして、出てきたのが「魔女のオナラに地獄のゲップ」……。いっしょに飲み食いしていた連中にうらまれました。そんなに多くはありませんが、まあ、目を回さないでください。

音楽は「オバQ」のベッカー氏です。「フォークソング名曲集」の歌もかなり編曲しているアメリカ人作曲家で、彼も非常にのってやってくれました。

絵は高松次郎という第一流の抽象画家です。「チュチュ」のときにも一部に抽象画家を起用しましたが、今回はさらに徹底的にアブストラクトです。従来の「ピーター・パン」の絵でいちばんがっくりくるのが、ピーターやウェンディに目鼻がついていることです。つまりウェンディのまぶたが一重か二重かと、ピーターの鼻の高さは如何などとやっていてはお話になりませんから、そういうところからもっとも遠い絵になったのです。それと、いまだに私たちは単純に形象の世界を見ているのではないか。〝絵〟を描けばすぐにそれがテーマ活動になるということではおかしいと思います。絵を見たり描いたりする前に、こどもたちといっしょにこれはいったい何なのか、と考え、感じる活動が、もっと大切にされなければなりません。そういう意味からも「ピーター・パン」の新しい絵は、こどもたちはもちろんのこと、おとなにも〝イメージづくり〟の段階から大きな刺激を与えてくれるだろうと確信します。

（一九七四年七月二十日）

ラボ・テープの問題点

こどもの意識世界との対応を考える

ラボ・テープが今日のような状態になるについては、いろいろ曲折もあって、ひとつの物語にもなると思いますが、長くなりますのでまたの機会にゆずり、さっそく本題に入りたいと思います。

まず、ラボ・テープというのは、非常にユニークな出版物であるといえます。テープと本が完全にシンクロナイズしています。シンクロナイズしているけれども、テープのなかにあるものが全部書かれているわけではありません。たとえば、テープの方は英語と日本語が入っていますが、いわゆる本のなかには英語だけが書かれています。かと思うと、「テーマ活動の友」というのには両方書かれています。

テープだけをみても、英語と日本語によるいわゆる英—日チャンネルと同時に、三番目のチャンネルには英語だけが録音されています。この二つのことばの対応形式は、近い将来、英—仏とか仏—日とか日—中といったものにも広がっていく可能性をはらんでいます。テープのことばには、音楽がくっついています。音楽の長さは、英—日の場合には三十分で、英語だけだと十五分です。三十分で聞いていたときの音楽が、英語チャンネルの十五分に縮まっても、なんとなく三十分のときに聞いていたのと同じように聞こえる必要があります。ですから、あるテープの一チャンネル、二チヤンネルに使った音楽をうまいぐあいに縮めて第三チャンネルに使っているのでは、とお考えの方もあるかと思いますが、そうではなく、初めから、A、Bというふうに両方違った作曲として、つまり作曲家はおなじ音楽を二通りに、別のものではあるが、それが時間の差を克服して相似しているというふうに作曲しているわけです。そのうえ、音楽のところだけぬきだした音楽テープがあったりもします。考えてみれば、じつに不思議な出版物です。

このことばと音楽の音の世界と文字の世界、それから形象化された絵というものが、それぞれ相互にコレスポンドしていて、また、それが複雑にわかれたりしながら、全体として一本を形成しているわけです。

出版をするときに、何が一番先にできるかという問題一つをとりあげてみても、非常におもしろいけれども作るのはたいへんです。英語が先か、日本語が先か、音楽と絵とはどうなのか、日本語が変わると英語はどう変わるか……と、それなりに複雑な、それぞれのケースがありながら、全体としてみると非常に単純に、ひとつの目的のためにささげられています。その目的というのは、概して、私たちが大ざっぱに、こどもというふうに呼んでいる世代に向けられていますす。もちろん、ラボ・フェロウ・シップの場合などを考えますと、こどもの世界からおとなの世界の方にもゆるやかに拡がっています。

何をこどもに与えるのか

だいたい、ラボ・テープを聞き始める年令というのは、これはテューター子弟や事務局員の子弟をよく観察していればわかるのですが、およそ二歳半から遅くとも三歳になれば完全に自分でテープを聞くという状況が起ってきます。それから上はずうっと、いつまでもつづきます。テューターのみなさんのなかにも、ラボ・テープが大好きだ、好きだからテューターをやっていると言っていらっしゃる方もたくさんおられるわけです。なかにはたいへん面白い方もあって、ラボの方針に反対だからテューターはやめますが、ラボ・テープはたくさん買っていきますということで、ラボ・テープとテューターというのが簡単に分離できると考えておられる方がたまにあります。おおよその方々は、ラボというのはラボ・テープのことだ――この言い方にはいろんなニュアンスを省略した荒っぽさがありますけれども――そういうふうに考えてくださっています。

そうすると、ラボ・テープというのは、二歳半くらいから始まっているこどもたちの意識世界に対応しているものですから、そういう一般性においてこれを見直していく必要があるわけです。これまでにもずっと、こどもに向けて作られているさまざまなことばを使った素材がありますから、そういうもののなかにおいたとき、ラボ・テープはどういう位置を占めているのかを考えてみたいと思います。ふつうの絵本なんかとラボ・テープは違うのよ、という言い方をする前に、もっと大きく、こどもがかみくだき、消化して、自分の栄養にする素材としてどうなのかを考えてみたいものです。

いったい人間にとって、こどものためのことばの素材(こどもの成長のためのことばによる素材)は、いつ頃から生まれたのでしょう。かつては、とくにこどものために文字で書かれたものなどはほとんどなく、最初から聖書を読ませるとか、論語を読ませるとかでした。しかし、そのほかに、文字による素材ではなくて、口で話して耳で聞く素材が豊富にあったのです。誰が話していたかというと、おじいちゃん、おばあちゃんももちろん含んだところの家族が話していた。つまり、こどもは、お父さん、お母さんが働いているそばでチョロチョロしていていろんなことを聞いたりする。あるいは、朝とか夜とか、すこしゆっくりした時間に話を聞いたりして、それがいわば、ひとつの教育になっていたのです。

ところが、これが成立しなくなってくる時期があります。それは、父親の仕事場が家族の住んでいる生活共同体から離れていく、いわゆる産業革命以降の時期です。農民であるとか、あるいは村の鍛冶屋さんであるというように家内工業をやっているときには、父親と母親とは、ある場合には一緒に仕事をし、またある場合には分業したりしながらやっています。ところが、この状況は産業革命とともにヨーロッパにおいてまず崩れるわけです。そこで初めて、こどもというものに対して、何らかの形で社会が児童教育というものを考えなければならないという問題がおこってきます。十八世紀の啓蒙思想家がそのことを強調するわけです。とくにルソーなんかは、自分の幼年時代の記憶をも含めて、これを強く主張します。そこから、今でいえば、カギっ子的な状況をなんとかしてやらなくてはいけないんじゃないか、社会からも親からも放置されているこどもの生活状況をなくすべきだという、保護主義的な考え方も出てくるんです。これは今の保育園や託児所のようになっていく考え方ですね。

もうひとつは、こどもを放っておくと、社会が好ましくない考え方を教えこんでしまうので、ものすごくいいことを教えこんでおけば良くなるんではないか、とくにこの世の中を社会主義に向って進めるにはこどものときから社会主義的な考え方をさせた方がいいといったような、政治主義的な立場からの児童教育論も出てきました。

これらの児童教育についての考え方は、だいたい十八世紀から発生してきて、いろいろな流れをたどってきますが、これに、十九世紀の終り頃から二十世紀の初めにかけて、大きな変化が出てきたように思います。百年もしくは百数十年の歴史を経験したところで起ったひとつの反省です。児童教育というのをある種の社会的責任として考えるのはいいけれども、その場合に、与える素材・内容を、あくまで〝こども向き〟というふうに設定するのは間違っている。つまり、「こどもにはこの程度でいいんだ」式に、その内容の水準を下げて、単純で安っぽいものでいいから、あるいは少々俗悪であっても、とにかくこどもに与えようというのは、こどもに対するある意味で冒瀆である。おとながそれをみてもある感動を持ちうる内容を、こどもにも与えるというのでなければ、こどもが本当に育っていくはずはないという反省です。こどもを「おとなのみそっかす」として考える考え方を、攻撃する流れといえましょう。

この流れは、日本などではかなり遅れてきたような気もします。戦前とか戦争の後なんかにも、こどもだからというので、たとえば桃太郎の童話とか、カチカチ山だとかを、何のニュアンスもないような絵と文章で、これを読んでいれば文字くらいはおぼえるといった気持ちで与えていました。しかし、こういうものは、日本でも、次第に追い払われたというか、敗北した。いや、敗北したのではなく、テレビのなかに逃げこんだといえるかもしれませんね。

おとなの立場、こどもの立場

おとながみても感動しうるものを、という流れは、だんだん磨きをかけられてきましたが、とくに戦後、そういう傾向が強まって今日に至っています。するとこんどは、おとなしかわからない面白さをこどもに押しつけるということも出てきたわけです。少くとも現在、世界的傑作であるといわれている絵本などのなかにも、そういう傾向はそうとうあると思います。それは英語でいえば、too clever、こましゃくれているというのでしょうか、そこにはむずかしい問題がずいぶん含まれています。

たとえば、宮沢賢治という人の作品をつまらない、駄作であるという人は非常に少いと思います。けれども、宮沢賢治の作品を幼稚園や小学校低学年のこどもに読んで聞かせたり読ませたりしますと、意外とくいつかないんですね。変だなと思っていると、中学生くらいになってくると、だんだん好きになってくる。これはいったい何を意味しているのかということを考えねばならないと思うんです。

渡辺茂男さんからうかがった話ですが、いまイギリスに行くと、児童作家として声価の高い人が三人いて、作家に聞いても、出版社に聞いても、図書館に行って聞いても、みんなその三人の名をあげるそうです。ところが、渡辺さんがある大きな図書館に行って、その三人の著書を並べてもらってみたら、声価は同じようにみんな高いのに、一人の作家の本はほとんど汚れていない。つまりこどもが読んでいない。もう一人のは、ある作品はよく読んでいるが、あとは読んでいない。もう一人のは、まんべんなくこどもが読んで汚れている。つまり、おとなの評価とこどもの評価がそこで違うという問題があるわけですね。これは、こどものための素材というものを考えていく場合の非常に大きな難問だと思うんです。ですから、私たちがラボ・テープを考えるときにも、そういう難問をいつも前提に置いて考えていくということを忘れてはならないだろうと思います。

こどもたちが物語に対する回帰性をもっているということも大切な問題です。つまり、二年とか三年という期間の中では、こどもは、たとえば他の発表会を見たりして「ぼくたちも、もう一回やろうよ」なんて言って、一度発表した物語に回帰している例がたくさんあります。報告を聞いていると、たいてい成功しています。こどもたちの方からすれば、いろんなことをやるわけだけれど、これはやったということで進んでいって、それでまた、これをやろうよということで戻っても、これは三度も四度もやっていいわけなんですね。私は自分でテープを聞いててそう思うんです。家にいて暇があるとよくテープを聞きますが、その好みは、その時その時でものすごく違いますね。その中で帰る頻度の高いものと滅多に聞かないものと自分の中でもあるから、必ずこどももそうなんだろうと思います。ということは、しっかりした物語には回帰性があるということです。

だから、こどもが物語としてあるひとつのものをやるのに、それを発表会という形でまとめるときに、もう何をやっているのか、象の鼻の部分と尻尾の部分しか出てこなくて「これが象よ」というものであったとしても、それはそれとしてこどもが「もうやったんだ」といってとおっていって、そしてまた戻ればいいんです。こどものもつ一つのグループ性でそういう形でやると、お母さんたちにも「今一年生で、これだけやるのはたいしたものです。これが、三年生になってやると、どれだけ違うか楽しみにしてください」と言えるわけですね。

ラボ・テープは、このように何度もくりかえしてこどもたちが回帰してくる物語なんですから、このくりかえしにたえられるだけのしっかりした物語でなければならない。評判は高いけれど、いつも本棚に飾ってあって、こどもの手垢で汚れることがないような物語であってはいけないわけです。

最初、「サンダーボーイ」一本で総合システムをやりましょうと言ったときには、全国常任運営委員会やその他の会合で熱い論議がかわされたわけですが、そのなかで、テープ制作の責任者である私にもっとも鋭い質問がひとつありました。それは「この『サンダーボーイ』というテープは非常にいいと思う。けれども、これからラボ機を全家庭に備えてもらってやっていくうえで、どうしても必要なことは、少くともこういう水準のテープがつぎつぎに出てくることだと思います。ところでこれは、なかなか手がこんでいるし、そう簡単に作れるとは思わないけど、いったいこれから何本くらい出てくるのでしょうか。そのうちにもっと他のテープが欲しいと思ったときに、それがまるでないということになったら、我々はまるで立つ瀬がない」という質問でした。そのときに私は、「まあ、三年間に十本ですね」とお答えしたんです。すると「十本ですか。そんなにできるとはとても考えられない。まあ五本でもできれば、私たちはなんとかやっていきますけれども」といわれました。そのとき以来、私たち制作室には十字架が負わされたわけですが、なんとかみなさんのご期待に応えられるような数だけは揃えることができたと思っています。

幸い、こうしてできたテープについて、ようやく、テューターのみなさんだけでなく、ご父兄にも了解していただけるような状態が生まれつつあります。一時は、テープ生産が追いつかないというような状態になりました。それは非常に喜ばしいことですが、それだけに、こういう状況に応えて、ますますいいテープを作らなければという責任を感じております。

そこで、全国を回ってみなさんのお世話を聞いていますと、大づかみにいって、ラボのテープを、こどもたちも、まずテューター自身も好きだし、それに、好きだといってくれるお母さんも非常に多い。ときには、ご主人も晩酌のときにあれをかけろといわれる方もあるとかいうことを聞きます。そういう状況とともに、みなさんから、ああいうものはテープにどうかしら、こういうものはどうかという要望が出ています。それに対して、私も制作者側からのテープについてのお話をしながら、問題をじりじりとつめていくことをやっています。

以下は、このような立場からするいくつかの問題提起とそれへの私の考えです。

〝短いテープ〟という問題

みなさんからのラボ・テープについての要望を大きくまとめますと、だいたい三つくらいになります。その第一番目は「短い物語」ということです。二番目は「サンダーボーイやファニィ・デイのような」テープということ、三番目は「物語としては非常にいいが、いかにも劇にしにくい。もう少し劇にしやすいようなテープはないか」ということです。その他に、神奈川IIの支部総会で出た問題はちょっと違っていて、「幼児の精神年令あるいは内的世界にもう少し対応して、ということはある意味では少年少女の内的世界とは少し離れるかもしれないが、幼児向きのものはできないか。長さは十五分あってもよい」ということでした。これは今までに出ている三つの質問とはちょっと違っていながら、またかかわりあっている質問であり、また、最初に私が「このことは大きな難問であり、そういう難問をいつも前提に置いて考えていく」つまりおとなにもばからしくなくて、しかも幼児的であるという世界は、いったいどういう世界であるかという問題にふれています。じつは、こういう質問が出されたということが、私がこうしてこの会議に積極的に出てみたいと思った動機にもなったわけです。

第一、第二、第三の問題については、それなりに理由はわかります。しかし、私たち制作にあたるものとしては、「ああ、そういうご注文ですか。ではこれはどうでしょう」というふうに安易に注文に応じる、またはそのふりをする姿勢であってはならないと思っています。

第一の「短い物語」ということについてはつぎにあげるような二つの点について、きちんと考えてくださったうえでのお話でしょうか、ということをまず反問しておきたいと思います。第一点はそれをそのままこどもにそっくり言わせよう、つまりout putさせようという要求を、無媒介に単純にお持ちではないかということです。簡単にいうと発表会なんかがやりやすい、すぐお母さんたちにも見せて「はあ、出来ますねえ」などといわせたいというところから出てきている要求ではないだろうかということを、私は一度は疑ってみたいのです。
たしかに、短ければ短いほど、こどもはそれを丸暗記できるようにみえます。「門前の小僧習わぬ経をよむ」というのは、ある効果はあるかもしれないが、丸暗記というもののもつ弊害はみなさんもご承知と思います。私は田舎の眼医者の子でして、眼科医というのはご存知のように近眼を計りますね。五メートルはなれて、片目をつぶって上から読ませるわけです。私の家にあったのが、
第一行目は、コナルカロフニレコヒニフ
第二行目は、レカヒナコカルロヒレフコ
第三行目は、ニフロルヒナコフニロヒレ
となっていて、私はまったく無媒介に暗記してしまいましたが、こういうふうにこどものなかに英語を移し入れたいと考えたり、それでこどものなかに英語が入ったのだと考えることは非常に問題ですね。これと全く逆の発想、ことばはひとつひとつ分析することができ、組立てることができるという形で英語に入っていく考えが否定されねばならないのとおなじように、無媒介な暗記から入ることが否定されなければいけないことは明らかです。しかし、おうおう幼児にそっくりやらせたいという要求を持っているテューターがいますが、私たちはそういうふうに、こどものなかにことばをそっくり転写していこうとは考えていないということをはっきりさせたいと思います。幼児の発表会は、いつかもお話したように週一回のパーティよりもちょっと大きな、幼児自身のお祭りと考えたがよいでしょう。それに対して中高生のそれは、汗をながしながら山を登る楽しみを分ちあい、共同で作りあげた頂上の展望を見てもらう機会でしょう。
第二には、こどもが好きな物語を耳で聞いていて、おおよそのまとまりができる時間というのはどれくらいと思いますか、ということを聞いてみたいのです。こどもの好きな昔話の時間の分布を調べてみると、いろんな長さはあるけれども一番頻度が高いのは十二、三分というところです。つまり、洋の東西を問わず、それくらいの長さの物語が一番多

いということなんです。ということは、人間の耳（こどもの耳）というのは、ずうっと物語を聞いてその脈絡を失わずに、ある紆余曲折とそこからくる起承転結を追って楽しむのに有効な生理的時間を持っていて、こどもの気持がup and downしつつ、ひとつのまとまりを作っていくのに、ほぼそれくらいの時間が必要であり妥当であるらしいということでしょう。

短い物語をというときには、だいたい英語だけで五分か七分の長さにしてくれということだと思います。もちろんそれくらいの長さでいい物語もありうるわけですが、こどもの気持をまとめるには、五分や七分では、やはり前述の頻度からいっても短いわけです。短いから結局そこにはかなり大きな省略がおこなわれる。文体として考えますと、散文的な表現から詩的表現の方へ移っていかないと短くならないわけです。

ラボ・テープの物語には、ご承知のように福音館の絵本による「サンダーボーイ」「ファニィ・デイ」などや、オリジナルの「チュチュ」などのように、いずれも表紙を含めますと十四コマになっているものがあります。ということは、ちょうどソネット（十四行詩）とおなじ数です。ソネットが数行ずつのグループで展開されるように、起承転結があの英語だけで語って十二、三分のなかに必要なわけです（一分間というのは、四百字詰原稿用紙にして略一枚にあたる長さですから、十二、三枚の原稿ということになります）。こどもの物語には道行というのが非常に多いですね。「たろう」にしても道をずうっと歩いて行ってユキちゃんの家に行くし、グルンパにしてもパン屋、靴屋……と巡ります。チュチュはマラソンレースをやりますし、ポアン・ホワンも道行のお話といえます。この道行のなかで起る事件というのが、やはり起承転結をなしています。これは、シンフォニーの第一楽章から第四楽章までにもあてはめることができます。かつて頼山陽に、ある人が「起承転結というのは、どう考えたらいいでしょう」と聞いたところ（本当か嘘かわからないのですが）、〝京の四条の糸屋の娘〟（起）、〝姉は十八、妹は十五〟（承）〝諸国諸大名は刃物で殺す〟（転）、〝糸屋の娘は目で殺す〟（結）と答えたそうです。

ラボに短い物語をというのは、この起承転結を十二、三枚から、さらにもっと圧縮してまとめることを求めていることになります。圧縮されてきたとき、こどもの受けとめ方を考えますと、日本語の場合ですとまだいいのですが、外国語および外国文化というものになった場合には、圧縮されたものに対する理解は、native language, native culture とちがって、かなり難しくなるということも考えなければなりません。

ことばを話す人と文化

たとえば、「三びきのやぎのがらがらどん」という話は非常に短くて、あれはこどもが好きだ、あんなものを作ったら、難しくいわなくてもできるじゃありませんかといわれる方があるかもしれませんが、断じて然らずです。というのは、あの話のなかには、トロルというのが出てきて、これがヤギを食うか食われるかという話です。トロルというのは、もともとは北欧神話のなかのふつうの神です。ところがそれが後世になって、こどもの世界だけに入ってくるということになったときに、「三びきのやぎのがらがらどん」のトロルになった。偉大なる神格を失った、日本でいえば河童のような存在と考えられます。河童というのは水神ですね。このように時代とともに変化してしまった神というものをひとつの文化として理解しない限り、「三びきのやぎのがらがらどん」は、本当にはわからないんです。あれを日本のこどもが聞くときは、鬼とか天狗とかというものに転化して理解しているということであって、トロルそのものの持つ北欧の感覚というものは、日本のこどもには、ほんとうには伝わってこないんです。こういうことを無視して、私たちがこどもたちはこれでわかるわかるというふうにやっていったとすれば、ラボ・テープも非常に大きな危険、つまりことばを文化とか人間とかから切り離して、単にことばの表面だけにかかわる危険をおかすことになると思います。「三びきのやぎのがらがらどん」をやっていけないとは思いません。しかし、こういう吟味をぬきにして、短いからいいとするような安易さに対しては、断じてノーであるというところに、ラボ・テープの世界を築きたいものです。

短い物語の問題には、先にふれた〝そっくり言わせよう〟とする傾向に関連して、もうひとつ申しあげたいことがあります。こども、とくに幼児に十五分という長さの物語をAからZまで一行も落さないでout putさせ、それを父兄が見ていて「ああ、よかったですね」と言えるようなぐあいに、いつでもどの子にもそうさせたいというのが、どれほど無茶なことかということは、すでにのべたとおりです。逆に、こども、とくに幼児は、物語でも絵でも、その一部分のなかに全体性を感じることができるという点においては、ものすごく大きな力を持っています。ですから、「あれをやろうよ」といって、たとえばワフ家のなかの、かえるが蠅（juicy flies）を食べるところだけをやろうと提案しても、そこにこどもはワフ家のある全体性をすぐ感じることができます。全体性なしにその部分だけ切り離しておもしろがっているわけではなく、その前後左右のヘンリイとかアンとかのいろいろなことがわかっているから、そこですぐにある完結性が生まれてくるわけです。こどもたちがよく知っている物語のなかのある一部分をたのしむということは、こまぎれのシチュエイションを与えて、そこでのことばのやりとりを〝練習する〟といったものとは全くちがうことです。短い物語というまえに、いまある物語をこうした角度から幼児たちとたのしむ工夫が、もっとあって然るべきではないでしょうか。これは、経験あるテューターから新しいテューターに、もっと豊富に伝えていただきたいことでもあります。

最近感動した話ですが、関西の支部総会で開講三ヵ月のテューターが「私はまだ何もわからないから、西に発表会があると聞けば、こどもたちをそこに連れて行き、東に結団式があるといえば、またそこに連れて行き、要するにこどもたちをそういうラボの何かがある所にもう五、六回も連れて行っているだけだ。お母さんから、ラボというのはずいぶんあちこちこどもを連れて行くところですねと言われたけれども、とにかく私自身がこどもに、ラボの世界とはこんなものよと伝えようとしたって、とても今の状態では力もないし経験もない。そこで、まずこどもたち自身に、ラボの世界を見せようと思った」と報告されました（テューター通信七四年四月二〇日号・橋田茂子「親睦交流に励まされて」参照）。

ここにはテューターの初期活動、あるいはラボに入会してきたこどもの初期活動についての大きな示唆があります。単純なことですけども、私たちを反省させる大きなものがあります。

考えてみれば、説明会を開き、お母さん方を集めて、「ラボはこういうものです」と言って、こどもたちにもその場かぎりのOpen, Shut Themかなにかをやらせて、それで入会する。で、入会して次に集まったとき、そのこどもたちのなかにあるラボについての了解事項は何だろうかというと、具体的にはほとんど何もない、ラボは何をやるところかわからないだろうと思います。全体理解がまるでないわけです。だから、私たちは発表会と会員募集とを結びつけようともいっているわけですが、積極的にこどもたちを西に東に連れていってラボの世界にふれさせれば、こどもたちはそのなかから、「ははあ、ああいうふうにやろうと言っているのか。だから今はこういうことを先生は言うんだなあ」といくらかでもわかるにちがいありません。内容が全然わからないのに「あのね、あなたたち、三ヵ月たったら発表会をやるのよ。はい、今日はこれから『たろう』をやりましょう」といってもいったいどういうことかまるでわからない。

〝わかりやすい……〟の問題点

要望の第二番目は、「サンダーボーイ」や「ファニィ・デイ」のようなテープということでした。これがどんなことを指しているのかといえば、たぶんセンテンスが短くて、スピードがちょっとおそくて、音楽が行動のキューになっていて、絵もわかりやすい、極端な言い方をすれば〝お子さまランチ〟的であるということでしょうか。

「サンダーボーイ」を作るとき、じつは私たちもそれは考えました。つまり、これはひとつの導入ということにちがいないのだから、その導入的性格をやはりこのテープは持たなければならないという意味で。当時はまだ〝文型〟を軸にした旧教課を用いていた時代で、幼児向けがPlay Room、小学校低学年程度がStudy Room、高学年程度がWork Roomと名づけた教課を使っていました。そこで、「サンダーボーイ」の四つの物語のうち、「たろう」の場合など、なるべくPlay Room程度の表現で通そうと努力してみたりしました。たとえばpotted violetのpottedのような形容詞的用法を例外として、動詞は全部現在形を用いるなどはその現れです。もちろん、こうした配慮はしたものの、基本的には、物語の内容を表わすために必要な表現はすべて用いるという考え方に立っていることは、それ以後のテープと変りありません。「サンダーボーイ（かみなりこぞう）」などは、きわめて自由に作られています。

導入的性格という意味では、英語のスピードも問題になっています。たしかに、「たろう」や「だるまちゃん」などでは、かなりゆっくりと語られています。しかし、ことばとノーマル・スピードの関係は重要で、よくよく考えなければならない問題です。

日本語が非常にうまい外国人がいます。しかし、その外国人が日本人とおなじスピードで話せるかといえば、それはむずかしい。だが、それでも十分です。こちらがナチュラル・スピードで話したときに、理解できるかどうかということで、日本語の上手、下手が半分ほどきまるわけです。このような観点からすれば、productionのスピードとcomprehensionのスピードとは別問題であると考えていいと思います。ラボのこどもたちも、comprehensionのスピードは相当速くしておかないと、いつまでたっても、われわれ現在のおとなのようになるのではないかを考えるわけです。ラボ・テープの「ヘンゼルとグレーテル」のスピードについて、だいたい言えると自信のある方がここにいるでしょうか。私は、それはまず不可能だと思います。それはしかたがないことです。あの録音をしたのは、当時十一歳で、大へん勉強のできる子でした。レコーディングのことを学校の先生に話したら、「この子にとっては、ここに来ていること自体むだな時期なので、授業に出ずにスタジオに行かせた方が、むしろいい」ということで、めずらしく週日のデイ・タイムに録音しました。この子に「もう少しスピードを落してみてくれない」とやってみるとやはり調子が出ないんです。こどものスピードは、おとなのスピードよりずっと速いですから。

スピードが速いなあという感じは、外国語を学ぶおとなにとっては、つねにつきまとう問題です。しかし、これを、「もう少し落してくれないかしら」というように甘ったれたが最後、いつまでたっても少くともcomprehensionのスピードはあがりませんから、聞くスピードの方はかなり速くしてやらなければいけないと思います。そういうことについて、ラボっ子がうまくいっていないかという問題を考えてみると、こどもはうまくいっていると思います。ただ、うまくいかないのは「次に何をする?」とこどもに言って、いろいろテープを聞かせてみるとき、こどもがはじめて新しいテープを聞くようだと、そのときは難かしいというにきまっています。こどもが、何度も何度も、いろいろなテープを聞いているような状態だと、初めは当然、日本語の方から入っていき、その上で英語のある部分が入りながら、これはまだcomprehensionできない、これはできる、といういろんな段階を持ちつつ、だんだんout putできるようになっていくわけです。そういう一定の時間をこどもに与えたうえの、「どれをやるか」でないと、こどもの方も判断のしようがないと思います。

あるところでこどもたちが発表した「ヘンゼルとグレーテル」の録音テープを聞いたことがありますが、そのスピードは、もちろんラボ・テープのスピードにはおよびませんが、ほとんどそれについていっているということに私は驚嘆しました。そういう意味では、こどもの能力というものに対して、おとなが妨害することの方が多いと思うんです。よく、スピードが比較的おそくて、わかりやすいテープは、「サンダーボーイ」と「ファニィ・デイ」の二本しかないなどというテューターがありますけど、「そらいろのたね」でもそんなに速いスピードではないわけですから、物語の数からいうと相当あるわけです。さらにまだずうっと同じようなものを求めるのは、水泳をおぼえるのにいつまでも浮き袋をつけさせているのと同じです。また、こどものときにある坂道を登るような経験をしなかったら、人生の本当の坂にさしかかったときに、「こんなものがあるとは知らなかった。もうやめた」となるのではないでしょうか。その経験をひとつの楽しみとして味わわせるところにも、ラボの目的があります。

それと同時に、私はときどき思うのですが、「サンダーボーイ」とか「ファニィ・デイ」に関していえば、発表のスタイルのようなものがすごく固定してきている。物語のもつ感触のようなものをもう一度とらえなおしてみようとする努力、そういう角度からの発言は非常に聞かれなくなりました。「いま私、『ぐりとぐら』やっているのよ」というと、「ああそう」と、それでもうおたがいに了解しあってしまう。あの物語の特徴は、ぐりとぐらという二匹のねずみが、ある双生児性をもっているということですね。これはよく女の子の世界にあるわけです。しかし、これを簡単に、〇〇子ちゃんと△△子ちゃんは非常に仲がよくて姉妹みたいだからぐりとぐらをやらせるというのではなく、たとえば、コントラスティヴな一組をぐりとぐらにしてやってみたいという内的な要求のようなものが、パーティ運営のなかにあって然るべきで、そうしてやってみたらこうだった……というような報告があっていいと思うのです。こうした内容というか、こどもの人間像とのからみあいのなかで、「サンダーボーイ」や「ファニィ・デイ」のなかの物語を考えていくというのは、非常に少いですね。単なる形式として、こんなテープをもっと欲しいというより、もっと重要なことがあるのではないかということを考えていただきたいと思います。

〝劇になりにくい〟ということ

最後の問題は「劇になりにくい」ということでした。これはもうみなさんは当然卒業していらっしゃると思いますが、ときたま、物語と劇とは同じだと思っていらっしゃる方があります。物語と劇とは、そもそも表現の形式としてある対立を持ったものです。その対立をどういうふうに越えていくか、こどもたちと一緒に動きながら、また話合いながら、どう越えていくかというのが、われわれのテーマ活動だと規定することができます。

物語が、もし純粋に物語として表現されるならば、どうなくてはならないかというと、当然これは素語りだと思います。だからEnglish Fairy Talesだとか「おばあさんが話した日本のむかしばなし」などは音楽も何も入っていない素語りです。これが物語の方法の純粋形態であることはまちがいないですね。

「じゃあ、ラボ・テープは絵本もあるし、音楽もついているじゃないか」と言われるかもしれません。私は、ラボ・テープというのは、物語という表現形式のなかにあって、しかもそのもっともダイナミックな状況での表現だということができると思います。つまり、物語というもののなかには、素語りにみられる純粋状況と、その対極ともいうべきダイナミックな状況とかあり、ラボ・テープの表現は、ダイナミックな状況の極限のところで成立している。パーティでのグループによる活動は、それをさらにダイナミックな方向へ進めて行って、どこまで行くか、その止った線が発表会というものになる時点であるというような活動であると思います。ですから、テーマ活動というのは演劇をやるのではなくて、演劇的方向に行くことによって、言語と自分との関わりを持とうとしているのであって、いわゆる「演劇」ではないわけです。

かつて、古代のギリシア劇にはコーラス隊などがあって、それがナレーションのような役割をする。日本の能の場合にも、地うたい（謡）があります。このように、ナレーターがいるというのが古い演劇の世界ではむしろ普通でした。それが、近代ヨーロッパの演劇になってから、ナレーターは全部いったん消されてしまうわけです。ナレーターなしとなったときに、その演劇的空間はどういうふうに成立するかと問いかけたとき、いわゆる近代ヨーロッパ演劇というものが生まれた。われわれは頭のなかで、どうもそれが劇だと思っているわけですが、しかし、演劇というものも、演劇的方向でずうっと流れているわけですから、どこが本当の演劇かということは、よくわからないわけです。形式性においていえば、物語というものが非常にスタティックな素語りという形で存在したところから、ずうっと演劇の方向へ行くとして、近代ヨーロッパ演劇理論が「これが演劇だよ」と示したとしても、その中間に狂言とか能とか、あるいはギリシア劇とかシェークスピアの劇などは、厳存しつづけ、立派な表現として成り立っているわけです。

このような関係のなかでみると、ラボ・テープは、素語り的なところから少し演劇の方向へ寄っている。そこでラボ・テープが作られると、こどもたちはテューターと一緒に、さらにダイナミックな状況の方に向って動きだす。そのときに、ナレーションがあっても全然かまわない、それはむしろ近代劇の方法上のきゅうくつさを解放するという考えに立って、ナレーションを非常に大事にしたダイナミズムの方向へ向いたグループ活動があれば、それを称してわれわれのテーマ活動というのだと思います。

いわゆる劇になりやすいもの、あるいは劇そのものですと、ダイナミズムの方向へ動くプロセスは極めてなめらかで、そこに生じる障害を越えてみようという飛躍はないわけですね。ところが、場所はものすごく狭いけど「このあたりの者にて候」というと、なにかこのあたりに少しヒョウビョウたる空間が広がります。テーマ活動では、大道具とか小道具とかによる説明的要素をできるかぎり省いて、言語的にかつ身体行動的に、できるかぎり時間的、空間的制約を越えてみようという考え方であるわけです。物語というのは、本来そのようなものでしょう。ですから、六畳間でポリネシアの海などを囲みうる、「海の楽隊」のようなものを表現することは全く可能だという前提に立っているわけです。そうでなければ、ラボは児童劇団の集まりだということになりかねません。

ラボにあっては、演劇的方向へ活動の軸を向けていくことによって、ある言語体験をしようというのがテーマ活動なのですから、物語が劇になりにくいということはおよそ問題外である。それどころかある意味で非常に劇になりにくくあらねばならないというのが私たちの結論です。すぐ劇になるというのは、想像力をしばる点で困るわけです。

むしろ劇になりにくくあらねばならないということは、全国津々浦々の家庭の茶の間や座敷や、それに近いところでラボ・パーティがおこなわれていることに関連して、積極的な意味をもっています。というのは、もしこれが演劇だったら、フットライトがあったり幕があったり、大道具や小道具があったりする完備した劇場でやるのがいいに決まっていると言えるかもしれませんが、私たちのテーマ活動は、まさに、そう簡単には劇にはならないところで、イマージネーションとアクションが結びついて、ある世界を作っていくことをめざしており、そのためにはなるべく不自由である方がいいからです。そのような不自由さという意味においては、わがラボ・パーティの存在様式は、なかなかすぐれて

いるということができます

最後に、最近私がじいんと感動した話をひとつご紹介して、しめくくりたいと思います。小学校三年生のある男の子がこう言ったというのです。「海の楽隊が好きなんだ」「どうして?」「海の楽隊はね。あの船はほんとうは沈んだんだよ。沈んだ後であのお話ができたんだとぼくは思う」――それ以上その子は何の説明もしないんです。だけどこの子があきらかに言おうとしていることは要するに、あるひとつの船が難破して、海底深く沈んだ。その船が難破したことを哀悼する鎮魂の物語として聞いているということです。それはあの物語のひとつのすぐれた読み方です。

いま、ラボっ子たちがラボ・テープにかかわりながら、その内的世界を鋭く深めていくその水準は、おとなに決しておとらない高さを持っていると思います。この高さに応えるようなラボ・テープをつくりつづけたいというのが、私たち作り手の願いです。

（一九七四年七月）

幼児の世界を考えよう

おとなの心の内側にある二歳児、三歳児の問題

この間一夜、ここにいる諸君のうちの何人かと飲んだときにおこった話をしたいと思う。はじまりはこうだったんだ。今あちこちで〝ピーター・パン〟の発表会をめざしてテーマ活動がやられている。ところが、四幕あるなかでどの幕が選ばれているかというと、第四幕が圧倒的に多い。第三幕と第二幕がちょっとあって、第一幕にいたっては、ぼくの聞いたところではひとつぐらいしかない。ぼくは、それが残念だといったわけだ。なぜ第一幕が発表会の主題にとりあげられないのか理解に苦しむといったら、Y君が、その理由は私はわかります、というのだ。やっぱりあれは一幕から四幕まで通して読んではじめてひとつの体系をなしているわけで、第一幕だけではまとまりがない、いわば〝ピーター・パン〟の登場人物紹介の巻だから、それをひとつのテーマとして発表するという風にならんのですよ、と彼がいったわけだ。そこでぼくはY君に、この意見のちがいが出たのはいい機会だ、かねがねぼくが君にいおうと思ってたことに関係がある。君はいい例を自ら提出してくれた、だからここですこし問題にしてみたいと宣言して、他に四、五人の諸君のいるなかで討論がはじまったわけだ。非常に楽しい討論だったんだけども……。

〝第一幕〟の意味

ぼくはこういったんだ。〝ピーター・パン〟の第一幕というのは絶対にいい発表会になるはずである。それはとくに幼児のクラスにおいてすばらしい発表になるはずであるといったんだ。そしたらY君が今いったような反論をしてきた。それにたいしてぼくはこういった。Y君よ、ぼくは君にたいして仕事の上で不安をもつということはあまりない。かなり幅広く信じてるといえる。だけれども、信じる信じないの問題をぬきにして、一点気になることがある。君を見ていると、ぼくはちょっとなんかおやじくさいような感じがする。そのおやじくさいという感じをずうっと掘りさげていくと、君の五〜六歳のころまでは、なんとなくさかのぼれるような感じがするが、それ以降三〜四歳または二〜三歳という風になると、そのころの君のイメエジが浮ばないというもどかしさがある。君の幼児時代のイメエジをさかのぼろうとすると、どっかで印象が止まるという事実につきあたる。

それに比べてここにいるS君は、仕事の面である不安感を抱く場合は、明らかに君よりもまだ多いけれども、ある瞬間の彼のなかに、びっくりするぐらい柔軟な感受性と柔軟な反応力を見るときがある。そのときのS君には、何かそこに彼の二〜三歳のころを感じさせるところがある、というところからはじまったんだが……。

人間の情緒の単位

要するに、幼児の世界といっても一元的じゃないんだな。かりに自分でことばをしゃべりだした二歳半ぐらいから五〜六歳までをとると、そのなかに二つの方向があるわけだ。幼児とはいったい何者か。それは外の世界を劇的なはげしい速度で理解しはじめている年代という意味で、幼児自身をすっぽり劇的存在と呼んでいいと思うんだ。またわれわれは、テーマ活動という問題を考えると、劇そのものではなく、劇的なるものというのを考えなければならないのだけれども、いったいこの劇的なるものとは何か、そこには二つの方向がふくまれていると思う。

ひとつは〝情緒の単元〟とでも呼ぶべきものがある。ある人間の情緒の単位、感情の単位がどうなっているかをとらえるのには、次のようなやり方があるだろう。たとえば、海とか木とか石とか葉とか、およそ漢字の一字で書けるような単純な観念がこの世の中にはいっぱいあって、それぞれについて各人それぞれの感じ方を思い浮べてみるやり方だ。それをつきつめてみると、それらの感性がいくつかの原初的な体験を経て、そのなかからいちばん力強い体験を自分としっかり結びつける作業を行なうのは、幼児の二〜三歳から三〜四歳のころがもっとも活発らしい。四〜五歳になると、その作業はだいたいもう完結してると思う。それはもう各個人に属するものであって、他の人間がそれは違うとかいってみても、正しいとか誤まりとかいう問題にはならないわけだ。日本海や東支那海の海というのは夕日が海のむこうに沈むわけだ。それと朝日がのぼってくる太平洋の海とは、同じ海といったってイメエジが全然違う。日本人はおよそ東側か西側にある海で海の観念をつくってるわけだから、どっちかの海に属してるはずなんだよ。

要するにそういうものはひとつの個人に属していて、外の者がどうすることもできないものなんだな。そういうものの観念が、だいたい二〜三歳から三〜四歳でできる。

〝人事の相関性〟

もうひとつ、これがなければ劇的なるものが生まれてこない要素というのは〝人事の相関性〟ともいうべきものだね。動物や植物の物語でも、基本は人間の相対関係でしかない。これがやっぱり劇というものを創りだすわけだな。ところが、おとなになるということは、これにものすごく熟練するということだ。こどもでも五〜六歳になると、かなりこれに熟練してるわけだ。人事の相関性にたいして理解できるから、〝ピーター・パン〟の第四幕が面白い。スリルがあり、快感がある。おまけにこの幕は海賊にたいするこどもたちの圧倒的勝利に終るわけだから、みんながそれをやりたがるのはすこしもかまわない。

しかし一方では、第四幕というのは〝ピーター・パン〟のなかでいちばん人事の相関性というものが強いわけだな。勝ち負け、滅亡と生存の区別がはっきりついてしまう。第一幕というのは、そういう問題にはかなり無関心で、ただ要するに、これは海賊である、これはロストボーイズであるという風に、野獣、ワニまでが登場する、なるほど自己紹介の巻みたいなものだ。しかしこの自己紹介というのは、人事の相関からいえばたいして強くないけれども、情緒としては決して弱くない。まさに我こそは〇〇である！　という風に登場するやり方は、歌舞伎の白浪五人男のように情緒としては強いわけだよ。だから小さいこどもがよくオレはマジンガーZだ！　などといったときには、ただそれだけで充分に力強く完結する情緒世界があるわけで、それをまさしく劇的な表現と見る眼がなくちゃならない。だから、第一幕はそういう意味で力強く完結するものをもっている。それが幕のなかばにあるからといって、なにか全体のまとまりがないと考えるのは、やっぱりおとなの感じ方なんだな。

自分自身の感覚の根

ぼくはつねづねラボの本質というのは、幼児の世界にあると考えている。幼児の心をなくしたラボなんておよそつまらない。おとなにとってのラボ活動の意味とは何かということは、ある意味で人事の相関度にたいする関心をできるだけ少くしてみようということだ。それが少くなればなるほど、これが夕日だ！　これが海だ！　という風な感覚の根もとはものすごく力強くなっている、そういう世界。そして、君の世界はそうなの、ぼくの世界はこうなんだぜということによって、一種の若返りをすることなのだ。どこまで若返るのかというと、四〜五歳になったときには人事の相関にたいする意識はかなり高くなってるわけだから、それ以前ということになる。つまり四歳以前に戻るということ、その意識をもつということ、五十歳になっても六十歳になっても四歳以前に戻るという、そこで自分自身をみつけていこうということはなかなか難しいことなんだけれども、そういう風に努力するときはじめて、ラボの活動が楽しくなるのではなかろうか。

もちろん、人事あるいは事物の相対関係についても、それぞれおとなとしての知恵もたにゃいかんけれども、その知恵というものをもう一ぺんそういう二～三歳児の世界のなかにつきあわしてみるということのなかに、ラボの世界があるんだと考えようじゃないか。そこから、たとえばことばという問題につきあたり、異なる世界というものにつきあたりするという風にやっていきたいのだ。

そう考えると、どんなおとなにも幼児問題がある。自分の外側にある幼児の問題ではなくて、自分の心の内側にある二歳児、三歳児の問題がある。それはどうも、人間の尊厳とその平等性ということに深いかかわりのあるところだという気がしているのだがね。

まあ、この間の晩はその辺のところでみんないい気分になったから、それ以上の議論にはならなかったが、これからもっと具体的に掘り下げてほしいな。

（一九七四年十一月）

たくさんの物語とは

「テープはたくさん持たせましたか？　お母さんに話しましたか？　父母会は開きましたか？　穴のあいてるところは電話でつめましたか？」こういうことを、みなさんは、しょっちゅう事務局員から言われ、地区研その他の会合でも言われて、一所懸命やっておられますね。しかし、ここに私をラボの父兄にしたようなひじょうに皮肉な父兄がいるとして、「なるほど物語がたくさんというのはわかりますけど、多ければ多いほどいいんですか？　たくさんてのは、どれくらいですか？　五百？　千？……」というふうに聞かれたら、みなさんはどう答えますか？　たとえば、こどもが水を飲みたいと言ったときに、少しやれば、もっとたくさん、たくさんというように、だだっ子的にたくさんということをラボは言ってるのかと聞かれたときに私たちは、なんと答えればいいのでしょうか。〝たくさん〟ということばは、数量に関わる漠然たることばですが、それはいったいいくつぐらいかということについて、私たちは、無責任であるわけにはいかないんですね。そこで、第一の問題としてこの問題を考えてみることにします。考える道すじはふたとおりあります。

一つの道すじはこういうことです。一つの民族なりなんなりというものは、たくさんの物語を持っています。それは民族固有の、物語というけれど、実際は思いがけないほどに共通したものなんです。そこで、ずっと昔から今日に至るまで、昔話だとか、民話だとか、物語だとか、いろんな形で呼ばれながら伝わってきているそういうお話は、いったいどれくらいあるのか？　細かく数えれば無数にあるに違いないんですが、現実に、たとえば母と子のあいだで語られる話とか、おばあさんが覚えてる話とか、といったような形でとると、これは一定の数値があるんじゃないかという考え方。

もう一つは、具体的にラボっ子が、たとえば四、五歳ぐらいからラボに入って、十五、六歳というところまで育っていく、それから先、高校生のラボ、大学生のラボ、社会人のラボというものが、ずっと延びていくに違いありませんが、いちおう、十代の半ばぐらいまでに、お話の世界というものを定着させたいとするならば、それはどれぐらいのお話になるだろうか？　という問題の見方。

お話のゆりかごは八十～二百編

よく、昔話を採集してるような人がいますね。いろんな所のおじいさん、おばあさん（おばあさんの方がずっと多いですが）を訪ね歩いて、たくさん知ってる人をみつけると、その人と、ずうっと友だちになって、おばあさんの家に、いつあがり込んで行っても歓迎される関係になって、ポツリポツリと、糸をつむぐようにおばあさんが話してくれる、それを採集していくんですね。お話をよく知っているおばあさんというときの、民話採集者のある感覚のなかでは、だいたい三十から五十くらい知ってると、よく知ってるほうになるわけですね。ものすごくよく知ってるおばあさんは、だいたい百いくつというくらいですね。そういう人になると、一つの県下をくまなく歩いても数えるほどしかいません。そのなかにたまたま、ウルトラCみたいに知ってるおばあさんがいる。そういう人は百五十くらい。ラボのテープの「おばあさんが話した日本のむかしばなし」の下条登美さんは、二百五十話くらい語ることができました。たんに、ちょっとストーリィを知ってて……というのでなく、ひとつの立体性を持って語れるんです。

近代になりますと昔話を記録し再話して、ひじょうにすぐれた童話集を世に送った人たちが現われてきます。その代表はなんといってもグリム兄弟でしょう。グリム童話集にはいくつのお話があるかといえば、ちょうど二百です。ドイツ民族のお話として、くまなく採話したなかで、この話はドイツ民族を代表するに足る昔話だというのが二百ですね。それからイギリスのEnglish Fairy Tales――「ジャックと豆の木」の再話者であるジェイコブズになりますと、まず八十七編の昔話を二冊の本にまとめています。その後これをさらに選りすぐって最終的に六十編をEnglis Fairy Talesとして出版しました。ラボ・テープの「イギリス昔話集」(SK十一)は、そのなかから三十六編を採用したことになります。

日本ではどうかというと、残念ながら、グリムやジェイコブズのように、いちおう、きわめつけといわれる童話集というのは、今までできてないといっていいですね。いろいろな努力はあっても、日本人全部が、これが自分たちのお話のゆりかごであるというように認められる昔話はないといえます。

ちょっと視点を変えて、たとえば謡曲はどれくらいあるかというと、だいたい現在残っているのは、千七百編から二千編あるんです。けれど、能の中には五つ流がありますね。観世流、宝生流、金春流、金剛流、それから徳川時代になって始まった喜多流というのを入れて五流といってますね。その五流がそれぞれ自分たちがやる演目として考えてるもの、共通のものもあれば、はみ出してるものもありますけど、全部積算してみると、だいたい二百四十くらいです。その二百四十くらいのなかで、しょっちゅう演じられる、ひじょうになじみ深いものになると、やっぱり百ぐらいなんですね。そういうことを考えてみると。五百とか千とかいう数字ではないということなんですね。最大限にいって二百ぐらい。しかし、最小であっても八十から百くらいと言えるわけです。八十と二百ではずいぶん違うようですが、数字としてはある形として問題をつめてきてますね。

ラボの共通の物語のめやす

二番目の視点として、ラボっ子が、四、五歳から物語になじみはじめて（だいたいこどもが物語に親しむというのは、こどもによって遅い早いがありますが、二歳半から満三歳のあいだに始まってますね）、十五、六歳までということになると、十年ないし十二、三年という感じです。それに対して、こどもが物語を読みこなすというか、聞きこなす量というのは、ものすごくたくさんあると思います。ただ、ここで考えないとならないのは、何度も何度も、くり返しくり返し聞いて、友だちと共通の話題を持って、ある共同の表現をしていく、そういう数として考えると、やっぱり、たとえば能が百くらいの演目を典型的なレパートリィとして考えるのに近いだろうと思います。

ということは、一年間に十ぐらいの割合でいくとしますと、十年で百、十二、三年で、百二、三十。そういう数字以上の数字を出して、これをみんなで、よくかみくだいていきましょうと言っても、ちょっとそうはならない。逆に、そこにはひとつのバラつきが起こると思います。あるこどもと、このこどもとのあいだに、千なら千の物語を与えて、そこから任意に、百あるいは百二、三十の物語を選ばせるということになると、相当くいちがいが出てくると思いますね。

一方で、ラボが持っている輝かしい宿命というべきものは、要するに、日本のラボっ子がやれば、アメリカのラボっ子も同じようにグルンパをやり、タヌキをやるという世界、ヨーロッパでも中国でも、アジアのどこでもそういうものがやられているという世界を、もしできれば作っていきたい、できるかぎり作っていこうとしているわけですから、そこに、厳密な指定ということは起らないだろうけど、こういうものが、われわれの共通の物語なんだよということは出てこなくてはならないと思いますね。

たとえば、毎年、アメリカへ行くこどもの共通のテーマというのは設定されますね。今年は「ピーター・パン」と「アリとキリギリス」ですね。それはなぜかというと、そこに、なにかある共通の体験（アメリカへ行くという）をするときに、もうひとつ、なにかある精神的な共通性を持ってむこうへ行こう、そして共通の体験をしようというふうに考えてるわけです。そういうものにふさわしい物語として考えると、だいたい百から百二、三十という数字になります。

現在、ラボのお話は、SK、GTあわせて二十本ありますね。そのなかで、英—日形式で、直接テーマ活動にとりあげられているのは、十四本。その十四本のなかには、「ワフ家」や「ピーター・パン」のように一つの主題が貫いてるようなものもあるし、あるいは「耳なし芳一」のように、あのテープは一つで、お話三つしかありませんね。そういったものもありますけれど。おおよそ、四つだと、大ざっぱに考えますと五十六ということになりますけど、そのなかにはこどもたちの共通テーマにはなかなかなっていないようなものもありますね。それはテープのせいである場合もあるし、みなさんのなかに、ある偏見が支配していてそうなってるのもあるわけです。たとえば「ゴロヒゲ」は中高生なんか大好きでやるのに、そういうものを与えないで、中高生がテーマ活動にのらないといってるテューターがある。

そういうことを考えると、いくらか問題はありますけど、おおざっぱに見て、五十の物語は、いちおう共通の物語としてあると考えられます。いまや、すでに道は半ばに達してるわけですね。で、これから先、あと五十のお話ということになれば、ラボ・テープにしてあと十二本くらい。十二本を年に二、三本、四年から六年で、百の物語というものができるだろう。その後もまたいろんな物語が作られ、おのずからなる姿のなかで百の共通の物語というものができていくでしょうけど、いちおう、最初の土台というものを作って……。さてそれが、たくさんという話の一つですね。

じゃあ、みなさんはテープをたくさん、たくさんとおっしゃるけど、一人ひとりのこどもがどうなってるかという点から考えると、まだテープが足りない、つまり物語の数が少ないということが言えるわけですね。物語テープを十本持ってると言っても、それはまだ四十だから、ぼくが考えてるメドの四割くらいです。あと六割くらいが欠けてるというふうに考えてほしいということなんです。その百の物語というものに、一人のこどもがどういうふうに関わっていくのかという、そこで始まる物語が、またラボの物語なんですね。

そう考えながら、現在の状況はどうなってるかと見ますと、去年の夏、テープを持って下さいという活動をしましたね。それによって、一世帯当たり、全国平均で、この夏が終ったところで五・四本です。今度の冬では、七・五本になりました。こどもたちはだいたい三十の物語にふれるようになった、これが一九七五年一月の情勢であると言えます。

無数のお話を貫く共通性

さて、第二の問題に移ります。たくさんの物語を与えなさいと言うんだけど、いったいそれで何が起こるのか？　という問いに対しては、こどもの精神が豊かになりますと答えることができましょう。こどもの精神が豊かになるというのはどういうことであって、物語に触れていけばなぜ豊かになるのか、ということについて、みなさんはどう答えますか？　それに答えるには、みなさん事例を出して話すことになると思いますが、私はそれでいいと思います。しかし、みなさん、心のなかでは「そうは言うものの、ほんとうのところは私もわからないわ」というようなことだと困るわけです。だから、そのために、どういうことをてがかりにして考えるか、この点についてお話します。これを、そのまま父兄やなんかに話してくれということではないんですよ。

世界中に無数のお話があるわけですね。とくに、昔話とか、民話とか神話とか言われてるような古いお話と、現代のなかでつぎつぎに作り出されている、新しいお話の二つに分れると思うんですけど、二つに分れているにもかかわらず、これらの話のなかにある、一本貫いた共通のものがあるとすれば、それは何かを考えてみましょう。ものを考えるうえで、古い話というものを例にとって考えると考えやすいんではないかと思って、そちらのほうから考えてみることにします。すると、こういうことに気がつくわけです。たくさんのお話があるんだけど、すごく似かよったところがある。たとえば、日本の「古事記」や「日本書紀」のような神話にしても、ポリネシアの神話だとかとの共通性がものすごくたくさんあります。フランスのシンデレラの話などは、イギリスにだって、もちろん別の形であります。シンデレラ系物語というのは全世界にある。そういうことをずっと考えてみると、たとえばドイツならドイツ、フランスならフランス、イギリスならイギリス、日本、中国、ロシアというふうに並べてみて、それぞれの民族の話だと考えられているもののなかで、世界共通のものと、世界共通でないものとに分けるとどっちが多いかと言うと、世界共通の方が多いんです。絵でかけばダブってます。そういうダブり方——先ほど話しました下条登美さんは、比較的最近になってから採話者の水沢謙一さんに、今までやってなかった話を思い出したと言って、話したら、そのお話は、「ブレーメンの音楽隊」そっくりだった、というようなことは、どうして起るんだろうかというのについては、いろいろな説があります。

しかし、ぼくは、そういうことを論じようとしてるのではありません。ぼく自身もそれはわからない。わからないけど、こういう領域があるということだけは確かですね。いろんな形の物語を、じいっとながめ、これはいったいどういうふうに共通なのかということをみつめていくと、そこには一つの構図あるいは構造のうえでの独得の性格があると思いますね。それはどういうことなのかと言うと、この古いお話の世界というのは、やはり、この世の日常的な世界と、それから、まったく非日常的な、あの世、こういうふうに物語というものは、世界を分けてるなという感じがするんですね。

日常世界から異郷に旅立つ

物語というのは、この日常から異郷へ、異郷から日常へという、一つの境界線を越えて飛びこんでいく、あるいはまたむこうからやってくる。そういうことを、だいたい軸にしている。「ジャックと豆の木」の場合、異郷は天上にありますね。しかし、龍宮という場合には海底ですね。「おむすびころりん」なんかは地下。その他いろいろあります。要するに、なにか、この世ならぬ世界が設定されて、そこと、人間の日常世界との交通ということを一つのテーマに考えている。それじゃあ、この異郷というものには何があるのだろうか。ここにはなにかひじょうにいいものがあるんですね。そのいいものは、だんだん具体化していくと、宝物であったり、見目うるわしき女性であったり……あるいは不老長寿の木の実であったりですが、それを一括して考えると、なにかひとつの〝生命のもと〟とも言うべきものが、むこうの方にある。その〝生命のもと〟というのは、どういうふうになっているかというと、いちばん象徴的には生命の木です。生命の活発な力を表現するものとして木があるわけです。クリスマスツリーとか、門松といったものも、生命の木というある一つの観念というものが儀礼になったものと考えられますね。木そのものではなくても、たとえば、つるみたいなものも、ひじょうに激しくどこまでもどこまでも繁茂していく——唐草模様が、なぜわれわれの湯のみ茶わんのふちにあるかというと、それをとおして、生命の源をくんでるわけですね。木にくだものがなる、そのくだものは、生命の果実であるという場合もあります。

また生命の源は水になってる場合がありますね。養老の滝というのもそうですが、要するに不老長寿であるとかいうものとして泉がある。こういうものは簡単には到達できないんです。まず第一に、日常世界から異郷へ行くための道すじが、さっぱりわからないわけです。けれど、あるとき、偶然にもこれを発見するときがあります。「ジャックと豆の木」のジャックがミルキーホワイトと交換した豆は、まさにこの日常世界から異郷への道すじを作るための植物だったわけです。「浦島太郎」の場合は海ガメでしたし、別の物語では船だったりするわけです。ある努力と、偶然とが幸いしあって、突破する。しかし、この道程には、必ず、いろんな困難が待ち受けているわけです。この困難と闘って、克服しないと、生命の源には絶対行けません。そのためにお話はどうなるかというと、ここに一つのフェロウシップを考えるわけです。友だちと一緒にとか、犬、さる、きじだとかと一緒に、困難を克服する。この源には、そうさせまいとする番人がいるわけです。ジャックの場合は山男であるとか、怪物だったり、非人間的なものです。しかし、多くの場合、この日常世界から異郷へむけて旅立って行くのは若者です。その若者が、冒険をして生命の源なるものを獲得してきてそれで幸せになる、という物語を、一つの原形みたいなものとして考えるとしますと、この原形の変化をいろいろ考えることができますね。むこうからやってくる場合もあります、天人の羽衣みたいに。「桃太郎」の桃の実は、おじいさん、おばあさん（この二人は異郷に行くことができない）に生命の実が流れてきた。だから、あの川は、決して洗たく用の川だけじゃなく、生命の源を乗せてくる不思議な流れでもあったわけです。従って桃太郎はまた、長ずるに及んで異郷の方へむかって探険に出かけるわけです。「かぐや姫」の場合もそうですが、本来、こちらから出かけていくのが、むこうの方からやってきて戻っていくという形です。

さまざまなお話というのは、そういう話のなかのある断片を拡大してみたり、少し角度を変えてみたりということで成立すると考えられます。それは、きわめて現代的なお話であっても、そうなんです。「ストップ・タロウ」は、ユキちゃんのところへ行く。しかし、ユキちゃんの家は、たろうにとって、そうしょっちゅう行くものではないし、特にあのアイスクリームが溶けてしまわない時間のなかで達しなきゃならないわけです。昔ならその途中に鬼とか怪獣ですけど、いまは自動車などが待ちかまえているわけです。「グルンパ」は、象にとっては異常な人間の世界に、逆に探険に来たわけです。そしてそこでついに幼稚園になったことによって幸せを見い出す。Kindergarden-Elephantという英語を、少し誤解している方がいるんです。あれはKindergardenとElephantというのは同格で、象が幼稚園になるという話です。グルンパが幼稚園の一部のすべり台になった話じゃなく、グルンパそのものが幼稚園と化した話です。もちろん、「サンダーボーイ」にしても異郷から落ちてくる。「ぐりとぐら」も異郷からサンタクロースが善意の訪問者としてやってくるという話ですね。

一にして多、多にして一

そういうふうに考えれば、いろんなお話というのは、この一つのヴァリエーションであるということが考えられます。「ジャックと豆の木」で、山男のものである金貨を盗んできたり、金の卵を生むにわとりを盗んできたりするのは、ふつうのモラルで言えば、どろぼうの勧めみたいになる。「これ、どろぼうじゃないの？」というこどもがいたら、おそらく困る方がいらっしゃると思うんですが。ほんとうは、山男というのはジャックのお父さんから盗んだんだから、それを取り返しただけだ、そういうふうに考える必要はないんで、まさに若いエネルギーを持った人類、男の子が、はつらつと未知の世界にむかって探険をして、幾多の辛酸をなめながらも、自分の努力と幸運の力によって、つきない生命のエネルギーを獲得して帰ってくる、それが人生なんだ。ないないないの国というのもそういう異郷なんですね。そこには必ず、海賊や猛獣がいなければなりません。こどもたちのたのしさというのを破壊し、妨害し、永遠の若さというものを得るということに対して、じゃまする力がなければならないわけです。それは、生命の水にとり囲まれているが故に島であるわけです。

そう考えますと、このへんのたくさんの物語というのは、実は人類の古い世代、老いたる世代の方が新しい世代、若い世代にむかって、一つのことを語りかけたものだということができます。ただ、語りかけたいんだけど、それをたとえば道徳教育、修身の教科書みたいにして言ったのでは、こどもは反撥するに決まってるわけです。こどもたちに、勇気を出して未知のものにtryしなさい、困難が途中にあっても、がんばって知恵を出し、協力者を見つけ出して一つの探険をし、成果をかちとるまではがんばるんですよ……と言っても、すぐこどもから反撥されて、パターンプラクティスの英語学習と同じようにこどもからソッポをむかれるということを、人類の少し経験のあるほうは知ったわけです。若い世代よ、がんばってくれという古い世代の願いというものを、それとなく伝えていくために、物語という、こういう姿がいちばんよくこどもたちのなかに入っていって、そしてその子もまた大きくなるとその話を伝えていく、するとまたその子が大きくなって伝えてくれる。そういうことを、人間がある一つの経験のなかで知って、このような形式を生み出し、無数の物語を生み出したと考えられるわけです。従って、そのような物語に触れたこどもたちが、それによって人間が豊かにならぬはずがあろうか。失敗と成功を含めて、いろんな経験をした世代が、新しい世代に対する、やわらかい、しかしひじょうに真剣な願いをこめて、何百世代、何百万人という人間の心のなかをとおして作り出していったものが物語の世界なんですから、新しい物語、現代っ子の物語というのも、究極的には、そこにある古い物語のなかを貫いている一本の強い、一すじの赤い糸というふうなものにそってしか、どんな新しい物語も織り出すことはできないんだ、いろんな変形があるかも知れないけど、それはやっぱり、よじれなり、ひっくり返りなどを戻していくと、一つの原形になってくるんだといえる。従って世界中の物語はたったひとつであるといえますし、このたったひとつの物語は、じつに無数の物語でくみ立てられてるともいえるわけです。一にして多である、多にして一という関係として物語というものを考え、実は人類の、若い世代に対する願いの表現なんだ、そして、その願いの表現を、何万、何十万、何百万という人間の心のフィルターをとおしてみがいてきたのが、今われわれの前にある物語なんだと考えれば、その物語によって人間がはぐくまれないはずがないといえます。

こどもの物語への出会い方

三番目の問題——それではそのようなものである物語というものに対して、こどもはどういうふうにして出会うのか。出会ったことによってどうなっていくのかということについての問題に進みましょう。

物語とこどもが出会うということについて、はっきりしないといけないことは、たとえば、テューターのなかには、「うちには、こんなクラスがあって、みんなお話好きだし、テープはどれでもよく聞いて、テーマ活動なんかもすなおにやるんですよ」ということで、いいクラスだなと思って、なにかの機会にその発表を見るとしますね。すると、なんだかつまらない、なんてことがけっこうあるんです。もちろん発表というのは共同の活動ですから、同じグループであっても、いつでも、あらゆるときに同じような熱を持って表現されるということはぜったいないんですね。しかし、そういうこととはちょっと違った感じ、つまり、ひじょうに平均的な、ぬるま湯のような表現で、どこが悪いとは言えないけど、どこもよくないというふうなものを見ることがあるんです。そういうものを見たときにぼくは思うんだけれど、ハァー、ここでは、まだこのこどもたちは物語に出会ってないなあと思うんです。物語は好きなんだけど出会ってない。つまり好きだとか……そういうことばではない、もっと強い出会いというものがあると考えるべきです。

〝たった一枚〟のカルタの札

それを考えるに都合のいい例というのは、こどもが、カルタ取りをしますね。いろはカルタをやったり、百人一首をやったりするんですけれども、そのときのことを考えてみると、非常にはっきりすると思うんです。つまり、こどもはカルタをとるというときには、最初の段階はどういう段階かというと、それは四十八枚とか、あるいは百人一首の場合は百枚とか、そういうもののうちの〝たった一枚〟をこどもがとりたくなったときに、「カルタをやろう」とか、「百人一首をやろう」とかうるさく言うようになるわけです。つまりそのなかで一枚だけものすごく好きな札ができた、だから、とろうと言うんですね。たとえば、「山の奥にも鹿ぞ鳴くなる」というのが好きになる。理由は簡単で、つい二、三ヵ月前に動物園に行って鹿を見てきた。で、動物園に鹿をどんどんもってくれば……山の奥に鹿がなくなっちゃうんだろうなというようなことを思ったとしますと、こどもはものすごく好きになるわけですね。これをとるために百人一首をやろうというわけだから、彼はほかの九十九枚は排除してますね。ただこの一枚に対してのみ心を開いています。それで、それだけをじっと見てますね。ところが、お兄ちゃんか、お姉ちゃんがそれをとっちゃうと泣くわけですよ。これはぼくがとる札だったと……。

ところがその次に二枚目のが好きになってくる。「恋ぞつもりて渕となりぬる」……池の鯉はあんまり増えると、こんなに積っちゃって、池の縁になっちゃうんじゃないか、そういうことを考えて、これはおもしろいというので好きになるんですね。そういうとき、こどもの心のなかにどういうことが起っているか。たぶん、こういうことが起ってるんだろうと思うんです。それは、「山の奥にも鹿ぞ鳴くなる」という、たった一枚の札をとるために集中しているときの自分というのは、自分でも肯定的で承認することができた。しかし、これがそんなに好きでありながら、またもう一枚の札が好きになるというのは、非常に穢らわしいことなんです。つまり、おれはなんとなく節操が確かじゃない。もう少し、自分は純粋、単純、簡潔明快な人間だという自負をもって、そうでない大人を見ると嫌いだなあと思ってたんだけども、今度は自分がもう一枚好きになってしまった。これはどうしたらいいかと思って悩むと思うんですね。

ところが、やってるうちにだんだんそれもとるようになると、三番目のものがまた出てくる、四番目が出てくる……というふうになって、もう貞操を守るというような精神の堰がバアッと切れて、ダダダッといくようになると、相当のところまでひろがっていくわけです。

それは、どういうときに起りだしているかというと、たとえば、いろはカルタの場合ですと、せいぜい一枚か二枚、三枚ぐらいしかとれなかったこどもが、あるとき、里のおじいちゃんがぐあいが悪いというんで、病人のところにこどもを連れて帰るのはうるさいだろうからといって、こどもは家に残して、お母さんが里の家に行く。そして、二、三日して帰ってきてみると、いろは四十八枚のカルタが全部とれるようになってる。それで、「お母さん、ぼく全部とれるよ」と、一挙にして言うわけですね。そのときに何が起っているかというと、こどものなかに、お母さんがいないというさびしさがありますから、そういうlonelinessとどんなふうにして戦うかということをやっているうちに、やはり自分の心をダーッと開かなければ、もうしようがなくなってしまう。で、聞く。その途端に四十八枚全部覚えた、というふうになってるんだと思います。

つまり、物語というものにむかってこどもが出会っていくときの出会い方というのは、とにかく最初は、たった一つの物語にむかってである。そして、その物語のなかの全部ではなくて、また、あるたった一つの部分にむかってである。集中して、集中して、まだ集中してというふうにして、こどもは物語と出会うわけなんです。

そのときには、そういうふうに集中してますから、ある意味では閉鎖性が生まれてるわけですよ。だから、物語を知るということは、開放的な精神を作ることだから、という局面だけをとっていったときには、絶対成立してない。むしろ逆に、ものすごく狭い視野になって、一つのことに集中してる。しかし、それがこどもの寂寥感、孤独感というようなものをとおして、バッとひろがるときがある。

〝孤独〟とグループの共同性

しかし一方、テューターなり我々が、たとえばグループでやるから、こどもはずっとやっていくんだということを言いますね。それは嘘ではないが、その場合、グループの活動があるということは、その裏にはこども自身の孤独と、グループのなかにいるときの賑やかさというものを、こどもは比べることができる。したがって、こどもの精神が波うってるから、こどもはいろんなチャンスを得るわけであって、四六時中、こどもがグループのなかにある、というふうになったら、おそらく物語にむかって心を開かないかもしれない。

つまり、孤独があって共同性があり、また孤独があって共同性がありという律動が脈うっているというなかから生まれてくるわけであって、したがって、共同性のないところには、その意味での孤独というのもまたはっきりしない、脈うたない、だからだめになるという意味においては、共同がなければだめだ、ということは間違いなく正しい。しかし、その問題をみる眼が単純化されてはいけない、ということですね。

もし、そうであるとすれば、たとえばわれわれのことばはどうなるでしょう、こどもにむかって言うとき。「物語、これ好きになったよ」「あ、これもおもしろいわよ。これもおもしろいわ。これもどお……」と言ったらこどもの心はどうなるかというと、なんだ、このおとなは……と反応をして、自分自身が純粋に集中していこうとしているものを妨害されることになるので、だめなわけですね。

だから、むしろ最初の出会いみたいなものは閉鎖的に一ヵ所にむかって集中して、ほかのものには目もくれないというふうに集中することで、物語と出会うわけです。どれとでも同じようにというところからは出会いは起こってないんです。「どれでも適当におもしろいわ。私お話好きよ」みたいなことを言って、そのままほんとうには出会っていかないこどもがいるとすれば、それはわれわれのいう、物語とこどもの出会いというのは、そこでは発生してない。しかし、それはいついかなるときでも一定の年齢に達すれば、全部人間に起こすことができるというふうにはなってないと思うんです。

やはりそれは、物語そのものの中味と同じように偶然というものがあり、ある前提条件、準備のかみ合ってるなかで、たまたまパァーッと起こるし、あるこどもは二歳何ヵ月かで起こり、あるこどもは十二、三歳になって起こることもあるでしょう。しかしそれは必ずしも、どっちのこどもがどれだけすぐれているかというふうには簡単には言えないと思うんです。しかし疑いもないことは、ずっと一生、物語に出会わなかった人間はあんまり幸せとは言えないでしょうね。それからいわゆる喃語的領域みたいな世界がひじょうに豊富なときにパァーッと出会うという、そういう出会いの持つすさまじさというのは、やっぱり、その瞬間のきらめきとか輝きというものは、十二、三歳になってはじめてぶつかってというときとは、そのエネルギーがものすごく違うわけだから、そういう意味においては、やはり早ければ早いほどいいと言えるでしょう。しかし、それはあせったからといって、全部に起こるわけではない。おとなが思うような時間と場所で起こすことができると、そういうものではない。もし、そう考えれば、それはある意味では、人間に対する不遜であり、自分の力に対する傲慢であると言えます。

“出会い”に感動できる心を

やっぱり、実に不思議な何ものかが作用して、われわれには計量しつくせない、あるハプニングとしてしかいいようのない、そういうものをとおしてこどもは出会うわけです。そして、少なくとも、この子が出会ったということを見ることのできるおとながこどものそばにいるということは、こどもが出会った場合の幸せというものを、ものすごく大きくすると言えると思うんですね。孤独に出会っていくこどもっているわけです。つまりほんとの意味では親にはわからない、友だちにもわからないという形で出会う。多くの人間はこうして出会うんです。そこで自分が出会ったということを話すべきおとながいたわけでもないし、友だちがいたわけでもない。というのは、たまたま出会うのは、どちらかと言うとこどもにとって孤独なときに出会うからです。孤独なときに出会ったその出会いを、ある共同の場に移すということができ、そこで話すということができるためにラボ・パーティがあるんです。そこにテューターがいるわけです。そんなふうに、一つの出会いという問題を考えていかなければならないんじゃないか。それをただ共同でやれば、たくさんの物語に触れていれば、こうなりますというのは、やはり、問題をある表面的な形にし、形式的なものにしてしまって、ほんとうに、ラボの活動を感動の体系にして、なにか、人間が人間の魂を揺り動かしていく、その物語に揺り動かされたこどもが、おとなをまた揺り動かす、そしてまたわれわれが揺り動かされ、だれかに伝えていくとはならないんです。そこで、ある一つの集団性みたいなものを考えるときには、ひじょうに静かなもの、孤独なものも考えながら、それを含んでこどもたちを見てやらないと、やっぱりこどもたちは、そこではただワァワァ騒ぐたのしさみたいなものの持つ表面性をすべっていっちゃう。たしかにラボの活動はたのしいということは普遍的にこどもたちは言ってるわけだし、それはほかのいろんなこどもたちの活動というものに比べて、事実ですけど、なぜたのしいのかということについて、こどもたちは、そう語りませんから、ぼくの想像では決して、こどもたちはただ騒げるか、あるいはテューターをおもちゃにできるからというふうにだけ思ってるわけじゃないと思うんです。もちろん、そういう一面もありましょうけど、しかしそのたのしさというのは、実は、そのこどもたちの持ってる、ある孤独感みたいなものを、そういう形で表現することのできる場であるからたのしいんだと思うんですね。

こないだ、「季刊ラボ・パーティ」に出ました。下関のF君の話というのは、みんなを感動させたわけですし、あそこで「耳なし芳一」の墨絵を描いて東京へ送られてきたんですが、ほんとにりっぱな墨絵で、たまたま財団の理事会でお見せしたら、みんなすごいと言って――ラボ活動というのはやっぱりこういうことなんだと納得されたわけですね。つまり、ごく一般的にラボを語ったところで理事になってくれたぐらいだから、わかってはいるが、理解はしているが、エクサイトしてるわけではないんです。あの絵一つを見れば全体がわかる。ある理事の方はラボの活動はこれでわかりますと言っておられたけれど、やっぱり、そういう一点に凝縮したところで理解する理解は、単なる表面的な理解じゃなく、もう一歩つっこんだ感動であり共感なわけですね。そこで一つにまとまっていくという共同性というものは、こどもたち自身の世界のなかにもあるわけです。おとなであるわれわれが、そこを見ていないとすれば恥ずかしいことです。

ラボの物語にほんとうに出会ったこどもたちは、一つの物語に集中して得た力をバネにして、一挙にたくさんの物語へ侵入していきます。そのとき、こどもたちは毎週のパーティに、おとなが気づかない小さな、豆粒のような問題を持ってきます。あんまり細かいので、テューターも「あら、そんなこともあったようね」などとおりすぎてしまいがちですが、それこそジャックが手に入れた魔法の豆なのです。それを育てれば、こどもは天まで登り、宝物を持って帰るのです。

ラボの物語がふえるということは、それだけおとなたちにも或る力が要求されるということにほかなりません。こどもたちにはかなわない。しかし、こどもたちが「ほら」といって見せてくれる問題を受けとめることはできる……そんなおとなになりたいという願いが、いま私たちをつつんでおり、ラボはそこまできたと思っております。

（一九七五年一月）

ラボの核は童神《わらべがみ》との対話です

幼児をよりどころにし、その世界へ回帰しよう

ラボの三つの基本的方向

「ラボ、きさまは動物か植物か」と海賊船長フックに問われたら、何と答えましょうか。どうも動物は野垂れ死にするときのサマがいけませんね。それに生命の集合とか連続ということにかけては植物の方がずっと心得ているみたいで……ラボは植物ということにしましょう。何植物？　かなりにぎやかな方でしょうね。ツル科植物かな。雄花はポロポロ落ちて、雌花ばかりが平気な顔をして大きな実になるカボチャはどうです。いえ、これはじょうだん、ビワ湖を渡る初夏の風につい花粉が散ったところです。

それにしても、大脳もないのにうまく統合されている植物という存在はみごとですね。ラボも、唯一の指導者とか教祖とかはありえないわけですから、みんなの活動からいくつかの基本的な方向とあれこれの補助的な方向をとりだして全体の了解事項にし、それをまたそれぞれの工夫で組みあわせて自分のパーティという花を咲かせ花と花がどんどんつながっていく面白い植物だと考えられます。ラボに教義はなく、あるものは経験で確認された指向性です。その基本的な方向というのは、さしあたっていまのところ何だと思いますか。

私の考えでは、それは外国語の方向、物語の方向、幼児の方向という三つになると思います。はじめとその次については、みなさんと改めて確認しあう必要はありませんね。ラボにとって、外国語とはマスターすべき実用性ではなくついに究めつくすことのできない人間の心の巨大なかたまりです。また物語とは、まるで無用であるか、または恐ろしく遠回りのように見えながら、その実、人間の心へのいちばんまっすぐで楽しい通路です。

童心を忘れたら地獄行き！

ところで最後の〝幼児の方向〟というのはどうでしょう。ラボは「幼児でもできる」「幼児のときからやった方がいい」「幼児がいることは、タテ長集団の一部分として必要だ」等々のことは確認されているとしても、ラボの核は幼児にあるという基本方向までに至ってなかったとしたら、セリとキンポウゲのように、外見は似ていても、食用と毒ぐらいのちがいが生まれる恐れがありますね。

幼児をよりどころにし、幼児をいつも見つめて、幼児の世界へ回帰しようとつとめることは、単に幼児を大切にしようというのとはちがいます。そんなことはふつうの小児科の先生や保母さんがいくらでも言うことです。また、「たまには童心に帰ってみるのもいいことですなあ」と年よりが汗をふきながらの言い草ともちがいます。もしそれを忘れ果てたら、どんな英知も円満な常識もことごとく地獄行きだというくらいのきびしさを、幼児の心の世界に透かして見ることです。

ご存じの方も多いはずですが、宮崎県のある島に住んでいる猿は泥のついたイモを海水で洗って食べます。砂まじりのピーナッツをやると、これも水に浮かせ、砂を落して食べます。また雪国で温泉にはいって温まる猿がいます。観察者によると、こういう方法を最初に発見したのは、いずれの場合も年とった猿ではなくて、小猿たちだったということです。

〝人体表現〟の発明者たち

ここで「かわいいわね」とほほえんでいるだけではならないと私は言うのです。今おとなの私たちは、テーマ活動における人体表現という領域に眼を開きつつあります。アドヴァイザー会議、中高生スプリングキャンプ、春の全国広場をはじめ、さまざまの機会に、随時随所で密度の高いテーマ活動がやられるようになりましたが、いわゆる人体表現の着想なくしてこの成功はおぼつかなかったといえましょう。

では、だれがこの人体表現を始めたのでしょう。ファニィ・デイの雨だれは、グルンパの十二足の靴下は、ストップ・タロウの横断歩道は、春風とぷうの花は……みんな小猿たちが、ラボの小猿たちが発明したのです。小さな発明でしょうか。とんでもない、『真夏の夜の夢』の劇中劇におけるシェイクスピアも、舞台の簡素化の極限をめざした能作者たちも、ここまでは思い至りませんでした。

それは表現の技法の問題ではありません。何よりもまずそれは、ことばを覚えている者も覚えていない者も、表現の達者な者も不器用な者もその場にいるかぎりのすべての人間に共通のドラマティックな時空に参入することを可能にしました。当然に、それは集団による人体表現へ発展しました。それによって、物語が描かれる下地を明快にかつ抽象度高く、つまりみんなの夢がはいりこむように表現することになりました。大道具、小道具は能舞台よりも省かれ、みんなが演出家を兼ねて討論することができます。そこから、一回一回の活動に充足感がうまれる、「即身成仏」の世界があります。そしてもっとも大切なことは、人体表現に参画する者は、主人公でもなければ端役でさえもないのに力をつくしてやれば、その充足感は主人公のそれと全く同じだということです。ここには役争いなどに見る職業俳優の醜さを探そうとしても見あたりません。小猿たちは「馬の足」を王座につけたのです。大根役者ですか。大根をやれたら、たいしたもんだ。それがラボの世界です。

祭りの種子がいっぱい……

小猿たちが見つけたのは、人体表現だけだったでしょうか。主人公が複数になり、ダルマちゃんが何人いてもいいとか、一匹の象を数人でやるとか、およそ破格なこと、型やぶりなことはみんなかれらの発明です。しかし、それは意外なことではありません。ルール作り――ルールの破壊――新ルールの制定という過程は、こどもたちのあそびに欠かすことのできない刺戟剤ですから。

そこで、私たちはよく「こどもたちに教えられながらラボを作ってきた」といいます。だがこの表現はちょっとキレイゴトにすぎますね。ほんとは「こどもたちに拒絶されながら、その拒絶にゆさぶられて……」とでもいうべきですかね。その拒絶の強さは、とりわけ幼児の心のなかにあります。

植物の苗ということばは、手足が萎えるのナエと同じ源からきているという説があります。しおれやすくて保護管理が必要だという一面と、しなやかでこわばっていないという一面が重なっている感じがしますね。幼児にたいする世の中の気持はおよそこんなところかもしれませんが、私は幼児をもっとちがった側面、つまりいきいきしたエゴのかたまりとしてとらえる方が大切だと思います。

ピーター・パンを書いたバリもたぶん同じ考えだと思います。そう考えれば幼児はおとなの保護管理の対象ではなく、全知全能を傾けて対応しても解きつくすことのできない人間の心の秘密の宝庫になります。この宝庫は、泣きわめいたり、にっこり笑いかけたりしますが、決して本心を明かさないぞときめているみたいです。何がこのなかにかくされているのでしょう。私の考えでは、祭の種子がいっぱいつまっている気がします。大昔からの祭り、世界じゅうの祭り、これから始まるかもしれない祭り、その祭りという祭りのもとになるもの、祭りの元素とでもいうべきものがあって、ラボ・パーティが祭りにふさわしい状況になればいきいきと跳びはね、祭りにならなかったらGo away! という次第です。

幼児の本質を尊敬しマネる

もともと祭りは神あそびでした。あそびとは魂がうきうきすることです。魂に宇宙遊泳をさせ自分以外のものにはいりこませて新たな力をとってくる。そう考えて、魂を霊ある動物や火や水や風や異形の神の方へ近づけ、その行動の特徴をマネることでそのものと化した、それがあそびの本来の姿です。だからあそびの起源はモノマネであり、このモノマネが舞踏をふくむ演劇の発端になったわけで、英語のPlayが、なぜあそびと演劇の二つの意味に使われるかも、そこから分かります。そしてこどもたちの伝統的なあそびの大部分は、神あそびからの由来をもっているといわれます。

以上の事実はだれでも知っていることですが、改めて考えてみると、ラボはまさしく現代においてもっとも素朴なあそび＝Playの世界ですね。

つまり幼児は、ラボ・パーティを主宰する童神《わらべがみ》であり、ラボの司祭です。たとえ幼児の姿がそこに見えない場合でも、テーマ活動の根のまた根のところには、スクナヒコナノミコトそっくりのかしこくて小さい幼神が立っておられると感じることができなければ、それはただの下手くそな芝居もどきにすぎません。幼児を大切にするといって保護管理を厚くするばかりの社会はありますが、幼児の本質を尊敬し、それをマネることを原則にするおとなの世界はまずありません。そこにラボの大きな独自性を打ちたてようではありませんか。

若さと喜びのカマタリだ!?

そうしてみると、私たちが「ラボ・テープをよく聞こう」と考えるときの誤まりがよく分るはずです。幼児の一日は、多くの祭りの集合体ですから、そのなかのひとつとして「テープを聞く祭り」がある。その前にも後にも、同時併行しても祭りがあるから楽しいのです。ふつうのおとなは、そんな風に一日を楽しんでいません。一日を楽しむ心がなかったら、ラボ・テープをどうして楽しみますか。また幼児は、有効性とか実用性とかの観念とまるで無縁にテープを聞いています。今それを聞きたいから聞くだけのことです。ところがおとなは、どこか心のすみに「……のために」という意図があります。動機が不純です。それから幼児は、ほんのはしきれでもちょっと面白いと感じれば、すぐ浮き浮きしてくるけれども、おとなはそれに浸りきれません。沢庵石のような顔で聞いています。だから幼児のような集中と反覆ができません。おとなが幼児よりも持続できるように見えるのは、見栄と欲でひきのばしているチュウインガムにすぎません。

おとなのそういう浅ましさに霊験あらたかな特効薬を公開しましょう。幼児がちょっとしゃべった変なことばを覚えていて、だれもいないときに何度も口の中で言ってみることです。「(眠たいときに)根室、室蘭」「(オモチャの汽車を動かしながら)オムスク、トムスク、イルクーツク」「(電車の中で)アキハバラ、アキバハラ、あら変ねえ」「(テレビのタイトルを見で)ズルズルしいやっ」といったようなものです。どんな風に効くかは、試してみれば分ります。あるテューターから聞いたものに「じっとブンメイのときを待つ」「若さとよろこびのカマタリだあ」「ピーター・パンはフジミチョウだぞ」なんてのもあります。

テューターの〝幼児離れ〟

幼児に始終触れることで、自分の心のなかの童神を揺りさますことができるのは、こどもを産む女性の特権ともいえますが、同時にそれはある危険をもはらんでいます。一つには、その童神の発見が自分のこどもへの愛執に附随しているために、ほんとうに透きとおったよろこびにならないこと、二つには、そのこどもが成長するにしたがって、母親のなかの童神が力弱く薄れていくことです。「女にはユーモアがない」といって夫や息子から嫌われるときの母親は、〈幼児離れ〉をおこしているのです。しかも、幼児離れによって面白くもおかしくもなくなっている自分を、生活難や自分のマジメさのせいにするに至っては、コッケイを通りこして悲惨であります。もちろん、その反対に自分の童神と対話しなくてもユーモアのセンスがもともと自分にはあると思いこんでいる救いがたいウマズメもありますか。

何のために、こんなおどかしをつづけるのか、いうまでもありませんね。自分のこどもとともにラボを経験していって円熟しかけたテューターがいつのまにか、自分のこどもの年令に見合った幼児離れをおこしてはいないか。つまり〝女の干物〟になりかけてはいないか。孫ができてから、ゆっくりもとの生魚に帰りましょうといった手品は、干物の怨念としては分るが、事実上だめではないのか――と、ご心配申しあげているのです。

経験を積んだテューターのところに幼児の数が少なくなっているのは残念ながら事実です。これでは、さまざまの困難をのりこえてテューターをやる意義が半減します。初心に帰りましょう。開講したての頃には、あんなに幼児のことを考えつづけていたではありませんか。いい女、いい女房、いいおふくろ、いいテューターと全部を重ねもちにしてくれるのは幼児のお手々しかありません。私たちのSounds in Kiddylandに、幼児の声が少なくなるなんて考えられますか。いずれそのうちに楽しい老年の日々をつくりだすラボ・システムも静かに姿を現してくることでしょう。それまでは「テューターの楽隠居粉砕！」であります。

（一九七五年六月十一日）

ラボが〝出来た〟！
一九七五年十一月二日夜に

ラボランドに来てくださって、ありがとうございました――いまこのことを五回も十回もいいたい気持です。

昨夜、この集雲堂のお父さんたちの交流会にテューターの皆さんが加わり、さらにラボっ子たちが参加して大きな交流の渦となったあと、私は榊原の手をにぎって、「おめでとう、やっと出来たな」と言いました。

ラボは、出発して十年になります。物事が出発するというのは、ある意味では容易なことです。しかし、その物事が出発したのちにみずからの力で、生成され、〝出来た〟という感じを持てるところまであゆんで行けるということは、なかなかあるものではありません。そこまで歩けるというのは大変なしあわせです。昨夜一九七五年十一月二日の夜にラボは〝成った〟……熔鉱炉のなかに、初めて鉄が見えた……という感じがしました。それは、全部の参加者をあわせても三百人そこそこのささやかな形ではありますが、しかしラボのなかで初めて、ひとつのサークル（円環）を完成させた瞬間だったといえます。

ラボをひとつの円環だとしますと、そのなかの欠かせない環としてテューターの旦那さんであるお父さんがたがあり、これは個々のパーティでもおなじことですが、そのお父さんたちがラボのなかでほんとうに気のおけない、深く諒解しあえる存在となったことの意味は、まさに画竜点睛ともいうべき大事件です。

＊　＊　＊

人間には男と女があり、人間の生産活動には、人間による人間の生産と、人間が生きていくに必要なさまざまの生活資料、財貨の生産の二種類があるというのは、エンゲルスの有名なことばですが、この二種類の生産のうち、人間による人間の生産の方は、どうも今日の世のなかでなおざりにされているように思います。ラボの事務局員となった若者のなかにも、ときには去っていくものがいます。こうした若者のラボをやめていく理由を聞きますと、ラボは女こども相手で男子一代の事業とはいえない、自分はやっぱりひとりの男として「これは何のなにがしの仕事だ」と、大きな声でいえるようなことをしたいという気持をもっているようです。

でも、考えてみてください。人間が人間を生み育てること以上に大きな事業があるでしょうか。何が男子一代の事業であるかを、今日の世のなかでほんとうに考えてみようとするとき、みなさんがこうしてラボランドに来てくださっていることそのものが、今日の世のなかに対する、大きな文明批評にもなっている。批評しない批評、人間が自分自身の存在のかたちで社会に表現している批評になっていると思います。

今度のおとうさん広場三日間の結果というのは、私たちラボの事務局が何かうまいことをしてみなさんをのせたわけでは決してありません。自ずから出来てきたのです。もちろん事務局の私たちは努力しました。けれども、このラボランドの三日間には、私たちが想像した以上の楽しさが生まれました。

＊　＊　＊

ラボは動物よりも植物にたとえた方がよいところがあります。動物には大脳中枢があっていつも全体をコントロールしているのに対して、植物にはそうした指令を出す場所はなく、根っ子は根っ子、幹は幹、葉は葉と、それぞれの部分がだれの指令というのでもなしに全体を形づくり大きく成長させています。ラボもこの植物のいいところをそなえています。最初は自分のこどものことだけを考えてなんとかしたいとラボに入れますが、自分のこどもだけ見ていたのではだめで、やはり広くパーティ全体の、ラボ全体のこどものことを……と、だんだん出てくるのがラボの特徴であり、ラボの歴史です。ラボをやろうと言いだした者はたしかにいますが、ラボを実際に今日のようにつくりあげてきたのは、誰ということはできないラボにかかわる人びと全体の共同の努力の結果です。

人間、とくに男の世界では、前にもちょっとふれましたように、「共同」ということに対していつもどこかに留保したい気持があります。共同ということに甘えてはいけない、自分一個の、独自の力で立たねば……といった留保をもちます。けれども、誰が作ったかわからない形で出来た、本当の共同のなかから出てきたエネルギーは、ちがいます。個人の力では成し得ない大きな力をもっています。それはちょうど何百年、何千年という時間を経た一本の大樹をじっと見るときに感じる、誰が作ったでもない、まさにその木そのものが発する尊厳さに似たものです。ラボの共同の努力は、いま、どんなものを生みだしつつあるといえるのでしょうか。一昨日から、ラボランドで私たちがかいま見ている世界は、どんなものといえばよいのでしょう。

いま、全国のラボっ子たちは、『ロミオとジュリエット』を熱心に聞いています。それも小学生から、とくに小学五、六年生あたりに夢中になっている子がいます。私たち親の世代がその子どもの年頃にはどうだったかを考えてみますと、もしも『ロミオとジュリエット』にぶつかったとしたら、きっとどこかで〝ねじって〟構えたにちがいありません。私たちの時代には、本当の意味で、性的な衝動にまともに向きあえなかった。まともじゃなく、ちょっと身をねじって青春時代に入っていきました。いまのラボっ子たちはちがいます。十一、二歳あるいはもっともっと前から、『ロミオとジュリエット』のようなものにふれながらどこまでもまともに向きあって、堂々と成長しています。

大砲の砲身は長ければ長いほど遠くまで飛び、かつ正確に命中します。いまのおとなは、十一、二歳のときにすでに〝ねじって〟おり、いわば短い砲身から青春へむけて発射された弾丸のようなものですが、こどもたちの方は、まっすぐに伸びた砲身から、すばらしい速さで発射され、遠くまでとどこうとしています。こうしたこどもたちを見ていますと、大きな期待と尊敬を感じさせられます。と同時に、私たち自身、もう一度、こどもたちとおなじ努力を始めてもいいのではないかと思います。

＊　＊　＊

ラボは十年目にしてようやくここまで来ました。今度の「おとうさん広場」は、私たちがこれからあと、次の十年間をがんばっていく出発点をつくってくれました。今日以後の私たち事務局とテューターの話しあい方が変るにちがいないと思います。それは、ここに集まってくださった百人たらずのお父さんのおかげです。

お父さん、テューターのみなさん、もし他の人から、共同なんぞ甘ったるい！　といわれても、私たちは共同でやりましょう。

私は前々から、このラボランドの近くに小さくてよいから林をひとかたまり買って、そこを、このラボにかかわった人みんなの記念の地にしたいと思っています。お互い死んだら、ひとつまみの灰でいいから、このラボの共同の地に埋めたらと思います。墓標はなくてもいい。その名を留めている一冊のノートが保管されていればいい。もしも、その共同の地に、思い届した青年が、十万人のラボっ子のうちで二人でも三人でもかまいません、やって来て、私たちのことを思い出してくれ、それがその青年のもうひとつの転機になってくれればと思うのです。一九七五年十一月二日夜、「ギンギンギラギラ……」をやったお父さんたちのあの明るい笑い声は、もうすぐそこまで私たちを引っぱっていくのではないでしょうか。私たちみんなの〝たましいの森〟という考えに、どっかり腰をおろしてみれば、生ある者たちの共同とはどんなことなのか、自ずから明らかになるはずです。ラボはすでに、そのような人々を粛然とさせる深く大きい質をそなえていると信じています。みなさん、ごいっしょに歩きましょう。

（一九七五年十一月三日）

三人一組の語り

そのみごとにそろった「声」に私は解答を見た

五月三十日、神奈川の新入ラボっ子歓迎大交流会で、日ごろ気になっていた問題にパッとかがやくような答があたえられた思いをしました。そのお話をしたいのです。森林公園の広い芝生で二パーティ、そのあと横浜市民ホールで四パーティの発表を見ました。

その一つ、あるパーティが『うみがたずねてきた』をやったときのことです。三本のスタンド・マイクに三組の日英の語り手、十才前後の計六人がついて、同時に三人でナレーションがはじまりました。すこし疲れて、姿勢をくずしかけていた私は、ちょっとした不意打ちをくらいました。

細かなる物まねなどは

音量の豊かさ、歯切れの良さ。百名近い舞台の動きに、声はすこしも圧されていません。出《で》をあわせるために、テープに比べたとしたら、ポーズが一拍ぐらい長くなることはありますが、みごとに語りがそろって、速度感も充分にあります。だれか一人がごくたまにちょっとつかえても、他の二人がぐんぐん進みますから、舞台も音楽テープ係もすこしも迷うことがありません。口の開きが大きく、正確なこと。まるで三そうのボートがオールのピッチをぴったりとあわせて流れをさかのぼるようなけなげさに、聞く者の心も燃えてきます。

この興奮がまだ残っているうちに、別のパーティのやった『三本柱』の冒頭がまた、同じ問題の延長線上に、みごとな光景をくりひろげました。おおぜいのお母さんとこどもたちが三組に分れて柱になり、お囃子とともにしずしずと登場して、三角形を作りました。その頂点に五年生の男子三人が横にならび、姿勢を正して、「大果報の者、天下治まり……」とはじめました。謡曲特有の声のアヤをつけることはやめて、学校の詠唱法に近い発声ですが、節回し（イントネーション）はすなおに合っています。マイクも使わない、朗々たる声がひびきわたったとき、会場の全員が「大かた、児《ちご》の申楽《さるがく》に、さのみに細かなる物まねなどはせさすべからず」という世阿弥のことばにうなずく気持になっていたと思います。

私の頭のなかでは、例によってギリシア劇のコロスだとか、ヘンデルのオラトリオだとか、かつて生垣をへだてて聞いた少年少女の声の記憶だとかが、とりとめもなく組んずほぐれつしていましたが、ふいに「これは解決だ」という声が心のうちでしたかと思うと、だんだん大きくなって、何度も何度もくり返されました。

たのしげにぐるぐる……

おおぜいが声をあわせてせりふをいうテーマ活動は、むろんめずらしくありません。しかし、それはせりふ（ダイアローグ）であって、語り（ナレーション）ではありません。二人で声をあわせる語りもときどきあります。しかし、その場合、二人の優劣または強弱への意識がじゃまになって、三人の場合とはどこか本質的にちがいます。「三人一組の語り」――それが私の見た解答だったのです。

なぜ、そんな大げさな言い方をするのか、感想をのべてみたいと思います。

神奈川の六つの発表は、例外なく厚みのある人体表現で組み立てられていて、どれも快よいものでした。かなりの人数で描き出される大柄な風景には、ともあれ鋭角の美しさは求めないぞというさわやかさがあって、日本ばなれのしたヒューモアがありますね。そういう心をもった人体の林を静かに眺めていると、微かな酔いが身にしみてきます。このはかない酔い心地がわかるか、わからないか、それが人生の分岐点だという気がしてきます。

なぜなら、そこに示されているのは、ある物の形をなぞった結果ではなくて、そこでむらがっている人間集団の結びつき、つまりよろこびの質だからです。ですから、あんまり意図的に構成されたり、あるいは一、二の「名優」によって引っぱられているテーマ活動は、あとでいや味になってきます。しごく平凡なようでも、温かい感じをともなった発表は、その後のパーティの成長に良い肥料になると思われます。

考えてみれば、テーマ活動の「原型」というものは、幼児たちがうれしさをあらわすときの姿にふくまれているはずです。うれしいときの幼児たちは、同じ場所に円を描くように何度もぐるぐるかけまわるでしょう。何のためにテーマ活動をするのか。人間のことばのはたらきを人間の生きるよろこびに結びつけようということ以外に、テーマ活動の目的はありますまい。とすれば、テーマ活動の基本は「たのしげにぐるぐるまわる」ことにあります。その過程で、人が集まったり、散らばったりする……物語の流れに沿って、というわけでしょう。人体表現もこの動きがある形にまとまったものといえます。ですから、『山山もっこり』の山と『三びきの小ぶた』のわらの家がほとんど同じに見えたとしても、別に本質的な問題はないわけです。

力強くせりふを支える

こういう感じは、もうラボの活動はだいたい手に入れているといってよいのではないでしょうか。ソングバード、エール、行進といった、私の流儀でいえば、ラボの「神おろしの儀式」にも、その質は充分にあふれているように思います。

ただ問題があるとすれば、「祭りの本体」であるテーマ活動の、動きではなく声の側面です。とりわけ、せりふよりも語りの部分です。なめらかに語られていても、語り手は全体から孤立しがちであり、幼い生命のはじけるような笑いに比べたら、まだどことなく暗いのです。

語りがむずかしいのは、文章が長くておぼえにくいからだと思っている人がありますが、それは決してほんとうの理由ではありません。ほんの数行でも、語りはむずかしいのです。

物語は、語りとせりふの二部分から成り立っています。この二つは、ある意味でちがった質のことばです。物語に登場するさまざまな人格（人間でも動植物でも風や火でもかまいませんが）の発することば＝せりふは、この世に生きるべく限定された者のことば、神々または人間の日常のことばですが、語りのことばは、どこでだれがしゃべっているのか容易にわからない超越者のことば、無限の、不朽のことばです。別の言い方をすれば、せりふはあるときのある人間のことばであり、語りは人間の幾百世代もが重なって発している声だというぐあいにも考えられます。ですから語りには登場する者の運命をすべて見通せるという約束があらかじめ与えられています。

物語のふしぎな力は、このようにいわば唯一神のことば（語り）と神々のことば（せりふ）が交錯し、その複合された印象を聞き手が受けとるところに生まれます。私のおどろきは、このむずかしい語りの部分が、幼いこどもたちの複数の声で力強く、ほとばしるように言われたとき、あたかも超越者の化身であるかのように（それほどのおごりが正直なところあったわけではありませんが）坐っていた原作者の私を吹きとばすようにすがすがしい風が起こったということです。

テーマ活動において、せりふは一つの若い世代、一人の幼い者の明るい自己主張をあらわす白鳥であり、語りはそれをかろやかに浮べる人間の知恵の海です。その海を、互いに支え、競い、はげましあう若い声の三角関係がみごとに形作っていました。それは、ときどき「これは唖のテーマ活動だ」と歎いたりすることのある私にはまぶしいほどの現象でした。

〝人体表現〟以来の新展開

たぶん、これは意図的な工夫によるものではなかったのでしょう。しかし日ごろの積み重ねられた営みから、はしなくも生まれたにちがいありません。偶然ではない無意識の所産です。だからこそ、まぎれもない新鮮な発明です。

もちろん、残された課題はあります。物語全体の語りを一組だけで通すのは、先日も交代でやっていましたが、はじめからは無理で適切に区切る必要があること。語りだけでなく、先日の『三本柱』のように、せりふにも応用できるが、どのせりふにもというわけにはいかないだろうということ。

特に大切なのは、暗記ではなく心をこめて語ること。そのために苦しい修練でなく、たのしくにぎやかな三人一組の「語りっこ」が成立することでしょう。

だが、私の見たかぎりでは、このような語り方はどのパーティでも、どの子たちにも充分にできるはずだと確信しました。なぜ三人かということについては省略しますが、おそらくもっとも自然な数でありましょう。この道を進めば私たちのテーマ活動に、あの人体表現をとり入れて以来の新展開が見られるものと期待しています。

（一九七六年六月）

物語テープ『アリ・ババ』について

はしがき

こどもからおとなまで、見たこともないほど大きなテーブルをぐるりと囲んで、ごちそうを食べている。その皿に盛られた料理を「物語」だと考えたら、それがラボ・パーティです。

おもしろいのや悲しいのや、美しいのや香ばしいのや、物語の種類には限りがありません。ですからひとつのラボのお話も、ひとつの皿にのった料理と思えばよいのです。四つの物語でできているものでも、何となくひとつの料理に思えるように工夫してあります。みなさんも、自分が感じるままに、いろいろ好きなものを、ライブラリーにあてはめてみてください。たとえば『ピーター・パン』はデコレーション・ケーキ、『ロミオとジュリエット』はビフテキ、『オバQ』はハンバーグ、『たぬき』はカレー・ライス、『すてきなワフ家』はビスケット、『白雪姫』はパイとゼリー、『チュチュ』は果物……といったふうにです。『三本柱』なんて刺身や吸物のついた会席料理までありますね。ぼくの考えはちがう、『たぬき』はチョコレートだという子もいるかもしれませんね。それでもかまわないのです。あまり好き嫌いをいわないで、どしどし食べましょう。なにしろ、この物語という食べものは、いくら食べても腹いたなんぞはけっしておこしません。おなかいっぱい食べて、それからみんなでわいわいがやがやお話をたのしんでいると、すうっと消化してしまうのです。物語は、人間の心を強くやさしくする、いちばんだいじな栄養なのですよ。

さあ、では今度のお話『アリ・ババ』はどんなごちそうでしょう。コックさんに味を聞いたりするもんじゃありませんよ。自分の舌で味わいましょうね。でも、ひとつだけ種明かしをすると、この四つの物語には、どれにもお酒の香りが、あまり気にならない程度にほんのり染ませてあります。もちろん、物語が生まれた国の酒、ワインやウイスキーやビールや、私もよく知らないアラビアの酒などです。鼻を近づけて、そうっと嗅いでごらんなさい。匂いますか。

では献立の紹介です。

長ぐつをはいたネコ

昔フランスにシャルル・ペロー（一六二八〜一七〇三）という詩人がいました。文学上のむずかしい議論をしたりして有名でしたが、七十歳近くになったころ、議論にもあいたのでしょう、昔話をあつめて『おとぎばなし集』という本を出したのです。すると、そのなかにあった「シンデレラ」とか「赤ずきん」とか、みなさんもよく知っている話が、こどもたちの心をとらえて、ぱっと広がりました。それでペローといえば、おとぎばなしの元祖みたいになったのです。「長ぐつをはいたネコ」もこのなかにあって、とてもりこうなネコが主人である少年をうまくあと押しして出世させます。そんなネコがいたらなあと思うこどもの気持ちが、この話を有名にしました。フランスには、このほかにも『狐物語』など、動物が人間そこのけの知恵をはたらかす話があって、ピリッと気のきいた、しゃれた味わいを好む、この国の人びとの舌がよくわかります。

グリーシュ

「ジャックと豆の木」「三びきのこぶた」「猫の王」はとっくに知っていますね。これは『イギリスおとぎばなし集』のなかにあるイギリスの昔話です。その本を書いたジェイコブズは、このあと『ケルトおとぎばなし集』という本も出しました。「グリーシュ」はそのなかにありますが、日本ではあまり知られていないようです。

ケルト人というのは、紀元前三〇〇〇年も前からヨーロッパ大陸の中央部に住み、その後イギリスの島々のほうにも渡り、ケルト語を話していた人びとのことですが、今ではこのことばは英語やそのほかのことばにおされて、アイルランドのかたすみや一部の島にその名ごりをとどめているだけです。

しかしケルトの物語は、夢のように澄んだ美しい光景が出てくるかと思えば、たちまち荒っぽく土くさい匂いが立ちこめる、ふしぎな世界です。このふたつのものが組み合わさって、どことなくもの悲しい、深い色合いがただよっています。「グリーシュ」の故郷、メイオ郡は今でも産物のとぼしい荒野ときびしい気候で知られていますが、この物語の妖精の声や動きも、秋の終わりのつめたい風のうなりから生まれたのかもしれません。そのすさんだ力と金髪の乙女をあらそうすなおな若者の話に耳をかたむけていると、はるか彼方から人間の先祖が語りかけてくれるような感じがしてきます。

きてれつ六勇士

グリム兄弟（兄ヤコブ・一七八五〜一八六三　弟ウィルヘルム・一七八六〜一八五七）とも、もうすっかりおなじみですね。そうです、「白雪姫」「ヘンゼルとグレーテル」「ブレーメンの音楽隊」がすでにライブラリーにはいっています。でも、この「きてれつ六勇士」は上の三つにくらべると、すこし変わっていますね。おおげさなところがあって『シンドバッドの冒険』とか『ほらふき男爵』に似た感じがするでしょう。でも、よく見ると、それだけではありません。戦争で人が死んだり、王様が勝手なことをしたりするつらい世の中を、男らしくゆかいに生きぬいていくなかまたちの話ですね。「力を合わせたら、おれたちは強いぞ」といってるでしょう。それに、やさしいところもあって、九回も負傷した軍曹はとくべつにあつかってやります。おしまいには、よろこびのエールが聞こえてくる気がしませんか。

アリ・ババ

今から一四〇〇年前のアラビアはササン王朝ペルシアの国でした。そのころのペルシアは自分たちが栄えていたばかりでなく、西は地中海の国々、東はインドから中国までも、多くの品物や知識や人間のゆきききがありました。それといっしょに、たくさんの話も東から西から伝えられてきました。それを、ペルシアの建築や陶器と同じように、目をうばうような華やかな調子に仕上げたのが『千一夜物語』（別名アラビアン・ナイト）です。だれがまとめたのかもわかりません。それもそのはず、今のような形になるまで千年もの時間が経っているというのですから。

私たちが読むのは、五〇〇年ほど前にさまざまな形で伝わっていたものを訳した英語版またはフランス語版ですが、このふたつはずいぶんちがうところがあります。それまで、にぎやかな町角や客のおおぜいいる広間で話されたりしたのでしょうね。とにかくふしぎな生まれ方をした物語です。「アリ・ババ」はその代表作のひとつで、バグダード地方を舞台にした、正直なきこりがどえらい宝物を手に入れる話です。それにモージアナという少女のはたらきがすばらしいでしょう。この話の題は、ほんとうは「モージアナ」としたいくらいです。

以上の四つの物語は、どれも原作をラボ・ライブラリーに合うように書き直したものです。英語の録音には、ハワイ大学のお兄さん、お姉さんも参加してくれました。

（一九七六年七月）

二つの力で大いなる渦を
――ラボっ子大学生、高校生への期待

「おとなになってもずうっとラボっ子」という流れに沿って、ラボはますますタテナガの世代連合をうみだしていく。きみたちはHigh-teensとしてラボからうまれたこども世代の先頭に立っているわけだが、人間も十代になると、自然と全体にたいする自分たちの年ごろの役割を考えるようになってくる。この現象は、Low-teensからはじまる。だから、きみたちは自分自身の役割を知るためにも、Low-teensのラボっ子に何を期待していくか、考えていく必要がある。責任というものはだいたいそういう風に、もう一つ下の層がもっている役割の大切さを見通すことで、輪廓をはっきりさせることになる場合が多い。

それでは、ラボのなかでのLow-teensの役割とはどんなものだろう。ぼくはそのことを、先日茨城県の阿字ヶ浦で行われた六百名の合宿で感じたことから話しはじめてみたい。

この合宿の参加者は、今年の夏アメリカへ行く者、国内で受け入れをする者で、関東地方の該当者が集まった。十ぐらいのグループに分れ、テーマ活動をはじめてみると、太平洋の浜辺ということも影響したのだろうか、どのグループも例外なく、「ピーター・パン」四話をとりあげていた。終りに近づいて「いざ、イギリスへ、ふるさとへ」という歌

になってくると、門出の感じにぴったりした高まりがある。だが問題は、それからだ。歌が終ると、音楽はやんで、語りがはじまる。すると急にみんなは棒立ちになり、なすこともなく終りを待つという形になる。なかには「そら、ナナだ、犬だ、ワンワン」といって四つんばいになったりする子もいるが、そういう風にやっても、あの語りはとうてい追いきれない。だから歌が終ると、そこでプツンと切ってすましているグループもある。わずかに一つのグループだけが、「このおしまいの部分をどうやるのか」と話しあいになったという報告があった。

そこでぼくは、折を見てそのうちの五つのグループに、それぞれ次のように話してみた。

若さとよろこびのかたまり

きみたち、この部分はやりにくいなあと感じているだろう。だいたいふつうの物語は、事件が終ると、あとにちょっぴり「それからずっとしあわせに暮しました」といったしめくくりがある程度だね。ところが「ピーター・パン」の場合は、しめくくりが長い。音楽がなくて、素《す》になっている。一、二、三話はみな音楽でなめらかに終るのに、これはどうしたことだ。だが、それには理由がある。実は、この部分はアピール（うったえ）だと、ぼくは思っている。原作では、こういう主張、つまりおとながこどもの心の世界を真底から理解しようとしないことに対するうったえが、手を変え品を変え、いたるところにちりばめられている。「おとなのみなさん、あなたがたは、〝ない・ない・ないの国〟なんてありはしない。ピーターもいない。作り話の世界だと思っているでしょう。でも、〝ない・ない・ないの国〟はほんとうにあるのです。ピーターもいるのです。そのちがいが、あなたがたおとなとぼくたちこどもとの、どうしようもない溝になっていることを理解してください」……また、こどもたちには「ね、きみたち、そうだろう。さっきあのちっちゃな子たちがあそんでいたとき、あそこに〝ない・ない・ないの国〟があったじゃない。そのとき、きみ自身がピーターだったじゃない」というわけだ。これを言わないと、どうしてもこの物語を終る気がしない。だが、それを新聞の論説や演説みたいにではなく、もっと静かにやりたい。そこで、まず三話の終りに「全世界の、まだおとなになっていないみなさん、妖精はいると信じますか……」とやって、すこし理屈っぽくなる準備をしておいた。そして四話の終りで、ウェンディとその子がつぎつぎに自分とそっくりのこどもを生む。しかしピーターは永遠に変らないという大問題を出してくる。

ひとりの生ま身の人間は、いずれ〝ない・ない・ないの国〟には住めなくなり、年をとってほろびてしまう。でも、自分そっくりのこどもが生まれたら、その子はかならず〝ない・ない・ないの国〟を知り、一度はそこに住むだろう。古い世代と新しい世代は、切れているようでつながっている。つながっているようで切れている。人間のそういう淡く、甘く、ものがなしいような関係。他方それを勢いよく突っぱなすように、幼いこどものいるところ、いつでも、どこでも〝若さとよろこびのかたまり〟があるのだ。ピーターばんざい！　そう言って終るのが四幕だ。

これはラボではなかろうか。ラボっ子の言いたいところとそっくり同じではなかろうか。じゃ、そこをテーマ活動でどんな風に表現するのか。そこが、きみたちのやることだ。きみたちがもうすこし幼かったら、ぼくのいうことは分らないだろう。だが今はもうおぼろげながら分るはずだ。何かを発見したようなおどろきがあるはずだ。年をとっていくと、ウェンディのつきぬ流れとピーターの不動の姿を二つ合わせたものが人生だという意味はだんだんはっきりしてくる。しかし、それに反して、おどろきの強さはうすれてくる。きみたちは今ようやくぼんやりと意味が分り、強いおどろきをもってそれを受けいれる年ごろになった。だから、この部分をほんとうにやれるのはきみたちLow-teensなのだ。ぼくはいつも、ここをきみたちがどう表現するのか、楽しみにしているんだよ。

でも、そうなると、この四話は前もってこの部分をどうやるのか相談しておかなければやれないことになる。テーマ活動は理屈よりもまず体で動くことが大切だという大原則は変らないけれども、しかしそれはどんな場合でも話しあいはいらないということではない。話しあいが絶対に必要な場合がある。これがその一つの例だ。大切なところでは、うんと話しあう方がいい。そうしたら、ちがったメンバーで話しあうたびに、結論もちがってくるだろう。さまざまな結論を経験し、その表現をやってみると、今までどこかでやられた型を何のうたがいもなしになぞっていたことの馬鹿々々しさも分ってくる。四話でいうと、最後の船のところなんかそうだね。手をつないで船の形を作り、なかに小さな子を肩車にしたマストができる……あれは、去年の春のテューター全国広場で、グルンパ城前でやられたときに偶然できたものが広がった。あんまり繰り返されると、鼻についてくるね。

「ピーター・パン」四話に限らず、ほかの物語にもかならず「ここはやりにくい」という箇所がある。そこは話しあいの必要なところだし、物語の急所でもある。そこを見事に乗りきると、すばらしい表現が生まれてくる。きみたちLow-teensの役目は、それを発見して話しあいにもちこむことだよ。

「うん、そうだ。そいつは面白いぞ」

——ざっと、こんな話をしてみた。ラボっ子たちは非常によく聞いて、どのグループも、終ると拍手をしてくれた。そのあとのテーマ活動は、ぐっと油が乗って、快く緊張していたという報告だった。なかに、こんな報告があった。みんなで話しあった結果、つぎつぎにあらわれ、かつ消えるウェンディの流れは、人体で「波」を表現しよう。変らぬピーターが、そのすきを縫ってとびまわることにしようということでやってみた。みんなはおおかた満足していたが、一人だけ中一の男の子が「ちがうのじゃないか」と言いだした。「ぼくの感じでは〝波〟じゃない。立ったり、坐ったりしてやりたい」。みんなはその意見でやってみたが、もう一つ納得がいかないままになったという話だ。ぼくは、そっくり同じかどうかは分らないが、その子の気持が何となく了解できる気がする。人間の世の移り変りを波で表現するのは自然だけれども、波は「連続」という感じが強い。だが、ここでは連続というよりも非連続、つまりふつうのおとなの心から〝ない・ない・ないの国〟が永久にほろびてしまうという警告をはっきりしておきたいところだ。立ったり坐ったりで、ある断絶感を表現したかったのではないかと思う。

いずれにせよ、ラボっ子Low-teensが物語のなかの問題点を具体的に示されれば、しなやかに鋭く反応するということは、その他の機会にも経験して、ぼくはよく知っている。そういうこどもであってほしいと念じてきたが、今その願いは満たされつつある。だが、その子たちの感受性はいつでも、どこでも、ラボのなかに広くしみわたっていっているだろうか。ぼくの答は半分イエスで、半分ノウだ。独りずもうに終らせていることがないとはいえない。この年ごろには、ある一つのことに深く感じた経験がその後の一生を支配するほどの意味をもつ場合がきわめて多い。感受性と経験の出合いの季節だ。そのときに、この出合いをしっかりしたものに育てる確認の相手がいる。「うん、そうだ。そいつは面白いぞ」と言ってくれる身近かな人間が必要だ。きみたちHigh-teensの役割がそこにある。その役割を果たすことによって、きみたち自身も自分に対する確認が、もう一つ深く刻まれ、自分は何者なのかということが分ってくる。そのためには、他人の感じ方、考え方を受けとる網が必要になってくる。Low-teensは、ある具体的なことがらには一つの感じ方をもつことができるが、それら幾つかの感じ方を結んでいく糸はまだもっていない。だから「この感じ方は、これでいいのだ」と断定する力はない。どことなく頼りなく、あやふやだ。「どうも、こんな感じがしてならない」というところまでで止まる。そこを「うん、そいつはいいな」と言ってくれる者があれば大きく前進する。

それをやるのが、きみたちHigh-teensラボっ子の責任だと思ってみたまえ。なかなか重大な責任だね。そういうことになると、考えてみたいことが色々出てくる、それがきみたちを成長させる糧になるのだ。それでは今日、君たちに「考えてみたくなる」話をしてみよう。

「古典的」と「浪漫的」

また一つの例を出すことにする。先日、新所沢で東京支部の大交流会があった。そのとき「海の楽隊」を発表したパーティがあった。終りのところが実にすばらしく、夕日ときらめく波の人体表現は見事にあの物語の最高潮の部分を出しきっていた。そのあとテューターと語りあったのだが、ここのところはぜひこどもたちに話しあいをさせてみてくださいと頼んだ箇所がある。それは、魚たちが楽器をもらって演奏しはじめる。ところが、はじめのうちは「耳もつぶれんばかりのそうぞうしさ」だったというところで、乗組員をやっていたこどもたちがみんな耳をふさいで、うるさくてたまらないという動作をした。これは少々ちがうのじゃないかということだ。たしかに、この部分をこれとそっくりにやった発表を見たことが他にも、二、三回ある。だが考えてみると、乗組員たちはそもそも魚たちに非常な感謝の念をもっている。また魚が楽器を奏でるということだけで希有のことだし、はじめからうまく演奏できるなどと期待もしているはずがないから、語りのことばでは「耳もつぶれんばかり」であっても、それにもかかわらず実際には、もっと別な態度でふなばたから見つめていた、その配慮と好奇心のまじった態度を強調するために、「もし第三者が聞いていたなら……そうぞうしいものであったが」という風に語っているのだ。そこは乗組員と魚たちの友情を理解する上で大切なところではあるまいか。また、これを物語音楽の構造の上から考えるなら、前半の出だしでは、夕日のただよう海原を調和のとれた旋律で描きだし、それを嵐の音がうち破る。しかしなお、嵐の音でさえもある調和性を保っているのに、後半では、物語の筋からいって、魚たちの音楽には均衡をわざと破った、いわば現代性を与えなければならない。もっとも、最後の場面などは美しい光景で、ここでも夕日が再登場するから、あまり不協和音は使えないが、それでも前半とはがらりと性格のちがった音楽である。つまり前と後では、木に竹をつぐようにちがった質の音になっているのを、なんとか統一するための中間部分が必要になる。そこで、鯨がトランペットをもらったときの最初の吹奏は一種のファンファーレであって、「さあ、はじまるよ」と合図をしておいて、そのあとに不協和音のかたまりを出し、それをしだいに調整して、ややモダーンな旋律にひきこんでいくという手法がとられている。そういう作曲上の心配りからいっても、ここはドタバタ風の表現であってはならないのだろう。そこを話しあってみてほしいと言ったのだ。テューターは

「そう言えば、この物語は音楽がテーマなんだよ、とやや不服そうに言った子がいたのに、そこを深めなかったわ」と反省しながら、「きっといい話しあいになると思う」と帰っていった。

さっきの「ピーター・パン」四話と今の「海の楽隊」から、きみたちに考えてもらいたいことがある。それはClassic（古典的）とRomantic（浪漫的）という二つの態度と、それの組み合わせという問題だ。Classicに対してModern（現代的）、Romanticに対してRealistic（現実的）という比べ方をすることもある。しかし、Classic⇔Modernというのは時代、Romantic⇔Realisticというのは生活をものさしにしているわけで、ここでいう古典的対浪漫的というのは、人間の意識の流れ方をものさしにしている。

人間の意識の流れには、一つのところにじっと止まろうとするものと、障壁をのりこえて遠くまで流れてゆこうとするものとがある。この二つはどんな人間にもあるし、いつ、どこでも二つながら働いているものだが、それが人により、条件に応じて、一方が他方にうち勝つように働く。絶対にこどものままでいようとするピーターは「古典的」だし、移り変るよりほかはないウェンディは「浪漫的」であるといえる。物語を、音楽とともに円を閉じるように終りたいという気持は「古典的」だし、いつもそんな風に終るのは退屈だ、むしろ音楽なしの語りで、いくらか白々とした気分のまま終りたいというのは「浪漫的」である。「海の楽隊」の乗組員が演奏する、均斉のとれた音楽は「古典的」だし、魚たちの、形にとらわれない旋律は「浪漫的」である。そして「古典的」前半と「浪漫的」後半をドッキングさせて、それで接ぎ目に知らんふりというか、押しの強さにまかせて一つのものにしてしまおうという態度は「浪漫的」である。そういう意味では、「だるまちゃんとかみなりちゃん」は、前半と後半ではまるでちがった二つの物語といってよいものを、エイとばかりに大胆につないでいるからまことに「浪漫的」な物語である。そして一つの物語は、たくさんの「古典的」部分と「浪漫的」部分から成り立っており、その組み合わせによって物語の流れが生まれる。それが分れば生物が呼吸するような、物語の息使いを読みとれるようになる。

この区分を頭に入れておくことは、物語の理解ということに役立つばかりでなく、もっとはるかに広い世界の理解を進める梃子になる。たとえば数学の世界がある。今財団法人ラボ国際交流センターの評議員をしておられる物理学者の野上茂吉郎先生（東大名誉教授）から、三十年も前に次のようなことを聞いたことがある。——数学は、二つの考え方から成り立っている。一つはAlge=brique（代数）で、もう一つはCotinum（連続）だ、と。代数はA＝Bという式を基本にしているが、このことはつまり、たまたまBがAにある面で完全に一致するということで、そのほかのC、D、E、F、G……など、一致しないものの方がはるかに多いことを意味する。だから、CもAじゃない、DもAじゃない、EもAじゃないという風に、圧倒的多数のものと一致しないと主張していることになる。一致しないというのは溝があることであって、ある特別なものだけが溝がないというのは、「非連続」という面が強く意識されているのと同じだ。それに反して、数学にはもう一つ、AとCは同じじゃないが、どこまでもがACに近づいていくことはできるという考え方がある。微分、積分はそういう考え方に沿って進められる。つまり、「代数」はひとところに止まろうとし、「連続」は溝をとびこえて、遠くまで流れてゆこうとする。だから、「代数」は「古典的」だし、「連続」は「浪漫的」だともいえる。この二つの考え方がさまざまに組み合わさって、数学の世界ができているとすれば、数学も決して物語と無縁なわけではない。

「静止」と「沈黙」

ところで、数学が二つの眼をもっているように、物語にも二つの眼がある。片眼だけで見ると「古典的」な作品が、もう一つの眼で見ると「浪漫的」になることもあり、その反対の場合ももちろんある。また、見る人によってもちがう。しかし、人間の心にそういう二つの傾きがあるのはたしかなことであり、それが人により、また時と場合によりゆれ動いて、どちらかが強くなるために、意見のちがいもそれによって生まれるのだと考えれば、他人の意見を噛みしめてみる手がかりになると思う。それが広い理解力ということになるのだ。たとえば、少年少女のときに海外旅行をすれば、世間を広く知ることになるというが、しかしその旅の行く先には一生外に出ずに、自分の生まれた土地でつつましく暮す人も多ぜいいるわけで、その人たちの地味な力強さを分ることで、自分が遠い旅をしている意味をさとるようでなくてはならない。

すぐ眼につく一つの特色は、その裏側にそれと反対の力があって、それに支えられていることを知るのが、物語に親しむ者の得る大きな利益なのだ。以上のことで分るように、古典的というのは釣りあいのとれた、整った形をめざす静的な力だし、浪漫的というのは均衡を破って、どこまでもあふれていこうとする動的な力だ。むずかしくいえば古典的なものは完成志向の型であり、浪漫的なものは無限志向の型である。この二つの志向にはいずれも長所、短所がある。ラボ・パーティの活動も、この二つの傾きの組み合わせにならざるをえない。しかし、ラボは幼児から少年少女までの世代を主流にする活動だから、そこに均斉を破り、遠くまであふれようとする「浪漫的」な傾向が自然に強くなってくるのは否定できない。この流れを止めようとすれば、パーティの活力は失われる。世界の童話のなかで、もっとも浪漫的な香りの高い「ピーター・パン」が、あのようにラボっ子に迎えられた事実を考えれば、このことは明らかだ。

だが、ここに一つの問題がある。浪漫的なものだけを追っていけば、こどもたちの内なる浪漫的な力が果してほんとうに強くあふれていくかという点だ。海外旅行の例でもあげたように、浪漫的な流れにきちっとした方向を与えるのは、それが古典的な存在につきあたったときだと考えてよかろう。あの浪漫的な〝ない・ない・ないの国〟で、ピーター・パン自身はきわだって古典的な形を保っている子なのだ。実際のパーティを見ても、そういうことが言える。流れるような、すばらしいテーマ活動のできるパーティは、例外なく、静かになること、ピタリと止まることができる。静止と沈黙。これのできるパーティはまず一人前だ。そうなればおのずから、動くこと、にぎやかになることは「耳もつぶれんばかりのそうそうしさ」までゆき、そこから世にもふしぎな、新しい調和が生まれる。

我を忘れているものに対して我を忘れる

では、どうしたら静止と沈黙ができるようになるか。おとなはしばしば、それを規律で作りあげようとし、それがうまくいかないと、今度は一歩ゆずって約束させようとする。また説き伏せようとする。しかし、こどもたちにとって、おとなとの力関係から生まれた静止や沈黙は決して愉快ではないし、長つづきもしない。こどもは、こどもとの関係にひとしい力関係でしか、ほんとうに進んで静止したり、沈黙したりしないものだということを、おとなは忘れている。むろん、こどもが自分ひとりだけで何かに夢中になったとき、静止したり、沈黙したりすることはある。だが、それはパーティという人間の群のなかにいるときとは、まったくちがった状況なのであって、だいたいこどもは群のなかで沈黙したり、静止したりするのは、群のほかの者に対して失礼だというぐらいに思っているのだ。そのような群のなかで、いつこどもは静止し、沈黙するか。それはただひとつ、自分よりも年齢の高い、畏敬の念をもっている人間があることに夢中になっている状態を「じっと見つめている」ときである。こどもは、我を忘れているものに対して、我を忘れるのだ。だがそのときのこどもはまだ、自分から進んで静止し、沈黙しているのではない。まるで、昆虫や犬などの好きな生き物に見とれるのと同じように、術にかかっているわけだ。

ここに、きみたちの役割の二番目がある。前に言った役割は、Low-teensの発見に対して「そいつはいいぞ、面白いぞ」と確認してやることだったね。こんどは、もっと小さな子たちに向ってきみたちが夢中になっている姿を見せることだ。それに見とれた子は、しばらくすると、きみたちの真似をはじめる。きみたちが動けば動く。止まれば止まる。口を開けば、それに合わせる。黙れば、自分も口をつぐむ。きみたちはそれを「かわいい」と思う。そこがすべての教育の出発点なのだ。かわいくなければ、教育は始まらない。かわいくない者にあれこれいうのは、反教育だ。親だって、いつも自分の子をかわいいと思っているわけではない。自分はわが子をかわいいと思っているはずだと思っているだけだ。そこを、こどもが見ぬくのだ。こどもにとって、おとな（自分より年の多い人間）の真似をしている自分を「かわいい」と思ってくれるおとなは、自分の友だちに近いものであって、心を許せる相手だ。まして、自分の了解できる水準のことがらに夢中になっているおとなと力を合わせることぐらい楽しいことは、めったにない。こどもにとっては、そういう人間が一人でも多い方がいい。

幼い世代はきみたちを通してそれを見る

ところで、こどもがおとなのすることに見とれていても、真似をしない場合がある。それは、こどもにおとなのしていることの意味がよく分らないというよりも、おとなのしている行動の形があまり面白くないときだ。ちゃんと正坐している姿よりも、だらしなく寝そべっている方をよく真似る。行動の形が奇妙で、面白いからだ。だがテーマ活動で、そんなに奇妙なものだけを追っかけるわけにもいかないし、まして静止や沈黙はそれほど面白い行動ではないから、こどもたちをそこへ誘うのはむずかしいと考えがちだ。

しかし面白い静止や、面白い沈黙はテーマ活動のなかには必ずある。例をあげれば、「くるりんぼうず」のおしまいの部分はどうだろう。狐に食われる前に、できるかぎりの大声でわめきたてる。狐が細い声を出す。この対比がもたらす緊張のうちに、くるりんぼうずも狐も決定的瞬間を待っている。短い語りがつづく。そのときの静止と沈黙は、幼い子にもどきどきする面白さがある。「そらいろのたね」だってそうだ。どこまでも大きくなって、太陽にまで届きそうになる家に破滅が来ないはずはない。そのガラガラピシャンを待つ心は、風船をふくらませたことのあるこどもにはまっすぐに伝わる。だから、膨脹の一コマ毎に沈黙があり、その沈黙がふくれあがってゆく。この沈黙の総量と、家が崩壊したあとの、日がさんさんと降りそそぐなかの虚しさといった気分の量はまったくひとしい。すると、こどもたちの心は、砂のトンネルを掘っていって、とうとうそれが崩れたときの挫折感をある無責任さで味わう。幼いときに、心にあまり強い爪傷を残さないような仕方で挫折感を味わうことが、人間を強く育てる道であるのは、きみたちも知っているると思う。だが、静止や沈黙は浪漫的破滅の前後にだけあるのではない。古典的な心象へ向う途中にもある。たとえば「みにくいあひるの子」が寒い池のまんなかにぽつんと置かれ、まわりからしだいに凍っていく経過は、そのあとようやく春がめぐってきて、大空に羽ばたき、白鳥の姿に変身する浪漫的結末を控えながらも、その準備段階としての古典的事態、どこまでも中心へ、中心へと進行する事態にともなう沈黙がある。このような種類の静止と沈黙は、幼い子にとって涯しなく偉大な力のあらわれと映る。きみたちがそこに没入すれば、見つめている幼い子も次にはこの静止と沈黙にならおうとするのは当然だ。

だから、きみたちがまずテーマ活動のなかの静止と沈黙の面白さに気づかなければならない。そのために面白い静止と面白い沈黙を探しあてねばならない。それはどこにあるかといえば、おおかたは語りとせりふの接ぎ目のところにある。語りの前後といってもよい。語りはせりふ（おおよそは対話）にくらべれば、はるかに静的である。つまり古典的部分である。それに対して、せりふは動的であって、浪漫的部分である。せりふだけで場合を転換することはむずかしい。「ロミオとジュリエット」の場面転換を考えてみたら分る。それは、せりふが「流れ」そのものだから、流れの位置を知らせにくいからだ。その場合は、場面転換を堂々と、静かに、あわてずにやってのけなければならない。そうしないと、コソコソするだけで充分に喜劇になってしまう。だが、語りとせりふの接ぎ目はもっとなだらかに進めることができる。思いきり急いで動いても不自然ではない。しかし、その前後には、短くともきちっとした静止と沈黙がなくてはならない。そこの面白さを小さい子たちが理解するかどうかで、テーマ活動の骨組みはほとんど決まってしまう。

それはテーマ活動のできばえ如何といった問題にとどまるものではない。もっと偉大なこと、この世にある大きな力への尊敬をもった幼い魂がそこにあらわれ、その出現を見る人たちに生命の尊厳という感情を抱かせることなのだ。おとなの一見たくみなテーマ活動よりも、幼い子たちの何気ないそれが、なぜか見る者の襟を正させる心地がするのは、そのせいだ。幼い子が、とてつもなく巨大な何かを見つめているからだ。幼い世代は、きみたちを通してそれを見る。もしかするときみたちがいなければ、あの子たちには巨大なものがほんとうには見えないのかもしれないと思ったら、きみたちの態度も決まるにちがいない。せりふを大きな声で言い、しっかりと受けわたす。それをつづけながら、局面がふっと変る静止と沈黙の方へ近づいていく。その緊張は、わくわくする楽しい期待をうみだすはずだ。

テューターは集いの中心点

きみたちの世代がいないか、数の少ないパーティはどうすればよいか。それはお母さんたちにしばらく穴を埋めてもらうよりほかはないと思う。小さい子は「グルンパのようちえん」ならだれもかれもグルンパ、「だるまちゃんとかみなりちゃん」ならみんなだるまか、かみなりという風になるから、お母さんたちの果す役割は大きい。それがないと、テーマ活動が成り立たない場合が多い。よく幼い子のことをこういうおとながある。「あの子は、役になりきっているときはすばらしいが、すぐ飽きて、あばれたり、飛び出したりしてしまうんですよ」。これぐらい、その子をバカにした話はない。幼い子はものすごい集中力をもっているから、一瞬ぐっと物語の中心に吸いよせられるが、その求心力があまり強いので、巻きすぎたゼンマイがもとにもどるように、一気に外へはじかれてしまうのだ。その遠心力は、その子の求心力の強さを示しているだけの話で、その子にどんな罪があるわけでもない。それから再び求心しようとするときに、お兄ちゃんやお姉ちゃんという磁石があればそこへもどってくるが、それがなければ別の磁石を探すことになってもふしぎはない。それと反対に、何をやらせても大した熱を示さないかわりに、脱線もしない子がいる。そんな子に対して、求心することの熱っぽい楽しみをせっかちに分らせようとしても、たいてい失敗する。時間をかけて、こども自身の交流から自然発火するのを待ちに待つ態度が必要だ。なぜなら、そんな子は知らないうちに目上の者から大量の水をぶっかけられて育ったので、乾かすのにかなりのひまがかかるのだ。きみたちの三番目の役割は、こういう問題を自分自身のラボ体験に照らして、おとなたちと話しあうことにある。

ところで、きみたちがおとなたち（テューターや父母）と話しあうとき、ぜひ考えてもらいたいことが一つだけある。それは自分の先生（テューター）、自分の父母、自分のパーティの子の父母との〝縁〟は切ろうとしても、どうにも切りようがないということだ。自分の父母については、自分がそこから生まれてきたという事実は、泣いてもわめいても逃れられるものではない。だから特別の態度をとれというのではない。この事実は事実だと何はさておき認めて、そこでふらふらしないということだ。テューターについても然り。きみたちはラボっ子としての道をそこから始めた。あるいは途中からにせよ、その人のまわりにつどいながら育った。この事実は消えない。きみたちが、おとなになってもずうっとラボっ子であるならば、このテューターは永遠に自分のテューターである。そこはすでに今日の学校の先生とはちがう。自分たちの幼い物語のゆりかごであるばかりでなく今後もまた遠い道をゆくラボ大旅行団の同行者であり、集いの中心点である。たとえ自分がどのように成長しても、この人は変らぬ忠告者として身近かに存在してもらうという気持が、これからのラボをつくる力になる。そこではじめて、他のラボっ子の父母とも語りあう土台ができてくる。ラボっ子はいつか、どこかへ飛んでいってしまうタンポポの毛ではない。どこまで行っても長い地下茎を直接につないでいる竹のようなものだ。これは、さきほどからの話からすれば、まことに「古典的」な態度だろう。しかし、自分のパーティ、自分のテューターという中心をもたないラボっ子はありえない。この「古典的」な求心力があってはじめて眼もくらむほど遠くへ飛べる「浪漫的」な遠心力が生まれる自分のパーティがなかなか大きくならないと歎く前に、果して自分がそのような切実な、ぎりぎりの思いを自分のパーティに寄せているかを検討してくれたまえ。そうすれば、いつのまにか巨大なパーティが出現することはまちがいない。

永遠に初心へ回帰してやまぬ……

きみたちHigh-teensの役割は、第一にLow-teensの発見した感動を確認してやること。第二に幼い子たちに燃える自分を示して、静止と沈黙にいたる集中の面白さを伝えること。第三に自分とパーティとの永久のつながりを決意することによって、テューターおよび父母たちとの話しあいを深めること――以上三つをあげた。そこにはいずれも、古典的な核心部への求心をバネにしながら、外へ向ってあふれる浪漫性がある。それは、ぼくの信じる若さの原型そのものと言ってもよい。

さて、さまざまな顔と心をもつきみたちがラボっ子として求心してゆく道は、どこまでもテーマ活動を基本にするのだから、最後にHigh-teensにとってテーマ活動とは何であるかを考えてみたい。そもそも人間は、どんな力によって成熟していくのだろうか。ここでも二つの力の合成が、それをうながしていくと考えねばなるまい。一つは、人間が母胎の外へ出ることによってこの世に生みだされたという方向が千変万化しながらつづいていく心理学でいう「母子分離」の必然的な傾向である。物ごころのつきはじめた幼児はまだ依然として自分は母親と明確な陸橋でつながった一対のものと感じているだろう。この陸橋は年月とともに、経験の大波によって洗い流されていく。しかし、この力だけでは成熟は起こらない。人間にはもう一つの必然的な傾向、つまり「小児退行」という現象があって、暗く温かく平和な母胎に逆もどりしたい願望がある。おとながこどもを眺めて「かわいい」と思うのは、自分はもはやもどれない地点にある、母胎に近い存在に自分を接近させようとするからだ。そのとき、自分とは直接関係のない存在の平安としあわせを念ずる心、思いやりの心など、さまざまな成熟のしるしがあらわれる。一見意外なことだが、成熟には「小児退行」の力が欠かせないのだ。

このことを忘れて、「母子分離」の方向だけを肯定し、「小児退行」現象を無理におさえつけようとすればどうなるか。こけおどしのおとなになる。いわゆるヤクザの心性である。「おれは男だ、強いんだ」と言ってるときのだるまちゃんは、母子分離の波にのって雨のなかを出かけていく。しかし、わあわあ泣いているかみなりちゃんの望みをかなえてやれないと分ったとき、二人とも泣きだしそうになって、かみなりちゃんの小児退行現象に同調する。そこのところが人間的で、かつその正直さが幼いなりに男らしい。だるまちゃんの人気はそこにある。

ところが、受験雑誌などにあふれている標語、格言のたぐいはすべて母子分離オンリーである。やわらかく、のどかな方向へいったん後退して、そこから出直すしなやかな強さといったものがどこにもない。決戦と苦闘の連続。そのくせ小児退行の願望をかくしている。こういうものをヤクザと呼ぶのだ。それよりも「とびだすな……」といった交通標語の方がまだ理性の強さをうったえている。けれども、小児退行現象を人間の精神活動のなかにちゃんとセットすることはむずかしい。ややもすれば、人間の自覚的な活動のワクの外でそれを補おうとする。サラリーマンの縄のれんの演歌である。ラボ活動の独自なところは、二つの言語にはさまれた高度に知的な活動のただなかに、このゆるやかな、解放的な方向を位置づけたことである。榊原理事長の説く「だいたい分る」ということの意義は、この角度から考えれば「よく分る」と思う。

ここは人生の一大事ともいうべき出発点である。テーマ活動は、ここに土台を置くわけだ。たとえばテーマ活動と演劇はどうちがうのか。「ふるやのもり」のおじいさんを七十歳と仮定しよう。二十歳の俳優がそれを演じる場合、彼は二十歳からまっすぐに七十歳へ向う。だが二十歳のラボっ子のテーマ活動では、いったん十歳の少年になった気持で、そこから七十歳へ向う。十歳の少年なら、まだ七十歳のおじいさんの気持がそれほど分かるはずはない。かっこうもうまく真似られるはずがない。だが、そこにおじいさんというものになってみようとする初々しい姿があるだろう。まずその初々しさに近づこうとするのであってはじめから七十歳のおじいさんそのものになろうとするのではない。これを学問の場に置きかえてみよう。ラボは、まちがいなく学問の場である。しかし大学とはちがう。大学は直接にすぐれた学者になることをめざす。そうでない大学がほとんどだけれども、そこまで買いかぶることにする。だが、その大学に対して、ラボは常に学問の初心者、初学者、そのすなおな姿を手本にしようとする学問の場なのだ。学問を英語に置きかえても同じだ。ラボは、えらく達者な英語をめざす場ではない。生まれてはじめて英語を外国人に対して使って、なんとか通じた。お互いににっこりほほえむことができた。そのほほえみを忘れないために、くり返し英語の心を探っていくのだ。

ラボのすばらしさは、何年もラボをやっている子も、昨日入会した子も同じように夢中に燃えてやれるところにある、と書いたラボっ子がいる。その子はラボっ子十年生だ。ほかにも、そっくりのことを書いた子がいる。ぼくはそれを思い返すたびに、頭のてっぺんから爪先までじいんとする感にうたれる。五十歳をすぎて、こういう厳粛な思いをこどもよりも若い世代から受けとる幸福感は、ざらにあるまいと思う。それはまことにラボの本質を言い当てている。ラボは燃えている者の側にしかない。今日この物語に燃えた者を、昨日、一昨日燃えた者がまわりをとりまいて、いっしょに燃えようとつとめる。それがテーマ活動の陣型だ。そこに知性というものの最高の姿があるといってよい。永遠に初心へ回帰してやまぬ者、ピーター・パンばんざい！

（一九七六年七月九日）

テーマ活動に日付を入れよう

パーティの日常活動をめぐって

毎週一回のパーティの意味

最近こういう例が一～二ありました。一年ぐらい前に『ロミオとジュリエット』とか『ピーター・パン』のテーマ活動に熱中した体験を持っている中高生が、なんとなくストンと燃えなくなった。毎回パーティにはやってくるんだが、ひところのような集中がみられないので悩んでいるという話です。そのときに、ぼくが感じたことから始めたいと思います。

つまり、その子たちにとって毎週一回パーティにやってくるということがどういう意味を持っているだろうか、また、その意味をその子たち自身がどう確認しているのか。燃えないということは、その意味の確認ができないということではないだろうかと思ったのです。たとえば毎週火曜日にパーティがあるというのは一つの約束ごとです。「火曜日だから――」というのは、今日この場である集中を実現しようという具体的動機にはならないわけです。ひとつの習慣でしかない。

ラボというのは、こどもたちによるこどもたち自身の祭りであって、だいたい週に一回というのはいいタイミングなんだけれどそれが規則正しく火曜日にやってくるというふうに必ずしもなっていないのは当然です。およそ一週間に一度という波があるとしても、なぜこの日にということについてはもうひとつ確とした理由がないとこどもの側で高揚できないと思うんです。とくに中学生の年代、ロウティーンは、肉体的にも精神的にもひじょうに激しいテンポで変化しているものだから、なにか激流の中を泳いでいる感じがあると思います。それだけに自分自身をいちばんつかみにくくなっているときなので、その夢中で泳いでいる自分の姿を確認しろといってもなかなかできない。だからそういう時期には、単純に意味を自分の中から見つけ出してこいといわれても苦しいわけです。むしろ自分以外のところに（もちろん自分自身も含むが）祭りの意味を発見させることの方がいいのではないでしょうか。

誕生を祝う、結婚記念日を祝う活動

たとえば、こどもたちは、それぞれの誕生月をもっています。そこで今月は○○ちゃんと△△ちゃんの誕生月だから、その子たちの誕生を祝うのが今月のラボ・パーティなんだというふうにすれば、そこにはある一つの意味が発生してきます。その場合、誕生月に当ったこどもは、自分の好きな物語を指定し、自分のやりたい役を宣言して、それをやる。他の子は、その子の誕生を祝うという気持でさまざまな役を演じる。そうなると、自分のアイデンティティそのものが急ピッチで変容をとげつつある時期であっても、自分自身のラボの中での立場はある程度明確になってきます。

もちろん、毎回毎回いつも誕生祝いばかりだと、そこはまただらけてくるということになるから、テューターにも、「これだけは私のことを祝ってちょうだい」というようなことがあってもいいんではないか。たとえば結婚記念日のようなもの――テューターのだんなさんはいつもパーティでは影の役割を果たしているけれども、その存在についても、一年に一度くらいはこどもたちが大声をあげて祝ってさしあげるのもいいと思います。今、ラボ・パーティにあなたたちが来ているのは、遠くさかのぼれば、私たちの結婚があったからよというふうに……。結婚記念日をこどもたちに祝ってもらうというのは、夫婦だけではおよそアホらしいことであるとしても、いい年中行事の一つになるんではないかと、あるテューターに言ったら、「あっ、そういえば今日が結婚記念日だわ」とニコニコしていました。このように、さまざまなこの世に生きている喜びを確認しあうつどいとして、ラボ・パーティを考える。そうしないと、「毎週火曜日」というのは学校とか塾とかのイメージになると思います。

物語の登場人物と呼応する年代

また、こうしてこどもたち個々の存在を祝うと同時に、もうひとつは、パーティの中である年代に達したこどもたちを祝うつどいもあっていいのではないでしょうか。それは、ラボの物語の中の登場人物と呼応して考えられます。

なぜ白雪姫は七歳でお妃より美しくなるのかということについてはすでに何度もお話ししたことがありますが、つまりその年頃の女の子は、お姫さんを何度も何度も描く。一冊のノートを始めから終りまで同じ人物像でうずめつくすそれが長期間続くということがある。そのとき女の子の中には、一人の女として身にしむ体験なんてことはないので、つまらない絵になるのは当然だが、そうやって自分の内なる女というものの芽生えを確認していくんだと思います。七歳前後の女の子の心には、概してみんなお姫さんが住んでいると考えれば、その年頃の女の子が、『白雪姫』の中の白雪姫を演じるというのは自然なことです。だからラボの女の子も、それぐらいの歳になれば「〇〇ちゃんも、白雪姫を一度やらせようね」ということがそのパーティの伝統として作られていいと思う。男の子にも女の子のお姫さんに対応するものがあります。それは〝英雄〟なんだろうと思います。『ジプタ』はその一例です。ようやく自分は男なんだ、自分の中には男が住んでいるということは確認しているけれども、周囲の男と比べてみると、自分はまだ小さくて力も弱いという時期にこそ『ジプタ』という物語は身にしみてわかるわけです。だからそういうジプタを演じるにふさわしい年齢があると思うので、その年齢になったら男の子は必ずジプタを演じるという伝統もあっていいと思います。そのときに、周りのこどもたちは、その子より大きい子も小さい子も、みんな集まってさまざまな役割を果たしながら『ジプタ』という物語を作りあげていく――ランキーやパンプは大きい子たちがやる方がふさわしいし、消防士なんかは小さい子たちというように、物語の中の縦長配置ができ上っていきます。

ラボっ子が体験するパーティの伝統

中学生ぐらいのラボっ子とテューターが「うちのパーティではどうしようか――」と話し合って今のラボの物語を全部検討しながらそういう年齢にふさわしい役柄を選び出していく。物語の中には、『海の楽隊』のように年齢をきちんと持っていないものもあるけれど、小学校五～六年から中一ぐらいの女の子は必ず雪娘になり、十四歳前後になるとジュリエットをするというふうに、いくつか物語を選び出し、ひとりひとりのこどもがそこを通るということをパーティの中の伝統としてつくっていったらどうでしょう。ただ、これはあくまで物語の中の人格にふさわしい年齢ということで、決していわゆる「ことばの難易度」で選ぶものではありません。

そして、そういう役をやったとき、写真を撮ってやり感想文を書かせて、写真とその感想文をアルバムに貼っておけば、そのパーティのどの女の子も、七歳以前に入会してくれば、必ず白雪姫体験を持っていてその記録が残っている。普通の家には七五三の写真なんかあると思うけど、ちょうどあれと同じ感覚で保存されていくと楽しいと思います。そういう日付をラボの中に求めていく、日付を記していくという意識がまだ弱いので、なんとなく漫然と火曜日だからパーティだとなると、こどもは中学生でなくてもだれてくると思うのです。

いってみれば、今のようなことを話し合いで決めていくことこそ、テューターとラボっ子たちの重要な共同作業だと思います。その共同作業が、まだ気まぐれにしか行なわれていない。中学生というのは、もっと密接に共同作業をやりうる年齢だと思うんです。今までたとえばパーティの旗を作るとか、ソングバードスペシャルを練習するとか、そういうところでは、それなりの活動があるけれど、その場合でもしばしばこどもたちだけでやってしまうし、その方がいいみたいなところもある。だけど、ここだけは絶対共同作業でないと具合が悪いという問題領域が、テーマ活動の中にあります。

意欲を集中的に表現する箇所

今までテーマ活動というものを考えてみますと、ラボ機で英日の物語を流して最初から動いていく、それを何度も何度もメリケン粉をこねるようにして一つのものができ上がっていく。そういう、いい意味でも悪い意味でも自然発生的なテーマ活動がラボ活動の中に定着しています。これはこれでいいと思います。そういう自然発生性を除き去った形でテーマ活動を考えると、必ずどこかで空々しくなるし、不自然なものになります。

しかし、ではテーマ活動というのは、そういうやり方しかありえないし、それで充分なのかというと、そうではなく、たとえば少しつっこんで、ある力をこめたテーマ活動をやろうとなった場合、必ずこどもの方からさまざまな意見が出て、それをテューターが受けとめながらやっていくという場面があるわけです。ところが、何もしないでもこどもたちの反応が豊富に出てくるかというと、決してそうではない。やはり、テューターからこどもの方へある刺激を与えることが大切だと思います。

その刺激とはどういうものなのかと、思い悩んでいる人もあるでしょうが、その場合、ある物語のこの場面の表現の重点をどこにみつけてどうしようかという、そのパーティの意欲が一番集中的に表現される箇所を確認しあっていくという活動領域を考えればいいと思います。つまりこれは、今のラボのテーマ活動の達成を肯定しながら考える問題だと思うけれど、みんながそれぞれの思いを抱いてそれぞれのイメージに従って動きながら、次第に共通のイメージにまとめるというのはいいが、あるときどこまでいってもイメージがバラバラな場合があって、遂に統一されないことがある。

それからこどもたちがその場面を完全には描ききってしまわないで、部分だけを描いて終るということもある。絵にたとえれば、一枚の画用紙の三分の一か四分の一だけに形を描き色をぬって、あとの部分は白いままで放っておくという状態が往々にしてある。物語というものは、厳密に言えば、それぞれの場面は全部一枚の画用紙を満たしている絵ですから、具象とは限らず抽象的な角度を含んでいる場合も多いのですか、いずれにしろ場面の光景はくっきりと描かれてなければならない。

たとえば『だるまちゃん』という物語を、自然発生的に流れるままにやっていることが多い。あの物語は、一般的にいって新開講のパーティ、またはこどもたちも小さくテーマ活動の体験も少ないときにやられることが多いという事情はありましょうが、それをもう一度、どこかである時期に考え直してみようという活動は、いまほとんどされていません。『だるまちゃん』の物語は、形式の方からいうとIt's a funny funny dayという歌が四回出てきます。この四回は、必ず物語の一区切りのあとに出てきている。だから四つの楽章で成り立っているわけですが、テューターに聞いてみても、何回あの歌が出てくるか答えられる人がほとんどいません。それからあの物語の内容というのは、ほんとに元気のいい何ものにもくじけない男の子を理想化して、ふつうの男の子でなくダルマちゃんにしているところにあります。これは単純なことだけれど、なかなか力の入る目標です。人間がピンチに立ってしょぼくれているというのは、むしろ表現しやすいけれど、充実してニコニコ笑っているような状態を表現するのは、実はむずかしいものなんです。しかし、そのむずかしさに挑戦すれば、ある精神的昂揚がもたらされる。

そういうことを確認しようとすると、おのずからいろんな問題がでてきますね。たとえば、「だるまちゃんが外へ遊びに行こうとしたら雨が降ってきました。……」このOh, oh, It's rainingがどこで言っているのかがまずはっきりしない。聞いてみるとだいたい二つに意見が分かれます。窓から外を見て言っているというのと、玄関口まできて言っているというのとに。ただし玄関口まできて言っているのであれば、玄関の戸が開いてなければならない。でなければ雨のふっている状況は見えません。だが、そのあとに、「長ぐつをはいて傘をさしました」ということが出てくるので、最初のうちはまだ長ぐつははかずに、つっかけか、運動靴で一度出かかって戸を開け、雨が降っているので、ひき返して長ぐつをはいたと考えねばならない問題が出てくるわけです。どちらも成立するけれど、ではどっちがいいのかというところでこどもたちに考えさせ、判断させて、今回はこうしようとなってくると思うんです。

こういうことは、小さい子とでも充分話しあえる話題で、できるだけそうした方がよいけれども、大きいこどもたちとテューターが話し合っていくときには、もっとヴァラエティに富む問題が出てきます。

正面にきっちり出てくることの意味

たとえば、テーマ活動を人の見ている前でやる場合、舞台正面にきっちり出てきて身振りもことばも大きく、見ている者の心に働きかけるようにやるというのが少ないんですね。人体表現などをせっかくやっていても、それを舞台の隅の方でちょこちょことやって、その隅の方で大事なことがどんどん進んでいくようなことが往々にしてあります。

今の「だるまちゃん」についていうならば、「なんだ、こんな雨」というのは、当然空を見上げて言っているのだけれど、「おれは男だ、強いんだ!」というときには、舞台の真正面のところで観客に向って大きく見えをきるような形で言ってもらわなくては困るんです。もともと物語の導入部には、必ず観客に向って大きく表現するところがあると考えた方がいい。例外はあるけれど、だいたいにおいてそうで、それによって初めて観客は、その物語の中にあなた方も入っていらっしゃいと呼びかけられるわけです。その呼びかけをしないままで進んでいくテーマ活動というのは、見ていて、自分たちが物語の中に入って見ることを要請されているのかどうか、われわれは招かれざる客じゃないかというふうになって苦しいものです。このようなことを、舞台の上の形式美としてではなしに、観客（ラボの場合は金を取って見せる無縁の人々ではなく全て有縁の人です）に対して、あなた方も物語の中に入ってきてくださいという心配りの問題として、大事にしたいと思います。

そうなるとおなじ一つの物語のある場面の表現であっても、そのときそのときでいろいろ変っていくのが当然だと思います。一つのパーティが何かやると、そのパターンが無反省に広がっていく傾向が現在でもありますが、これは決して健康なことではない。注意しなくてはならないと思います。

一回ごとの発見、ヴァラエティ

これまでにのべてきたように大きいこどもたちとテューターが、話しあい、ただ話しあうだけでなく、疑問のところはそれをすぐ実際に自分たち自身で動いてみて確かめ……ということをとおして、毎回、ある物語をやる度に発見があるというパーティになれば、いったん燃えた経験を持つこども中学生たちが急につまらなくなってしまうということはないはずです。

しかもそのなかで、積極的なこどもができてくると、同じ物語をやっても、ふんわりとした物語空間を作ることに力を持っている子もいれば、かなり鋭く切りこんでアッという断面をみせるということに力を持っている子もいるという、テューターの側からの発見も出てくると思います。そういうこどもたちがA、B、Cと出てくると、「今度はA君の意見を中心にしながらやっていこう」とか、「この次はB君の意見を中心にやっていこう」、「その次はC子さんの……」ということができてくる。するとパーティの中に、ものすごいヴァラエティができてくる。それによってこどもたちは「A君の意見を中心にしてやった『海の楽隊』はこうだった」とか「C子さんの意見を中心にしてやった……」と、それぞれがおもしろかったというふうに覚えていく。そこにあるキャラクターが出てくると、パーティのテーマ活動に日付が生まれるんです。

現在のパーティ活動を反省すると、テューターを中心に、いろんなこどもたちの考えや感受性がとり入れられていくのはいいのだけれど、なんとなく "ごった煮" みたいになっています。ごった煮にはごった煮のよさがありますが、そればかりだと飽きてくるので、両方を総合したものがラボのテーマ活動だと考えた方がいいのではないだろうかと思います。

一皿一皿の料理はおいしくてもそれを並べられたとき変な気分になるような組合せ、そういう組合せになるといけない場合がある。一皿一皿がおいしくて、しかも全体のアンサンブルがよくなくてはならない。そうするためには、ある決断がいるわけだけど、ある程度成長してきたこどもたちができてくると、そのこどもにその子らしい判断をさせることが可能です。そのときにA君、B君、C子さんがでてくる。それがでてこないときはお母さんたちと協力してテューターがやらざるを得ない。

本筋を力強く簡潔に表現するために

ごった煮の例として、説明的要素を何でもかんでも表現してしまうという問題があります。人体表現は、物語の本筋を力強く簡潔にスッキリと出すためにやっているので、必要でないものはいらないわけです。たとえば『長ぐつをはいたネコ』の中の一番目の息子、二番目の息子は必要じゃない。ところが「親父が死んで……」というと、死ぬところまでやる例があります。削るところはかなり思いきって削ることが必要ですし、他方、こういうところこそ大きく表現することですこぶる生き生きしてくる箇所です。人体表現にしてもたっぷり人間の数を集め、大きな身ぶりで表現した方がよいのに、いろいろなものを出してしまって重点がはっきりしなくなれば、こどもたちの方にも快感は湧かないはずです。省けるところは大胆に省いて、表現しようと思うものを大きく強く表現しようという意識が必要だと思います。

（一九七六年十二月）

「ラボっ子ばやし」について

音で書かれた日本案内

囃子《はやし》という言葉は知らなくても、お祭りのピイヒャラドンを聞いたことのない人はいないでしょう。あれが、囃子です。ラボ・テープの『三本柱』にもありますね。

囃子は、太鼓と鉦《かね》の打楽器に管楽器の笛を加えて演奏され、ふつうは三味線、琴などの弦楽器は使われません。ただし、だいぶあとになってできた歌舞伎囃子《かぶきばやし》などでは、弦楽器がはいることもあります。

もともと囃子は、神さまを祭るときの音楽でした。つまり神楽囃子《かぐらばやし》、祭り囃子だったのですが、祭りでないときにも行なわれる芸事《げいごと》が始まると、能囃子《のうばやし》、馬鹿囃子《ばかばやし》などが生まれてきました。

なかには動物にも囃子の好きなものがいるのじゃないかと空想する人たちがいて、狸囃子《たぬきばやし》なんていう言葉もできました。『三本柱』のは能囃子です。

動物にお囃子をやらせるくらいに、私たちの先祖はこの音楽が好きでした。でも、いつごろからこれが始まったのか、むろんはっきりしたことはわかりません。日本の宮廷には奈良時代の前後から中国、韓国、それから今のヴィエトナムの音楽が伝えられ、仏教のお寺にはもっと西方の音楽まで伝わりましたが、囃子にはそういうお手本はなく、音楽を専門にしているわけでもないふつうの住民が、長い年月のあいだに自分たちの好きな調子を作りあげていったものです。

ですから、囃子には大昔からの日本人の生活のひびきがこもっています。狩で動物を追いかけたり、舟をこいだり、木をかついだりするときにおたがいをはげまし合い、よい結果を喜び合う気持が満ちています。囃子には、囃子言葉というものがあって、その言葉はおおぜいの人々が力を合わせて仕事をするときのかけ声から採られたものが多いのです。

楽器の種類が少ないので、音楽も単純です。「むつかしき拍子《ひょうし》も見えず里神楽《さとかぐら》」と芭蕉の門人である曾良《そら》の俳句にもあるように、おおらかにのどかな感情を土台にしていますが、ときにはげしく荒れくるう勢いもあれば、しみじみとやさしい気分もあって、なにか日本の四季を思わせるものがあります。囃子は日本の音楽、いや日本の芸術と日本人そのものを知るうえで、とてもたいせつな〈音で書かれた案内書〉といえましょう。

囃子は「生やす」ためのもの

今日のような囃子ができてくるのに、いちばん大きな力をおよぼしたのは、およそ二千年前に日本人が米を作り始めたことだろうと思われます。それまではヒエやアワのほかに里イモとかドングリなどの木の実も主食になったようです。お天気が順調なら、米はせまい土地にたくさんとれ、しかもたいへんおいしい主食ですから、人々は風の害や虫の害が少なく、稲作につごうのよいように雨や晴れが訪れることを願わずにはおれませんでした。

その願いが祭りを生み出したのです。私たちの先祖は、火にも水にも木にも土にもふしぎな力がこもっている、その力はとりもなおさず神さまだと考えていましたが、なかでも稲の神さまは、とてもだいじな神さまでした。

この稲の神さまは、春になると山のいただきか海の向こうからやってきて、川を下るか上るかして、村人たちのところにとどまり、秋になるとまたみんなの知らないどこかへ帰っていかれるのでした。寒いあいだは、そこでじっと冬ごもりをしておられます。春の水にしばらく漬けておかないと芽を出さないモミから、そんなことを想像したのでしょうね。

稲の神さまは、旅人の姿で春の近づいた村を訪ねてこられるのでした。長い旅路ですから、着物なんかもぼろぼろになっています。しかしとうといかたですから、失礼をすると罰があたります。ていねいにもてなすと、豊作の恵みがあります。神楽によく出てくる、長いあごひげを生やしたお年よりは、昔の人の考えた神さまです。

神さまを山までお迎えにいくことも多かったのです。神さまは青々した木に降りていらっしゃると考えた昔の人たちは、松の木などの緑こい木を神さまの乗物にして持ち帰り、門に飾りました。それが、門松の起こりです。

春の神さまの到着をお迎えするのといっしょに、モミのなかに眠っている稲の魂をゆり動かすのが春祭りです。「春が来ましたよ、さあ早く起きて、芽を出してください」というわけです。それを〈たまふり〉と呼びました。今でも神社の拝殿にふとい緒のついた鈴がありますが、あれを振り鳴らすのは、たまふりをしているのです。

どこからか訪ねてきた春の神と、モミのなかにひそんでいる稲の魂は、こうして一体になります。つまり老人の神はいっぺんに若返って、赤んぼのようにみずみずしい生命を得られたのです。これから苗《なえ》が育ち始めることになります。苗は、植物の赤んぼですね。だから元気がいいけれども、水がとぼしかったり病気がついたりすると、すぐ萎《な》えてしまいます。なえやすいから苗と呼ぶのだという説があるくらいです。

このみずみずしいけれども、ひ弱な苗がうまく育ってくれるかどうかが、米作りのいちばん気がかりな点ですから、昔は田植えも大きな祭りの形で行なわれました。幼い命に力強さを吹きこむための歌や踊りがさまざまにくふうされました。「若い命よ、がんばれ。じょうぶに育っておくれ」そう願って、はやしたてる音楽が、囃子です。

『三本柱』でも「この体を囃子物にして戻らうと思ふが、何とあらう」「これは一段とよからう」「囃子物で帰ったらば喜ばせられう」と言いますね。めでたい普請に使うりっぱな柱には、神さまが宿っていらっしゃる。その神さまにいきいきとしていただくために、はやしたてながら帰ろうというのです。喜ぶのはまず神さまで、それを見た主人も喜ばないはずはないと考えたのです。はやしは、「命を生やす」ことでした。そのために元気をつけさせようとする音楽が、囃子です。

「ラボっ子ばやし」のやりかた

こうしてみると、なぜこのテープに「ラボっ子ばやし」を入れたくなったか、わかるでしょう。「ラボっ子たちよ、永遠に若々しく、そしてりっぱに育て！　ドドンドン」というわけです。その構成について、お話ししましょう。

最初は、入場の場面を予想しています。「山」と「川」の二組に別れたラボっ子が、「オイヤコイ」のかけ声をかけながらはいってきます。このかけ声は、大分県南海部郡《みなみあまべぐん》蒲江《かまえ》町《まち》の「大漁櫓囃子《たいりょうろばやし》」から採ったものです。南海部郡は宮崎県との境にありますが、地名からわかるように古くから漁業の盛んな地方でした。「朝日のたださす国」と呼ばれた日向灘をこぎまわる海の民を思い出しながら、幕をあけましょう。

つぎに全員で口唱歌《くちしょうが》を歌いながら踊ります。口唱歌は、楽器の音をそのまま口でまねるもので、この習慣は世界じゅうでもめずらしいものだそうです。踊りは、自分たちでくふうしてください。楽器を演奏している身ぶりでもよいのです。

三番目は山組、川組の踊り合戦です。まず川、それから山、川、山、川、山と三回戦の裏表をくり返します。ひとつ終わると、踊ったほうが自慢し、見ていたほうがくさします。元気のいいかけ声や合いの手を入れながら、踊りもみんなでくふうしてください。こういう競争は、日本の祭りになくてならない要素です。冬をしりぞけて春を迎え、豊作をうらなう行事だからです。すもうも綱引きも、もとは祭り事だったのです。

そのあとでまた全員が踊りくるいます。くるうといえば悪ふざけのようですが、決してそうではありません。祭りでは、少なくとも一度はふだんのくらしを忘れて、神さまに近づいたような気持になってみることがたいせつです。心の大掃除みたいなものでもあるし、みんな同じ人間なんだなあと認め合うときでもあります。みんな思い思いに、自分のやりたいように手を振り、からだを動かしてください。

最後は退場。列をきちんとして、「やりました、やりました、やりました」と満足しながら、しずしずと引っこみます。まわりで見ていた人たちは、大声で「やりました、やりました」とほめたたえてあげましょう。

この「ラボっ子ばやし」には、むずかしい日本語はありませんから、外国のお友だちもすぐなじめると思います。ラボの大きな行事のときにはぜひこれをやって、それを海の外まで広めてくれたら、私たちの先祖があがめた神さまがたも、アメリカン・インディアンの先祖があがめた神さまがたと、ロッキー山脈のいただきでにこにこしながら「ラボっ子ばやし」を踊られるかもしれませんね。

（一九七七年七月）

〝学んで問う心〟を育てよう

ラボ土曜講座には、私たちラボを育てようと思っている大人たちの大きな望みがこめられています。「ラボ」というのは、こどもから大人まで、英語をはじめヨーロッパやアジアのさまざまなことばに親しみ、そのことばで生きている世界中の人びとのなかに親しい友だちを持とうと努力する人びとの集まりの名前です。ラボの活動は、単なる英語の勉強だとか、あるいはあれこれの外国語の習得といったことだけでは決してありません。ラボは、この世の中全体に対して非常に広く深い関心を持って生きていく人間、〝自分の物語〟をもった人間を育てたいと思っているのです。

こうして生まれたラボが満十年たって、さてさらに新しくこどもたちにどんなことを経験してもらおうかなと考えたときに、一番先にピンと頭に浮んできたのは、特に自然科学という、数学とか物理とか化学とか地理とかという私たちの身のまわりの世界について、長いあいだ研究生活をし、自分でもコツコツと努力をされて、りっぱな研究をされた方の話を聞いてもらいたいということでした。自然科学の世界は、むずかしく、顔をしかめて考えないとわからない世界のように思っている人が多いけれども、実は、そうではなくて、ラボの世界と同じようにいろんな物語に満ちた世界なんです。いろんな発見をしたり発明をしたり、いろんな研究をしたりするのは全部人間がやっていくわけで、そういう偉業をなしとげた人たちにもたくさんの物語があります。また、その研究をする対象には、昆虫があったり海があったり、川があったり山があったり、いろいろです。そのものにもまた、たくさんの物語がある。そういうことを感じながら学んでいけば、大変すばらしい世界を経験できるのに、なかなかそういうふうになっていないのは残念なことです。私たちが考えたのは、自然科学についてそういう経験をしながらすぐれた研究をされた方がたのお話を、こどもたちがわかりやすいことばで聞くことができたらどんなにいいかということでした。

そこで、ラボ国際交流センターの評議員をされておられる気象学者の根本順吉先生に私たちのそういう夢をお話したら、それをぜひ始めようじゃないかというふうにおっしゃってくださり、非常に熱心に先生方のご紹介などのお世話をしてくださって、一九七六年から春秋ごとにこのラボ土曜講座が始まったのです。（「ラボっ子土曜講座」という名前で実施されていますが、出版にあたって「ラボ土曜講座」と名づけました）

ラボ土曜講座でやろうとしていることは勉強ではなくて学問です。学問と勉強とはまるでちがうというのは、あんまり考えたことがなかったでしょう。でも、勉強の勉という字は「べん」のほかに「つとめる」と読む。強は「しいる」とも読む。何かやれというふうにいわれて、一所懸命汗を流してやってるというふうな、そういう感じが勉強ということばの中にはあります。勉強というと、いやいやしなくちゃならない。宿題だからとかテストのためにどうしてもこれだけのことをやっておかなければいけないという気持で、みんなもつい勉強することがあるでしょう。ところが学問というのはちがいます。学は「まなぶ」。この「まなぶ」というのは、まねするという、本当にすぐれた人のやったことや自然がしていることを自分もまねしてみようという、そこからきています。問には「とう」という読み方がある。たずねるということです。学問とは学んで問うということです。学びながら問う、学んだあとに問う、学ぶ前に問う、そして学ぶということは問うことであるというふうにも読める。学ぶということと問うということは、自分がわからないこと、これはどういうことなんだろうかと自分でふしぎに思ったことを自分から調べ、尋ね、そして発見していくということなのです。本当に自分のほうからやる、ということが土台にあります。勉強ということと大分感じがちがうと思うんですね。自分でこれはどうなってるんだろうという疑問をいっぱい持っていて、それを少しずつはっきりさせていくことが学問だということになると、これはおもしろい活動です。初めは「それはこうだよ」と人から教わったりしているが、だんだん自分で調べて、自分でわかるようになれば、もっとおもしろいにちがいありません。ふしぎだなということと、おもしろいということ、この二つは非常に大事なことです。そういう世界がわかってほしいと思って、この講座を始めました。

（一九七八年三月）

グリムの植えた木は今ラボのなかに

『ひとうちななつ』刊行をめぐって

抽象力の根っこに水を注ぐ

スプリングキャンプの皆さん、こんにちは。ぼくはラボ・テープの製作を担当している谷川です。

きょうは、今度でる新しいラボ・テープについて話します。今度の英日の物語はね、「かえると金のまり」「ひとうちななつ」「おおかみと七ひきのこやぎ」「ホッレおばさん」という四つのお話。どれも、グリム童話集からとったものです。このうちの一つも知らないという人はいないだろうなあ。それぐらいグリム童話の中でもよーく知られた、宝石のようなお話です。

日本語を語っているのは「かえると金のまり」が三国一朗さん、「ひとうちななつ」が名古屋章さん、「おおかみと七ひきのこやぎ」が丹阿弥谷津子さん、「ホッレおばさん」が七尾伶子さんです。英語は国際基督教大学のマッシューズ教授に書いていただき、カナダのバンクーバーで、アクターズワークショップ、つまり俳優協会に所属している人たちに語ってもらいました。

音楽は、みんなも知っている間宮芳生さんが東京芸大で教えたまだ若い二十代の作曲家たち、西村朗さん、荻久保和明さん、野平一郎さんが一編ずつ受け持ち、最後の「ホッレおばさん」を間宮さんがやることにしました。つまりお師匠さんと弟子たちの競演なんだね。また絵は、これも偶然だけど、芸大教授の野見山暁治さんにお願いしました。きれいな、やわらかい感じのする抽象画だよ。ついでに、なぜラボの絵本に抽象画を使うかというと、それは人間の感じ方というものは、けっして図鑑に書かれているような物の形を寄せ集めたものじゃなく、自然な不思議な色や形をしているからなのだよ。たとえば夜見る夢なんかだって、どっかもやもやしていて、写真みたいにはなっていないね。それだけのことだとするとなんだかあほらしいことのようだが、そんなふうに自分の心に忠実に、何かはっきりしないものをつかまえてみようとする努力が、人間の心を成長させる一番大事なエネルギーなんだ。その力を抽象力といいます。よく、だれだれくんは頭がいいっていうけれど、それはつまり抽象力が発達しているということだよ。そして、抽象画で物語や世界を感じてみることはそういう抽象力の根っこに水を注いでやることになる。ほら、テーマ活動の表現だって、物をそっくりまねしようとしてもおもしろくないし、うまくいかないだろう。全体の気分を表わしたり、特徴を一つつかんで、そこだけを思いきり表現すればいいんだよね。話が少しむずかしくなったけど、このテープは、五月いっぱいには完成の予定です。

ところでラボにはこれまでもいくつかグリム童話があるね。いくつあるだろう。四つあるんだな。じゃあ、一つずつ言ってごらん。「白雪姫」「ヘンゼルとグレーテル」「ブレーメンの音楽隊」、それに「きてれつ六勇士」、これで四つだ。グリム兄弟は今から二百年近く昔の人で、ドイツの昔話を集めたんだね。

昔話を集めた人はほかにもいるよ。まず、フランスのペローという人。この人はグリム兄弟より古い。この人の集めた昔話で、ラボ・テープにも入っているのがある。「長ぐつをはいたねこ」。このねこは本当は雄ねこなんだよ。だけどねこの、どっかあまーい声で、したたかな気分を出すために女の声を使ってある。そのほか、「シンデレラ」「赤ずきんちゃん」なんかもこの人の集めたお話。それからイギリスではジェイコブズ。この人はグリム兄弟よりあと。ラボ・テープにはこの人のイギリス昔話集があって、そこからとったのが「ジャックと豆の木」「三びきのこぶた」「くるりんぼうず」「猫の王」です。このフランスのペロー、イギリスのジェイコブズと並んで、ひときわ高くそびえるのがドイツのグリム。だから、ラボでは今度のテープで合計八つのグリムの物語があるということになります。

グリム兄弟が見ている⁉

ついでにいうと、アンデルセンの「裸の王様」「みにくいあひるのこ」「ナイチンゲール」、オスカー・ワイルドの「幸福な王子」、バリの「ピーター・パン」などは昔話じゃなくて、作者が自分でこしらえたもの、つまり創作童話です。でもジェイコブズの「ジャックと豆の木」など四つの物語は、一字一句元のままなんだけど、ほかの物語はラボの場合、時間の都合とか、テーマ活動にふさわしいものにする必要とかがあって、あるところはぶいたり、手を加えたりしてあります。もちろん、原作をこわさないように注意しなくちゃなりませんが、そこに非常なむずかしさがあるのです。

で、今度のテープもグリム童話そのままじゃありません。ぼくが原作を読んで、あなたたちに、こんな音を聞き、こんなにおいを吸って欲しいと思う、その気持にそって書き直したものです。たとえば「かえると金のまり」の初めのお姫様の歌とか、「ひとうちななつ」の仕立屋の歌などは、ぼくがつけ加えたものです。また「ひとうちななつ」の初めとおしまい、「おおかみと七ひきのこやぎ」の初め、こやぎたちの名前、「ホッレおばさん」の初め、娘たちの名前なども、君たちのテーマ活動を思い浮かべながらぼくが書いたものです。これまで翻訳されている日本語のグリム童話にはあまりいいものがない気がするけど、いつか君たちが読み比べて、または英語の翻訳、できればドイツ語の原文を読んで、それとラボ・テープを比べた感想を知らせてくれるといいな。

この書き直し、リライティングを、ぼくは去年の秋、黄色くなった葉っぱが雨のように降ってくる鴻来坊でしたのです。毎朝りすが二ひき訪ねてきたし、お昼を食べている縁側にうさぎも来ました。ぼくは、グリム兄弟が今生きていてラボのテーマ活動を見たら何というだろう、ぼくが書き直したものを読んだら何というだろう、と考えながら秋のラボランドを歩きました。楽しく真剣な毎日でした。というのも、ぼくはグリム兄弟を大変尊敬しているからです。ラボの仕事をするようになってから、その気持はますますつのるばかりです。

じゃあ、グリム兄弟の話をちょっとしましょう。グリム兄弟は、今から二百年近く前、そのころはまだたくさんの小さな国に分かれていたドイツに生まれました。法務官をしていたお父さんが早くなくなり、兄弟も多かったので、家は貧しく、苦労しながら勉強したんです。ヤーコブ・グリムが長男、次男のウィルヘルムは一歳下の弟で、大変仲がよかった。このふたりは、一生離れずに同じ所で暮らし、共同して仕事をしました。この兄弟にはすばらしい友だちがたくさんいて、早くからドイツの民謡や昔話に関心を持って、それを集める仕事をしましたが、特にそれに協力してくれたのは、兄弟が知り合ってた娘たちでした。二十そこそこのころから、知り合いの娘たちに頼んでお母さんやばあやから聞いた話を語ってもらい、それをノートに書いていったんです。「何年何月何日、暖炉のそばで、だれだれから聞く」といったような記録が残っています。

そしてグリム兄弟が初めて童話集を出版したのは兄のヤーコブが二十七歳、弟のウィルヘルムが二十六歳のときだったんだよ。この童話集は、世界で聖書、バイブルの次に読まれた本だというけど、その中のいくつかのお話をしてくれた娘さんが、あとで弟のウィルヘルム・グリムの奥さんになったんだね。つまり、この世界で一番有名な童話集は、二十代前半の二人の青年と、ほとんどが十代の数人の娘たちの協力が柱になって生まれた。これはすばらしいことじゃない？　それからグリムは、ドイツの名門大学のゲッチンゲン大学の教授に兄弟二人ともいっしょになったりしてた。そのあとベルリンに住んでいたとき、幕末の徳川政府からヨーロッパに派遣された日本使節が三人、訪ねてきたこともあるんだって。そのひとりはどうも、慶応義塾を始めた福沢諭吉らしいという説もあるが、はっきりしたことはわかりません。

ヤーコプ・グリムは言語学者になって「グリムの法則」という理論を創ったりしたが、最後の大仕事は「ドイツ語大辞典」を編集することだった。この辞典はグリムが生きているうちには完成しなかったが、ドイツ民族を代表する大きな文化事業だというので、グリムが死んだあともたくさんの学者が次から次に協力して、今から十五年ばかり前、百年以上もかかってやっと完成した。その間に第一次世界大戦、第二次世界大戦があったけれど、ずっと仕事が続けられ、東ドイツと西ドイツに分裂していがみあっているときも、このグリムのドイツ語大辞典をつくる仕事だけは、東と西の学者たちが文通したり、協力したりすることが、両方の政府から許された。グリムに対してだけは、東西の国境もないに等しかったというわけだ。ねえ、すごいじゃない？

近所の娘たちと青年の協力の芽が、ここまでのびてきたんだ。そして今、グリムの植えた木は日本のラボの中にも生え、毎日育っているんだねえ。

（一九七八年三月）

二つの死

野村万蔵氏、天野二郎氏を悼む

野村万蔵さんがなくなられた。「狂言を世界の人々に見せる」ということがどんなに手数のかかる厄介なものであるかを考えたことのない人間には、このひとのえらさはわかるまい。

万蔵さんのかつての日常をすこしも知らない私だが、このゆうぜんとしたつらだましいの持ち主は、ある者たちが禅や生け花や茶の湯でしたように、狂言を「輸出」しようなどとは思ったこともないにちがいない。ひたすら見てもらう。この島国にわく清水を国の外にふるまう。そんな風な旅人として歩かれたのであろう。

その清水の一ぱいを、私たちも恵んでいただこうとした。ラボの歩みが十年を刻もうとしていたとき、その自祝の気持をラボ・テープにこめるとすれば、つまりどんな人間にも底にたまっている明るさがあるとして、それに映して自分の姿を見ようとすれば、それこそ狂言でなくてはならなかった。そして、その狂言師に、野村万蔵よりほかのだれが考えられただろうか。

いま思いだす。一九七五年の初秋、私たち制作室のスタッフは、目黒の喜多六平太記念能楽堂の舞台をみつめる石になって、坐っていた。

血色うるわしく、眼光するどい人物の第一声が飛んだ。「大果報の者……」その声はうちかさなる山脈が、ふいに姿をあらわしたかのように迫ってきた。日本人の声、男の声、生命の力強さのほかには、何もほしくないぞという声だった。

三人の冠者をぴたりときめつけたまま動かなくなった顔が、雪どけ水のような笑みにあふれるのはもう最後の場面である。太郎、次郎、三郎はそれぞれ万之丞、万作、万之介、つまり自分の息子たちであるけれども、笑いこぼれる瞬間にも父親の顔はなかった。

だが三本の柱をかつぐ息子たちの三角形のまんなかにはいり、足拍子をとって踊る、その何秒かにまぎれもない父の姿態があり、その幸福な感じは正面座席にぽつねんと一人坐っている私を、田園の風景みたいにつつんでしまった。

「これでお祝いのテープができる。それにしてもみじかい十年だったな」私は胸のなかでつぶやいた。同じ仕事をしている親子のきびしさ、その果てに一瞬くずれおちるようにやってくるむつまじさ。それがラボ・パーティに生まれることを私たちはまだ想像する楽しみしか持たないけれども、時はやはり小さな刻み目をつけながら進んでいく。その進みのなかに、死もふくまれている。

「ラボに野村万蔵のテープがあるのはいいことだねえ」と言ったのは中学の同級、演出家の天野二郎である。今年の冬、『かえると金のまり』の日本語の声をだれにするか相談しているときのことだった。その天野も三月上旬、稽古中に急死してしまった。『ロミオとジュリエット』は、彼がいなければさぞ困難したことだろう。

二つの死に際して、『三本柱』や『ロミオとジュリエット』を聞いてくれたパーティがあるだろうか。

（一九七八年五月）

ラボ・テープと絵本のできるまで

一、物語は風でできている

ラボのテープや絵本は、どんなぐあいにしてできるの、どんなことがむずかしいの、とよく聞かれます。きょうはその話をしてみましょう。

そのまえにこちらから質問があります。物語は何でできているとおもいますか。そんなこと分ってら、と言う人も多いでしょう。テープだったら人間の声と楽器の音、絵本だったら色と形と文字ですね。でも、そんなにあれこれ言わないで、たった一つのものでできているとして、それは何だと聞かれたら、どう答えますか。

むずかしい質問ですね。答はいくつもありそうです。しかし、新しいテープをもらって、はじめてそれを聞いたときのことを思い出してみましょう。また、何度も聞いたあとでおふとんにはいって目をつむったときのことを考えてみましょう。

心のなかに何かがすうっと流れているような気もちがしませんでしたか。あたたかいのやつめたいのや、ゆっくりなのやすばやいのや、まるで風みたいなものが流れていますね。

この風みたいなものをじいっと感じてみると、色もあります。においもあります。味もあります。そうです、それがあなたの心のなかにはいりこんだ物語なのです。

ですから、物語は風でできていると言えます。かなしい場面やみにくいものの出てくる場面でもよい物語からはすてきな色やにおいや味のある風が吹いてきます。

ラボ・テープや絵本は、みなさんの心にさわやかな風を送りたいとおもって作るのですが、それはけっしてやさしいことではありません。

でも、いつかは物語作者も作曲家も声優も演奏家も画家も、何から何までラボっ子で作りあげたラボの物語ができるだろう、それがほしいというのはみんなの夢ですね。

その日を待ちのぞんでいる者たちとしてお話しします。物語の風をおこすうちわを作るお話です。

二、物語を選ぶ——書きなおしと創作

いちばん最初にできたラボの物語は『かみなりこぞう』ほか三話のテープです。今からちょうど十年前でした。それからSK、GTの二十七本のシリーズ、また七本の韓国語、スペイン語、フランス語のシリーズができました。

幼いころからおとなになるまでの人間の一生がつながっているように、ラボの物語も一本の木のように成長してきました。また、人間とおなじように兄弟姉妹もできていきます。ラボっ子が大きなラボ家族を作っているように、ラボの物語も家族なのですね。

ですから、お父さんやお母さんのことを考えれば、どんな物語を選ぶかという気もちは分ってもらえるでしょう。

まず、ラボっ子にどんな料理をたべさせるか。栄養がたっぷりあって、かたよらないこと。たまにはふっくらしたパ

イとつめたいゼリーみたいなものもいいなあと話しあいます。つまりラボの物語は食べものであって、薬じゃないということです。

ラボの物語には、大きく分けると『ひとうちななつ』『白雪姫』『ピーター・パン』『わんぱく大将トム・ソーヤ』などのように、昔話や名作を書きなおしたものと、『タヌキ』『こつばめチュチュ』『すてきなワフ家』などのように新しく作ったお話の二つの種類があります。

三、テープ作り、絵本作りの話しあい

物語が決まりました。では、だれが書くか、まず日本語で書くか英語で書くか、を決めなければなりません。たとえば『わんぱく大将トム・ソーヤ』は日本語がさき、『ピーター・パン』は英語がさきでした。

それから、どんな音楽や絵にしようかと考えます。作曲家と画家を選び、その考えを話しておねがいします。

またテープに吹きこんでくれる人たちを選び、同じようにおねがいします。ラボっ子にしたいときは、オーディションの日どりなども決めます。

決めることはまだあります。絵本の大きさや、活字の形や大きさ、紙の種類、印刷に使う色の数や印刷の方法、どこで印刷するか、どこで録音するか、などです。

それから、たくさんの作業の順序にしたがって、いつまでに何をしあげるかを決めます。物語が決まってから、テープと絵本ができあがるまでにかかる時間は、だいたい八か月から一年くらいです。そのあいだに、何回も話しあいをしながら、進めていきます。

四、日本語または英語の翻訳

ラボ・テープの一チャンネルは十五分ですね。日本語のばあい、録音すると、四百字づめの原稿用紙一枚がおおよそ一分になります。しかし、音楽だけでことばのないところもありますから、四百字づめ十五枚では長すぎます。だいたい十二、三枚がてきとうです。十二、三枚の物語を四話作るわけです。みじかいけれども、ぴりっとしていなければなりません。

ところが、日本語を英語にしたり、英語を日本語にしたりすると、翻訳したもののほうがどうしても長くなるのです。うまくできたとおもっても、時間をはかってみて長すぎたらやりなおしです。

また、ことばのちがいからむずかしくなるときもよくあります。たとえば『こつばめチュチュ』の「決勝点はみさきのとうだい」というところで、韓国語には、海につきでた「みさき」ということばがないので苦労しました。英語には、「運動会」にぴったりあてはまることばがありません。

しかし、何時間も首をひねったあげく、『ピーター・パン』にある「魔女のおならに地獄のげっぷ」などが出てきたときなどは、これを聞いたみなさんの顔を想像して、ゆかいになることもあるのです。

五、録音台本ができた

さて、翻訳ができあがり、一つの物語に二つのことばがそろいました。これが録音台本です。

録音台本ができあがると、これから登ろうとする山のいただきが見えてきたという感じがします。でも、これからが本番です。

まず声を吹きこむ人を選ぶのがたいへんです。どんな名優でも、どんな役もやれるわけではありません。また、物語の感じにぴったりした人でも、いそがしくてこちらの予定に合わないときもあります。

作曲家とは、お話のどこにどんなふうな音楽を入れるか、そうだんします。音楽がなくてことばだけのところを

「素」と言いますが、「素」のところもたいせつです。ちょうど絵に何もかいてないところがあれば、そこがたいせつなように。

画家にも、録音台本をわたして、どんな表紙にするかとか、絵をどこに何枚どんなふうに入れるかをそうだんします。印刷所の人にも、このとおりに文字をひろってもらうことにし、活字を決めます。見本組みというのを作ってもらいます。

六、ことばの録音

きれいな録音をするためには、とても性能のいい録音機やマイクロフォンなどの機械と、外からはいってくるいろいろな音をぴしゃっと入れない静かなへやが必要です。ラボ・テープは一台が何千万円もする機械をもった専門のスタジオで録音します。

録音スタジオに廊下からはいる入り口には、かならず重くてぶあついドアがあります。それをよいしょと押してはいると、なかはしんとしていて、機械をそうじする薬のかすかなにおいがします。ぴかぴか光った何台もの録音・再生機（プロ用の大きなテープ・レコーダー）やスピーカーを家来のようにしたがえて、まんなかにでんとすわっているのは、赤や黄や青のボタンがいっぱいついた調整卓という機械です。このまえにミキサーとよばれる人が腰をかけ、すばやい手つきでボタンを押しながら、音の大きさや性質をととのえます。このへやがコントロール・ルームです。

そのおくに、もう一つへやがあります。そこにもぶあついドアがあって、録音中はけっしてあけません。なかはもっと静かで、窓が一つもなく、かべは音がはねかえらないように木や布でできている穴ぐらみたいなところです。これが録音室です。コントロール・ルームと録音室のあいだにはガラスがはめてあって、二つのへやにいる者どうしは伝声装置で話しあうことができます。

さあ、録音がはじまりますよ。ミキサーがみんなに「おはようございます」とあいさつしました。スタジオでは、夜でも昼でも「おはよう」なのです。穴ぐらみたいだし、いつでも朝のような気もちで仕事をしようというのでしょうか。声優（声を吹きこむ人）が録音室のマイクロフォンのまえにすわりました。まず声のテストをします。マイクの高さや顔との距離がいいかどうか、その人の声の性質とマイクの種類が合っているかどうかを決めます。それがすむと、コントロール・ルームの録音機のテープがまわりはじめます。このテープは、ラボ・テープのちょうど半分のはば、四分の一インチの黒いテープです。

マイクのまえでは、声優がいっしょうけんめい物語を語っています。ミキサーが調整卓についている計器の針をにらみながら、音の調整をしています。アシスタントは、その音がちゃんと録音されているかどうかをたしかめています。そして、わたしたち制作室の者は大きなスピーカーから出てくる声に耳をすましながら、そのお話の気もちがあらわれているかどうか、読みまちがい、読み落としがないかどうかに注意しています。

一回目の録音が終わりました。声優も録音室から出てきて、自分の声を聞きます。みんなが意見を出して話しあいます。二回目の録音がはじまります。

どんな声優でも、十五分の物語をはじめから終わりまで気もちをこめ、しっかりした発音でまちがいなく語りとおすことは、なかなかむずかしいことです。気もちがのってきたとき、マイクに近づきすぎたり離れすぎたり、服がさらさらと音を立てたり、いすがガタンと言ったりすることがあります。台本をめくる音がことばにかぶさることもよくあります。そこで雑音のない、気もちの張った録音ができるまで、四回五回と本番をくりかえします。また、たいせつなところを、そこだけ何回も録音したりします。

テープはその声を録音しながら、一秒間に三十八センチメートルのはやさでまわりつづけます。このはやさは、ことばを録音する機械としてはもっともはやいものです。はやいほどよい音になります。

外国語は海外で録音するばあいが多いのです。そのときも制作室の者が立ち会います。

七、セリフ・オリジナルOKテープ

こうして録音されたテープを、全部ラボへ持ってかえりますと、いよいよテープ編集という根気のいる仕事がはじまります。

テープ編集には、こんな小道具がいります。よく切れるハサミ、特製の色エンピツ、片面にのりのついたスプライシング・テープ、機械をいつもきれいにしておく薬とガーゼなどです。

しかし、もっとたいせつなのは、小さな雑音でも聞きとることのできるするどい耳と、同じところを何度聞いてもへこたれないしんぼう強い心です。

ラボ・センターには、テープ編集をする小さなへやが四つあって、その一つ一つに編集機（テープを切ったり、つないだりしやすいように改造された再生機）がそなえつけてあります。それで、スタジオから持ちかえったテープを丹念に聞きかえします。

一つのお話が何回もくりかえして録音されていますから、ここのところは、三回目（Take 三とよびます）がいい、つぎは五回目がいいというふうに一行ずつ選んでいきます。そしてテープのうえに色エンピツで印をつけます。たとえば、「見たか、ぼろっちいの」というところは三回目がいいとすれば、そのテープの「見たか」の「み」のはじまりと、「ぼろっちいの」の「の」の終わりにつけるのです。

それから「指のすきまから水がたら たら たら」と「見たか」のあいだ、「ぼろっちいの」と「おっと、それぐらいなら朝めしまえ」のあいだに、ハサミを入れます。すると「見たか、ぼろっちいの」という音のはいったテープの切れっぱしができます。この長さをはかると、日本語は一メートル二十三センチ、英語は一メートル四十五センチあります。

こういうふうに、録音したものからいちばんいい部分を切りとって、それをスプライシング・テープでつなぎあわせます。これを、わたしたちはすこしおかしな名まえですが、セリフ・オリジナルＯＫテープとよんでいます。ハサミの角度はおよそ四十五度、つないだときに曲っていれば音がぼけます。

セリフ・オリジナルＯＫテープは、四話分を作るのに、ひとりでやると三十日ぐらいかかります。使わなかった分も、万一のためにとっておきます。

八、ノイズとり

英日のチャンネルと、英語だけのチャンネルの合格した分をつなぎあわせたテープができました。つぎはノイズとりです。

ふだん話しているときはあまり気がつきませんが、人間はことばといっしょにいろんな音を出しています。歯がカチリと言ったり、すうっと息を吸ったり、のどがなったり、つばがパチッと言ったりします。これが雑音（ノイズ）です。性能のいいマイクロフォンを使えば、ノイズもはっきり録音されてしまいますから、ことばのすきまにそういういらない音がたくさんまじっています。

なかには、ことばとノイズが重なりあっていてどうしてもとれないものもありますが、できるかぎりそれをとらないと、聞いているうちにだんだん耳ざわりになります。それは、一チャンネルに何百か所もあるのです。

これをハサミで切りとり、またつないでいきます。十二チャンネルをひとりでやれば、たっぷり二十日ぐらいかかります。この仕事は、スピーカーのヴォリュームをうんとあげて、大きな音にして聞きながらやりますから、ノイズとりが終わったら耳がおかしくなる人もいます。

九、ポーズ調整

つぎは、「間《ま》」（ポーズ）をととのえます。これをポーズ調整とよびます。

おこっている人のことばは早口で、ことばとことばのあいだもみじかくなりますね。反対にのんびりしているときは、ことばもゆっくり、ことばとことばのあいだも長くなるでしょう。ことばとことばのあいだの長さが「間」です。間は、声の調子や大きさといっしょになって、ことばにいろいろな表情をつけます。

ですから、ポーズ調整をするときには、まず物語ぜんたいの調子を考えます。『かえると金のまり』と『ひとうちななつ』をくらべると、『ひとうちななつ』のほうがいせいがよく活ぱつでしょう。だから間は、ぜんたいにみじかくなるのは当然です。また場面によっても間は変わりますし、英日チャンネルのばあいは、英語と日本語がいろいろな形によせてはくだける波のように、自然で気もちよく感じられるように工夫しなければなりません。

そこでセリフ・オリジナルＯＫテープのことばとことばのあいだに、何も録音していないテープを、あるいはみじかく、あるいは長くはさみこんでつないでいくわけですが、これは買ったばかりの新しいテープではだめです。

なぜかと言うと、ことばのないところでも、じっさいにはかすかな音がはいっていなければならないのです。それは、どんな録音室にもごくかすかなざわめきがあり、それにテープが録音機を走るときの電流から生じるごく小さな信号が重なるからです。この音だけがはいっているテープをステージ・ノンモンまたはルーム・トーン・テープと言います。間にあたるところには、このテープを使います。

このテープの作りかたはちょっとけっさくです。吹きこんだ人が録音した同じへやに同じマイクを同じ高さにつるし、同じ種類のテープを同じ録音機にかけ、そのまままわすのです。マイクのまえにはだれもいません。ですから、姿の見えないユーレイの録音に立ち会っているみたいなおかしな気分になります。

一チャンネルのなかに出演している人の数が多いほど、また男と女、おとなとこどもなどいろいろな声がまじっていればいるほど、ポーズ調整はふくざつです。またソングバードのような歌のばあいはかんたんになります。ふつうの物語テープだと、ひとりでやればやはり二十日ぐらいはかかります。一つのお話にいくつ間があるか、ひまがあったら数えてみてください。そうすれば、どのくらい根気のいる仕事か分りますよ。

十、音楽の録音

やっとことばのテープができあがりました。セリフ・マザー・テープと言います。でも、まだ音楽がありませんね。こんどは音楽の録音です。

セリフ・マザー・テープができると、さっそくコピイを作り、作曲家にとどけます。音楽がはいる部分はもう正確に何分何十何秒とはかれます。声になった物語の感じもつかめます。

録音台本を読んで準備していた作曲家から、やがて大きな楽譜がとどけられます。それを見ると、どんな楽器を使うかが分ります。楽器を演奏する人が選ばれ、録音の日取りが決まります。

音楽を録音するへやは、ことばを録音するへやよりも大きいのがふつうです。演奏者が二十人ほどいちどにはいれなければなりませんし、ピアノやハープなど大きな楽器もいります。ちがう種類の楽器は、それぞれにしきりをおいて音がけんかしないようにします。

ハープなどはトラックで運ばれてきますし、楽器を貸す店からめずらしい楽器を借りることもあります。『ストップ・タロー』のおまわりさんのふえは、スタジオの近くの交番から本物を借りてきました。楽器ではありませんが、口笛の専門家に口笛を吹いてもらったこともあります。どのテープにあるでしょう。そうです、『わんぱく大将トム・ソーヤ』の第一話です。

一つの種類の楽器ごとに一本か二本のマイクを立てますから、録音室はマイクの林です。楽器を調整する音が、『海の楽隊』の魚たちの音楽のようにひびいています。作曲家が指揮棒をもって台に立ちました。何かじょうだんを言っています。気分をほぐしたあとで、指揮棒をふりあげました。練習のはじまりです。ミキサーがいそがしく手を動かして調整卓のボタンを押したり、切ったり、たくさんの楽器の音の交通整理をしています。わたしたち制作室の者はストップ・ウォッチを見ながら、時間の長さをたしかめています。予定された時間どおりにいくには、何回かやりなおさなければなりません。

指揮者、演奏者、ミキサーの息が合うと、いよいよ本番です。本番を何回もくりかえします。ラボ・テープは、英日チャンネルと英チャンネルのために、同じように聞こえるけれども長さがちがう音楽をそれぞれ録音しなくてはなりません。これもめずらしく、またむずかしいところです。

音楽の録音は、ふつう一話分に五時間ぐらいかけますが、演奏者がつかれますので、一日に一話分が限度です。録音した音楽は、番号もいれておきます。「一の六のA、テイク三」と言えば、第一話の六番目にはいる音楽の英日チャンネル用で、本番の三回目ということになります。このうちのどれを採用するかは、あとで決めます。

十一、ダビング

さてこれで、セリフ・マザー・テープと音楽・マザー・テープがそろいました。これから二つのテープの音を重ねあわせて一本のテープにするダビングという仕事にはいります。

ダビングの仕事もスタジオでします。セリフ・マザー・テープと音楽・マザー・テープをべつの再生機にかけます。大ミズーリ号の汽笛のような効果音を入れたいときは、そのテープもまたべつの再生機にかけます。一方、録音機には新しいテープがかかっています。この二つか三つの再生機から出る音を調整卓でミキシングして、新しく録音しなおすわけです。

ところがこの作業も、うで組みしながら機械の動くのを見ているといったなまやさしいものではありません。『わんぱく大将トム・ソーヤ』に例をとってみましょう。

まず、「わんぱく大将トム・ソーヤ」というタイトルを英・日の声で送りますが、英語と日本語はべつべつに録音しているので、声の大きさがくいちがっています。それを調整卓でそろえながら録音します。それから、つぎにくる音楽を音楽・マザー・テープから送り、まえのタイトルにふさわしい音量にしながら録音します。まきもどして聞いてみて、よければさきに進みますが、悪ければやりなおします。このばあいのタイトルと音楽の「間」は、ダビングが全部すんでから、ポーズ調整をすることになります。

つぎは「へいぬりあそび」というタイトルです。これもまえと同じように録音します。それからナレーションにかかりますが、これはことばと音楽が重なりますから、まず音楽を出し、はやすぎず、おそすぎもしないようにことばを出します。

ミキサーは大いそがしです。英語と日本語の声の大きさをそろえなくてはならないし、音楽が高すぎたり低すぎたりしないように声とのつりあいをとらなくてはならないし、その声も音楽もその場その場で波のようにうねっていかなければならないし、効果音までとびこむことがあるのですから、どのミキサーも手が三本か四本あったらなあというのが口ぐせです。

音楽を合わせてみると、セリフ・マザー・テープの「間」がせかせかしていたり、のんびりしすぎているように感じることがあります。このときは、その場で「間」をなおします。

こんなふうにして、場面ごとにダビングが進み、一日に一チャンネルぐらいできあがります。十二チャンネル終わったら、場面と場面の「間」をととのえて、ダビング・マザー・テープのできあがりです。

十二、ラボ・テープ用マザー・テープ

やっと完成した音ができました。でも、これを工場にもっていけば、みなさんの使うラボ・テープがどんどん作れるかというと、そうはいきません。

なぜかと言うと、工場の機械に合わせるために、四分の一インチのはばに一チャンネル、秒速三十八センチのダビング・マザー・テープを、同じはばに二チャンネル、秒速十九センチのラボ・テープ用マザー・テープになおさなければならないからです。

それに、このテープの外側には、あたまとおしりに銀色に光るセンシング・マーカーズというアルミ箔をくっつけます。これがあると、テープがそのところで自動的にまわりはじめたり、とまったりできるのです。

こういう形で、ダビング・マザー・テープから再録音するわけですが、そのさいことばとことば、場面と場面、チャンネルとチャンネルのあいだに音のふぞろいがわずかでもあれば、それをなおします。

ラボ・テープ用マザー・テープは二チャンネルですが、ラボ・テープには十二の録音チャンネルのほかにノート・チャンネルとAUXチャンネルがありますので、合計七本いることになります。

この七本のラボ・テープ用マザー・テープが工場へとどけられ、みなさんのラボ・テープのおかあさんになるのです。

このおかあさんは一万五千本のこども（ラボ・テープ）を生むと、つぎの新しいおかあさんに交代します。

十三、ラボ・テープの誕生

ラボ・テープ工場は、埼玉県比企郡玉川村にあります。あたりには栗の木がたくさんあって、きれいな川が流れています。みなさんのなかにも見学に行った人がいるでしょう。

工場についたラボ・テープ用マザー・テープは、七本がそれぞれ七台の再生機にかけられます。そのそばに十台の録音機があり、ラボ・テープと同じ二分の一インチはばのテープが大きなリールに巻いてかけてあります。マザー・テープは、一秒百五十二センチのはやさでまわります。こどものラボ・テープは半分の七十六センチでまわっています。ラボ機は一秒九・五センチですから、その八ばいのはやさでテープのなかみをおかあさんからもらっているのです。

それに、一本のテープはずいぶん長くて、ラボ・テープ十二本分がつながったままですが、べつの機械がおたがいのさかいを見つけると自動的に切れて、みなさんおなじみの赤いリールに巻きとられるしかけになっています。

これをケースに入れてネジをしめたり、テープの名まえのついたラベルをはったりしてくれるのは、村のおばさんたちです。この工場は空調、防塵設備のととのった、きれいで、かわいい建物です。

さあ、やっとラボ・テープはできあがりました。でも、絵本はいったいどうなったのでしょう。

十四、絵本を作る仕事

じつは、録音がはじまるころから、本作りもいそがしくなっているのです。

絵本を作る仕事は、一さつの本をとじたときのかっこうを考えるところからはじまります。まず、たてとよこの大きさ（版型といいます）を決めます。それから表紙の感じ。おめかしして、すこしすましたような表紙にしようか、ふだん着でさばさばしたような顔をしている表紙にしようかなどと考えます。手ざわりもたいせつです。

それから、ひらいたときの姿。ゆったりしていて、にこやかにほほえみかけてくるようなページをおもいうかべます。それには、文字の形や大きさ、一行にいくつ字をいれるか、一ページに何行いれるか、行と行のあいだをどのくらいあけるか、さらりとした紙か、つやのある紙かなどを決めなければなりません。

こういうことを指定と言います。録音台本ができたら、指定を書きいれて印刷所にわたします。それから、印刷所とラボのあいだをたくさんの紙が何度もいったりきたりするわけですが、これはどんな本を作るときにもおこることなので、説明をはぶきます。

ラボの印刷で、ふつうより変わっていてむずかしいのは、二か国語の文字をならべていることです。活字のタテとヨコのつりあい、組み方の習慣などがちがいますし、印刷所にもそのことばによって得意なものとそうでないものがありますから、なかなかたいへんなのです。

もうひとつの特徴は、文字ことばがテープの音と完全に一致していることです。もしスタジオで録音したとき、台本のことばをすこしでも変えたとしたら、すぐ印刷所のほうも訂正しなければなりません。うっかりしていると、テープと本のことばがちがうということになりかねません。

また絵本ですから、絵のできあがりがとてもたいせつです。ところが原画とそっくり同じに刷ることは、まず不可能です。そこで画家に何度も見ていただいて、どうにか合格にまでこぎつけなければなりません。

もちろん、誤植はいちばんまずいことです。これには、担当者がやせる思いをします。はじめのころは版の保存に紙型を使いました。それで紙型が古くなると、tのヨコボウがなくなったり、Oが切れてCみたいになったりすることがありました。いまはフィルムで保存しますから、そんな心配はなくなりました。

それでも、できたてほやほやの本がインキのにおいもあざやかに机のうえにつまれますと、一さつずつなでたり、だいたりするのは、本を作る人間のいつわらないしぐさなのです。

保存についてひとこと言っておきますと、ダビング・マザー・テープをコピイした予備のテープと、本の印刷のもとになるフィルムは、東京のほか大阪と福岡の二か所に一組ずつ保管してあります。盗難や火災はもちろん、たとえ大震災におそわれても、日本沈没でもおこらないかぎりだいじょうぶにしておこうというわけです。これがないと、原画がなくなったばあい絵本もできないし、とくにテープはもういちど同じ人でそっくりに録音することはまったくできませんから、お金がかかってもそうするよりほかはないと考えています。

十五、おねがい

これで、テープと絵本ができるまでのお話をひととおりしました。あまりややこしくないようにしたつもりですが、それでもごたごたしたところがあったかもしれません。けれども、一本のテープと一さつの本を作るのに、どんなにたくさんの人がどんなに力を合わせなければならないかということは分ったでしょう。

ラボ・テープだけではありません。この世のなかで人間が作りだすものはみんなそうです。一つの物が原材料からわたしたちの家にとどくまでの道すじをくわしく追っていくと、何億もの人間がつながってしまうのではないでしょうか。その物語こそ、ラボの物語だとも言えるのです。

ラボの物語としてのテープ・絵本はまだ数多くありません。できばえも、もっとすばらしくならなければなりません。でも、だれがその仕事を進めていくのでしょう。答は、言わなくても分っていますね。

はじめに、ラボっ子で何もかも作るラボの物語が夢だと言いました。でも、一部のラボっ子で作るのではまだもの足りないですね。びっくりするぐらいたくさんのラボっ子が参加してほしいですね。

どうしたらそうなれるか、いろいろ考えなくちゃならないこともありますが、何といってもたいせつなのは、みなさん自身が今だってラボの物語作りに参加しているのだぞとおもうことでしょう。じかに録音や印刷にふれなくても、物語の制作者になる道はありますよ。

ラボっ子の心のなかにおこる物語の風をみんなの手であつめる。それが自然にテーマ活動に生かされる。そんなパーティがたくさん、たくさんできれば、ラボっ子によるテープ・絵本作りの日がおとずれるのは、そう遠くはないはずです。そのとき、あなたはかぞえきれないほどたくさんの物語制作者のひとりになるのです。
どうぞ、はやくその光景をわたしたちの目のまえに見せてください。おねがいします。

（一九七八年十二月）

物語としての日本神話
大昔の人びとの心は幼児の素直な心に通う

『ひとうちななつ』のときには中部のラボっ子が録音に参加してくれましたが、今度の『国生み』では関西のこどもたちが「スサノオ」の冒頭の歌をうたってくれます。そのオーディションが三月十九日でしたか、行われましたので、大阪へ行きましたついでに奈良へ廻って、太安麻呂《おおのやすまろ》（『古事記』『日本書紀』の編さん者）さんのお墓に詣ってきました。

あのあたりは全村茶畑という感じで、お墓は、陽当りのいい南向きの急斜面の茶畑の中で発見されたのですが、どう見ても幽玄の趣などなく、これは見つかりにくい場所だと思いました。お茶も最近生産過剰気味とかで、この機会に木を植えかえようということになって作業が進められ、七十二歳のおじいさんが古い木をこいでいるときにあのお墓が見つかったということですが、土地の人の話では、たいていはブルドーザーでダーッと古い木を倒してしまうけれども、あんな急斜面では、どうしても人の手で植えかえなければならず、しかもそんな仕事は若い者たちはやろうとしないから、六十、七十の老人の仕事になる。太安麻呂さんの墓も、もし、ブルドーザーが入れるところにあったら一瞬のうちに破壊されて闇から闇に葬り去られていただろうし、また、これが十年も後だったら、鍬一丁かついで面倒な仕事をする人間も絶えてしまって、永久に見つからずじまいだったにちがいない。まったく最後のチャンスにめぐまれたわけで、さすがエライお人だけのことはある――というので、たいへんおもしろいと思いました。

　ちょうど考古学者たちがお墓全体の石こう取りにかかっているところで、傍に白木の墓標が立てられ、その前にさいせん箱も置いてありました（笑）ので、私もなにがしかを投じまして、「このたびはご縁あって〈記紀神話〉を再話することになりました。いろいろご不満もありましょうが、いずれ私も根の国に参りました際には、早速ご挨拶に伺い、お叱りも受けたいと存じますので、当面ごかんべんください」ということで、頭を下げて来たわけです。

芸術化の方向へ

『古事記』『日本書紀』に代表されるわが国の神話を、今、なぜとりあげるかということですが、まず、記紀神話をラボ・テープの系譜に加えることは、だいぶ前からチラチラと考えていたのですが、なかなか難しいものだとも思っていまして、去年でしたか、ある晩夢を見たんです。私がこどもたちを前にして日本の神話を話してきかせているんですね。はは、こういう感じでいけばなんとかなりそうだ、そう思っている私もその夢の中にいまして、早速次の日に、「国生み」の最初の部分に手をつけたわけです。

　神話というのは、いくつもの小さな生活圏で個々に語りつがれてきた〈伝説〉が、生活圏がひろがり、互いに交流することによって――もちろん政治的な力の作用なども受けながら、ある共通性を反映したかたちへと凝固していったものだと考えられます。明らかにフィクションですよという前提のある〈昔話〉と違って、〈伝説〉は、固有名詞をちりばめながら、「古い昔に事実あったこと」として語り伝えられるものですね。

　さて、八世紀の初めになって、わが国の神話が『記』『紀』というかたちでまとめられ、記録にとどめられることになったわけですが、原文をちょっとでもご覧になればすぐにお判りのように、この〝原典〟の段階ですでに神話は一種の〝聖典〟として扱われています。〈神話〉の具合の悪い点は、いったんそこまで凝固してしまうと、そもそもそれらの神話を生みだした風土――生活圏の中へ素直に降りて来にくい、ということがあるのです。記紀神話にしても、その表現形態からして、いわゆる天皇制の正統性を証明するための道具というかたちで後代に伝えられてきている。こうした制度的な考え方をそのまま現代に再現しても、混乱の上に混乱を重ねる結果にしかならないでしょう。

特定の宗教や政治制度と握手することなく、しかも神話の特質である〝聖なるもの〟を損わずに、今、私たちが古代の人びとの感情なり経験なりを自分たちの表現活動の足がかりとしてとらえよう、自分たちのセルフ・アイデンティフィケーションのための共通な手がかりにしよう――とするならば、まず、〈神話〉をフィクションの世界と考えて、凝固したものを再解体しながら、新たなフィクションの世界を作り出していくことが必要ではないかと考えます。

聖書、バイブルはキリスト教の聖典ですが、その神話としての本流はヨーロッパ文化のいたるところに花を咲かせ、文学、美術、音楽その他あらゆる芸術活動にわたって新しい活力を生み出す源になっています。ギリシア神話がルネッサンス運動の核に存在していたことはいうまでもありません。それに較べて、日本神話の芸術化、人間化というようなことは、例えば青木繁が「わだつみのいろこのみや」の絵をかいたとか、いくつかの例はあるにしても、ごく少なかった。断言はできませんが、もしも仮に、本居宣長以降、日本の神話を芸術化していこうという努力がもっとひんぱんになされていたならば、現在の芸術・文化の様相もいくらか違ったものになっていたかもしれませんし、閉塞しているといわれる時代そのものも別の展開を見ていたかもしれない、そういう口惜しさのような思いもあるわけです。

以下に、今回再話しました四つの〈物語〉についてそれぞれ元の〈神話〉との関係に触れたいと思いますが、あるいは「これは古典の一つの〈解釈〉ではないか」という声も出るかもしれません。しかしそれも、右に述べてきたようなことから、自分としてはどうしてもこうなるという解釈――私の表現活動としての世界の一つだということを申し添えておきます。

重なりあう神々

この世の原初を語っている第一話「国生み」の冒頭の部分は……

がらんどうがあった。
大地は、まだなかった。
がらんどうしかないけれど、まんなかはあった。
そのまんなかを見あげると、高いなあという感じがあった。
とうといものがあるぞという感じだった。

……こういう表現になります。ここは、『古事記』では神々の名が固有名詞として出てくるところですが、それらは〈高天原神話〉から神武天皇につながる血統的な説明の指標として受けとられがちですから、イザナキ、イザナミの他は神の名を出したくない――しかもなおかつこれらの神の名にこめられた〝神聖性〟を失わないように、例えばアメノミナカヌシノカミは「まんなか」の感じ、タカミムスヒノカミは「高いなあ」という感じ、カミムスヒノカミならば「尊いもの」の感じと、それぞれ本質的感情の表出と捉えることにしました。

ここでひとつ注目しておきたいのは、「国生み」は〝国土創成〟の物語であって、旧約聖書の〝天地創造〟とは異なる性質のものだということです。その意味からも、「大地は、」の読点は重要です。声に出して語る際にこの読点を意識するとしないでは、このあとの流れが一変してしまいます。語りの苦労といえば、「高いなあ」も難しい。宝石店のショーウィンドーをのぞいてびっくりたまげるような調子にならないよう希望しています。(笑)

さて、イザナキ――〝誘う男〟とイザナミ、二柱の神が誕生します。日本神話の特長は、神々がすべて〝対《つい》〟をなしていることで、以下につぎつぎと生まれてくる神々もみな、男と女のペアで登場します。これは記紀神話に限らず、沖縄などの神話でも同じなのです。しかも、唯一神をもたないわけですから、ここで固有名詞を明らかにしてあるイザナキとイザナミのそのまた奥には、別の神々が存在する〝感じ〟がありますね。例えばふたりの目の前に降りてくる〝矛《ほこ》〟は、いったい誰が降ろしたのだろうという疑問が出てきませんか。原典に拠るなら、それこそ高天原の神々だということになりましょうが、イザナキ、イザナミの向うに重なりあう神々の姿は、ここでは……

大きな声がした。

……の一行で屹立させてあります。日本神話だからこそこういう表現が可能なわけで、これが例えば中国の、天帝のしろしめす天界の神話ですと、こうはいきません。

ふたりの神の天空での足場は、天《あめ》の浮橋。これが何を意味するかは諸説ありますが、ここでは〝虹〟説を採用しています。また、天矛の本質は〝光〟と考えました。

テストテープをお聞きになったあるテューターが、「なかなか地上という世界が生まれないんですね」とおっしゃいましたが、地上はともかく、人間が誕生するのははるかあとになります。この第一話「国生み」に描かれている世界は、虹とか光とかが出てきますけれども、やはり全体としては〝抽象〟の世界でしょう。混沌としたところから何かが生じようとする動き、それを表現しようとすれば抽象にならざるを得ません。したがって、今度のテープの絵本も高松次郎氏の抽象画で飾られます。

物語は次第に悲劇性を帯び、イザナキ、イザナミの離別がやってまいります。人間はまだ生まれませんが、別れは人間的な感情に強く訴えてきますので、イザナキ、イザナミが〝火の神〟を生み、息たえていく場面では、やがて人間が生まれてくるのだ、人間が生きていくために必要なものを用意したのちにイザナミが根の国（地下の国）へ向うことを明らかにしてあります。

地下の国での場に移って、すでに〈地母〉または〈原母〉としての力をふるいはじめたイザナミとオルフェ＝イザナキとのやりとりも、こどもたちから「なぜ女が殺して男が生むのか」という質問が出たりするでしょうが、地母神イザナミの「殺してやる」という否定的な宣言こそが地上の人間の〈生〉を支えているという考え方が端的に表現されているところです。こういうふうに日本人が昔から持っている考え方や心情がおおいに反映されている「国生み」は私たちが空間とか時間とかについて考え直すきっかけになる物語だといえるでしょう。

放浪が罪を清める

イザナキの息子スサノオの物語には、〝額縁〟をつけました。スサノオ神話が成立した時期については、姉神のいる空の国で田のあぜをこわすなどの乱暴ろうぜきをはたらくエピソードから、農耕がはじまっている縄文後期以降であろうと推定されるわけですが、現代のこどもと、この人間くさい太古の神とのつながりを、物語自体が時の流れにのっているかたちをとることで確めることができるのではないかと考えたからです。

冒頭に、十二世紀に編まれた『梁塵秘抄』の中の今様《いまよう》（当時のはやりうた）を置き、これをうたって遊ぶこどもたちを配し、その子たちのおばあさんがスサノオの旅の物語をいろりばたで話してきかせ、おしまいは「まるい月のかがやく」霜月まつりの夜――こういう構成です。

「舞へ舞へかたつぶり」のメロディは、青森県八戸地方の民謡に残っている催馬楽《さいばら》の旋律に準拠して、おなじみ間宮芳生氏が作曲しました。霜月まつりというのは、今も南信州の遠山郷から三河にかけて行われている〈花まつり〉が代表的です。スサノオを祀るものではないのですが、後に述べる理由で、ここでは、そのまつりでの〝となえごと〟を二つ

――もともとは別のもので、つながってはいないのですが――採用しました。

スサノオは、厳密にはハヤスサノオと呼ばれていますが、もとの名はハヤサスラオだとする説があることからも察せられるように、さすらう、放浪する神です。大自然の脅威、暴風雨や火山爆発（寺田寅彦の説）を反映しながら、母神イザナミの住む根の国を憧れてここかしこと暴れまわる。みんなから〝厄病神〟と厭われて、どこまでもさまよいつづけ、ついに出雲の国へたどりつき、ヤマタノオロチを退治したのち、アシナヅチとテナヅチの娘クシイナダと結婚するわけですが、これは要するにスサノオが地上の王となったことを意味しています。

この物語は、世界の他の神話にもいろいろ呼応するところがありまして、「鉄さび色の血」という形容で鉄器文化のシンボルであることを示しておいたヤマタノオロチは、ギリシア神話のペルセウスが退治するメドゥサさながらですし、お茶をすすりながら語るおばあさんのことばの中に「スサノオは……人間のわざわいを遠いこの世のはてのそのむこうまで持っていってくださる」という素朴な信仰の心を置いたのは、スサノオの負う罪業がキリストの〝原罪〟と不思議に通いあうところがあると思われるからです。スサノオの対神は、陰暦六月の大祓《おおはらい》の祝詞に出てくるハヤサスラヒメだと考えられますが、人びとが雛人形や七夕の笹にことよせて流す罪やけがれを一手にひきうけてのみつくしてくれるこの女神の役割は、男神スサノオにも課せられているようです。〝放浪によって清められる〟という考え方は、四国遍路や西行・芭蕉の世界にまでつながっています。

若者と女たちと

スサノオは、地下の根の国の支配者でもあります。第三話では、オオクニヌシという〝少年〟がさまざまの試練の末にスサノオの娘スセリヒメと結婚して「大きな国のあるじ」となる過程をとりあげました。この物語にも古代の人たちのものの見方・習俗がさまざまなエピソードの中に積み重なっていますが、今いいました数々の〝試練〟が、こどもがおとなになるにあたって通過しなければならない関門であるとする考え方は、ひとつの大きな主題になりうると思います。少年から若者へと成長した主人公には、さらに根の国＝死の世界を体験するという関所も待ちかまえています。〝起死回生〟の思想の典型ともいえましょうか。

有名な白ウサギのサメ渡り説話は、やはりわが国ばかりでなく各地に似たような話がたくさんあって、記紀神話の例は高句麗《こうくり》王朝始祖が夫余人に追われた折に魚たちに助けられたという伝説を反映しているという説もあります。日本には生息していない〝白〟ウサギが登場するのは、イナ（稲）バの国との関連で米の白さを意味し、皮をはがれた上に海の水を浴びて苦しむウサギの姿はその昔潮害と戦わねばならなかった農民の日々に重なります。

まっ赤に焼けた石を抱いて倒れたオオクニヌシを助けるキサガイヒメ、ウムガイヒメ――青木繁もこの日本版ヴィーナス誕生の場面を描いていますが、空から貝が降りてくるイメージはすばらしい。そして少年をいたわる母神や蛇の部屋でふしぎなヒレを手渡すスセリヒメなどとあわせ、「やさしい手をさしのべる女たち」の物語とも読めるように思いますが、テューターの皆さん、いかがでしょうか。（笑）

さらに強烈な〝女の物語〟は、じつは第四話の「わだつみのいろこのみや」で省略した部分にあるわけです。海幸彦の釣り針を海にとられた山幸彦が〝いろこの宮〟すなわち富を象徴するカワラぶきの海のやかたを訪れ、海の王の娘トヨタマヒメとともに暮すことになりますが、もとの話ではヒメは山幸彦の子を宿し、出産にあたっては〝覗き見厳禁〟ということで産小屋に篭りますね。子を生むとき、女はその本性にたち返る。タブーを犯して山幸彦が見てしまったヒメの姿は、ものすごいものだったでしょう。ちょっとショックが大きすぎるように思われますし、そして生まれたのがウガヤフキアエズと呼ばれる神で、神話もこのあたりまでくると最初に申しました〝政治的時代〟に近づいてきますので、思いきって割愛し、トヨタマヒメの女心のみを和歌一首に托すことにしました。

なお、この物語は『日本書紀』でももっとも〈異文〉の多い話で、とうていオリジナルを特定するようなことができません。したがって、ラボの物語としてはこうでありたいという表現であると同時にいくつもの表現の可能性があることは認めたいと考えます。

私は、記紀神話のいくつかは実際に〝演じられた〞のであろうと思わずにはいられないのですが、ラボのこどもたちがどのように古代の世界と往き来し、神話を自分たちの物語として再生していくのか、じつに楽しみです。その際、とくに幼ない子たちが、ヤマタノオロチ退治やサメの背を渡る白ウサギのシーンを一個のテーマとして表現する機会があってもよいと考えます。なぜなら、それらは物語の〝断片〞ではないのですから。

自分の神話を創る

日本なら日本という一つの民族が自分たちの神話を持つに至る土壌というようなことを考えてみる上に、おもしろい話があります。インドネシアにセレベスという島がありますが、この島に、天地開闢《かいびゃく》以来の出来事をすべて記憶していると称する人がいるそうです。で、調査に携わった人がいろいろたしかめてみますと、なんと、自分からさかのぼること五代で、もう天地創造に戻ってしまうらしい。（笑）お笑いになりますが、五代昔というのは、やはり相当に茫漠たる時の流れの果てなのですね。数えれば三十二人の自分の祖先を、一々はっきりと記憶している人は、まずいないでしょう。自分を中心に据えれば前後五代は視野に入るのですけれども、自分までの五代は、はるかに遠く長いものとして受けとめられる。

〈時間〉に対するこのような感じ方がある一方で、例えば幼ないこどもたちが現代のテクノロジーで塗りかためられた生活の中にさえ、ある柔かな世界をつくり出して自己の在りようを確かめようとしている姿を見ます。自動車と飛行機は同じガソリンというごはんを食べるのに、どうして自動車は空を飛べないのだろう、いや本当は夜こっそりと飛ぶ練習をしてるらしいよ、などと、自分なりの神話世界を持とうとする。それが幼児の特権なのかもしれませんが、それを仮に一つの民族の歴史の中で考えますと、ある民族の〈幼年時代〉の感情なり経験なりが、まさにその時代が過ぎ去ろうとするときにあたってかたちとなり、記憶されるもの――それを〈神話〉と呼ぶことができるのではないでしょうか。

（一九七九年三月二十七日）

第二部

［講演記録］

人間は「物語的存在」

――『ロミオとジュリエット』『国生み』、狂言をめぐって

恋の「元素形態」を書くことに賭けたシェイクスピア

――『ロミオとジュリエット』をめぐって

私が中心となってラボ・パーティ用物語テープを作り始めてから、ちょうどまる七年が経ちました。そして今、ようやくシェイクスピアに辿りつくことができましたね。「ラボ」という言葉を発するときに、共同の思いや夢を抱く全ての人間、すなわち私たち事務局とラボ・テューターのみならずその向こうに見えている子どもたちや、母親、父親等を含めた全体にとって、ラボのシェイクスピアができたということは何よりの慶事であり、みんなでお祝いしていいことではないでしょうか。

大げさに言えば、爆竹を鳴らしたり、子どもたちが行進したり、打楽器を打ち振ったりして（笑）、この一本のラボ・テープを迎えてもいいのかもしれませんね。本日は、まあ、そういう気持ちで、ここに来ています。そういう気持ちで私の話をお聴きいただきたいと願っています。

ところで、シェイクスピアについて話すということは誰にとっても大変という思いがまずはよぎるはず。この場にもシェイクスピアを卒論にとり上げたという方がいらっしゃるだろうし、一方では名前はよく知っているけれども、あまりまともに読んだことはないという方もあるかもしれません。ですからどういう話をすればいいかという物差しがちょっと難しいのですけれども、ラボの中高生という存在が私には具体的にありますから、テューターの皆さんは勿論のこと中高生もこれくらいはだいたい知っていていいし、ラボのなかで『ロミオとジュリエット』という物語を演っていく格別な意味がそれとなくわかるというふうな話を今日はしたいと思います。

近代の文学、演劇の最初の松明をかかげたシェイクスピア

シェイクスピアが生まれたのは一五六四年で、死んだのは一六一六年です。なのでその人生は五十二年ということになります。一六一六年といえば徳川家康が死んだ年で、その前年に大坂夏の陣で豊臣氏が滅びます。ではシェイクスピアが生まれた頃の日本はどうだったか。まだ織田信長が天下をとってはおらず戦国時代末期という時代状況でした。

そういうときにイギリスの、England の真ん中あたりにあるストラトフォードという小さな町にシェイクスピアが生まれたのです。父親はあまりたいした人物ではなかったようで、その町ではちょっとした有力者になったこともあったが、たちまち没落したとのこと。そしてシェイクスピアは十八歳のときに、八歳年上の女性と結婚するのですが、その後しばらく消息がわからなくなる。それでも二十代後半に突然ロンドンに姿を現して、へっぽこ俳優として活動したらしくシェイクスピアの名が記録に残っています。ただし俳優としてはへっぽこなのですが、当時すでに詩人としての才能はかなり認められていたようです。その上で、やはり彼の名前がひじょうに決定的になると同時に、今私たちが彼の名を記憶する、そういう作品が現れてくるのは、一五九四、五年という時期です。その時期に『ロミオとジュリエット』も書かれたと推定されています。

で、その頃の日本では天草でキリシタンの『イソップ物語』や『平家物語』の活字本のようなものが初めて印刷されたりして、ようやく世界がアメリカ、ヨーロッパ、インド、中国、日本というふうに一つのサークルを形成した、そういう時期でもあります。

イギリスでは、エリザベス一世が女王になっています（一五五八〜一六〇三年）。エリザベス一世が即位したのは、シェイクスピアが生まれるちょっと前だったわけですね。このエリザベスの時代はイギリスが世界帝国になっていく上でたくさんの出来事があったわけですが、シェイクスピアとの関連で特に着目すべきは一五八八年に当時海上帝国を築いてひじょうに栄えていたスペインの無敵艦隊をイギリス艦隊が海戦で撃破したことであり、以後三百年も続く世界制覇の海上帝国の基礎をつくったことです。

その当時、イギリスが世界に覇を唱えたということ、

これはやはりシェイクスピア劇が生まれてくる大きな動機になったと思います。なぜなら、それによってイギリス国民の自信は強まり、以後これまで過去にあったギリシア、ローマ帝国等の歴史を、本当にひき継いで、再びあのような大帝国を建設していくのは自分たちであるという自負のもとに世界全体の征服に乗り出していくわけですから。勿論後にオランダ、フランス等と激しく争いますが、いずれにせよ当時の世界全体がイギリス、とくにロンドンという街が発するエネルギーで激しく動いたのです。

この頃から三百年近くにもわたってイギリスという一つの国家が「外へ、海へ」という強烈な意思を持ち続けた。そしてその熱気がイギリス社会全体に、ひじょうに様々の活気や変化をもたらす。そうした社会の雰囲気というものをギュッとレモンを絞るように絞り出したのがシェイクスピアというわけです。

で、シェイクスピアは約二十数年間劇作をやると、ふっと止めてしまうわけですが、しかし、その間に残した作品群は圧倒的な質量で、比類なき光を放っています。近代文学の始まりというものを考える場合に、その最初の狼煙を上げたのは誰かというふうに問われたら、ドイツ人はゲーテ、シラーを挙げたり、ロシア人はプーシキンを言ったりするかもしれませんが、しかし全世界的に見た場合、演劇を含む近代のポエジー、文学の世界に最初の松明をかかげたのがシェイクスピアであることは、これはどうしようもない事実でしょう。しかもそれは、相当巨大な松明です。

物語をわずか五日間の話に凝縮

で、そのシェイクスピアの四大悲劇といえば、『ハムレット』『リア王』『マクベス』『オセロ』ですが、これらは、彼の四十歳前後に書かれたようです。それに対して、劇作品として初期段階に書かれたものの最高傑作の一つが、『ロミオとジュリエット』というわけです。ところで『ロミオとジュリエット』の元になった話は、シェイクスピア以前のずうっと前から幾つかあるのですが、それらをシェイクスピアはありあまる才能で縦横無尽に換骨奪胎して自分の作品に作り変えたのです。その大元になった話は、どうも紀元前からあるようですが、いわゆるイタリアのヴェロナの町で二つの名家があって、それが互いにいがみあっているうちに、その息子と娘が恋に落ちるという物語の構成は、まずイタリアで生まれるわけです。イタリアで生まれて、それも一人ではなく何人かの作があって、それがいつの間にかイギリスに伝わって、イギリスでシェイクスピアが生まれる頃には、イギリス流の一種の翻案といいますか、そういうものが出ています。だから、ちっとも珍しい話ではなかった。その意味では、日本のたとえば近松門左衛門（シェイクスピアより半世紀ほど遅れて活躍しますが、巨視的にいえばほぼ同時代と言ってもいいでしょう）の『曽根崎心中』のような、その前に実際起こったホットな事件を題材にして書いた作品とは違います。

ただし、勿論それまでの「ロミオとジュリエット」に対して、シェイクスピアが大胆に変えているところが多々あります。その中でいちばん重要なところは、それまでの話だとロミオとジュリエットが好き合ってから死ぬまで延々と何か月もかかるのですが、それを、シェイクスピアは「えいッ！」と縮めてしまったのです。どれだけ縮めたかというと、恋に落ちてから死ぬまでを四日間にしてしまった。その後の話も少しありますが、それを含めても五日間でしかない。

まず、ロミオとジュリエットが舞踏会で知り合ったのは日曜日ですね。それでその夜にはもうロミオはジュリエットの屋敷に忍び込んでいって、そこでバルコニーのシーンがあります。そしてそこでもう「結婚しよう」ということになりまして、その日の夜が明けると教会で結婚式をあげてしまう。ところが、その直後から運命は暗転し、あれこれ悲劇的な急展開があって水曜日までには二人とも死んでしまうわけです。それで夜明けごろになって発見され、両親も駆けつけてきて、いくらか後話があって、それを入れても木曜朝までの話なのであり、たった五日間の話に凝縮しちゃったわけです。これはものすごく重大な変更だったと言わねばなりません。

ではなぜ、そんな重大な変更を行なったのか、あるいはまたそれがなぜ可能になったのか。これには当時の劇場形態も大きく影響しています。

今の我々が知っている劇場とはかなり違うわけです。いわゆる「エリザベス劇場」といわれたエリザベス王朝時代の劇場で、諸事情から八十年間くらいしかこの世に実在しなかったのですが、どんな劇場だったかというと、これがなかなか面白い劇場なのです。あまり大きくありません。一辺が二十五メートルくらいの四角形、あるいは円形、六角形、八角形でした。外壁は桟敷になっていて、およそ十五メートル四方の舞台の三方は平土間になっていた。舞台は観客席に突き出した前舞台と、開け閉めのできる後舞台、さらにその二階のようになっている高舞台（あの有名なバルコニーシーンもこの二階があるから立体的に表現できたわけです）の三つから成っていて屋根は高舞台にだけついていた。前舞台には幕はないから役者が出てきたら劇の始まりで、ぐるっと回って退場したら場面が変わるというふうに観客が想像力を働かせながら観ていたのです。したがって三つの舞台を好きなように使いこなして、めまぐるしく場面を変えていくことも可能だったのです。また劇場が大きくなかったので声もよく通り、観客はセリフを楽しむことができました。シェイクスピア劇はこういう劇場で公演されていたということは知っておいた方がいいでしょうね。

それから当時のイギリスには女優がいません。一人もいなかった。だからジュリエットは男が演っていたのです。声変わりのしていない少年俳優、声変わりしたらもうだめです。声変わりがする前のやはり美少年が演じていたはず。で、ある人間があるときベニスに行きまして、ベニスでは本物の女が「女」を演じているのを見てびっくりして帰って、ロンドンで報告すると、ロンドンでその噂で持ちきりになって「ベニスに行くと本物の女が女役を演っているんだって」(笑)と大騒ぎになったらしい。

物語の主題は、恋の「元素形態」

さて、その上で、『ロミオとジュリエット』という芝居そのものをどこで評価するかという問題ですけれども、恋愛物語というのはこれはもちろん人類とともに古いわけだから傑作といわれる作品もたくさんありますね。そのなかで、とくにこの『ロミオとジュリエット』が、その傑作群のなかでも他のものとは混じることなく独自の存在理由を主張しているというのは、どういうことなのか。

それについては多々意見があるでしょうが、私の考えでは、恋愛というものを描く場合に、たとえば初恋とか老いらくの恋、不倫の恋とか人種を超えた恋とか、色んな意味で困難な条件や障壁とのぶつかり合いがあってもそこを越えて成就をめざすのが恋愛物語の主題ということから、『ロミオとジュリエット』の場合も、モンタギュー家とキャピュレット家との間の、家と家との確執を越えて一組の少年少女が愛し合ったということに重点をおいて、そこが『ロミオとジュリエット』だと言う人があると思いますが、私はそれは違うと考えています。

そういう物語ならいくらでもあるわけです。つまり親同士が憎み合っていて障壁があって越えられないのを、にもかかわらず互いに愛し合ってしまい、そこから悲劇が誕生する。それがメインサブジェクトであるのなら、そんな話はいくらでもある。『ロミオとジュリエット』の主題はそうじゃないと私は思います。

つまり、恋愛の姿、かたちを本質的に考えてみると、そういう外側からの圧力、一種の外的条件による邪魔だてがどんなに強かろうが、それはあくまでも外的条件にすぎない。当事者本人にしてみればどうってことないことなのです。

そういう外側からの圧力についていえば、ロミオとジュリエットの場合は、モンタギュー家とキャピュレット家の確執ということなのですけれども、しかし、それだと実につまらない、平凡な物語でしかないじゃないかということになる。シェイクスピアが書こうとしたのは、そこではないですね。彼が書こうとしたのは、恋心というものがパーッと何か張り詰めたようであるときの状態はどういうものかということを書こうとしたのだと思うのです。外的条件の困難というのは全体の物語を運ぶためのちょっとした付属物にすぎない。

「資本主義社会における富の元素形態は消費である」というのは、かの有名なマルクス『資本論』の一節ですが、その言わんとする内容はここではどうでもいいことにして、この「元素形態」という言葉を使ってみたいのです。ここに「恋の」って付けるのです（笑）。「恋の元素形態」とは、そもそもいかなるものかというふうに。つまり人間の心が「好き！」と言ってバッと燃えたときの、その炎の様は如何ということを書いてみようということではなかったかと思うのです。

だからこそ『ロミオとジュリエット』は、他のさまざまな恋物語、その中には大傑作も多々あるのですが。その大傑作の中でも、この『ロミオとジュリエット』はひと味もふた味も違うのだが、そのワケは何かということです。

それは、いかなる恋も恋と名の付く恋はすべて悉くこのようにして燃えるものであるということを『ロミオとジュリエット』という作品を通して、その主人公の人物像、社会環境を描くことを通して表現してみたかったということです。

つまり、もっと簡単に言えば、恋そのものの様を描いたのです。だから『ロミオとジュリエット』という名を聞くと、洋の東西南北を問わず、誰しもが「は〜（※溜息）」と、何かしら思い当たる気持ちがするわけです（笑）。

これが『伯爵夫人の恋』とかだと「私は伯爵夫人じゃないしー」とか距離ができたり、『チャタレイ夫人の恋人』といっても、「私は別にあのようになってみたいとは思わない」というようなことがあったりするかもしれませんが、『ロミオとジュリエット』はそうではない。どのような恋も、もしそれが恋と名の付くものであるならば、こんな色をしていますよ、こんな燃え方をしますよ、そしてこのように消えていきますよというふうに恋の中にあるユニヴァーサルな起承転結というものを描いているところが普遍的なのです。そしてドラマとしては、もう最初に二人が出会った瞬間からバァーッと燃え上がってお互い少しは苦しむけれども、しかしスーッとどんどんどんどん進んで行くわけです。そして二人ともあっという間に死んでしまう。二人が仮面舞踏会で出会ったときを真っ赤な色だとすれば、バルコニーシーンでオレンジ色になって、ロミオが追放されてマントバへ去っていく別れの場面はグリーン、そして最後に二人が命を断つ場面はブルーというふうに、まさに暖色から寒色に向かって一直線に突き進んでいくのです。そして、それで終わり。何かシュワッーという感じで終わってしまい（笑）、そこが『ロミオとジュリエット』のすごくいいところなのです。

さらに言えば、全体に色合いが非常に透明なのです。ブルーの死の世界でも透きとおったブルーで、色が濁っていない。この色彩あふれる透明感こそが『ロミオとジュリエット』をあまたの恋物語のなかでひと際鮮やかにしているところです。

そしてそこに、さっきも言った「恋の元素形態」というもの、つまり恋心というものが本当に風を孕んでパァーっと張った帆のようにモンタギュー、キャピュレットの両家の確執という断層に沿ってサァーッと流れ去っていくわけですね。もう帆が膨らんだ途端に、下降することが運命づけられていて、どんどん下って行って、パッと死ぬ。悲劇的結末になるわけです。そしてその後に、なにか滔々たる人間の愛の流れが、ひとつの瀑布というか滝みたいになって滔々と流れ落ちていっている。同時に「そのなかのある一つの雫であったのだな、この物語は」というふうに感じざるをえなくなる。その声が、できれば聞きとれる感受性をもちたいものですね。

今は、子どもたちにとって軍国主義の時代よりも暗い

ここで質問一つ。「このように若い男女二人が出会って、すぐに結果として心中みたいに死んでしまう話をラボではどうして小さい子どもたちに、素晴らしい物語だとして与えるのか」といった疑問をもっている父母もいるようなのですが、今日の講演もうけて手短かに答えるとすれば、どう言えばいいでしょうか（笑）。

なるほど、この物語は「心中もの」（笑）ととらえるお母さんもいるわけですね。うちの子が天城山心中みたくなったらどうしよう、ラボは何を考えているのか、というわけでしょうが、でもそこにはポイントはありません。つまり、これは男と女の愛というものの質と量、「恋の元素形態」、あるいは愛の原形質がどういうものであり、どういう色をして、どのように燃えるか、という問題について本質的に考える素材にもなる物語ですから、その答え方は皆さんにお任せしますけれども、一点外してほしくないのは、「このテープはとくにお母さんのために作られたものです」と明言して、まず母親が愛の問題に対して自分の経験そのものはいかようにもあれ、自分自身の心を純粋にして考えた場合どう言えるかを考えてほしいと伝えてはどうでしょうか。

それから、「小さな子どもには向きませんね。うちの子はネンネだから二十歳くらいになったら聞かせればいいのでは」というようなことを言う人もいると思いますけれども、最近の子どもが読んでいる本をみると、ポルノというのは、大人の世界の問題は通り越しましたね。で、もうハイティーンの問題でもなく、今はもう小学生ポルノの時代です。そういうものに対してラボは、ラボ・テープというのは、子どもたちに与えることのできる最上の贈り物、プレゼントだと考えていいと思うのです。今の子どもたちに、小学ポルノに対して何をラボは与えるのかという点が、はっきり言ってやはりある。小学ポルノの世界というのは、一方ではものすごい受験体制の世界と向き合っています。「受験地獄」などという言葉は、今や小学生が使う言葉でしょう。

こういう現状は、昭和十年代の軍国主義の時代と比べてどうかというと、私の感じでは、今の十代の方が軍国主義の頃の十代よりはるかに暗いです。たしかに軍国主義は生命の生贄を要求したけれども、しかし死ねば護国の神となった。戦車一台ぶんどって敵兵を四、五人捕虜にすれば、それが二十二、三歳の人間であっても、感謝状をもらったり勲章をもらったり、そこにあるひとつのヒロイックな感情を満たす可能性があるかの如くに見えたのですよ。

しかし、今はどうですか？　あの頃より比較にならないほど暗い。それでも「現在は平和だから、今の子どもは幸せだ」などと思っている大人がいるとしたら、それはもう間違いなく子どもからぶっ倒されますよ。だいたい子どもたち自身にとっては、そんなことはどうでもいいことで、軍国主義華やかなりし頃は、小学校五、六年生というのは芋作りかなんかに行ったりして、けっこう楽しかったし、燦々たる陽の光の下で汗を流して働いて、軍歌を歌って帰ってくればよかったのです。今はそれだけの開放性すらもないということを、一方で真剣に考えるべきなのです。そういう暗さのあるところには、かならずポルノがあるのですから。

ところで、ポルノの話とは関係ありませんが、再話する上で、ちょっと工夫を凝らした箇所を一つ。それは第一幕で、ロミオが仮装して巡礼の姿でジュリエットのそばに行って、聖女にみたてたジュリエットと気の利いた会話をお互いに交わしながら、それとなく探りを入れていく場面で、巡礼と聖女が「手に手を重ねる」とあるところ。

ここは原作ではキスを交わすわけですけれども、ラボ・テープでキスを入れるかどうか、だいぶ考えましたけれども、熟慮の上でやはりここは手を合わせてということの方が、衛生的でもありベターだろうと（笑）ということで、そうしてあります。

再話した日本語版をもとに読み合わせ

さて、ここらでテープそのものを少し聴いてもらいましょう。原作の詩劇としてのリズムと味わいを活かしながら私が再話した『ロミオとジュリエット』です。まずはプロローグのコーラスと、エピローグのコーラスから。

（プロローグ）

昔、ヴェロナの町に、こよなく富み栄えたふたつの家があり、もつれにもつれた恨みの糸をとくよしもなく、たがいにいがみあっておりました。この両家の跡とりどうしが、あろうことか恋に落ち、年端もゆかぬ分別では、思案にあまる深みにはまってしまいました。ときは夏、イタリアの青い空のもと、ふたりの物語がはじまるかと思うや、稲妻のように駆けさったのは、わずか四日のことだったといいます。

（エピローグ）

もの悲しく静かな朝がヴェロナの町に明けました。でも太陽は雲間から顔をのぞかせもしません。この世に哀れな物語は降るほどあるけれど、ロミオとジュリエットの悲恋をしのぐものがありましょうか。ふたりは思い思われつつも、愛をいだく者は生きねばならぬとさとることができませんでした。たがいにへだてられては苦しみに耐えられず、高々と燃える恋の炎のかげで、希望の潮はみるみる引いていったのです。

では、次は第二幕の有名なバルコニーのシーンを実際に声に出してやってみましょう。ロミオとジュリエット役は皆さんの中から指名された方にそれぞれやってもらって、この場面のシメの「ジュリエットお嬢さま」(乳母)は、私が言いますから(笑)。


「おや、むこうの窓からもれてくるあかりはなんだろう。あの方角は東、するとジュリエットは太陽だ。昇れ、美しい太陽よ。蒼ざめた月も、満天の星もぼくにはもう用はない」

「ああ、あ、どうしたらいいの」

「あのひとの声だ」

「ロミオ、ああロミオ、このロミオということばはなあに。名前よ、ただの名前。でもそれを聞けば歌があふれ、鈴の音が響いてくるわ。これまでの物思いなんて絵そらごとでしかなかったとつくづく思いしらされる名前なの。ロミオ、口にするだけで、身も心もとけてしまう……」

○○さん、ちょっとつっかえましたね(笑)。あのねえ、ちょっと状況をよくつかめてないんだな。気分が全然ってませんね。ロミオはジュリエットの屋敷に忍び込んできて、まだどこにジュリエットがいるやら、なんにもわからない状況なんですよ。漆黒のイタリアのヴェロナの、しかもお城みたいに大きな屋敷の闇ですよ。その木の下から闇をずっと透かして見たら、ふっと向こうに灯りが見えたというわけでしょう。それをただ「おや」なんて言ってもねえ(笑)。それじゃまるで、なんか、おばあちゃんがたまたま訪ねてきた孫の顔を見たときみたいじゃないですか(笑)。

それとジュリエットのこのいちばん最初の「ロミオ、ああロミオ」もただ「ロミオ」なんて言っても、それはダメなの。この「ロミオ、ロミオ」と言うときには、英語の発音は気にしなくていい。アクセントなんてどうでもいいので、何よりもやはり自分の心がバーっと弾けるようにいわなくては。

「あのひとの声だ」も、声を潜めて言いますよね。だって、見つかったらやばいんですから。では、次に行ってみましょう。○○さんがロミオで、○○さんがジュリエット役ということで。


(先ほどの再話原文からの続き)

「あの方がモンタギューだなんて耳をふさぎたくなるその名。わたしの恋が、苦しみにも涙にもくじけませんように。ねえ、モンタギューがキャピュレットを好きになってもいいんでしょう。だってわたしはキャピュレットでモンタギューを愛しているのですもの」

「こんなことがあっていいものだろうか。この身をつねりたくなる。でも本当だ」

「わたしの胸のうちをお月さまにうち明け、思いのたけをお月さまに送りとどけたいわ。きっとわたしの切ない気持ちをわかって、あの方のところへ照りかえしてくださるはず」

「もう届いています」

「わたしたちの間には、憎しみの壁が高く、高く築かれてしまっているのだわ」

「そんなもの、とび越えてみせます。あなたの父上の屋敷をとりまいている石垣だって、なんなく越えてきたこのぼくだ」

「空にかかるお日さま、お月さまならば、憎しみにかこまれているこの愛がどんなに暗く心細いかを見とおしてくださるでしょうに。ほかのだれがあの方に、この真実を伝えてくれるというの」

「ぼくはここです。すっかり聞きました」

「だれ、そこにいるのは。あなたなの、いとこのおにいさま」

「いとこですって。さっきはもっとうれしい呼びかたをしてくれたのに。続けてください。ぼくの名前が障りになるなら、このいやな名前を破りすてて、別の名前にかえましょう」

「ロミオ、ロミオなの」

「ここへきて、ナイチンゲールのようなあなたの声に聞きほれていました。このはずんだ胸に、あなたのひと言ひと言を刻みつけておきたいのです」

「なんてことをなさるの。さあ、早く、どこかに隠れて。家の者に見つかれば、殺されてしまいますわ」

「いやです。天上に遊んでいるかのようなこのまぼろしは、なにものにもかえられません。いつまでもこのまま、夢にひたらせてください。この夢は正夢ですから」

「ええ、夢が本当になることもありますのね。あなたがそこにいらして、こうしてお話ができるんですもの。きっとわたしのことを、はしたないとお思いでしょうね。でも、一度口走ったことを反古にしたくはありませんわ。わたし、だれもいないと思いこんでいましたの」

「いや、もっと話してください。ぼくはここにいないことにしましょう。そう、ロミオはここにはいません」

「うそ、ちゃんといらっしゃるわ。でも、どうやってここへいらしたの。果樹園の石垣は高いし、屋敷のなかもまるきりご存知ないのに」

「あんな石垣は恋の翼でひとっとび、ここへは、あかあかと燃える恋のたいまつをかざしながらやってきたのです。いくらあなたのお身内でも、ひたむきな恋の行く手をさえぎるなんて、できませんよ」

「おわかりになって。あのひとたち、こんなところであなたを見つけたら生かしてはおきません」

「剣の林よりも、あなたのきらきらする黒いひとみのほうがよっぽど気がかりです。あなたが、こよなくやさしいまなざしを注いでさえくだされば、この世にこわいものはありません。それにしても、そこへ登っていくのに、なにか思案はありませんか。こんなに高いバルコニーのそばには、リンゴの木の一本ぐらい、気を利かせて立っていてくれてもよさそうなものだ。がっしりしたカシの木なら、なおさらいい」

「ああ、なにもかも急に運びすぎて、そらおそろしい気がするわ。わたしのばかなおしゃべりをおもしろがって、からかおうとなさっているのね。この闇のおかげで、赤くなっているのをお見せしなくてもすむけど」

「からかうですって。あなたがおっしゃるどんなものの名にかけても、この愛にいつわりはないと誓います。金にかがやくあの月にかけても」

「だめよ、月はおやめになって。夜毎に形をかえる浮気者ですわ」

「じゃ、なんに誓いましょう、なにがお気に召すのです」

「誓いなどいりません。非の打ちどころないご自身をそっくりかけてお誓いにならないのでしたら、恋人のたてる誓いなんか、ゼウスもまじめには相手にされないといいますわ」

雁の乳母「ジュリエットお嬢さま」（場内爆笑）

大変よくできましたですねえ、お二人とも。でも、じっと目をつぶって聴いていると、病院の中庭みたいなのが浮かび上がってきましてね、糖尿病の患者と腎臓炎の患者が互いに真面目に愛を打ち明け合っているみたいでしたよ（笑）。「お互いにしっかり療養しましょうね」と約束し合っている（笑）。

この場面で、いちばん大事なことは、ジュリエットが泣いて哀調を帯びたりしないようにすること。つまりジュリエットはどんな場合にも哀調を帯びるような女の子じゃないんです。無論「いま悲しい」というときもあるけれど、それが哀調というトーンに流れないということが、日本人にはすごく難しい。日本人はみんな嬉しくても悲しくても哀調でしょう？　要するに一種の演歌になるわけですな。そうはならずに表現するということが大事です。

言葉が「表現」になりえているかどうか

では、次のお二人、行きましょう！（※ここで二組目のテユーターが同じ場面をやることに。それを受けての雁のコメントが下記の通り）

声に出していって後半、少し心持ちよくなりましたかな。でも、まだまだ読んでいますよね。読んでいる、つまり「言葉」ではない。まあ今日の段階では無理というものですけれども、一つ一つの言葉というものが、その発せられた状況とどういうふうになっているのかを的確にとらえないと、今度の『ロミオとジュリエット』では、全然本当の声になりませんよ。

たとえば、「さっきはもっとうれしい呼びかたをしてくれたのに」というあたりから、ロミオがちょっとすこし気取っているわけですよね。「ぼくの名前が障りになるなら、このいやな名前を」というところではさらにもっと気取っている。それに対してジュリエットの方は「ロミオ、ロミオなの」というときには、これはそういう気取りみたいなものは相手にしておれない心持ちでしょう。ロミオがもしも見つかったら本当に殺されてしまうわけだし、と同時にここではロミオが目の前に来てくれたという嬉しさと、それから自分が言ったことをロミオに聞かれてしまったというはにかみみたいな感情が混じり合って、ひじょうに複雑なジュリエットなのです。

そこにもってきて、ロミオの「ここへきてナイチンゲール」云々とか、まだ気取っているものだから、ジュリエットは「なんてことをなさるの」と、ここはもうまさに切迫して「さあ、早く、どこかに隠れて」と言わねばならなかった。それなのに「なんてことをなさるの～さあ～早く」（※のんびりした口調で、雁が口まね）とか言われると……まあ、かなり落ち着いたもんですね（笑）。

そうではありますが、しかしジュリエットも段々ロミオの気取った物言いに引きずられていっている。「わたしのばかなおしゃべりをおもしろがって、からかおうとなさっているのね、この闇のおかげで、赤くなっているのをお見せしなくてすむけど」なんてのは言わなくてもいいわけでしょ。闇があって見えないんだから黙ってりゃいいところなんだけど「わたし、赤くなってますわ」と言って「あなたにたいする感情があるからよ」というふうに表現している。

それに対してロミオが「金にかがやくあの月にかけても」と言うと「月はおやめになって。夜毎に形を変える浮気者ですわ」と返す。ここでは一種の洒落たやりとりをしているのだけれども、そういうやりとりを重ねながら、次第にジュリエットの土俵にロミオは引きずりこまれていくわけです。

そこに乳母が呼びに来て、ちょっと「お待ちになってね」と引っ込むのですが、次に出てくるときには「あなたは恋のことばをいろいろ口になさいましたけど、それはちゃんとした結婚のことをおっしゃっているのでしょうね。もしちがっていたら、わたしをほっといて。さあ帰ってちょうだい。わたし、ひとりぼっちで泣きますから」と言ってロミオに態度決定を迫る強さを示すわけです。するとロミオは「ほかに望みなどあるものですか」と答えて、婚約成立。こういうところに女という存在が天性持っている狩猟本能みたいなものが見事に表現されているわけでして（笑）、だからジュリエットが一度引っ込んでから又出て来るときにはグッと身ひとつ入れて（笑）迫る言い方にした方がいいでしょうね。

このように『ロミオとジュリエット』の場合は、何でも言葉に出していくのです。思ったことはどんどん言葉にする。つまり我々日本人の昔からあるsilent love文化とは大違いなのです。

で、すべてを言葉にしなくても以心伝心で気持ちが伝わるはずのかつての日本風の「表現」も勿論悪くないのですが、ここで問われているのは、言葉の「表現」ということ。言葉を多用する場合もいつも果たして「表現」になりえているかどうかという大問題があるのです。その「表現」というのが極めて大事なのです。

表現が凍え死なない世界を求めて

ラボ教育とは何なのか、いろんな言い方があると思いますけれども、一言で言えば、「表現の教育」でしょう。これは外国語であれ日本語であれ、また言葉に出すか出さないかということも含め、ある行動で何かを表現していくときに、いちばん大事なのは、その表現のsinserity、つまり真っ当な表現になりえているかどうかということ。それが子どもにとってものすごく重要な教育内容であるはずなんですけど、たとえば現代の学校教育では、ほとんど「表現の教育」という名に値するものがありません。図画や音楽があるじゃないかと言う人もいるかもしれませんが、果たしてそれらが「表現の教育」になっているかどうか、たいへん疑問です。

図画や音楽でもテストがなされて点数がつけられるのでしょうが、この種の科目というか活動で点をつけるということが可能かどうかの問題があるし、その前に意味があるかどうかという本質的な問題もありますね。絵や歌や何かの楽器を通して自分を精一杯表現しようとする子がいるとすれば、技術的な巧拙などというレベルを超えて、それはその子の表現の世界においては百点とみなして励ましていくことが何よりも求められるはず。そして、そのような向きあい方をしていけば、どの子も百点になりうるし、その可能性をもつとみなければならない。相対評価など子どもの表現意欲を減退させるだけで有害無益でしかない。にもかかわらず、あの子は九十点、この子は七十五点みたいに相対的に並べてしまう冷たい世界では、表現は凍え死ぬわけです。

そういう世界とは一線も二線も画して、子どもたちの表現が凍え死なない世界を築こうとしてきたのがラボの世界と言っていいでしょう。本当はラボに限らずどんな教育活動も実はそこが目標のはずなんですけどね。どんな子もそれぞれに目一杯のものを表現すること、そのとりあえずの目標を自分自身の中にもつ物差しにして一所懸命努力するというのがいいし。そこからある日バーンと伸び出てくるというようなときに「百点だ！」と最大限に評価して激励していくという流儀ですね。

勿論これは大人にもあてはまることで、たとえば今日、二組四人の方にロミオとジュリエットをやっていただき、その声の出し方、表現の仕方について、私はいわば言いたい放題の変てこな批評を行なったのですけれども、しかしこれはやはりこのテープ制作の責任者としての私の嬉しさの表現であり、半分は照れ隠しみたいなものでもあったのです。お互い下手なところは「下手だ」って遠慮せずに言い合って、ニコニコ笑いながら、時には爆笑もしながら共同して進んでいく。これがいいんですよ。これが紛れもない「表現の世界」なのです。

あれこれ喋ってきましたが、そろそろ結びに入れば、この『ロミオとジュリエット』がラボ・テープに新たに加わったことの意義は計り知れないほど大きいということです。

これまでのラボ・テープ群だけとっても相当に大したライブラリー（図書館）になっているとは思いますが、そこへ遂にシェイクスピア作品が加わったことはラボの図書館をさらに豊饒にするという意味が言うまでもなくまず第一。その上で、私は断言しておきますけれど、このテープが出て、これから数年のうちに、シェイクスピアがこの物語を書いて以来ロンドンをはじめ世界中のあちこちで上演されてきた発表回数を遥かに上回るだけの回数を、わがラボは彼の故国とは遠く離れたこの極東の一角において実現していくであろうということ。しかもプロの役者たちによる上演ではなく、ロミオやジュリエットとほぼ同年齢の若者も含めて異年齢の子どもたち共同の発表というかたちで日本中で取り組まれていくということ。シェイクスピア自身、恋の「元素形態」を書くことに賭けた原作者として時代と国境を越えて永久に愛され続ける詩劇として上演されることを熱望していたにちがいありませんが、さすがにこのようなかたちで運動化されるとは思い及ばなかったことでしょうね。しかし、この日本での想定外の受容の仕方には、きっと大喜びしてくれるはずです。

『ピーター・パン』も、ラボでの発表回数は世界中で上演されてきた回数を既に完全に超えていますが、それに続く文化的快挙と言ってもいいでしょう。

こうした「事実」についてはラボの内側にいると、その凄さにあまり気がつかないものですが、本当は大変なことなのです。今回日本語演出に関わった専門の演出家である天野二郎と高山図南雄も言っていましたよ。「一生に一度ジュリエットをやりたいというのは全ての女優の願いだが、しかしそれが果たせる女優というのは暁天の星のごとく稀である。それをラボの子どもたちはこれからあたり前のようにやれるのだから本当にスゴイことだねえ」というふうに。で、どうです？　今日やれた四人の皆さん、それをもういち早くやっちゃったんだから歴史に残るといってもいいくらいなのですよ（笑）。

（一九七五年八月末、ラボ教育センター中部総局で開催されたラボ・テューター向け講演）

日本神話の真髄を体感して精神の飛躍を

——新刊『国生み』をめぐって

さて、前置きのような話が大変長くなりましたが（＊この部分は本書では割愛）、いよいよ『国生み』そのものに入りましょう。皆さん、テキスト台本をお持ちですね。まずは私の苦心の作である再話日本語冒頭をみてください。（『国生み』は第一話「国生み」、第二話「スサノオ」、第三話「オオクニヌシ」、第四話「わだつみのいろこのみや」の四話構成になっている）

がらんどうがあった。
大地は、まだなかった。
がらんどうしかないけれど、まんなかはあった。
そのまんなかを見あげると、高いなあという感じがあった。
とうといものがあるぞという感じだった。
この感じがあつまり、けもののあぶらのように浮いてきた。
くらげみたいにただよいはじめた。
そこに、春にもえる葦の芽のかたちがすうっと立ちのぼった。
たてとよこ、空と雲、さらさらしたものとねばっこいもののちがいができた。
ほう、きれいだなあというため息と、ああ、力強いなあというため息が生まれた。
その思いが男の神と女の神になった。

男神、名はイザナキ、女神、名はイザナミといった。
イザナキとイザナミは、たったいまひらいたふたつの
　花のようにふるえ、肩をよせあっていた。
大きな声がした。
「足もとを見るがいい。
あなたたちの立っているところが天の浮き橋だ」
目のとどくかぎり雲の波がうねっていた。
ふたりがふまえているのは虹だった。
「下界はまだ、ふわふわただよっている。
ふたりで、たくましい心にやさしい気持をあわせて、
　りっぱにつくりかためてほしい」
その声が終わらないうちに、大きな矛がおりてきた。
すきとおる玉のような光でできていた。
イザナキとイザナミはそれをおろし、
力をあわせて、こおろこおろとかきまわした。
矛をひきあげると、そのさきから塩のしずくがしたた
　りおち、
かたまってひとつの島になった。
ふたりは、この島におりた。
そそりたつ塩の柱があった。
「この柱をべつべつの方向からまわってみよう。
ふたりが出あったとき、きっと何かが生まれる。
男神が言った。

なぜ「がらんどうがあった」としたか

この物語再話の初めの数行には特に大変苦しみましたが、これをみてもわかる通り日本神話の始まりは、国を生むということであって、宇宙もしくは天地を創造するということではありません。このことは明快にまず考えておいていただきたいと思います。つまり最も標準的な意味における天地創造神話ではないということです、あくまでも国を生むこと、つまり土地を生む話で、これがすこぶる日本的なところなのです。天まで一緒にひっくるめて生もうという話ではない。たとえば旧約聖書の創世記においては「はじめに神天地を創りたまへり。地はかたちなく……神の霊水の面を覆ひたりき。神光あれと言ひたまひければ光ありき」というふうにして光が出てくるわけです。それとともに天地が生まれてくる。天も地も一緒に生まれてくるわけです。ところが、この「国生み」では、天はどういうふうにして生まれたかということは、ぜんぜん書いていない。たとえば『古事記』の場合は「天地《あめつち》初めて発《ひら》けし時」、それから『日本書紀』では「天地未《いま》だ分れず、陰陽分れざりし時」というふうになっており、始めから天は既にあったのです。そして

「高天原《たかまのはら》に成りし神の名は天之御中主神《アメノミナカヌシノカミ》」と、こういうふうになってきますから、もう高天原というのは最初からあるのです。どうやって高天原ができたかなんてことは、ぜんぜん問題にしていない。ただ国が生まれた、大地が生まれたということだけを問題にしているということ。

そういう意味で『古事記』の最初の「国生み」というのは天地創造神話ではなくて、洪水説話だと言っている人もいる。つまり、大洪水というものは人類の歴史のなかにノアの洪水をはじめとしていっぱい出てまいります。また今日では考古学的な発掘によっても驚くべき大洪水が何度もこの地球を襲ったらしいということは明らかになっているわけですが、たしかに洪水みたいなことがあって、この水が引いていって島がどろーっと姿を現すということになると、「国生み」の感じに近いというふうになりますね。

したがって、洪水神話だと言っている人もありますが、私はどちらかというと、そういうことは問題ではなくて、やはり一対の男女の神によって、国を生むということがこの神話の大きな特徴だと思うのです。そこで「がらんどうがあった」……、これは私の創作ですが、さっき高天原といって空は始めからあったといいましたけれども、しかし、その空が「空」と意識されているかどうか、これはまたひじょうに問題なのです。日本人の考え方では、「天《あめ》」は天と海で、これは一緒なのです。「天」はなにか水のような気もするし、空のような気もする。つまり、もともと日本人の意識は、そうしたことをあまり分割しないというところに特徴があって、曖昧だけれども、ある種の良さがあるのです。ですから、「大地は、まだなかった」と二行目で書いていて、大地を生む話だと言っているけれども、その前の状態は空なのか海なのか、本当はわからないのです。なのでまあ面倒くさいものですから「がらんどうがあった」としたわけです。

この考え方は、もしも類似点を求めるとすれば、北欧神話に近いのです。北欧神話では、真ん中というのががらんどうなのです。（※板書）こっちは北、こっちは南、ここが人間の住む場所で、北のほうは何も無いのです。北のほうはものすごく寒くて、ものすごく冷たい。こっちはもう火が、炎が燃えているわけです。そして、そこの中にスーッと何か、このがらんどうから風がこっちに行くことによって氷ができていき、氷の世界が生まれる。そのように北欧神話は始まっていきますけれども、テーマ活動で表現するときに、「がらんどうがあった」というのを演るのは難しいでしょうか（笑）。でもまあ、いちばん面白いところですよ。つまり「何も無かった」という否定形から始まるのではなく「あった」から始めたかったわけです。で、何があったかと問えば、「がらんどう」があった。この意識は面白いでしょう？　大地を生むというけれども、では太陽だとか月だとか、そういうのはどうなのというと、それはずうっと後で生まれます。つまりイザナキが黄泉《よみ》の国から帰ってきて禊《みそぎ》をしたときにツクヨミ（月読）とかアマテラス（天照）とかが生まれるわけですから。そっちが後から生まれてくるのです。そういう意味では、国生みというところに意識が集中している神話なのです。

アメノミナカヌシ（天之御中主）を「まんなか」として、タカミムスビ（高御産巣日）を「高いなあ」という感じ、カミムスビ（神産巣日）を「とうといもの」があるぞという感じというふうに表現する。これは私の発明でありまして、この発明というものをやってみようという気がなければ、だいたいこのテープを作る気にはならなかっただろうと思います。「むすび」というのは生成するということ、つまりおむすびのむすびです。あるいは紐を結ぶという「むすび」です。つまり、ある力と別の力とが加わってきて、それで一つの物が生まれるという考え方。AならAだけの力じゃダメ。AとBを結ぶと、Cが生まれるというかなり弁証法的な考え方なのです。

このタカミムスビというのは、そのままずうっと高天原系の、つまり天皇族の先祖神になっていきます。カミムスビというのは、これは出雲系の神話、オオクニヌシ（大国主）のほうの先祖神になっていきます。ですから、第三話の「オオクニヌシ」で、彼の母神が「空の神に祈った」、そうするとキサガイヒメ、ウムガイヒメが降りてくるとあるが、あの「空の神」はカミムスビというわけです。これがなかなか面白いところなんですね。『古事記』というのは高天原系の神話なのだから出雲系の神様なんて放っておけばいいのに、やはり出してくるわけです。出してきて、なにかアメノミナカヌシとタカミムスビとカミムスビというふうに三角形みたいなのを作るわけです。その三角形の意識は、「けもののあぶら」と「くらげみたいな」ものと「春にもえる葦の芽のかたち」というところでも踏襲されているといってもいい。

昨年の「むさし学堂」（＊ラボに在籍する主には首都圏の大学生対象の学びの場）でもレクチャーをしてくれた藤田省三君（＊思想史家）が、ここを読みまして「谷川さん、獣の脂というけれど、あの脂はオットセイとかアザラシとか鯨とか、要するに水生動物の脂ではないか」と言うのです。実際は肉付きの脂ですから動物性の脂であることは確かで植物性の油ではありません。だけど、その油が浮いてきたというふうになっていますが、もしこれを水生動物の鯨とかいうふうにすると、この油も海のもので、くらげも海のもの。それから葦も水辺の葦というふうになって、ぜんぶ水や海のイメージで統一されることになってしまう。しかしそうではなくて、山と海と、それからその中間というふうなトライアングルを考えるとすれば、この油は獣の脂であり、海の生き物としてのクラゲがあり、その中間帯に生える葦というふうになります。僕はそのほうを採ったんだよと言ったら、「あ、そうですか、三点セットなのね」とかなんとか言って感心していましたね（笑）。

イザナギではない、イザナキである

ところで、「イザナキ」「イザナミ」という時に、「イザナギではないですか？」と尋ねたテューターがおりました。もちろん「イザナギ」というふうに言ったり書いたりしているケースも多々あるのですが、まずは『古事記』および『日本書紀』の万葉仮名的な遣い方からいいますと、分岐点の「岐」という字、これは澄んだ音で「イザナキ」と読まなければいけません。「ギ」とは読みません。では、なぜ「キ」なのか。「キ」が男なのです。

それで「ミ」が女なのです。「ミ」は「メ（女）」というふうにもなるでしょう。「ヒコ（彦）」の「コ」、「ヒメ（媛）」の「メ」、その「コ」と「メ」が、「キ」と「ミ」になっているというふうに考えればいいと思います。そういう意味でも、「ギ」ではなくて「キ」である。

「キ」というのが男性なのです。これはちょっとポルノ調に受け取られると具合が悪いですから、敢えて大音声で口にしますけれども「キンタマ」というのがありますね。これを英語で言えばGolden Ballだとみんな考えているようですが、そうではない。「キの魂（タマ）」なのです。「キ」とは男性、「イザナキ」の「キ」です。その魂に当たるもの、「キの魂」が「キンタマ」になったのであります。そういうことからしても「イザナキ」である。「ギンタマ」とは申しませんので（笑）。

で、男女神が出てきますが、『古事記』などの場合、あるいは『日本書紀』の場合でも、現代の目からみると、かなり露骨な表現だと思われるようなものがいろいろ出てきますが、神話というものはどうしても本質的にやはり、性sexというもの、それから血みどろのような感じ、そういうエロスとかグロテスクと言われるようなものがなければ、成立しないものなのです。とくに日本の場合には、そうした傾向が強いということは、逆に言うとあ

まりそのことを中心には考えていないということだと思います。あるいは、そういう事柄や行ないとか営みというものは、もっと大きな自然の行ない、自然の営みのごく当たり前の一部分であるし、中心的なことでもあると考えているから、すらっと書けてしまうのだと思います。だから、いわゆる男女神というのが最初に出てきますけれども、これをあまり人格的な男女神というふうに捉え過ぎると、間違うと思います。そうではなくて、やはり男性的なるエネルギー、女性的なるエネルギーというふうに捉えて、そういう二つのエネルギーがいろんなかたちで結んで開いて、そしてひとつの世界を形成していくという観念の、そのごく人間的な現れというかたち。そこに人間の性交のようなことが書いてあるとしても、それはもっとひじょうに大きな世界のなかの、ある一部として描かれているわけなのです。

そして日本神話では男女というのは、人間だけではない、さらには動物だけではない、植物だけでもない。雨にしたって風にしたって、男の雨、女の雨、男の風、女の風。川の流れにしても、男の流れ、女の流れがあるというふうに、全部そういうふうに感じていく。

ですから、「イザナキとイザナミは、たったいまひらいたふたつの花のようにふるえ、肩をよせあっていた」というところでは当然これは二人とも真っ裸ですね。裸身です、まだ着物なんかないもの。しかし、その裸身というのは、人間の体の持っている「はだか」というようなものではなくて、何かエネルギーというものの固まり、何も混ざっていないような状態という感じ。そういうふうなものとして捉えて、それが両方肩を寄せ合って並び立っているという、そういうものを感じてほしいわけです。難しいですか、わかりますよね？「たったいまひらいたふたつの花のようにふるえ」には、そういうニュアンスを持たせているわけなのです。

「天」をめぐる日本と中国の違い

で、「大きな声がした」。これは『古事記』では、高天原の神々が「言依《ことよ》さしたまひき」とある箇所に対応しているのですが、ここで触れておきたいのは、中国の「天」という考え方と日本人の「空」というものとの間には一つの大きな違いがあるということ。中国の「天」とは、『中庸』という本に「上天のこと無声無臭なり」とあるように「天に関して言うならば、天の属性というものは、声もなければ臭いもない」のです。どうして「臭い」が出てくるのか、よくわかりませんが、要するに人間が直接的には感覚できないものなのです。天の意思、つまり「天命」は直接的には人間には届かない。ではどうやって届くかといえば、天地星辰の星の運行とか、あるいは風とか水とか、そういう天そのものではないものを天が動かして、人間にその意思を伝えるという考え方。つまり「天には声がない」というわけであり、これが中国の天についての考え方です。これに対して日本では「大きな声がした」、天が直接イザナキ、イザナミに命令する。自分の意思を表明するわけです。そういう考え方と、そうではなくて天は色んな森羅万象というものを通して自分の意思を伝えるんだよという考え方との間には大きな差があります。なので、ここは決定的に直接でなければいけない、中途半端であってはいけない。つまり、天が、ほんとうにイザナキとイザナミに向かって「大きな声がした」というふうに命令しているのであり、中国とは極端に違うということです。

で、「足もとを見るがいい。あなたたちの立っているところが天の浮き橋だ」と言う。この「天の浮き橋」とは何なのか、これには色んな説があります。たとえば舟だという説もある。たしかに舟は浮いていますしね。それから桟橋というか、空と下界のほうへの縄梯子みたいなのが船から下がってくる架け橋のようなものだという説もある。あるいは虹だという説もある。これは外国人の研究者が言いだしたのですが、私はやはり「虹」という考え方がいちばんいいと思って、それを採用したわけです。なぜなら舟とか架け橋といいますと建造物でしょう。まだこの段階で、そんな建造物なんか出すわけにはいかんと。まあ、そのすぐ先には葦舟なんかが出てきますけれども、しかし、まだここらあたりで出したくなかった。だから「虹」という見方を採用したわけです。

この天の浮き橋というところは天のいちばん高いところではないですよね。天と地をつなぐ役割を果たしているのだから、ちょっと下りてきています。そして、そのつぎにオノゴロ島というのが「塩のしずくがしたたりおち、かたまってひとつの島になった」というふうに出てくる。これが国ならば、「国生み」はこれから始まるわけですけれども、この島はまだ国とは言わないのです。なぜかというと、これは溶けちゃうものと考えていたのでしょう。最終的には溶けてしまう。潮やほかの水や何かが混じって消えて、あとかたもなく失せてしまう。だから、それはまだ大地ではない。でも少し大地の方へ近づきますね、天の浮き橋から塩の島の方へとそういうふうにだんだん空を下りながら地上をつくっていくのです。この話では、どこでイザナキ、イザナミが大地へ降り立ったかということはわからないのですが、いずれにせよイザナキ、イザナミは大地に近づくにつれてだんだん人間らしくなります。だんだん下界くさくなりながら、しかし、ここで完全に降り立ったよというところは、まだないのです。

（『国生み』第一話再話原文の続き）


そこでイザナキは左から、イザナミは右から柱のまわりをあるいていった。

ひとまわりして、相手のすがたが見えたとき、イザナミが言った。

「まあ、なんと雄々しいこと」

イザナキが返した。

「じつにうつくしいなあ」

ぶきみな音がひびいた。

あやしげなかたちが生まれてきた。

ヒルのようにぶよぶよで、かたまることのないものだった。

「これはどうしたことだ」

ふたりはできそこないのこどもを葦舟に入れて、遠くへ流してしまった。

「やはり、わたしがさきに女のあなたをたたえるべきだったかな。

まわり方も逆にしてみよう」

そう言って、こんどはイザナキが右から、イザナミが左からまわることにした。

ふたりが出あったとき、イザナキが声をあげた。

「じつにうつくしいなあ」

「まあ、なんと雄々しいこと」

とたんにまばゆい光がきらめき、はれやかな音がとどろいた。

大空のよろこびを浴びながら、最初の大地があらわれた。

それが淡路島だった。

古代において「名前をつける」とは

それで、この塩の島に降りましたけれども、この島はやがては溶けてしまう。今の我々は天と海をくっきり区別していますから、溶けるという感じがあまりはっきりしないのですが、高天原といっても、これは海原であるか、あるいは空であるかはわからない。両方であるという日本人の古代感覚の上に立って考えてほしいのです。この大地と同じ平面ではないです。

そしてイザナキ、イザナミの二人が「塩の柱」をぐるぐる回ります。まずはイザナキは左から、イザナミは右から。

この回るのも、なぜ左とか右とかにこだわるのだろうと思いますね。これは回り方が悪かったのではないか、今度は逆にしてみようと回り方を変えたりもします。この右と左という感覚は、日本人が中国文化というものを知った時から強く意識されるようになってきました。たとえば左前に着物を着ているというのは、中国人は軽蔑するわけです。もともと日本人は左前に着ていたはずですが。

では日本と中国では、右と左ではどちらが尊いか、つまりどちらが上か。右と左は同等ではないのです。わかりやすい例を挙げれば、お雛様を考えればいい。五段雛とか七段雛とか色々ありますが、いちばん上に内裏様があるわけですね。で、下のほうに行くと五人囃子とか左近の桜、右近の橘というのがあります。そして大臣がいますが、では左大臣と右大臣は、どちらが格が上か？左大臣が上。ところが、内裏様の天皇は右の方にいる。つまり、左が上というのは中国の考え方で、中国の唐の宮廷的習わしを模倣して左大臣の方が上ということになったのですが、しかし、日本の天皇は外国のそれをふんふんと感心したようなふりをしながら、日本のそれを守るわけですよ。それで、頑固に「右の方がいい」と主張しているわけです。左大臣が上という大臣の価値観では中国式をとり入れたが、天皇は別だとして右の方に位置するという逆転性がみられるわけです。

いずれにせよイザナキは左から、イザナミは右から柱の周りを歩いていったら、いけなかったとなっているわけです。これに関連して中国の左右の観念に詳しい学者で、この点では『古事記』は間違っているのではないかと言った人がいますが、そうではありません。『古事記』は頑としてこの点においても、大臣というレベルでの価値観ではなく、いわゆる内裏雛の格における価値の秩序を守ろうとしているのです。

次は、回り方をまちがえたために生まれた「できそこない」の子ども（ヒルコ）を「葦舟」に乗せて流したことに関して一言。葦舟というのは、これはもう大変に珍しい舟でして、だいたいエジプトから紅海くらいのところにしかないのです。そういう遥か遠い世界の素材が『古事記』の物語にふっと入ってきているのは、なぜなのか、到底我々には理解できないくらいに不思議なことですね。

しかし、死者を葬る時に舟に乗せて送るという風習は、古代、あるいはそれ以前に遡ってもよくあることで、さほど珍しい考え方ではありません。これは必ずしも死骸をそこに入れてという意味ではなく魂をその舟にのせるということ。魂は古代においてはだいたい鳥なのです。人間の体から魂が飛び立っていくとその魂は鳥の姿をしている。ヤマトタケルの場合は白鳥ですね。『出雲風土記』などの場合には、伯耆鳥、鷲になったりします。また北九州に多くある装飾古墳のなかには舟があって、その舟の上に馬が乗っていて鳥がとまっている絵があったりもします。そのように舟に魂を入れて流すというのは、その後の精霊舟みたいなものにまで、ずうっと繋がってくるわけなのです。魂の乗り物なのですね、舟は。そして魂は鳥の姿をしている。

さて、次は「最初の大地」淡路島です。淡路島とは何かというと、アワの道の島です。淡路島が最初に生まれるということは、つまりこの「国生み」の話が、だいたい瀬戸内海の東部方面で、ある形が整ったというふうに考えられるわけですが、淡路島の「あわ」とは何でしょうか。これは穀物の粟なのです。あの辺の土地をずうっと見渡してみると、稲作が始まる前の雑穀類がずいぶん出てきます。まず淡路島の「粟」、そして阿波の「粟」、それから「稗」というのは比叡山の「ひえ」です。比叡とは叡智を比べるみたいな字を書いていますけれども、まあ「稗」なのです（笑）。他にも「小豆」がありますが、小豆といえば小豆島。さらに「黍《きび》」というのがあるが、これは吉備国、今のほぼ岡山県です。吉備高原という高原が黍の大きな産地だったのです。おそらく焼き畑耕作で作っていたはず。そういう稲作以前の雑穀類産地群の中心に淡路島があったからこそ、淡路島がいちばん最初に生まれてきたという話になったのでしょう。そこにやはり、ひとつの政治・文化の根拠地もあったにちがいありません。いつごろかということは、よくわかりませんが、おそらく縄文中期頃には、そういうふうな社会があったのであろうと思います。

（再話原文の続き）

「おう、やっと成功した」

「かわいらしい島。

でも、ひとりぼっちじゃさびしくはないかしら」

「きょうだいをたくさん生むのだな」

イザナキとイザナミは、また柱をめぐって、まえとおなじことをくりかえした。

四国、隠岐、九州、壱岐、対馬、佐渡、大和がゆっくりすがたをあらわした。

「これを、大八島《おおやしま》とよぶことにしよう」

「名前もわたしたちがつけるのですか」

「地面には顔があるから、名前がいる。

よい名前をつければ、よい土地になる」

「じゃ、わたしの好きな名前を大声でよんでみます」

イザナミが、すんだ声をはりあげた。

「児島……姫島……大島……」

すると、流れる雲のむこうから、
ほのあかい島影がつぎつぎにあらわれた。


その後に「名前をつける」という場面がありますね。これは『古事記』にはないのですが、「名前をつける」あるいは「その人の名前を知る」というのは古代およびそれ以前においては途轍もなく重要なことだったので、敢えて入れた次第です。つまり、女の人が男に自分の名前を知らせますと、それは「私はあなたの女になってよろしい」という承諾だったわけです。たとえば『万葉集』巻の一に「籠《こ》もよ　み籠持ち　ふくしもよ　みぶくし持ち　この丘に　菜摘《なつ》ます子　家聞かな　名告《なの》らさね」という雄略天皇の作とされる歌がいちばん最初にありますが、これは可愛らしい籠とへらを持ってこの丘で菜を摘んでいる娘よ、汝の家はどこか、名前を告げよといった意味の歌で、「名告らさね」とは既に求愛行動だったのです。そしてすぐに返事がないので自分から「そらみつ大和の国は　押しなべて　我こそ居れ　敷きなべて　我こそませ　我こそは　告らめ　家をも名をも」と我こそはこの大和の国一帯を治める天皇なのだと名前と家を明かして求婚していくという歌なのです。名前を自分の方から言うという行為は、昔においてはすぐれてエロティックというか、ラブロマンスとも直接関わることだったのです。今はいとも簡単に「わたし、○○で～す」とか言っちゃいますけどね（笑）。

ですから、第四話の「わだつみのいろこのみや」で、お互い名前を確認した上で、山幸彦を、海の王が、アシカの皮八枚、絹の敷物八枚をしいて、そこに座らせるというシーンがあるのですが、これは海の国の王権を「あなたがここに滞在しているかぎりは、あなたに」に譲ったということになります。そこで山幸彦は一種の即位をしたわけです。帰っていけばまた違うことになりますが、その間は「王としての支配権をあなたにあげますよ。娘のトヨタマヒメもさしあげます」ということなのです。

名を名のる、あるいは名を知るということは、それほどに重大な意味を持っていたということは知っておいていいことですね。

また地名というのも『古事記』では、ひとつの人格的なかたちをとっているわけです。

たとえば四国には身体は一つだが、顔が四つあると言って、今のちょうど香川、徳島、愛媛、高知にあたる讃岐、阿波、伊予、土佐という四つの顔がある、九州にもこれだけの顔があると書いています。

そういうふうに土地というものを人間のような感じで捉える。人間のような感じで捉えながら、あるひとつの国が「ひとつの顔だ」というふうに捉える。そういう捉え方を『古事記』はひじょうにくっきりとしておりますので、そのこと自体はややこしいものだから、結局ここで名前をつけるということを私はやったわけですけれども、いわば国のひとつひとつを人間みたいに考えているのだということを表現したかったわけです。

で、好きな名前があるということになると、今度はその名前を呼ぶということによって、呼ばれた島等はもう服従するということだから、イザナミが名前を呼ぶとそういう島がすうーっと出てくるというふうに再話した。これも私の創作ですけれども。

「児島」というのは岡山県の児島半島です。「姫島」というのは、大分県と山口県の間の周防灘にある小さな島ですが、これが実に重要な島なのです。大分県にある宇佐神宮はいわゆる八幡様の源流で、全国に八幡様を拡げるわけですが、この宇佐の力がひじょうに強くなったのは、姫島を領有していたからなのです。

なぜ強くなったかというと、ここには黒曜石が出るから。で、黒曜石は何に使うかというと矢じりに使うのです。鉄が採れなかった頃、普通の石を矢じりにしても軟らかくて脆いから体にビシッと刺さりにくい。なるべく堅い、肉の中に食い込むような矢じりが欲しいのだが、しかし黒曜石というのはそうあちこちで出ない。日本全国でも数か所しか出ません。その黒曜石が出る島を持っていたということが宇佐八幡の力がずっと拡がっていく根源になるわけです。それは鉄が入ってくる前ですから、だいたい紀元零年頃に鉄が入ってくると考えると、この姫島を領有していたことが格別に大きな意味をもったのはそれ以前ということになります。つまり弥生前期あるいは縄文後期にかけてとなりますね。

「大島」というのは、これは山口県の大島。今は山口県に属する瀬戸内海の蜜柑がいっぱい穫れる島です。

「ほのあかい島影がつぎつぎにあらわれた」、ここのところでもまだ二人はぐるぐる回りをやって生んでいるわけですね。とはいえ、この場合もいちいちそういうことをしたのかどうか、それは皆さんそれぞれの解釈にお任せしますけれども。

イザナミの死とイザナキの「黄泉の国」潜り

それで、どんどん先に進みますが、同じようなかたちで男女一対の神が出てきて、イザナキ、イザナミをまねて、色々なものを創造していく。このペアは多様に考えていいのです。たとえば、山の神と海の神が男女ペアというふうに考えてもいいし、山そのものにも男女の神がいると考えてもいい。そのペアの子どもがまたペアで次々に様々な自然や自然現象を生んでいくのです。

ところで、イザナミはスサノオの母親だということになっているのですが、実際は、産んではいませんね。イザナミはスサノオを産んでいないのです。なぜならスサノオは黄泉の国からイザナキが逃げてきて筑紫のある場所で禊祓《みそぎ》いをした後に生まれてくるわけですから、そこにはイザナミの力は加わっていない。だから、母ではない「母」なのです。これは、すごく僕の好きな「母」でもあります。何故か血縁とは無縁の「母」というものの方が本当の「母」ではあるまいかと(笑)、僕はいつもそういうふうになるのですが。

しかし、そういうわけで、たとえばイザナミとスサノオが男女神としてのペアになっても不思議ではないということなのです。つまり、ペアになるなり方が日本の場合ひじょうに複雑かつ柔軟で、常にどこでも男性的なるものと女性的なるもののペアで、あらゆることがなされるというふうに世界を考えていたということなのです。とくに物を創りだす世界というものに対してはひじょうに力強い神々が「生み出すもの」というところに重点を置いていますから、どうしても男女のペアというものを持ってくる。これが日本神話の面白いところです。つまり、日本の神々は生産神、結びの神が主流なのです。「結び」というのは生産、あるいはcreationということで、そのcreationというものには、かならず男性的なるものと女性的なるもののペアの力がいるということを強烈に意識している神話世界というのが日本神話なのです。

さて、その先へ進んでいくと、いちばんの悲劇が誕生する。イザナミの死ですが、その死とは明らかに、鉄と火を生んでの死だということ。火を生んだというのは、単なる「火」というよりも、その結果として、製鉄、鉄をつくり出すパワーと技術を提供して死んでいったということになります。

だから、イザナミが火によって死んだのを受けて、イザナキは火の神の首を切り落とすのだが、火の神は死なずに、「しかも、ほとばしったその血は、石をうがつ神、木の根を裂く神、炉の神、刃物の神になった」というふうに展開していく。この「炉」というのは溶鉱炉の「炉」でして、囲炉裏端の炉ではありません。これは日本語だとどちらの意味にもとれますが、英語では明らかにちがうので、forgeとしてあります。

次は、神話のなかによく出てくる「櫛《くし》」についても一言。イザナキは死んだイザナミに会いたい一心で「地下の国」にゆくが、せっかく再会できたイザナミが「死者の家」に姿を消したままなかなか出てこないので、「髪にさしていたくしの歯を一本かいで、火をともした」とありますが、これは横櫛だと思わないでください。櫛というと、すぐそういうのを思い浮かべるでしょうが、これは奈良時代くらい、七世紀の終わりぐらいから八世紀にかけて唐とかとの交易があってから出てきたもので、それ以前の櫛はもっと縦に長い櫛です。柄が付いた櫛もあったし、柄のないのもあるけれど、櫛とは縦に長いものだったのであり、それを頭に挿していたわけです。この櫛は、だから「串《くし》」でもあります、焼き鳥の串と同じで、「串刺し」という言葉もありますね。それは今では焼き鳥みたいな、葱と肉を交互に刺すようなのをいいますが、かつては「串刺し」とはそういうことではなくて、「この土地はおれのもの」「この田んぼはおれのもの」「この田んぼはおれのもの」という自分の所有物なり土地を表す独特の記号かなにかがあって、その記号をくっつけたようなのを畑なり田んぼに「刺す」という行為を意味していたのです。それは領有権を主張するということだったわけです。なので「串刺しの罪」というのもあって、自分の田んぼでも畑でもないのに「これはおれのものだ」と主張して串を刺せば、これは大罪になったのです。

その串を頭にさせば「櫛」となるわけですが、なぜ神話によく出てくるかと言えば、この櫛のところから聖なるエネルギーが人間のなかに入ってくると思われていたからです。つまりは「よりしろ（依り代）」の一種ですね。神社の御神木や大きな岩なども「依り代」。それから、お祭りの時の山車《だし》や「だんじり」、「山笠」とか「山鉾」も依り代です。そこを通って聖なる神の力が入ってくる。人々の願いとして、そこにアンテナかなにかで聖なる力を集めようとしているわけです。それが依り代であり、櫛もその一つなのです。

ここで、話が少し戻りますが、イザナミの死というのは物語のトーンを一気に劇的に変えてしまいます。それまではすこぶる明るい晴れ晴れとした世界が描かれていたのですが、いったん炎がバァーンと燃え上がって、それによってイザナミが死ぬとそこから一挙に暗転して、どうにも暗い地下の世界、つまり黄泉の国というものに入っていく。黄泉の国というのは現実世界の中心からみれば周辺に思えることでしょう。その意味ではイザナミは中心にあった神から周辺の神になりさがったように見えるかもしれないが、しかし周辺のようだけれどもそこはひじょうに重要な場所で、その世界でイザナミが支配者になっていくという話でもあるのです。

そして、さらに肝心なのは、依然として明るい世界の中心の神であるイザナキもいっぺん黄泉の国を潜ってこなければ次の新しい支配的な力を持つことができないという話でもあるところです。ここで思い起こされるのは、イギリスの社会人類学者ジェームズ・フレイザーの『金枝篇』(一八九〇年初版刊行)で初めて言われたこと、つまりはアフリカ等にあった「未開社会」では宗教的・政治的権威をもつ王というものは弱体化すれば必ず民衆によって殺される存在だということ、それが王たる者の逃れられない宿命だということ。そうした研究成果と突き合わせてみても、日本神話でもやはり王は自分の支配を続けていくためには、何としても黄泉の国、地下の国を潜って一度死を体験して蘇って(=黄泉《よみ》帰って)こなければ、新たな支配の力を持つことができないという鉄則が物語られているということです。イザナキは、どうしても黄泉の国へ行かなければならなかったのです。

そして、ここで、ひじょうに面白いのは、地母神といってよいイザナミの方が、まず人間を──まだ人間は生まれていないのだけれど──、これから生まれるであろう人間を「殺す!」と宣言するところ。そっちからやりとりが始まるのです。これは絶縁の誓い、つまり物語における離婚の始まりですが、その離婚のときに、女の方から先に絶縁状を叩きつけるのです。しかもその絶縁状の内容たるや、「これから生まれてくる人間の命を私はとるよ」という宣言なのだから凄まじい限り。イザナキの方で生む人間の魂をイザナミは自分が奪ってやると誓っているのです。奪えばそれだけ黄泉の国が賑わい、活発になりますね、魂が豊富になりますから。そうすると、イザナキは「何を言っているのか。おまえが一日千人殺すというなら、おれは毎日千五百の産屋を建てるぞ」と言い返す。というのは、それだけの魂を新たに生むぞということですね。このような死者の国と生者の国とで、魂の奪い合いみたいなことを日々繰り返す。そうした反復というのが実は人間の生命、人間の生の姿なのであり、生というのが単に生ではなくて、すでにして死を含んでいるという道理を、『古事記』はいち早く明らかに物語っているわけです。そして地母神でもある地下の女王の人間に対する死刑宣告から初めて人類の繁栄というものを保証するエネルギーが生まれたということ、イザナミに反発するイザナキが「もしそうなら、おれの方はおまえをもっと超えた力で生命をこの世に永続させてみせるぞ」といったマニフェストを発するところから人類の生活が始まっていったのだという話になっています。

生と死の間のコミュニケーション

ところで、イザナミとイザナキが対峙した場面にヨモツヒラサカ（黄泉比良坂）が出てきます。その「坂」とは境でもある。坂というのは、今では単なるスロープのことだと考えられがちですが、そうではなくてもっと精神的な意味で、あるひとつのクライシスを含むというか、ある世界とその外側との境界のところを意味していたのです。したがって、黄泉の国と現世との間の境に坂があるというのは当然のこと。しかしこの坂は、ものすごい急傾斜の坂というわけではない。そういう急峻な境によって、この世と地下の国とが隔てられているのではありませんん。それはむしろ平たい、flat と言ってもいいような境なのです。もちろん傾斜はあるでしょう。しかし傾斜はあるけれども、それほどものすごい傾斜があって、こっちは現世であっちは黄泉の国というふうに厳しく隔てられているのではなくて、なんとなくふわーっとなっているような境。それを称して黄泉比良坂と表現しているのです。ここにもまた日本人が境界というものについて、ものすごく意識しながら、しかしその境界そのものを白と黒というようには明確にしない、ある中間的な感じでイメージしていたことが窺えるというもの。生の国は死の国に通い、死の国は生の国に通うという、そういう生と死の間のコミュニケーションをかなり微妙な緊張感で保ち続けていたこと、そうした感情、そういう emotion が黄泉比良坂という名前の付け方に表われていると思います。

だから、どんでん返しのようにバタンと現世の下の方に地下の国があるというのではない。なんとなくふわーっと向こうの方にあるという感じで、日本人は黄泉の国を意識してきたということです。

そろそろ第一話についての結びに入れば、「国生み」というのは、その名前からして要するに大地の誕生ということになりますが、大地の誕生は次にイザナミの死によって「誕生と死」という物語になって、それを通して人間の誕生を予告して終わりとなる。大地の誕生と、その大地を生んだ女神の死という展開により生と死を含んだ人間という存在の誕生とその宿命が明示されることになります。一見ものすごく単純な物語に見えるかもしれませんが、しかし決してそんなことはない。生と死というものを単純に白か黒かで二元的に分けるかの如く二分法によって作られている物語ではない。

全体を通して言えば、ある意味では混沌たるところから始まって、次にとても晴れやかな光の世界に入っていって、そして世界がものすごく賑やかになり複雑にも形づくられていく。ところがその後にバァーンと炎が立ち昇って、それによってイザナミは死に、その死んだ女神をイザナキが訪ねていく地下の暗い世界があって、そこでの大きな行き違いや葛藤、齟齬があって、その齟齬がついにひとつのフーガのようにイザナキの遁走曲となって、その遁走曲のいちばん最後のところで絶縁する。お互いに拒絶し合うところでの対話があって、その拒絶し合う対話のなかから人間の生命が誕生へと駆動されてくる。大づかみに言えば、そういう話です。第一話「国生み」についてはこのくらいとしておきましょう。

ラボっ子全員を神様にしてやろうという大野望

第二話「スサノオ」の冒頭は次の通り。

舞へ　舞へ　かたつぶり
舞はぬものならば
馬の子や牛の子に蹴させてん
踏みわらせてん
まことに美しく舞うたらば
はなの園まであそばせん

偶々今いい質問があったので、「スサノオ」の中心問題を先に申し上げておけば、放浪によって、original sin 原罪というものを償っていくというテーマです。それを償うと言うとき、より強い罪を犯している者の方が磁力があり、その贖罪行為としての放浪がある。そのさすらいに小さな罪は磁石に砂鉄がくっつくようにくっつけてもらって、そして一挙にずうっと遠くに持っていってもらうというアイデアなわけです。これはしかしキリスト教などでもそうですね、イエスが十字架にかかる、そのイエスが自分は罪なくして、しかし人類の原罪を引き受けて十字架についた。その十字架についたイエスに対して自分の罪を告白し、それを引き受けていってもらうというのがキリスト教の信仰生活になるわけで、それとほとんど違わないわけです。

それはさておき、「スサノオ」の冒頭に『梁塵秘抄』からとった歌があります。『梁塵秘抄』は十二世紀後半に後白河法皇が当時の流行歌、今様を集めて出来た歌謡集です。そのなかに子どもの童歌からきたものは、そうたくさんはありません。二、三種類ぐらいしかないのですが、今回採用したのはそのなかの一つで、ひじょうに有名なものです。

なぜ「スサノオ」再話にあたって、十二世紀後半、ちょうど源平時代の頃の子どもの歌謡を出だしに引用したかと言えば、理由はいくつかあるのですが、日本の歴史の大きな流れの中で、この物語を位置づけて、子どもたちに楽しんでほしいという願いというか企みがあったからと言っておきましょう。

『古事記』『日本書紀』ができたのが八世紀の初めですから『梁塵秘抄』とは、だいたい四百年くらい歳月が離れています。だから四百年くらい経ったときに採集された歌が第二話の冒頭を飾っているというわけです。その歌をもとに遊ぶ菊野や千吉らといった日本のどこかの村の子どもたちも敢えて出したのですが、この時期はだいたい十八世紀。

ところで、スサノオの物語が原形的に発生したのはいつごろか。これは相当早いはず。スサノオはどうも農業、とりわけ米作が嫌いなようなところがあるし、そうであれば縄文のかなり遅い時期に遡るということになってくるわけですが、そんなスサノオの物語を八世紀前半に『古事記』等で編集・記録した。その『古事記』等で記録された物語の再話にあたって、十二世紀後半の歌謡を冒頭に掲げて、その歌も使って十八世紀ころの典型的な日本の村の子どもたちが遊んでいるという設定を、二十世紀の子どもたちがどう受けとめるかという、それなりに壮大な時間軸を打ち立てて、スサノオという神の物語を語り伝えたかったのですが、この企てがどれほど成功しているか、これからの各ラボ・パーティでの反応を楽しみにしているところです。

先ほどの「国生み」の話を通しても神話というものをテーマ活動でやるというのは、これはかなりえらいことだと思うのです。とにかくラボっ子数万人をぜんぶ神様にしてやろうというような大野望ですからね。

物語全体をぜんぶ解かろうというふうにしたら、おそらくテーマ活動はできないと思います。だから、どこか一箇所をパッとつかんで、そこがいけるぞ！　と思ったら、そこを基準にして理解を横に広げていくというふうにしないとおそらくできないと思います。逆に言えば、どんな箇所でもひとつの大きなポイント、手がかりになるというのが神話のひとつの特徴です。「がらんどうがあった」というのがポイントになるパーティもあるでしょう。あるいは「天の浮き橋」をどうするかが出発点になってもいい。あるいは「そそりたつ塩の柱」もあれこれ相談するには面白い素材でしょう。「塩の柱」と言っても、今の感覚や常識で考えてはダメ。この物語ができた当時における塩の貴重さというのはどんなものか、に少しは思いを巡らさないとね。ある意味では目の前にダイヤモンドが山と積まれた感じですよ、この柱はぜんぶ塩でできていると聞いたときの古代およびそれ以前の人間の、わぁーっという、なんというかもう途轍もない驚きよう……。その塩の柱が目の前にそそりたっていて、しかもキラキラキラキラ陽にあたって光輝いている……そういうときの人間の感嘆ぶり、縄文、弥生あるいは古墳期の最初の頃の日本の民衆が抱いたであろう心のときめきというのは、もう想像を絶するものでしょうが、しかしその辺からイメージを交換していけば興味深い話し合いになるだろうし、その上での表現は凄いものになるのでは。いずれにせよ、なにか一つご自分のパーティであることを発見して、そこから進んで行っていただきたいと願います。

神話を本当に理解する物差しとは

この「スサノオ」の場合は、スサノオの成長物語でもあります。しかし単純な成長物語ではありません。神話というものを理解するために、多分いちばん大事なことの一つは、時間とか空間とかいうものが大人の考えている物差しでは全くないということ。心底から小さな子どもの気持ちにならないと神話を本当に理解する物差しは得られないということです。たとえば、イザナキは「スサノオには海を治めさせることにした」のだけれど、スサノオはそれを嫌がって、「あごひげがこぶし八つほどの長さにたれさがるまで、わんわん泣きわめいていた」。じゃあ、これはもうお爺さんになっちゃたのかというと、そうではありません。スサノオはまだ幼児なのですが、でも、その泣きわめいている時間があんまり長いものだから、その長さを考えると、一人の人間が成長して、そこにもう顎髭が生えてきて、こぶし八つほどの長さにまで垂れ下がってくるような、そんな長い時間を泣いていたと強調しているのです。だから実際には顎髭は垂れ下がってはいないのだけれども、そこは神話作者が比喩としてそう大げさに言っているのです。あたかも事実であるかのように、ね。そして遂にたまりかねたイザナキから、「なぜ、おまえは言いつけにしたがわないのか」と叱られると「わたしは母神が恋しいのです」と言った。その時点ではスサノオは幼児からもう成長しているわけですよ。母神が恋しいと言えるくらいの年齢、まあローティーンくらいには達しているのです。そして今度は「勝手にするがいい」と言われて、母神と会う前に姉神であるアマテラスに別れを告げに行くというときには、もうハイティーンくらいになっているのですね。そして「空の国」でいろいろ悪戯をする。その上で、これはあんまりだということで「空の国」から追放されるというときには、だいたい二十歳くらいでしょう。それで追放されて「雨風とやみのなかをあてもなく」歩き続けていくと、そうするとどんどん齢をとりまして、出雲の肥の河のほとりにたどり着き、その川上で、テナヅチ、アシナヅチと会うときには、もう二十代後半か三十歳くらいになっているはず。で、二人の話を聞いているうちにさらに齢をとるみたいで、「強い酒をいそいでつくらねばならん」という的確な指示がだせるようになっているときにはもう三十代中盤の思慮分別もあるリーダーという感じがするというふうに、ものすごいスピードで成長していくという次第。こういう時間とか空間の感覚がわかるのは大人には難しいでしょうが、これは子どもには恐らくわかるのです。神話的な時間感覚と言ってもいいでしょう。時間や空間のサイズの振幅をはかる物差しが大人と子どもでは違うのであり、その点では子どもの物差しを持たないと神話というのはただただ馬鹿馬鹿しく思えるだけになってしまう。そしてその分貧しい人生を送ることになるわけです（笑）。

ヤマタノオロチ（八岐大蛇）が「長さは八つの谷、八つの尾根にまたがるほど」というのももの凄く巨大すぎて、もうどうなっちゃうのかと思うけど、これまた神話的表現で、子どもには理解できるのです。

でもオロチが実際襲ってきて「八つの尾で八つの門をたたき、八つのおけに八つのあたまをつっこんだ」時にはオロチ全体の大きさはシュッと縮まっている感じがしますね。そして酒で酔いつぶれたオロチをスサノオが「ずたずたに」切り裂くときには、もっと縮まっている感じなのです。しかし、そこで流れ出た血により「肥の河は、血の色にそまって流れた」というのですから、今度はものすごく夥しい量の血が出ていくというふうに大小の観念が実に自由に伸縮している。そのように時間や空間というものに対する物差しが極めて柔軟に振幅するのを当たり前のことだというふうに受け止める精神力が必要なわけです。スサノオの場合はとくにそういう点が重要です。つまり神話とはそうであるからこそ神話なのであり、そういう物差しも自分の意識のなかに持つことによって、普段自分がもっている日常的で合理的な物差しというものが、どうもあまり大したものではないと、それ自体を相対化していけることが神話に触れることの意味だと思います。

「スサノオ」に関する結び的な一言を言えば、日本神話の神というのは、どこか一箇所に留まっている神でないことが多く、季節によって放浪したり、空間的にもあちこち「放浪する神」が多いが、そうした放浪神の代表的存在がスサノオだということです。

神ではないが、日本を代表する文学者である西行や芭蕉が放浪の旅こそが人間創造の坩堝であり、歌や俳句の道を究める王道だという考え方に立っていった背後にスサノオの影があることは間違いありません。

もう一点。スサノオはしかし、放浪によって最終的に何を得たのかということです。それは言うまでもなくクシイナダと結婚したこと。このクシイナダの漢字表記は櫛稲田で、「クシ」は先ほどの櫛ですから霊妙なエネルギーを引き寄せる稲田の媛と結婚したことになります。それまで農業というのはあまり好きじゃなく、とくに稲作には敵意をもって田んぼを荒らしたり畔を壊したりしていたスサノオが稲作の世界つまり弥生式の世界に安住するに至ったという終わり方でもあります。スサノオは本当は安住する気持ちなどなかったかもしれないが、しかし、いつも暴れてばかりいる神では問題だし、ここはどうしても安住してもらわないと人間の方も困りますから安住させたわけですね。

その上で、スサノオは最終的に地上の王になったわけです。放浪によって自分の罪を浄め、悪しき大蛇を退治することによって祝福をもたらし、クシイナダと結婚して、「最初の王」になるということです。イザナキやイザナミは大地を生んだけれども、しかしそこの支配者ではなくて、もっと別な広い世界を支配した。これに対してスサノオは、海を支配しろと言われても従わず、空からも追っ払われ、しかし地べたの上を放浪して、最終的には大地の世界の王になった。しかもその後母の国である根の国に行って最終的には根の国の王にもなる。大地の王から根の国という地下の国の王にもなるというストーリーの主人公なのです。

スサノオが地下の国の王になる話は、『古事記』にも『日本書紀』にも出てこないのですが、「オオクニヌシ」の物語のなかで、「ああ、ここですでに地下の国の王になっているのだな」ということがわかるはずです。

オオクニヌシはなぜ「大きな国のあるじ」になれたのか

では、「オオクニヌシ」（第三話）にもほんの少し触れますが、まず言っておきたいのは、この物語も根の国、地下の国というようなものを通らないと本当のパワーが得られない、あるいはいったん衰えたパワーが復活しないという理《ことわり》を伝えているということ。そこはひとつの死の国であるが、暗黒の国・死の国を経由しないと本物のパワーが獲得できないというのが「オオクニヌシ」の主題だということです。その前に何度かの小さな死につながるような体験もするが、一等はじめには八十神《やそがみ》の悪ふざけで全身の大けががさらに悪化して苦しむ白ウサギを助けるという話がありますね。

その場面では蒲《がま》の花粉が血止め薬になるということをウサギに教えるのですが、蒲の花は真夏に咲きますので、この「因幡《いなば》の白兎」の話は盛夏から晩夏にかけてであることがわかります。したがって鳥取砂丘の上をオオクニヌシたちが歩いていくときには、相当にギラギラと夏の陽射しが反射していたということを踏まえる必要があります。

それから動物では野ネズミが出てきます。ネズミというのは根の国に住むから「ネズミ」、根の国に住む動物だから「ネズミ」というのです。オオクニヌシが荒野でスサノオから厳しい試練を受けて万事休すとなったときに、そのネズミが出てきて「内はひろびろ、外はきゅうくつ」と謎めいた呪文を伝えてオオクニヌシを助けるのですが、これは根の国の使者ともいうべき存在がやはり生き抜く上でのひとつの叡智を伝えるというエピソードでもあります。

根の国に行ったオオクニヌシは、スサノオが昼寝している間に、スセリヒメと一緒に逃げ出すことにして、琴と刀と弓矢を盗っていくのですが、これはまさに「ジャックと豆の木」ですね。「ジャックと豆の木」の話をイギリス昔話集に収録した編者ジョセフ・ジェイコブズはオーストラリアにいたことがあるのですが、「ジャックと豆の木」の話はオーストラリア滞在中に聴いたと彼自身が書いています。その意味で、多分ここの部分はオーストラリアを含む南方海洋の地域に広く伝わる話なのだと思います。

で、この琴と刀と弓矢という三つの宝物は、（根の国の）三種の神器でありまして、それをオオクニヌシがかっぱらってきて入手したということは根の国からのエネルギーも受けて地上の支配権を獲得する可能性を手にしたということでもあります。そこに至るまで多くの試練に会い、何度も死にかかるが、起死回生を繰り返すことができる力がそのまま支配力を握る道につながるというわけです。

もう一点。この出雲の神話というものの中には、呪《まじな》いとか薬とかがよく出てきます。『出雲風土記』にも薬草類に関する記述がたくさん見られます。出雲族というのは自然療法というか、そういう医術にひじょうに長《た》けていたのだと思います。この第三話に出てくるキサガイヒメとウムガイヒメが「赤貝のからをけずって粉にし」「はまぐりの乳色のしるでそれをとい」て、大やけどして死にかかったオオクニヌシの身体に塗ってやると奇跡的に治るというのも、出雲族ならではの医術の紹介でもありましょう。先ほどの蒲の花粉が血止め薬というのも同じく。

この話の最後に「ダイコクさま」のことを出したが、なぜ大黒さんになるのか。オオクニヌシの「オオクニ」を漢字で書けば大国で、これを音読みすれば「ダイコク」だからですね。大黒天というのは、仏教のなかの神様ですが、「ダイコク」という音《おん》が一緒だから、オオクニヌシは大黒さまにもなったという次第です。日本ではこの種の習合が多々みられますね。

「わだつみのいろこのみや」は『古事記』でも最も詩情豊かな物語

では、最後、第四話の「わだつみのいろこのみや」にいきましょう。かなり快調に進んで気持ちいいですね（笑）。

「わだつみ」というのは、「きけ、わだつみの声」とかいう現代語としても、ある響きをもっていますけれども、これは何に対応しているかといえば「やまつみ」です。「ワダ」は古代朝鮮語から来たと言われていて、古代朝鮮語では「タダ」というのが海で、その「タダツミ」が「ワダツミ」になったと。いっぽう「ヤマツミ」は漢字では「山祇」。これに「大」をつけて「大山祇神《オオヤマツミノカミ》」というのが山を支配する神様です。現在は愛媛県に属する大三島の大山祇神社ではオオヤマツミを祀ってあります。瀬戸内海という海のなかに山の神が祀られているのですから面白いですね。このオオヤマツミの娘がコノハナサクヤです。

で、これに対して「わだつみ」で、「いろこ」というのは魚の鱗です。「うろこ」の古形が「いろこ」で、また「いろこ」は「甍《いらか》」にも通じて瓦葺きの屋根というわけです。「いら・か」「いろ・こ」「うろ・こ」は、みな同じで瓦葺きということ。で、「わだつみのいろこのみや」に対応させれば何と言うか。「やまつみの茅葺きの宮」とか「やまつみの板葺きの宮」となることでしょう。

コノハナサクヤは、富士山と浅間神社の祭神でもあり、漢字では「木花咲耶」と書いても可。でもコノハナサクヤは元々は薩摩半島の阿多というところのアタノキミの娘ということになっています。遣唐使の出た坊津《ぼうのつ》という港のちょっと北の方の岬一帯が阿多の本拠地でした。

さて、この話で特に重要なところは、ホオリの執拗な頼みでホデリと獲物をとる道具を取り替えっこしたことであり、その上でホオリが極めて大事な特別の釣り針を失ってしまうことです。そしてホオリはそれを弁償するのに剣をつぶして五百本の針を作るとか千本作るとか言うのですが、これが鉄であるということはちゃんとみておく必要があります。鉄がすでに日本に入ってきているという状況でこの話が展開しているのだということ。釣り針そのものは骨で作ったものは縄文期の初めの頃からあったのですが、鉄の針ということになれば、先ほども触れた通り紀元零年前後以降ということになります。

で、どうしても許してくれないホデリの態度に困り抜いているホオリの前に現れるのがシオツチノオジですね。この「オジ」は、今の「おじさん」「おばさん」の「オジ」と一緒と考えていい。そのオジが「竹をあんで、卵のかたちをしたかご」をつくり、それが籠舟になるのですが、これと同じような竹であんだ舟がだいたい今のベトナムあたりにはあったようです。そもそもこの山幸・海幸とよく似た話が蒙古の方にもあるし、インドネシアの方にもある。またポリネシア、ミラネシアにもあるのですが、勿論細部は色々と違っています。兄弟の針を失くすのでなく父親の針を息子が失くすとか友だちの針をその友だちが失くすとか。あるいは針をのみ込んだのが鯛なのは同じですが、訪ねて行くと美女がおりまして、実はこの美女が鯛だったというような話が多いのです。我が「わだつみのいろこのみや」ではトヨタマヒメと鯛は別物になっておりますけれども、おそらく元々のオリジナルな伝承物語では、釣針をのみ込んだのはやはり鯛で同じだが、実はすごい美女でもあるというふうになっていたはずで、そうした話の方が古いと思います。

「門をはいると井戸」近くの木をなぜ「かえで」としたか

で、「わだつみのいろこのみや」と聞けば、あの有名な青木繁の絵を思い浮かべる方もいると思いますが、「門をはいると井戸」があります。この井戸は言うでもなく生命の泉のようなものです。そして、その傍らにりっぱな木がある。私はこの木を「かえで」としましたが、いずれにせよ、これは依り代《よしろ》。ここから聖なるものが降りてくるのです。で、ホオリがその木に上っていたら、偶々そこへ出てきた侍女が「あっ、神さまではないか」とすぐに思ったわけです。この木から降りてくるのは神か、いずれにせよ聖なる存在だという考え方がしみついていますから、そこに若々しく凛々しい男を見たとき、まさにそれを神と信ぜずして何を信じようかというぐらいの確信を持ってその侍女は神だと直観したわけです。

ところで、この依り代の木は、『古事記』では桂の木ということになっているのですが、ここで悩ましいのは、桂の木は日本にしかないんですよ。だから英語表現もKatsura treeかなんかになっちゃうのです。どうもそれは困るなあと思っていたところ、ある段階でふと、桂の木は落葉喬木、落葉樹だということに気が付いた。であれば、この「いろこのみや」にはかなり南方的な要素が強くありますから、桂などという落葉樹はないはず。いくら『古事記』や『日本書紀』で桂と出ていても、これを書いた当時の作者がそこまで思い至らなかったのではないかなどとも疑いながら調べていたら、中に、ひとつだけ「楓《かえで》」というのがあったのです。よし、これは有難いということもあって、「かえで」とした次第です。英語もmapleで、すっきりしますしね。

しかしながら、このひじょうに南方的な世界のなかに、「かえで」というやはりある種温帯的な要素を表すものが一つだけあるというのが、いささか不調和といえば不調和ですけど、これまた当時の日本人の考えていた南方世界、つまり真に詳しくは遥か海の彼方にある南の世界を知ることがなかった書き手がイメージした「わだつみのいろこのみや」の情景であり、やむをえないこととも思って、そうしたのです。

で、「いろこのみや」に住むトヨタマヒメというのが出てきますが、このトヨタマヒメの「タマ」は魂の「タマ」であって、同時に勿論装飾品の「玉」でもあります。この「玉」も神霊の依り代でもありますから、トヨタマヒメとか、その妹のタマヨリヒメというのは初めから一個の霊的存在であることを意味しています。単なる可愛い娘さんなのではなくて、やはり神を祀り、神に仕える巫女のような女人なのです。勿論この神話に登場する「人物」は、男も女も全て人間ではなく神なのですが、なかでも女というのは、ぜんぶ神がかりになっていて、そのさらに上級の神の言霊を聴くことのできる存在であったということは念のため強く言っておきたいと思います。

ホオリが先に触れた「床にアシカの皮八まい、その上にまた絹のしきもの八まい」が敷かれた席に座ると「めずらしい楽器の音とともに、龍の舞がはじまりました」とありますが、これは龍神の舞であり、水の支配者であることを示しています。要するに水の根源に龍王がいると考えていたわけで、「わだつみのいろこのみや」の王が龍王であることを明らかにしています。でも、龍王というふうにくっきり言ってしまうよりは龍の舞が始まったと、それをsuggestするだけに留めておこうということで、そういうふうにしたわけです。

もう一点、「隼人舞」についてお話しておきましょうか。ホデリが「あぷぷぷぷ、たすけてくれ」といって溺れるときのさまを舞にしたのが「ハヤトマイ」と呼ばれたとありますが、これはもちろん鹿児島県の隼人のdanceであるということになりますね。したがってこの物語は、だいたい鹿児島県に関係しています。コノハナサクヤも薩摩半島阿多の出身で、そこは阿多の隼人の本拠地であったらしいことからすれば、鹿児島県に関係した隼人の物語ということもできます。なぜなら「天孫」ニニギノミコトはコノハナサクヤと結婚してホオリを産み、ホオリ（山幸彦）とトヨタマヒメとの間の子どもがウガヤフキアエズなのですから。

政治的には、大和朝廷は隼人を「未開野蛮な連中」であり「異民族」と考えていたわけなのに、初代天皇とされる神武天皇に隼人の血も混じっているなどというストーリーを作ったのは、かなりの謎でもありますね。ウガヤフキアエズとトヨタマヒメの妹タマヨリヒメが結婚してできたのが神武天皇なのですから、自分たちの天皇族の先祖のところに、実に異質な系譜をボンっと持ち込んできているということには、やはり天皇族というものが持つ並々ならぬ政治的力量を感じさせる物語でもあるわけです。

それから、隼人というのは不思議でして、外国の主賓が平城京あるいは平安京に入ってくるとき、内裏へ通じる道に何十人も勢揃いして犬の鳴き真似をする、それが隼人の役割であったとのこと。これはおそらく外国の主賓をぎょっとさせて「日本というのは用心せねばならない、あまり馬鹿にはできんぞ」と思わせながら、「しかし、これは歓迎なのかな、そうかそうか」と喜ばせもする、何かそういう演出だったのかもしれません。そのように隼人は、ある意味ではひじょうに屈辱的・差別的な役割を担わされていた。なので度々反乱も起こしたようですが、そういう連中の先祖の血も混じって我々天皇族の遥かなる先祖は出てきたのだから、おまえら、あまり反乱など起こすなというふうな懐柔策としてもこの物語を使ったのかもしれませんね。この辺は学問的にもまだ本当はよくは分かっていません。

ホオリが初代天皇の祖父になり得た秘密

ともあれ、この物語は神武天皇の祖父にあたるホオリが「わだつみのいろこのみや」という海の国に行って帰還してから天皇族の覇権確立の基礎を築いていったという物語なのですが、この「わだつみのいろこのみや」とは海の中にあるのか、それとも海の向こう側にあるのか、それはわかりません。なんとなく海の中に潜っていったような感じはありますが、海底の王国であるかどうかは、そう簡単にはわからない。

しかし、はっきりしているのは、ホオリが、その heterogeneous な国、異質な世界、異域へと赴いてから、オオクニヌシが根の国に行って支配権を握るのと同じように、地上の支配権を獲得するという話だということです。ホオリの場合は、海の王から授けてもらった「シオフルタマ」と「シオミツタマ」という特殊な宝石を使うことによってですけれども。

これは私の想像ですけれども、「天皇族である我々の先祖は、始めに異民族である隼人の血を取り込むとともにもう一つの異域・他界を経験して支配権を確立したという物語を持っている一族である。よって大和朝廷は二重の異質な要素をわが物にしてきたのだから本当に力強いのだ、隼人の反乱などは断固として許さない」という宣言でもあるというふうに。

この物語には今述べたように天皇族がなぜ日本古代において覇権を確立しえたのかという秘密が書かれていることはまちがいありませんが、しかし、そうした面とは切り離して一個の独立した比類なき物語として味わうことも勿論可能です。そうした観点からみるならば、異世界に行って戻ってきて甦り、地上の支配者になっていくというストーリーとともに、その中には大変興味深い別離の物語もあります。ホオリが産小屋のなかを覗き込んだためにトヨタマヒメと決別する物語です。そこで『古事記』にトヨタマヒメが「海坂《うなさか》を塞《さ》へて返り入りましき」という表現があって感服するところなのです。トヨタマヒメは「私はずっと海の道を通って、ここと往き来しようと思っていた。ところがお産をするところは絶対に見てはいけないと言っていたのに、あなたは覗いてしまった」と言ったかと思うと、八尋鰐《ヤヒロワニ》つまり大鮫になって這いまわっていたという記述。これは第一話でイザナミの黄泉国における「見るな」という厳命をイザナキが破って見たのと同じタブー破りの話ですが、そういうことで「今後はあなたのところへは来ません」と言って「海坂を塞へて返り入りましき」。「海坂」という言葉はとても上等で高級な表現だと思います。つまり海坂というのはわだつみの国と地上の世界との境、境界ですね。そこを「塞へた」。どうやって「塞へた」のかは書かれていませんが、その境界を塞いでしまったという意味。しかしやはり産んだ子のことがひじょうに気になったのでしょう、あとでタマヨリヒメという自分の妹を派遣して、我が子を養育する乳母にしたのです。その乳母と彼女によって育てられたウガヤフキアエズとが後に結婚することは先述の通り。第四話のラストは本当はこんな話なのですが、お産のシーンを覗き見するとか相当に扱いの難しい問題もあるので、ここはむしろサラリとホオリのところにトヨタマヒメから「歌がとどきました」というふうにして、結びは「でも、だれが手紙をはこんだのでしょう。サメでしょうか。それとも海ガメでしょうか」とした次第です。事実はタマヨリヒメが届けたのですが。

いずれにせよ、この話を全体的に評価すれば、やはり海への憧れみたいなものを下敷きにしてズーッと引っ張っていきますし、ひじょうにきれいな物語で、『古事記』の中でもいちばん文学的な詩情に富んだ物語だと思います。

神話との出会いから精神の飛躍を得るためには

最後に一言。周作人という人がおります、中国の文学者で『阿Q正伝』を書いた魯迅の実弟で、北京大学の文学部長なんかをやって、例の文化大革命の最中に魯迅未亡人から戦争中の行動が対日協力的であったということで強烈に批判されながら寂しく死んでいった人物ですが、しかし、近・現代中国では最大の日本通の一人と言っていいのではないかと思います。その人が一九二六年に『古事記』神代の巻、いわゆる神話のところだけを中国語に翻訳しました。そのときに、どういうふうに評価しているかというと「インド・中国の影響は多々あるけれども、独特の精彩がある。荘厳にして雄渾な空想には欠けるが、優美繊細で、極東の他の民族に真似のできないものである。持ち前の人情味があって、筆致は常にある程度潤いを帯びていて、粗雑に乾涸びていない」と書いています。それから十年後の一九三六年、つまり日中戦争が起こる前の年には『日本文化を語る手紙』を書きまして、そのなかで『万葉集』が中国における『詩経』であるならば、『古事記』は中国の『史記』であると言っています。

ところが、この人は一九四三年、つまり昭和十八年、太平洋戦争の真っ只中で「日本人の信仰について」（※『祭礼について』か）という一文を書いて、その中で日本人の信仰と中国人の信仰との違いを簡単に分けるとすればどうなるかということを述べています。そして面白い点を二点挙げているのですが、第一は「日本の信仰には神《しん》像《ぞう》がない」、神のfigureがないと言っているのです。神様の姿がどこにも画かれていない。彫刻もない、と。イザナキやイザナミはどんな顔をしているかとか、オオクニヌシはこうだとか、そういう具体的な形がない、と。大黒さんがオオクニヌシだと考えれば、そういうのはチラっとはありますが、神像はない。

もう一つは、日本人が神様を祀るときには神人交流すると。つまり神も人も一体になってしまう。一方中国の神は絶対にそうではない。中国人にとって神様というのは、災害をもたらすなら早くもたらしてください、あまり長くいると禍をもたらす惧れもあるから、そのときはお金をあげるし御馳走もするから禍をもたらさないでね、というふうに確実に自分たちとの間に溝を作っている。中国人が神に対するのは、あたかも「税務署の役人に対応するようなものだ」と彼は言っているわけです。日本人は、神というものを自分たちの父祖の如きものである、懐かしいお祖父さんお祖母さん、あるいはそのまたお祖父さんお祖母さん、そういうふうに神というものを感じて、それと一体になっていると。中国の場合には一線を画している役人だから粗末にしてはいかんけれども、しかしできるかぎり要領よく機能的に対処しながら今必要なことをお願いするのが基本だと言っている。そういう背景には「どうしてあれだけ優しい気持ちをもった日本人が中国大陸の戦場においては、あれほど暴虐な行為を繰り返すのか、誠に善良な日本民衆によって構成され、規律もしっかりしているはずの日本の軍隊が、なぜそうなってしまうのか」との日本を深く愛するがゆえに理解に苦しむという気持ちがあって、その疑問に対して彼なりの答を出そうとしたということです。で、やはりそこに神人交流という日本人の神の祀り方が影響しているのではないかと考えていくのです。ある意味ではとてもいいあり方だけれども、あるところにくると理性を失って、自分たちは神と一体だからと日本の優越性に酔いしれてしまう集団心理が働くのではないかとクールに分析しています。そこから中国大陸での理不尽な侵略行為も生じてくるのではないかというふうに。

周作人のこうした見方には学ぶべき点もあり、私たちはただ単に日本神話というものを無条件に「これはいい、これは面白い」と受けとめるレベルにとどまってはならないと思います。極めて面白いし、上等な神話であることはまちがいないが、よきものにもまた副作用はあるわけで、その副作用がどういうところに出てくるかということをしっかり見極める必要があります。ストレプトマイシンが広がり始めた頃、結核によく効く薬だからといってストレプトマイシンをやたらと打って、それでストマイ中毒になる例があったけれど、そうなってはならないということです。日本神話と接する際も『古事記』や『日本書紀』の過剰礼賛や絶対化に走る愚はおかしてはならず、あくまでも理性的な態度を一方で持ちながら向きあうべきだと思うのです。今日も繰り返し強調してきた通り、神話というものの本質には根本的に不合理なものが確実にあるし、それが神話であって、合理的な神話なんて世界中探してもどこにもありませんが、そしてそれが神話の圧倒的な魅力であり特長なのですが、その接し方、評価の仕方は一方で理性的であらねばならないということです。

神話に含まれる不合理性、不条理性を肯定することから、ひとつの精神の飛躍、知性の豊富化が生まれ得るという意味では、自分のなかに神話の世界を持つことは極めて重要だと思います。しかし、それに溺れてしまえば、もちろん有害なる副作用を起こすということについて、我々はやはり賢明でなければなりません。そのことさえしっかりと踏まえていくならば、テーマ活動とは何かという問題、さらにはラボ活動とはいったい何かというテーマのすこぶる根源的なところに直接つながる発見や気づき、新たな掘り下げや認識が、これから続々と生まれてくるであろうと期待している次第です。

（一九七九年四月十九日、ラボ教育センター中部総局でのラボ・テューター向け講演）

狂言とは「笑いの文学」であり、「朝の文学」である
――ラボ・テープになぜ狂言か

　おはようございます。私はこれまでラボ・テープを作ってきた谷川雁と申します。今日は全国的にもよく名を知られている「狂言共同社」の先生方の狂言をみせていただくということで、私も黒姫山の麓からやってまいりました。

　これからラボっ子のみなさんにお話をいたしますけれども、はじめに「狂言共同社」の先生方に対する感謝の気持ちを申し上げます。この先生方のご出演をお願いし、それが実現したということは、なんと言いますか、実は大変なことであり、有難いことなのです。

　そして、まず言っておきたいのは、この狂言を観るということを考える場合、まあ、ご馳走を食べに来たと思えばいいということです。しかもそのご馳走というのは、たいへん立派なご馳走ですから、本当は、みなさんが自分のお小遣いを出したり、あるいはお父さんお母さんに出していただくお金では、簡単に食べられるご馳走ではないということも知っておいてください。それほどに今日は贅沢な一日になるのだと思って、格別なご馳走を一緒に楽しみましょう。

　また、この会が催されるまでに、中部ラボのテューターの先生方が何人か有志になって企画し、その周りをまた大勢のテューターの皆さんが取り巻いて、今日の会に至ったということについても、本当に感謝の気持ちを持ってほしいと思います。

今年は、この会（＊中部ラボ「狂言をみる会」）が二回目ということですけれども、「十年くらいは続けてくださいよ」というふうに今の先生方にお願いしてあります。今の先生方は、あと八年くらいはお続けになるかと思いますが、それが終わりますと、今度はここに来ている皆さん方、その中でも大きい方の人たちの手によって次の十年間が受け持たれ、その後はさらにまた、より年少の人たちがその次の十年間を受け持っていくというようにして、ずっとこの「狂言をみる会」が中部ラボの伝統になっていくというふうになってほしいと心から願っています。

かくいう私自身が果たして何回まで観ることができるでしょうか。一生懸命頑張って生きて、今のテューターの先生たちの次の世代がこの「狂言をみる会」を開催するようになるまでは、なんとか長生きしていきたいと思っております。

ラボ・テープと狂言との因縁

さて、狂言とラボの因縁ということをすこしお話をさせていただきます。因縁ってわかりますか？　なんとなく不思議なめぐり合わせがあるということですね。それはどういうことかといいますと、みなさんご承知のラボ・テープのいちばん初めは、なんというテープですか？　知っているラボっ子は手を挙げてください。そう、『かみなりこぞう』、The Thunder Boyですね。この「かみなりこぞう」の日本語を担当してくださっているのが野村万作さんで、やはり狂言師の方なのです。狂言の世界に今、実際にある流派は二つ、大蔵流と和泉流というのがあるのですが、和泉流に属する野村万作さんの声ですね。あの力強くて、味があって、独特の語りの日本語は、野村万作さんの声なのです。この「かみなりこぞう」と題したラボ・テープには四つのお話、つまり「たろうのおでかけ」「ぐるんぱのようちえん」「ぐりとぐらのおきゃくさま」「へそもち」（＝「かみなりこぞう」）が入っていますが、その四つのお話の中でもいちばん最初に作ったのが「かみなりこぞう」だったのです。その「かみなりこぞう」の録音に、早くも狂言の先生に出演していただいているということ……というわけで、狂言とラボの因縁はとても深いということなのです。

野村先生には、その他にも、もちろん『三本柱』と『柿山伏』にも関わっていただき、その他にもまだラボ・テープをやっていただいているのですが、それは何か、知っている人はいますか？　……『はだかの王様』の中の王様の日本語をやってくれているのも野村万作さんなのです。このように狂言師とラボ・テープの関係はひじょうに深いのです。

なぜそういうことになったのでしょうか。それは、私も大変尊敬している児童文学者に瀬田貞二という先生がいるのですが、その瀬田さんと最初にラボ・テープを作るための相談をした際、「日本語と英語が両方入っているテープを作りたいが、その日本語はどういう人にやってもらったらいいでしょう。やはり新劇の俳優になりますかね」というふうに、こちらから尋ねたときに、瀬田先生が「狂言師の方に頼んでみたらどうですか」とおっしゃったのです。「なるほど」と思いました。

なぜ「なるほど」と思ったかというと、それは狂言で話される日本語の調子というものがある。これから育っていく日本の子どもたちに、日本語をしっかりと発音してほしいと願うその気持ちに何かぴったりくるものがあったからですね。

狂言は「笑いの文学」、能は「涙の文学」

みなさんも知っているかもしれませんが、狂言といっしょに育ってきた芸術に、もう一つ、能というのがあります。で、その能と合わせて「能狂言」とも呼ばれるわけですが、いつ頃育ってきたかというと、今からだいたい五百年前と考えたらいいでしょう。その姿が完成されたのは四百年前くらいということになるかもしれないけれども、育ってきたのは五百年前くらいから。

ところで、この二つの芸術はお互いに影響し合って育ったわけですけれども、相当に違います。どういうふうに違うかといえば、狂言の方は「面白い」、「可笑しい」、そういう気持ちが軸になっていますが、能の方は「悲しい」、「残念」といった気持ちが軸になって育っている。なので、言葉をかえていえば、狂言は「笑いの文学」であり、能は「涙の文学」ということができます。

では、「笑う」と「涙を流す」は、どこが違うのでしょう？　必ずしも泣くと笑うは反対の意味ということではありませんが、笑うことと泣くことの違いを考えたことがありますか？

まず泣くときのことを考えてみましょう。悲しくて泣きたくなるときには、まず人間は目をつぶる。歯を食いしばって口をクッとやる。それからこぶしも握りますね。はじめはね。これは何を意味するかというと、自分の身体の中から何かが流れていきそうという感じがあって、それを「止めたい」と思うのですね。ところが、止めようとしても止まらずに出てくるものが何かというと涙であり、泣き声でしょう。そして泣くときになると喉の奥が詰まっているような感じがするはず。そこから声が外へ流れ出ないようにしようとする気持ちが働くからですが、にもかかわらず、声が外側へ流れていく、どんどん流れていく。これが泣くということですね。

笑うというのは、それと反対です。笑うときにはみんな目もパッと開く、口もパッと開く、両手の手のひらも喜びを表現してはたいたりすると全部が開きますね。人間の身体は開いて、いろんな空気が身体のなかに入ってくる。笑うまいと我慢しても、ちょうど一生懸命ドアを閉めていても、なんかの拍子にドアがバタンと開いて、外側の風がたくさん入ってくるように笑うんです。

内側から出て行ってしまうもの、それが泣くという行為だとすれば、笑うという行為は外側のものがどっと自分のなかに入ってくる働き。

笑いには二種類の笑いがある

じゃあ、どういうときに、それがどっと入ってくるのか。フランスにベルクソンという偉い哲学者がいて、その人が、笑いというものについて深く考えて、二つの笑いがあると説いています。

一つの笑いは、みなさんも知っている『三本柱』のテープで言えば、あの『三本柱』のような笑い。あの狂言話のなかで、太郎冠者、次郎冠者、三郎冠者の三人が果報者から試された「智恵の程」をみごとに発揮して三本の柱をそれぞれ二本ずつ担いで帰ってきますね、そうすると、それを待ち構えていた果報者が「三人の者どもが面白い囃子物で帰る。出ずばなるまい」と言うとき「ワッハハハ……」と大笑いしますが、あの笑いは、別段三人の者が変なことをしているからではないのです。そうではなくて、とても嬉しい気持ち。ちょうど今、甲子園で高校野球が行なわれていますが、たとえばそこで素晴らしいプレイがなされて選手たちがベンチの方に戻ってきたとき監督さんが心から嬉しそうにニコニコ笑って迎えますよね。そういうときの笑いと同じ笑い。それはまあ「笑う門には福来る」というときの笑いといってもいいでしょう。そういう笑いというのが一つ。

もう一つの笑いは、誰かがここを歩いていてツルっと滑って転んだとします。そうすると普通はおかしいから笑いますよね。こうした笑いは、つまり他人の失敗を見て喜ぶ笑いだから、大げさに言えば悪魔的な笑いです。なぜそういうときに悪魔的な笑いになるかというと、人間が人間失格みたいな滑稽なミスや振る舞いをするとどうしても可笑しいからです。

だから、これまた皆さんが知っている『柿山伏』で、ひどく喉が渇いた山伏が耕作人に無断で柿の木に登って柿を食っているところを見つけられ、耕作人が「ちとなぶってやらう」ということで「あれは犬ぢゃ」と言うと、山伏は犬にならねばと考えて「びよう、びよう、びよう……」と吠えてみせる場面がありますが、そこで耕作人は「ワッハハハ」とやはり大笑いしますね。あれは悪魔的な笑いでしょう。そしてさらに「もそっとなぶらう」ということで、あれは「犬ではない」「猿ぢゃ」というと山伏は今度は「きやあ、きやあ、きやあ、きやあ……」となくほかなくなりますが、ここでも耕作人は大笑い。

こういう悪魔的な笑いと前に言ったとてもめでたいとき、楽しくて嬉しいときの笑いと、二種類の笑いがあるとベルグソンという人が考えたのですが、狂言でもそういう二つの笑いがあることが『三本柱』と『柿山伏』の例でもよくわかると思います。そして、悪魔的な笑いとか少し大げさにも言いましたが、その笑いも含めて笑いには二種類あるけれども、その二つの笑いをまとめて見ると、やはり人間の笑いというものは、本当に楽しくて素晴らしいものだということを何とも芸術レベルの高い表現で伝えてくれる文学、それが狂言だと思います。

人生の朝を生きる君たちへ

もう一点、大事なことを言っておきたいと思います。人間が、一日のうちでいちばん明るい朗らかな気持ちになってほしいと願うのは、いつでしょうか。人によって違うかもしれませんが、多くの人が望むのは多分朝のはず。朝起きて、おうちの人や出会う他の人に、みなさんは、「おはよう」とか「おはようございます」と言っていますか？　……この挨拶はぜひ言ってほしい一言です。そのときの手本になる言い方が狂言の言葉ですね。明るい気持ちで「おはようございます！」と言えるとき、その「おはようございます」は狂言の言葉に近づいていると思います。

先ほど狂言は「笑いの文学」だと言いましたけれども、別な見方をすれば、これは「朝の文学」とも言えます。で、能の方は日暮れの文学、夕べの文学であるというふうに言えるかもしれません。

そして人間の一生を一日に例えてみますと、君たちは何と言ったって朝の年代です。私なんかは、もう五十代の半ばすぎですから日暮れの世代、もしかしたらもう日が暮れちゃったのかもしれないし、もう午後十時頃かもしれないのですが。

そうは言っても、あなたたちは、朝だからといって、いつも気持ちいいわけではないだろうし、晴れてばかりではありませんね。冷たい風が吹いているときもあれば雨が蕭々と降っているときもあります。しかし、それにもかかわらず、あなたたちはやっぱり朝なんだな。そういう朝には朝の言葉をつかう、ということで、日本の子どもたちに、本当に口を大きく開いて、それで明るい言葉を出してほしいという願いを込めて、ラボ・テープの第一作で狂言の先生に日本語を担当していただいたのであり、ラボ十周年を記念するテープにも『三本柱』と『柿山伏』の狂言二番を入れたのです。このようなラボの思いをぜひ晴朗に受けとめてほしいと願っています。

今日はこれから狂言というご馳走を実際にいただくわけですけれども、このご馳走がみなさんにとってどういう栄養になるかといえば、何よりもまずいつも朝の気持ちをもって、そして朝にふさわしい「おはよう！」という言葉が言える人になってほしい。そのような心の栄養にしてほしいと思います。

では、今から今日の狂言二番（『雷』と『附子』）のお話のスジを簡単に紹介しておきますね。（＊この話は割愛するが、その後の一言が下記の通り）

じゃあ、最後に一言。今日の私の話からも感じたと思いますが、狂言全体を通して言えるのは、狂言の中には、いろんなしくじりがあるということです。しかし、しくじりはあるけれども、それにけっして挫けない。あるいは悲しい目にあっても、そういうときも大きな声で「やれ悲しや〜（※大声で）」とか言葉を発することはあっても、「悲しや〜（※すごく小さい声で）」なんて決して言わない。それはもう堂々と悲しがるわけです。そしてどんなに苦しいことがあっても必ず落ち着いて、それから知恵を巡らしながら何か突破できる途を探していくのです。いちばん大事なのは、いつも自分が朗らかなこと、堂々たる気持ちをもっているということを、目一杯笑わせながら、なんとなしに観衆に伝えていくのが、狂言というものの秘めたる力だと思います。その力を今日はたっぷりといただいて帰ってください。

じゃ、おじさんの話はこれで終わりです。

（一九七九年八月）

[付記]

谷川雁は狂言について、一九七六年三月にも当時刊行されたばかりのラボ・パーティ発足十周年記念テープ『三本柱』を主題としてラボ・テューター相手に講演している。おそらく二時間以上に及ぶ講演と質疑応答だったはずだが、録音音声が著しく不良のため本書への収録はとりやめとした。ただし、その中で、概ね次のように語っているのは貴重なので、箇条書き風に要約して記録しておくことにしたい。

私はいつも観阿弥・世阿弥を意識しながらラボの仕事に注力している

・日本の歴史をふりかえるとき古代史で見落としてはならない大きな出来事は、六六三年に朝鮮半島の白村江の戦いで大敗北したこと。このとき百済を助けるために唐・新羅の連合軍と戦ったのだが、惨敗して、百済は滅亡し、以後日本は朝鮮半島（とくに南部）への軍事的・政治的干渉政策をやめざるをえなくなり、利権も失うことになった。その意味ではこの前の戦争（＊「アジア・太平洋戦争」）での敗北よりももっと大きな衝撃だったと言えるかもしれない。

・以後日本は内に籠もるほかなくなり、天武天皇の時代から準備を始めた「大宝律令」というものが七〇一年に成立。この前後から日本というのは、今の私たちが「これが日本」というふうに考える国の形が整う方向を歩き始めたと言えよう。

・以後奈良時代、平安時代、鎌倉時代、そして南北朝時代から室町時代へとほぼ五百年～六百年をかけて日本文化の造山期（地質学の用語で、地面の隆起が激しい時代）があり、最澄や空海が現れたり、紫式部や清少納言、和泉式部が活躍したり、さらには法然、親鸞、道元等が出現して日本仏教の原型も形成されていく。そして室町時代になるとようやく大衆的な文化、芸能、芸術の基盤も広範に生まれてくる。

・そんな中で、文化総合化の動きも現れ、そのいちばんの立役者が観阿弥・世阿弥の親子だったという次第。この二人が日本文化を総合する上で果たした役割は極めて大きく、その大きさに比べれば、利休や芭蕉、近松門左衛門や井原西鶴等の果たした役割もそれぞれに偉いことは間違いないが、小さく見えてくるというもの。

・観阿弥・世阿弥の親子は大和の奥から出てきたのだが、この二代で創り出した日本文化の大きな総合と実はラボのテーマ活動というのは大いに関係があるのだと言いたい。少なくとも私は、観阿弥・世阿弥との関わりなしにテーマ活動を考えたことは一度もないと断言してもいいくらいだ。

・彼らが創り出した能と狂言の源流の一つが神楽だが、それにとどまらず、農民たちが楽しんできた歌や舞等の土着文化、そして当時までに日本に入ってきた外来文化、即ち仏教や儒教、道教をはじめ音楽や舞踊も含めて殆ど全ての要素を吸収、総合して、しかもある抑制もきかせながら、具体的な表現行為として定着させたのだから、おそるべき偉業と言わねばならない。数えてみれば、白村江での日本大敗からほぼ七百年余もかかってようやく成った、これは日本文化に対する極めて大きな貢献でもある。

・ラボのテーマ活動は生まれて、わずかまだ十年たらずだが、私は、観阿弥・世阿弥の成した仕事と常に対決させながらこの活動を考えていくという問題意識を手放したことは一日たりともない。ラボ発足十周年記念のテープで、私が狂言というものを選んだ理由はそこにあるということをわかってもらえれば幸甚。また私は、ラボのテーマ活動をそのように考えることで初めて自分がラボ・テープを制作する苦労を引き受ける意味を確認できるということでもある。そうでなければ、この仕事はとても継続できるものではない。

第三部

言語（学）を手がかりに世界に新たな挑戦

［参考資料等］

言語学を一つの手がかりに世界に切り込もうとした谷川雁さん

——「言語学が輝いていた時代」にその輝きを増す舞台回しをしてくれた人

鈴木孝夫

私は、ここにおられる松本さんが最近引退されたラボですね、それとのつながりで、今日もここに来ているのですが、このラボという団体との関係は非常に不思議でして、一種のキセル乗車的関係なんです。創立時の最初ちょこっと五年ほど関係して、それから二十五年以上の空白があって、最後のほうにまたこの十年ほど関係があったわけです。

どういうことかといいますと、私ははじめ大学で言語学をやっていたのですが、イスラムの方に興味が移って研究員として、一九六四年、つまりはケネディが暗殺された年、というよりも東京オリンピックといったほうがお解りですね、あの年にですね、カナダ・モントリオールのマギル大学のイスラム研究所に行きました。そこでいろいろなイスラム関係のことばとか宗教問題とかを研究して六十五年に帰ってきましたら、その前から不思議なご縁があった東京大学の言語学のそれこそ本当に偉くて、その後文化勲章も受賞した服部四郎というおもしろい言語学者が私に会いにこられたのです。

実は、そのはるか昔の一九五〇年に私が戦後のアメリカのガリオア留学生募集、国務省が募集の第一回に運よく受かりまして、アメリカのミシガン大学というところに行ったのです。そこに服部先生がすでにおられた。で、一年間、しょっちゅうお会いしていろいろ教わったり相談させていただいたりしたという関係だったので、服部先生は私のことが頭にあったんでしょうね。それでイスラム研究所から帰りましたら、服部先生が私の所に見えてですね、ラボ、その頃はテックっていいましたが、この言語関係の仕事に自分は携わっているので手伝ってくれないかということでした。私もイスラムの研究から帰ってきて手がすいていたものですから、それではと、渋谷の東急プラザビル、あのころはもうちょっと奥の交信ビルとも関係があったんですけれども、そこで部屋をもらって、週に三度くらいテックに通っていたわけです。

ラボ草創期、谷川さんの言語学への関心は半端ではなかった

特に用もないんだけれども、なんやかんやと言語学の相談相手といいますか、服部先生の相談相手になると同時に経営者の谷川雁さんと、それから榊原陽さんという二人の方の話し相手で、手当はちゃんといただいていた。その頃、私は谷川さんが詩人だとか労働運動とか先ほど松本さんたちから色々とおもしろい幅のある谷川さんの人間像をうかがったわけですけれども、そういう面とは全く関係なしに付き合っていました。ただ、言語ということに谷川さんが非常に関心を持たれて、私としょっちゅう話をしにきていたことをよく覚えています。

それはどうしてかっていうのを考えてみますと、当時は日本に限らず世界中の知的な人たちが言語（学）というものに非常な関心を持っていたんです。心理学とか、社会学、文化人類学の学者たち……それから論理学者や哲学者、そして文学者まで、ありとあらゆる文科系、社会科学系の人たちが言語（学）というものに熱いまなざしを向けていたわけです。

それは何故かといいますと、一九五〇年代までは、アメリカの言語学は構造言語学といいまして、言語というものを分析するのに非常に新しい科学的な方法をうみだしたわけです。それまでは言語学というのは歴史と関係がある学問として、あまりすかっとした存在感がなかったんですね。ところがアメリカの構造言語学っていうのはそれ自身欠陥もあり、あとになって問題も出てくるんですが、とにかく一応言語を深く今までよりもはっきり実証的に研究できる方法を発明して、それに基づいてだいぶ進んだということがありまして、その構造言語学、更にはその次の生成文法などの影響が次々と日本に来たために言語学が社会科学、人文科学の救い主になるんじゃないか、言語学がもしかしたら、いろんなそうした人間に関する学問に新しい光を当てるんじゃないかっていうふうな期待が言語学に集まったわけです。

で、当然谷川さんもそういう知的雰囲気の中で、つまり言語学が主としてアメリカの言語学によって燃えてたことをよく知っておられたわけですね。まあ、そのあたりのことにも触れて、私が去年だか『言語学が輝いていた時代』という本を岩波から、私と田中克彦、この人は谷川さんが生きておられたら好敵手になったんじゃないかと思われる左翼の言語学者なんですけれども、この方と対談して出しましたけれど、確かに今からみると言語学というものが人類の行き詰まりとか西洋文明の没落とか、そういうものにもしかしたら明るい光を当ててくれるんじゃないかという期待に満ちていたわけです。

それでラボの子どもたちの言語教育、つまりはラボ・パーティ創始と同時に言語学をもう少し日本に広めたいということを谷川さんは考えておられた。おそらく榊原さんもそう考えたと思うんですが、榊原さんはほとんど私の部屋にはいらっしゃらなかったですね。谷川さんは私がラボに出社すれば毎日のように私の部屋に来て、そこにどっかりと座って、おもしろい話を、私はお酒が飲めないので飲みにいったことはないんですけれども、月給分だけもとをとらなきゃ損と思われたんでしょうか、しょっちゅう私にいろんな質問したり、服部先生の噂したり、世界の言語学の話をしたりしていました。

だから、要するに言語学が輝いていたために、谷川さんが私のようにあまり詩とか文学に関係ない人間にも興味をもってくれた。おそらく言語学を一つの手がかりにして世界に切り込むことを構想していたんだと思います。

昔のラボは身の程知らずにえらいことをやった

そこで私が、ぜひ谷川雁さんの評価や研究を進めていく際、忘れずに歴史に残していただきたいと願うのは、谷川さんのそうした言語学にたいする興味がラボの東京言語研究所という今もなお四十年以上続いている夜学形式の言語学の専門講座を運営する研究機関を立ち上げたという業績です。その立ち上げに谷川さんは服部四郎先生を所長に据えて、多大の尽力をされた。（＊東京言語研究所の設立は、一九六六年四月。雁がテックに入社してから八か月後のこと）

それから一九六五年に私がカナダから帰ってきてラボと関係をもったその次の年に、当時全世界で名をなしていたノーム・チョムスキー、今でも、言語学って言えばチョムスキーだっていうくらい有名なんですが、この学者を日本に呼んで「第一回理論言語学国際セミナー」という研究会をやった。それから、ローマン・ヤーコブソンというこれも偉大なユダヤ系のロシアの言語学者も六六年に招聘している。この人物は第二次世界大戦の時亡命してアメリカのハーバード大学の教授になっていた。

こういう方がたをラボは莫大なお金を使って、どうしてそんなにと思うくらい資金を援助して、数年間、毎年のように世界的な言語学者を次々と日本に呼んでいたんですね。

で、それが実は日本の言語学のその後の飛躍的発展と拡大に役立っているわけです。現在いろんな大学に言語学者がいますけど、そのほとんどの人がラボの東京言語研究所の講座に出ていたはずです。当時日本の大学で言語学をまとめて学べる場所は東大と京大くらいしかなかったのです。

そんなことでラボは身の程知らずにえらいことをやったんです。そうした企画や構想、運営の中心にいたのが谷川さんだったのです。谷川さんは当時身をもって言語学の輝いている時代の流れを感知して、そうした研究やセミナーを継続的に担っていく研究機関がどうしても必要だと考えたんでしょうね。そうした先駆的努力があって日本の言語学は大きく育ったんです。

それと私はもう一つ大きなことで歴史に残したいのが、実は言語学関係の出版社にも当時のラボ、すなわちテックが大きなプラスの影響を与えたということです。東京言語研究所の夜学の言語学講座は最初無料だったんですね。誰が来てもいい、勿論試験はしましたが、月謝はとらなかった。そうした措置もあってか東京の「大修館」と「三省堂」という二つの出版社というか本屋さんが、見どころある社員を昼の仕事が終わったら、夜はお前、あそこに行って言語学の勉強をしなさい、自分たちの商売、営業を広げるためにも、言語学の基礎知識を身に付けたほうが先生方の注文とかお話がよく理解できていいだろうということで講座に送りこんできたのです。

だから東京言語研究所の夜間講座の受講生の中には、本屋さんの店員や出版社の編集者が混じっていたのです。そうした中からたとえば『言語』という大修館発行の日本で唯一の言語学専門の雑誌が刊行されたりしてきた。残念ながらこの雑誌も今年一杯で廃刊になります。これも言語学が輝いていた、今は輝いていないっていう私と田中さんとの対談本の証明になるんですけれども。でも、私が「輝いていた時代」っていったら怒った人がいて、今こそ輝いているじゃないかって言うんですが、どうですかねえ……。私はあのころの輝きは本物で、当時ラボが出していた言語学研究誌『ことばの宇宙』という雑誌（＊現在の『ことばの宇宙』は、この雑誌の廃刊後に、ラボっ子向けに生まれ変わったものです）にも、それがはっきりと顕れていたと思っています。この雑誌は、毎号、「えっ、こんな人が」と思うような方たち、たとえば大岡信、鶴見俊輔、吉本隆明、波多野完治、遠山啓、それから千田是也、中野好夫とか、ちょっと普通の言語学雑誌には登場しない方々が沢山、服部四郎や私のような言語学者に混じって書いているわけですよ。この雑誌は二年半くらい続いていたのですが、いろんな事情で廃刊となり、そして、すぐに大修館の『言語』というのが今から三十八年前に発刊されたんです。

はからずも日本の言語学に喝を入れてくれた谷川雁さん

このような「言語学が輝いていた時代」をつくりだした、その一番の中心にいたのが、ラボの言語学ブレインであって、そこには国際キリスト教大学の井上和子先生、東大の藤村靖先生、当時は東大じゃなかったんですが結果的には東大に移った先生。それから早稲田の川本茂雄先生、それに私と服部先生、そしてこの学者らを招聘して上手に使いながら協働していた榊原さん、谷川さんだった（ラボの「七人衆」と私は半分ふざけて言っていましたが）といってもいいでしょう。こういうメンバーが中心になっていろいろ計画したわけですね。外国の優れた学者をよぶとか。

で、その影響が、すでに触れたように結局いろいろな形で出版のほうにまで火を飛ばせて、大修館の『言語』という雑誌が『ことばの宇宙』を引き継ぐ形で誕生したのです。なぜそう言えるかっていうと、実際に最初の編集長になったのが川本茂雄という早稲田の言語学者で、ラボの「七人衆」のうちの一人が『言語』の編集者になられたからです。ですから結局、谷川さんの言語学をひとつの手がかりにして世界に切り込もうとした姿勢が『言語』という雑誌に移ったというわけなのです。

だけど、やはり全ての学問がそうですけれども、言語学もだんだん専門化、細分化が進んで、何をやっているのか言語学者がお互いに解らなくなってきて、その他の事情もからんで、この『言語』も今年で終わり、と。言語学がかつての輝きを失った現状を象徴する出来事でしょう。

私が、松本さんのラボ退職に合わせて一緒にラボから引退したのは、私が年とったからですが、ラボとの切っても切れなかった長い付き合いには万感の思いがあります。とりわけ谷川さんが、言語学が輝いている時代背景の中で私を優遇してくださったおかげで、およそ五年間、渋谷のラボに通うことができた縁に感謝しています。

私はその後またアメリカのイリノイ大学に研究に行ってしまって、それ以後ずうっとラボとは縁が切れていたのですが、ほぼ十年前にラボから「再発見」されて、ラボの世界に復活することができた次第です。以後全国各地のラボ・パーティが活発な場所で松本さんと一緒になって講演したり、ラボ関連の研究所の立ち上げにも関わったのですが、その「原点」は、言語学に大きな可能性を垣間見ていた谷川さんとの出会いであったとつくづくそう思っています。

（二〇〇九年十一月七日。谷川雁研究会機関誌『雲よ』三号より転載）

〝二ヵ国語時代〟来たる（上）

——一つのヨーロッパ語と一つのアジア語へ

幼児期から英語教育

〝ことばのアラシ〟が吹きまくっている。いまや二ヵ国語を駆使するのが当たりまえになってきたというので、東京の家庭では、夏休みの子供たちが英語の勉強をはじめているし、ことばの研究所ができたり、講習会の催しもさかんになるばかり。異常なほどに熱っぽい「二ヵ国語時代」の到来というところだが、どうしてこんなブームがおこってきたのか——。

ピアノから英語へ

「驚きましたね。四才の娘がいうんですよ。〝グッド・モーニング、パパ〟と起こしにきて……。〝ねえ、パパ、日本では男の子はぼく、女の子はわたし、パパはオレっていうけれど、アメリカでは、みんなアイなのね〟って。娘は幼稚園で英語を習ってたんですね」（渋谷区のサラリーマン）

「先日、近所の幼児英語教室を参観してきました。やっぱり、みなさん。通わせていらっしゃるんですね。お隣の奥さんと話してみても、英語を早くから習わせるのは、いいことだ、はやりですもの、ということになりました。団地の流行はピアノから英語へ移りつつあるんですね」（東京郊外の2DK団地の主婦）

というわけで、いまや「電気水道完備ガス見込み」時代から「ピアノ完備英語見込み」の世の中になったと、親たちは考えはじめている。

おやつ付きの指導

そこで、東京世田谷のある幼児英語教室をのぞいてみる。午後三時半。近所から子供たちが集まる。四才のサトシ君、五才のショウヘイ君、六才のカズミちゃん、七才のリョウヘイ君、八才のナツミちゃん。みんなが食卓のいすに腰をおろしたところで「さあ英語の勉強をしましょうね」——テューター（先生）は、青山学院英文科出身の小原圭子さん（二十三）。みんな胸にローマ字の名札を下げて「アイ・アム・リョウヘイ、ユー・アー・マミー」。録音テープに合わせて、ペチャクチャ、ペチャクチャ。なんべんも、なんべんも。そしておやつが出る。「ドゥー・ユー・ライク・ゼリー」「イエス・アイ・ドゥ、サンキュー」――それを食べ終わったら、こんどは絵入りトランプでババ抜きあそび。「さあ、どれでも抜いてチョーよ」カードが、一枚合うと「アイ・ハブ・ア・ドッグ」「アイ・ハブ・ア・ロケット」と、元気な声がつぎつぎにあがる。

いっしょに遊びながら、自然と英語をおぼえていく仕組みだ。いま、こうした英語教室は、東京とその周辺に約四百軒ある。先生は、家庭の主婦や女子大出の若い女性。生徒数は、幼稚園児から中学生まで合わせて約三千人。しかも、これらはバラバラに存在するのではなくて、一つのまとまった組織として、大衆的な「言語運動」をおこそうとしているのだ。スローガンは「一つのヨーロッパ語と一つのアジア語を駆使しよう」

この運動の元締めはテック言語教育グループ（東京・渋谷区大和町一、渋谷東急ビル内）の「ラボ教育センター」である。同センター常務の谷川雁氏（詩人）は、英語の早期教育をはじめた理由についてこういう。

〝言語恐怖〟に備え

「大衆は敏感です。世の中の変化を無意識のうちに感じとり、英語の必要を知ってきたのです。それに、子供をとりまく世界も、英語を知らずに生きていけなくなっています。クルクルパーは日本語であって、エープリル・フールは英語なんだということだって、子供は知りたい。それに、いまの五才の子が二十年後に二十五才のおとなになったときには、太平洋をひとまたぎできる時代になっているでしょう。電話は国際的に自動化して、ウッカリ受話器をとれば、どこの国のことばがとびこんでくるかもわからない。言語恐怖時代がくるのです。これからは、英語くらい知らなければ、留守番もできないのです。こういうことも、大衆は感じて、子供に英語を習わせようとするのです」

いまや公用語の波

やがて、二ヵ国語以上を駆使しなければならぬ時代がくるというのだ。戦後に六十以上の新興国ができて以来、公用語を一ヵ国語に限っているところは非常に少なくなった。アフリカだけみても、八ヵ国が英語を公用語とし、十一ヵ国がフランス語を公用語とし、カメルーンはフランス語と英語を公用語としている。共産主義圏では、ロシア語と中国語が重要な役割を果たしている。その波が日本にも押し寄せてきて、日本も「母国語」だけで十分というような「ことばの鎖国」に耐えられなくなってきている。英語の早期教育も、そういう時代にそなえるための準備というわけだろう。

条件付きで認める

もちろん、いまのところ、外国語の早期教育についての、研究や実験による結論は出ていない。はたしてマイナスの面はないか。英語教師をおもな対象とする雑誌「現代英語教育九月号」（研究社）は、この疑問に答えるために、十一人の専門家（林髞、鶴見和子、中尾清秋、芳賀純、志村精一、大久保忠利、五島忠久、松下幸夫、大内茂男、稲村松雄、奥田夏子の諸氏）にアンケートを出してみたところが、早期教育悲観説は、奥田氏ただひとりで、他は条件さえととのえば、幼児教育を否定しないという結果が出た。なかでも、慶大教授の林髞氏は「小学校を満三才から九才までとし、ここで英（米）人を教師として英語を教え、日本が将来二つのことばを国語とすることに賛成」という意見を述べている。

「現代英語研究」編集部の小出二郎氏は「流行だからといって、簡単にこれに乗っかるのはどうかなという気もしましたが、アンケートの結果では、英語教育は早く始めた方がいいという傾向が強いですね。ムダになっても後悔しないということを承知のうえで、やるならいいでしょう」という意見。

運転免許とおなじ

こうして、ソロリソロリと「二ヵ国語時代」がやってこようとしているのだが、さきの谷川氏はいう。

「これからは英語を身につけたから〝しあわせ〟になれるとか〝出世〟ができるとかいう時代じゃありません。自動車運転の免許と同じようなものです。それよりもなによりも、英語はものすごい圧力になってきたのです。アメリカの全文明が、全重量をかけて、私たちの上にかぶさってきたのです。もはや、これを避けて通ることはできません。ですから、私たちは本格的な言語の研究をはじめたところなのです」

言語ブームは英語の早期教育だけに限らない。谷川雁氏は、どんな考えから、この「言語運動」を起こそうとしているのだろうか。

（「毎日新聞」一九六六年八月九日〈夕刊〉）

〝二ヵ国語時代〟来たる（下）

ことばの感覚みがく

日本人の外国語学習熱は、人から人へ口伝えに、流行をつくり、ひろがっていく。外国語との接触によって、日本語は乱れていくのか、それともきたえあげられていくのか。二ヵ国語をマスターしようと、新しい「言語運動」をはじめたラボ教育センターを中心に、このブームの背景にある「ことばへの執着」をさぐってみると――。

言語喪失の危機感

「ことばが子供の未来をつくります」「あなたは言語時代の宇宙士です」――これはラボ教育センター常務、谷川雁のつくったキャッチフレーズである。かつての詩人、谷川氏は昭和三十五年の「谷川雁詩集」（国文社）の出版を最後に詩の筆を折って、ことばの教育と研究の世界へ飛びこんできた。なぜか――。

「私は詩を書かないと宣言しました。詩は母国語を最も単純化してズバリと表現するものですが、もはやことばの表現が、現実の重みにたえられない事態になってきています。〝英雄の時代〟や〝世界の焦点〟のはっきりしているときなら、単純な表現ができるのですが、いまは人々の意識がバラバラに散らばってしまって、ことばそのものが古くさくなったのです。人間が全身全霊をかけて、ムキになるようなものは何もないのです。そういうときには〝言語喪失〟の危機感がおこります。だから、私は人類が考えるべきつぎの問題は何かということとにらみあわせながら、基礎的なところから、新しいことばをみがきあげていこうと考えたのです」

谷川氏によると、彼の出身校の「第五高等学校長」（旧制）を、もし日本古来の〝やまとことば〟でいいあらわすとすれば「いつつめの　いやたかき　まなびのそののおしえごの　うからやからの　うしのおさ」となるが、いま、私たちが使っている日本語ですら、かつての「やまとことば」のように、現代の状況を十分にドンピシャリと表現しようとするには、古くさくなってしまっている。そのうえに、外国語の圧力はますます強まるばかりだ。

基礎と総合研究を

ラボ教育センターの基本的な考えによれば、もはや、自分の国のことばだけでスンナリツルツルと生きていられるような時代ではない。たとえば、朝鮮民族が強制的に日本語を使用させられたというのは、不幸な事態ではあったが、朝鮮の人たちは、そのなかでことばに対する鋭い感覚をみがきあげてきた。日本もいま、その時点にさしかかっているというのだ。英語をとおして、アメリカの全文明をうけとめると同時に、中国語からの衝撃も強くなっていく。

「日本人は、このなかで悲鳴をあげながら、外国語にしめつけられながら、日本語をみがきあげ、人間のもつ思想伝達の鋭利な手段を開発しなければ、社会の中で生きていけないのです」

こう考えたすえに、谷川氏は九州から上京して「テック言語教育事業グループ」にはいった。ここにはラボ教育センターのほかに、東京言語研究所などがあり、世界中の言語についての、総合的で基礎的な研究と教育が行なわれている。英話を学ぶために主婦たちが集まってくる。東大教授・服部四郎、東京外語大教授・柴田武の諸氏を中心とする学者グループも、言語の新しい総合研究のために集まり「理論言語学講座」を開いている。ことばをめぐる状況は変わりはじめた。テック開発部次長、定村忠士氏はいう。

「日本人の言語学習は、明治以来、上からのインテリの学習でしかなかったのですが、戦後になってパングリッシュからはじまる大衆の学習が、日本人の言語感覚をかえ、ことばの国際性をもちはじめてきたのです。そういう人たちが、いま外国語を学びたいと動き出したのですから、それを言語運動にひろめながら、それを背景にして新しいことばの研究をスタートさせたのです」

つまり、今日の言語ブームは①現代生活の中で人々が無意識のうちに感じとった、二ヵ国語をマスターしたいという欲求にささえられ、②そのなかから、文筆家、思想家が、新しい表現をもとめて、ことばに関心を積極的に示しはじめ、③さらに、情報科学や電子計算機の発達が、言語科学に無限の研究領域を与えたことによって、哲学者、言語学者、心理学者、文化人類学者、社会学者ばかりか、数学者、工学者などにも関心がひろまり、人文・社会科学と自然科学をふくめた新しい言語学をおこそうという機運が高まってきたことによる、といえそうだ。

そして、八月二十五日から九月五日まで、東京の日生会館で、言語学の世界的権威であるノオム・チョムスキー（マサチューセッツ工科大学教授）を招いて「理論言語学国際セミナー」が開かれる。かつての「経営学ブーム」にかわって、学問的な言語学ブームがおこってきているのだ。

世界語への遠い夢

もちろん、新しい研究の〝みのり〟が出てくるのは、これからのことだが、谷川氏に、言語問題の未来についてきいてみると――。

「私たちは、もう〝ペラペラ英語〟などという時代は終わったと考えています。外国人とそっくりにしゃべったって、尊敬されるわけじゃありません。それよりもさらに、自分の意識を伝えて、論争ができるような人間をつくりあげたいと思います。たとえば、地方から出てきた三人が、自分のナマリをそぎおとし、そぎおとしながら、黒びかりするような、美しい日本語をつくりあげていくように、外国語との衝突のなかで新しい日本語をつくっていきたい。ですから、戦争直後の実用英語を考えているのではなく、この運動を通じて、民衆の言語生活を土台にしながら、自然語、人工語、機械語などの研究をすすめ、困難ではありますが、世界語へいたる道すじを考えたい。そこまで、私たちは考えているのですが、とにかくことばの問題は、私たちの意識、生活の全秩序にかかわるようなものになってきているのです。それがわれわれの毛穴から、じわりじわりとしみこむのを感じはじめているからこそ、これほどことばが問題にされるのです」

谷川氏のことばについてのビジョンはともかくとして、いま二ヵ国語マスターをめざす幼稚園児からの勉強が、熱病のようにひろがっていく背景には本能的に「現代がことばに対する衝撃の時代」であることをかぎとっているからだといっては、いいすぎだろうか。

（「毎日新聞」一九六六年八月十日〈夕刊〉）

【全面広告】　朝日新聞　1966　昭和41年3月27日　日曜日　8版　（8）

ことばがこどもの未来をつくる

いま日本の母親たちが、こどもの未来を考えるとき、いちばん切実なことは"ことば"の問題であります。交通の発達、通信の複雑化にともない、母国語だけでは社会の健全な働き手になれないという事態が目の前に迫っており、そのことを母親の愛情がするどく見ぬいているからです。

しかも、外国語の訓練は、幼児期に奥深い感覚をめざめさせておくことがとくに望ましいという事実を自覚している主婦の願いを、十分にみたすことのできる制度がわが国にはまだありません。

3年前開校した東京イングリッシュ・センターでは、この要望にこたえて、ジュニア英語コースを設け、教授法の研究と教課の作成につとめてまいりました。

しかし、特別に恵まれた環境にいないこどもたちでも、わずかな負担で学べ、自由に外国語を話すことができるまでしっかりとした指導で学習するシステムを求める声は、年を追ってますます大きくなっています。このとき、大学で英語を専攻したのち家庭に入った多数の婦人から、もし教課と具体的な指導方針があれば、ぜひ自分の能力を新しい時代の要求に結びつけ、自分の家庭を教室に開放し、こどもたちに英語教育をおこないたいという熱心な提案がよせられました。

この提案をもとに、同じような立場にある婦人に呼びかけましたところ、想像以上の大きな反響があり、先生（テューター）を志願される方は東京都とその周辺だけですでに1,000名を越えるに至りました。しかもすでにこのなかの多くの方たちは、東京イングリッシュ・センター教課作成委員会が、熱心な討議を経てあみだした新鮮で効果的な教育方法と教課プログラムを用い、また画期的な家庭用ランゲージ・ラボラトリー（言語教育機器）〈ラボ〉を利用しながら、自発的な創意と努力によって日常的な家庭生活の空間のなかに、いきいきとした語学教育の現場をつくりつつあります。

これにはげまされた私たちは、言語学の最新の理論研究と、それにもとづく教課開発のために、『東京言語研究所』を創立し、それらの研究と教育の現場である家庭をつなぐ機関として、『ラボ教育センター』を設けました。そうすることによって学者と母親、教課と愛情、おとなとこども、研究所と家庭、機械と人間が有機的に一体となった、これまでにない語学運動の新しい歴史の1ページをひらこうと考えました。

母親の熱情と能力を主柱としたこの運動は、やがて日本の未来の世代がのびやかな国民性をみずから育てあげ、1つの代表的な[illegible]ともう1つの代表的なアジア語を駆使して、世界の文明と平和に貢献するという使命にたいして大きな役割を果すであろうと期待されます。

私たちは、全国のお母さま方とこどもたちにこのような語学運動にお誘いの手をさしのべるとともに、みなさまのご支持を心から切望いたしております。

5才から英語を始めましょう

幼児コース　小学生低学年コース
小学生高学年コース　中学生コース

ラボ・パーティ誕生

ラボ・パーティとは

家庭のなかにつくられた英語学習のための新しいグループ教育の現場を、私たちは〈ラボ・パーティ〉と名づけました。それはたのしい希望にみちた母と子のつどいの部屋でもあります。

テューター（先生）

当センターのテューター・スクールの講習を定期的に受け、あたらしい教授方法を身につけたお母さまたちが、テューターとして指導します。

授業

多くのすぐれた学者、研究者の委員会で厳密につくられた教課にしたがい、ラボ（言語教育機器）を利用して、掛図、スライド、おもちゃ、歌などをつかった創意にとんだ授業方法で、こどもたちの学習意欲を適確にひきだします。

年令・実力に応じてテューターが生徒のコースをえらび、指導をおこないます。1コースは1週1回または2回の授業をうけ、さらに上級コースに進級することができます。1回の受講人員は10名以内。1年に2回、全生徒の進度テストをおこないます。

行事

夏期スクーリング、国際キャンプ、コンテストや文化使節の派遣など、たのしい計画があります。

授業料

入学金＝1,000円。月額＝週1回　1,500円、週2回　2,000円（教材費をふくむ）。6ヵ月分前納の時は、雑誌『ことばの宇宙』を毎月進呈します。

＊くわしいことは下記の教室でお聞きください

東京言語研究所・6つの仕事

1＝理論言語学講座：66年5月―67年2月・於東京
言語学概論・音声学／東大教授服部四郎
文法論・音韻論／東大教授藤村靖
記述言語学／早大教授川本茂雄
形態論／東京外語大教授柴田武
日本語のシンタックス／I・C・U助教授井上和子
意味論・社会言語学／慶大助教授鈴木孝夫

2＝言語科学公開講座：66年5月―67年1月・於東京
大脳と言語／東大教授時実利彦
ことばの心理学／お茶の水大教授波多野完治
機械翻訳／防衛庁技研坂井一郎
ことばと論理／慶大教授沢田允茂
言語情報処理／京大教授坂井利之
日本の方言／東京外語大教授金田一春彦
言語とオートマトン理論／東大教授高橋秀俊
言語と個性・文体論／早大教授小林英夫

3＝理論言語学国際セミナー：於長野県野尻湖畔
第1回（本年8月）／マサチューセッツ工科大学教授／アム・チョムスキー博士
第2回（67年）／ハーバード大学教授ローマン・ヤコブソン博士
（以上の各講座案内書進呈）

4＝言語治療相談室　開設準備中
全国に170万人いるといわれる言語障害児のための治療施設　治療用テープ（たのしいことばあそび）既刊＝共立女子大教授平井昌夫ほか4氏共同編集

5＝ことばのファミリー・マガジン
『ことばの宇宙』（定価100円）5月創刊

6＝ラボ教育センター

ことばを
育てることは
人間を
育てることである
幼い子供の
時代から
語学教育を通して
立派な次代の
国民を育てたい

こんど
ラボ教育センターが
はじめた全国組織
テューター制度は
言語教育のあり方に
一矢を投げかけた
ものと言えよう
この制度の
将来の発展に
大いに期待している

東京外国語大学学長　小川芳男

あなたの近所に258の教室ができました

第1期

ラボ教育センター全面広告（朝日新聞、昭和41〈1966〉年3月27日付）

谷川雁が制作に携わったラボ・ライブラリー一覧

谷川雁が、ラボに在籍したのは、一九六五年後半から一九八〇年までであり、ラボ・ライブラリー制作に関わったのは、一九六八年～七九年のことであった。この間は経営のトップリーダーの一人であり続け、とりわけライブラリー制作の最高責任者であり続けたので、この期間に刊行されたラボ・ライブラリーはすべて谷川雁の采配のもとに制作されたとみてよい。そのなかでも「らくだ・こぶに」という別名をあえて使って、自身による創作や再話等を含め、最も力を込めて関わったのは下記の通り。（＊ただし、英語はすべて別人）

なおラボ・パーティでは一九九〇年よりCDが導入されたため、以後「ラボ・テープ」という言い方は使われていない。

●谷川雁 創作

『こつばめチュチュ』『かいだんこぞう』『ポアン・ホワンけのくもたち』

『うみがたずねてきた』

（物語ではないが）『ラボっ子ばやし』

●谷川雁 再話

『アリ・ババと四〇人の盗賊』

『かえると金のまり』『ひとうちななつ』『おおかみと七ひきのこやぎ』『ホッレおばさん』

『わんぱく大将トム・ソーヤ』四話＝「へいぬり遊び」「おさげの天使」「帰ってきた海賊」「鍾乳洞のやみ」

『国生み』四話＝「国生み」「スサノオ」「オオクニヌシ」「わだつみのいろこのみや」

■「らくだ・こぶに」の名は使っていないが左記作品は、雁が定村忠士やC・Wニコル、他の演出家等を使いながらも全面的に制作に対応したもの。

『かみなりこぞう』

『ブレーメンの音楽隊』『幸福な王子』『ありときりぎりす』『はだかの王様』

『たぬき』

『白雪姫』『みにくいあひるのこ』『ヘンゼルとグレーテル』『ナイチンゲール』

『耳なし芳一』『鏡の精』『鮫人のなみだ』

『長ぐつをはいたネコ』『グリーシュ』『きてれつ六勇士』

『ピーター・パン』四話＝「ない・ない・ないの国」「人魚の海」「地下の家」「海賊船上の決闘」

『ロミオとジュリエット』＝「プロローグ」「第一幕」「第二幕」「第三幕」「第四幕」「エピローグ」

『三本柱』『柿山伏』
『ドゥリトル先生 海をゆく』四話＝「目ざすはクモザル島」「ロング・アローを助け出す」「オウム平和憲章」「ジョング・シンカロット王の戴冠式」

ラボ用語解説

ラボ・パーティ　「ことばがこどもの未来をつくる」を合言葉に、一九六六年に誕生したラボ・パーティは、いま全国各地の一五〇〇のパーティ、三五〇〇ヵ所の会場で幼児から大学生までの会員三万名が、テーマ活動を中心とした総合的な教育プログラムで、子どもたちのことばとこころを育んでいる。

　ラボ・パーティの子どもたち（通称ラボっ子）はそれぞれ自宅でラボ・ライブラリーの物語や歌を楽しみ、毎週一回、テューターの指導するグループに参加して、「テーマ活動」を体験し新しい言葉の世界にしたしむ。

　ラボ・パーティのこのような活動のなかで、各年代の会員はそれぞれに生きた外国語を学び、のびやかな人間形成を実現していく。春夏冬の休みに開催されるラボ・キャンプでの全国の仲間との交流、さらにアメリカ、カナダ、オーストラリア、ニュージーランド、中国、韓国の青少年との海を越えたホームステイ交流のなかで、こころとことばは大きく育っていく。

ラボ・テューター　子どもたちの英語を中心とする言語体

験活動・表現活動の場「ラボ・パーティ」を主宰し運営する先生役の女性。子どもたちの自主性、内発性を尊重しながら状況と必要に応じて助言や示唆、激励を行い、ともに活動している。

ラボ・テューターは、それぞれの家庭や幼稚園で、ラボ・ライブラリーを使って子どもたちのグループ活動を指導し、そこに豊かなことばの空間をつくりだし、人間関係を育てていく。テューターは支部、地域の研究・研修活動を通じて自らも子どもたちと一緒に学んでいる。

テーマ活動　ラボでは外国語を、母語とのかかわりのなかでいかに生き生きと体験するか、その体験の蓄積により外国語をいかに母語の習得に近いかたちで獲得していくかを追求してきた。

家庭でラボ物語ライブラリーを聴いている子どもたちは、週一回ラボ・テューターのもとに集まり、グループ活動に参加する。子どもたちは、物語のテーマを話し合い、イメージを広げ、その世界をことばと身体で表現していく。その活動をラボではテーマ活動と呼んでいる。グループの仲間（異年齢構成）の輪のなかで、子どもたちはのびやかに母語とともに外国語を体験していく。

ラボ物語ライブラリー　英語圏の歌、欧米の児童文学作品、世界の名作文学、日本を含むさまざまな国の神話や昔話、シェイクスピアの戯曲など、多彩なジャンルの物語作品があり、英語（外国語）と日本語によるセンテンスごとの対応方式の語りと、英語（外国語）だけの語りで構成されている。中国語、韓国語、スペイン語等多言語ライブラリーも充実。語りと音楽で構成された音声CDと、その物語世界のイメージを豊かに拡げる絵が描かれたテキスト（絵本）、ならびに「テーマ活動の友」とよばれるガイドブックがセットされている。

ラボ・キャンプ　夏休みには全国七〜八ヵ所、冬休みには三ヵ所、春休みには二ヵ所のキャンプ場で、大自然のなかで開催される野外教育キャンプ。ラボ専用キャンプ場「ラボランド」を中心に、毎年約一万一〇〇〇名の子どもたちが参加し、森と大地あるいは海を教室として、友だちとの出会いの感動をわかちあい自立心をはぐくんでいる。ホームステイで来日する外国の青少年も参加し交流している。

ラボランド　一九七一年、長野県黒姫山の中腹に、都市生活の日常からは得ることの少ないさわやかな学びと憩いの場をもとめ、「ラボランドくろひめ」を建設した。以来今日までラボっ子のこころのふるさととして親しまれてきた。自然林をそのまま生かした約一〇万平方メートルの敷地には、二六棟のロッジ、本部棟、集会場などが点在する。アメリカ、カナダ、オーストラリア、中国、韓国等から国際ホームステイにやってきた青少年たちもホストのラボっ子とともに、このキャンプに参加する。

ラボ国際交流　各国の青少年に対して、世界の一員としての自覚をうながし、相互親睦のための国際交流活動を推進し、あわせて他民族文化への理解を深める活動を行い、もって国際間の平和を目的として始まった。

一九七二年夏、ラボ教育センターがアメリ4Hクラブとの間で開始した青少年のラボ―4H相互交流は、異国の地での新しい体験と外国の人びとの善意を知ることによって精神的な自信と自立心を養うことを目的に、翌一九七三年以降外務省認可の、財団法人ラボ国際交流センターの事業として推進され、これまでに（二〇〇六年までに）のべ五万名（うち来日九〇〇〇名）を超える若者たちが海をこえて友情を育んでいる。

現在、アメリカ、カナダ、オーストラリア、ニュージーランド、中国、韓国との青少年相互ホームステイ交流を行っている。このプログラムは、単なる観光旅行や修学旅行ではなく、子どもたち自身が何年もかけてこころの準備をし、激動の青春期に入っていくまえのもっとも大切な時期である十代のなかばに未知の生活を体験し、その後の成長の糧にしていこうとするものである。

（『大人になったピーター・パン』アート・デイズ刊より）

谷川雁のテック時代（ラボ草創期）略年譜

一九六二年一一月　株式会社テック創立
一九六三年　四月　東京イングリッシュセンター設立（六七年八月学校法人認可）
一九六五年　九月　谷川雁入社（開発部長として）
当時の役員は社長・伏見二郎、専務・榊原陽（資本金八千万円）
一一月　ラボ・パーティのためのテューター募集開始（朝日新聞等）
一二月　第一回テューター・オリエンテーション（帝国ホテルにて）
一九六六年　三月　ラボ教育センター発足（株式会社テックの一事業部門として）
三月二八日発足祝賀パーティ（日本生命会館国際会議場にて）
このラボ教育センターでの谷川雁の肩書は常務理事
＊ラボ教育センターがテックより事業継承して株式会社ラボ教育センターとなるのは一九八五年一二月のこと
四月　東京言語研究所設立。運営委員長・服部四郎（東大教授）、運営委員に鈴木孝夫（慶大助教授）ら五名の言語学者。この研究所での谷川雁は事務局長格

六月　月刊言語（学）専門誌『ことばの宇宙』創刊。この刊行での谷川雁は編集・発行の最終責任者
八月　第一回理論言語学国際セミナー。ノーム・チョムスキーを招聘
一九六七年　六月　榊原陽がテック社長に。谷川雁は専務取締役に。会長・松田令輔
七月　第二回理論言語学国際セミナー。ローマン・ヤコブソンを招聘
一〇月　テック労組結成（コミッション制賃金体系改定問題を契機に）
一九六八年　五月　ラボ機、七〇型販売開始
八月　夏の大合同ラボ・パーティ（武道館一万名）
九月　テック労組無期限ストに入る（一一月終結。労組ほぼ解体状況に）
一一月　社長に吉田五郎、榊原陽は副社長に。谷川雁は専務のまま。テック労組無期限ストによる混乱にケジメをつけたものであろう
一九六九年　一月　初めてのラボ物語テープ『かみなりこぞう』刊行
一一月　ラボ・パーティ教育の総合システム化を打ち出す。この頃から「テーマ活動」という用語が使われ始める
一九七〇年　九月　ラボランド建設始まる（長野県黒姫）
一九七一年　四月　テーマ活動の全面導入を確認
四月　再建され闘争中であったテック労組に刑事弾圧（七四年三月和解成立。これが第二次労使紛争）
七～八月　開設したラボランドで第一回くろひめサマーキャンプ
一九七二年　七月　吉田社長逝去により榊原陽、社長に復帰。谷川雁は専務のまま

　　七～八月　第一回ラボ海外旅行（当時はこういう言い方だった）
　　一一月　物語テープ『白雪姫』刊行
一九七三年　四月　物語テープ『こつばめチュチュ』刊行（「らくだ・こぶに」なる筆名を初めて使用）
　　五月　財団法人ラボ国際交流センター設立。会長・大河内一男、理事長・榊原陽。谷川雁は専務理事に
一九七四年　九月　第三次労使紛争起こる（七六年六月和解成立）
　　一二月　物語テープ『ピーター・パン』刊行
一九七五年　八月　物語テープ『ロミオとジュリエット』刊行
　　一一月　第一回ラボランドお父さん広場（父八七名、テューター六四名、ラボっ子六四名参加）
　　一二月　ラボ・テープ『三本柱』刊行
一九七六年　四月　春のラボっ子土曜講座（全七回）
　　七月　物語テープ『アリ・ババ』刊行
一九七七年　一月　物語テープ『わんぱく大将トム・ソーヤ』刊行
　　四月　むさし学堂開講
一九七八年　六月　物語テープ『ひとうちななつ』刊行（グリム童話から）
　　夏　黒姫に移住
一九七九年　四月　代取社長・榊原陽らによる代取専務・谷川雁解任事件勃発（四月二四日）。以後ラボ全体が組織混乱状態に。刊行目前であった『国生み』もペンディング扱いに
　　七月　大河内一男財団会長裁定により谷川雁解任は一時「凍結」となるが、以後も八〇年九月

まで紆余曲折が続く

一二月　物語テープ『国生み』刊行

一九八〇年　九月　テック新経営体制スタート（日本電気精器出身の市川利夫社長、東京生命出身の柚木知専務）。その後も事務局人事をめぐって紛争は続くが、同年十二月末解決。谷川雁は、これにより正式退社が確定

一九八一年　一月　谷川雁が中心となって「十代の会」設立

一九八二年　二月　谷川雁、彼とC・W ニコル氏、間宮芳生氏らが制作に全面的に関わったラボ・テープの著作権を主張して仮処分申請

九月　谷川雁が中心となって「ものがたり文化の会」発足

一九八三年　二月　谷川雁とラボ、雁らが著作権を主張したラボ・テープの全てについて以後ラボ側が専一的に使用することを東京地裁民事第二十九部立会いの下で確認し、正式に和解成立。ラボ側は一定の和解金を支払い

＊本略年譜は、ラボ教育活動四〇年史年表（ラボ教育センターより二〇〇六年四月刊行）等を参考に新たに作成した

（作成・松本輝夫）

解題

第一部

こどもたちの意識の根を強くおおらかに育てよう　「テューター通信」一九七一年一月号に掲載。ラボ・テューター規約を作成するためにテューター精神の基調を成文化したもので、女性であるテューターの立場で書かれた体裁となっており、無署名だが、谷川雁が原案を起草したことはまちがいない。その上でテューターの当時の代表者会議で基本的に採択されている。発足から五年近くを経て、画期的な言語教育活動としての実質と輪郭をくっきりとそなえ始めたラボ・パーティに寄せる雁の想念と抱負、自信と期待が真率かつ明快に書かれているので、敢えて本書巻頭に配置した次第。

ラボ教育センター　設立趣意書　一九六六年三月十五日付で発行され、ラボ・テューター応募者や関係者に配布・送付された案内文。代表者名が榊原陽になっていることからして、榊原の意向と文体が色濃くにじみ出ているが、当時の榊原陽と谷川雁との極めて親密かつ同志的関係性からして両名共同の趣意書であり、雁がそれなりに手を入れていることも確実。とくに「一つの代表的なヨーロッパ語ともう一つの代表的なアジア語を」と打ち出しているのには、当初から英語優先主義に対して思想的に慎重であった雁の意向が強く反映しているとみることができる。また「自分の家庭を教室に開放し」という当時においては全くもって斬新な構想自体がおそらく雁から発案されたものであろう。

ことばがこどもの未来をつくる　一九六六年六月、月刊誌『ことばの宇宙』創刊号巻頭に掲載。無署名であり、おそらく当時の編集部責任者が原文を下書きしたものであろうが、『ことばの宇宙』という誌名そのものと「ことばがこどもの未来をつくる」というキャッチフレーズ（これは以後五十年以上にわたってラボ不滅のフレーズになっている）は谷川雁がつくったものであり、この短文にも最終的に雁が手を入れていることは明白。「ことばの未来は人間の未来であり、世界の未来です」とは詩を書いている頃からの雁不動のテーゼであろう。また、この創刊号の編集後記には雁の若き日からの盟友であった日高六郎（当時は東京大学新聞研究所教授）が「それは途方もなく欲ばりな雑誌だと思います。読者も言語学者から六歳のこどもまでふくむというのですから、ますます欲ばりです。しかしわたしも熟知している編集陣のめんみつな計画と奔放な想像力から、たぶん思いがけないほど個性的な雑誌が生まれるであろうとわたしは信じます」との激励メッセージを寄せてくれたことが記されている。なお同一名称のラボ会員向け機関誌はその後も刊行されてきたが、誌の性格は大きく異なるものとなっている。

テック・グループと労働組合の関係について　一九六八年二月二十四日、当時事務所が入っていた渋谷の交信ビル七階にて開催された社員会議で、谷川雁（当時専務取締役）が話した内容を定村忠士（当時開発部長）が速記したもの。タイトルは編者（松本）が案出。定村は日本読書新聞編集長等を経て谷川雁と同時にテックに入社し、以後雁がおそらく最も信頼できる部下の立場で一貫して雁を支えながら仕事に従事した人物。雁のテック退社時も行動を共にし、雁が死去した際の葬式では葬儀委員長を務めている。劇作家でもあり、『悪路王伝説』等の著書もある。この速記録には論旨が不明な箇所もあるが、ほぼ原文のまま掲載した。なおダイナマイトを腹にまいた朝鮮人とはその頃静岡県寸又峡で社会的注目を集める事件を起こした金嬉老のことであり、当時のテック労組代表とは平岡正明（以後ジャズ評論等で活躍）である。雁のこの話の半年後（同年九月）にはテック労組は無期限ストライキに入り、（第一次）泥沼争議となるが、労組の完敗で終わり、同年十一月争議終結。

英語とぶつかる「触媒」としての合理性をめぐって　一九六八年十二月にテック社内で配布されたラボ教育センター名による「第一回事務局討論集会総括」と題する冊子に掲載の谷川雁発言要旨。タイトルは編者が案出。（第一次）泥沼争議が終結し、労組員だった社員の大量退社が続く中で、テック内で新設のラボ教育センターを中心に社内の空気一新を意図して組まれた討論集会であったはず。

産ぶ湯のひとしずく　一九七〇年八月、当時週に一度のペースで発行されていた社内報『Halloo! TEC-man』の二百号記念特集に「専務取締役」の肩書で谷川雁が寄稿した一文。

学在自得の実現　一九七〇年十月二十三日付で「企業内教育の課題と方向」と題して出された小冊子をそのまま収録。当時のテックでは全国各地の企業内で英語の社員研修を引き受ける事業が一方の柱であったが、その部門の「東京支社第二回研修旅行によせて」とのサブタイトルがついた「企業内教育本部長」という肩書（〈勿論テック専務と兼務）での基調報告。

研修の討議資料として事前に配布されたものだが、東京支社に限らず全国の各支社にも配布されたことが前文に記されている。ラボ教育センターによるラボ・パーティ創出の画期的な大成功をうけて、谷川雁が「これをいかに成人の世界に接着するか」を本気で模索していた跡がうかがえて興味深い報告だ。本書でのメインタイトルは編者が案出。

テック・グループの現状・到達点　『企業内英会話』一九七一年四月号に掲載。同年二月十八日名古屋商工会議所ビルで開催された「第一回中部地区企業内英語教育研究会」で「株式会社テック企業内教育本部長」の肩書で、テックの英語研修システムを導入している各企業関係者に向かって話した基調報告をまとめたもの。受講者対象アンケートの集計結果に触れた話等は〈中略〉としているが、恐らくは中部地区を代表する各企業社員の英語研修に責任を持つ教育担当者相手に(二十一企業、二十五名が参加)、このような話を臆することなく堂々と展開しているのだから大したものと言わねばなるまい。筑豊の大正炭鉱闘争から上京しテック入りからまだ五年余にして、だ。ここでもラボ・パーティを通して「子どもたちが英語を媒介にして自分たちの精神世界を表現する活動が生まれてきた」ことの積極的意義を力説している点が注目に値しよう。

ラボ・テープの考え方　「テューター通信」一九七二年八月号、九月号、十月号に連載されたのが初出。その後一九七六年十二月に後述の「たくさんの物語とは」と合わせてラボ教育センター発行の小冊子にも収録されている。元々は一九七二年七月十八日、神奈川第二支部研究会で「テック制作部長兼ラボ教育センター常務理事」(テック専務と兼務)の肩書で話された特別報告をテューター通信編集部がまとめ、谷川雁が加筆修正したもの。

豊かな語りの誕生　「テューター通信」一九七二年十一月号に掲載。同年十月に開催された第三回全国アドヴァイザー会議(全国各支部のテューター代表の会議)にて「ラボ教育センター常務理事」の肩書(テック専務と兼務)で話した特別報告をもとに谷川雁自身が加筆修正した一文。

十代への手紙　「夜明け前」のきみたち……　一九七二年十一月の日付で本文書が作成(何かの会議に出されたのであろうが詳細は不明)された後、一九七三年一月一日付で発刊された「ラボっ子通信」第一号の巻頭に掲載。無署名だが、谷川雁以外に書ける文章にあらず。雁はラボの子どもたちの活動と成長過程に内在的に同伴することを通して、「十代こそラボの希望である」ことを発見・確信するに至り、この歴史に残る名文を起草した次第。一九八一年、雁がラボを心ならずも退社せざるをえなくなった後、「十代の会」設立に赴いたのも、この内面的経緯があったからにちがいない。

「物語」を心のものさしに　「テューター通信」一九七三年一月号に掲載。ラボならではの「表彰制度」の提案文書でもあったが、この提案自体は具体的には生煮えの感が否めず、事務局内でもテューター間でも殆ど歓迎されることはなく、ほぼ黙殺された推移であった。「童心会」提案ももう一つ要領をえず。ただし、「人間＝物語的存在」と高らかに規定したのは画期的であり、この功績は極めて大きいと言わねばならない。

旅と旅じたく　「テューター通信」一九七三年十月号に掲載。同年九月十八日開催のラボ教育センター交流委員会での「常務理事」としての挨拶要旨。

幼児のラボ活動　一九七三年十一月八日、東京都児童会館講堂で行なわれたラボ・パーティ講座（テューター対象）での講話資料。肩書は「ラボ教育センター常務理事」。

ピーター・パンをめぐって　「ラボの世界」一九七四年七月号に掲載。同年六月下旬にラボセンタービルで行なわれたテューター対象の講話をもとに要旨を編集部がまとめ、雁が加筆修正したもの。

ラボ・テープの問題点　一九七四年七月刊行の「季刊ラボ・パーティ」第二号に掲載。この一〜二か月前に開催された神奈川支部ブロック・リーダー会議での講話をもとに編集部がまとめ、谷川雁が手を入れて仕上げた論考。

幼児の世界を考えよう　「ラボの世界」一九七四年十一月号に掲載。その少し前の同年十月〜十一月上旬に開催されたラボ教育センター東京総局全体会議での発言要旨。事務局スタッフ相手の話であり、かなりくだけたやりとりもあるが、「ラボの不可欠の一翼をになう事務局の素顔を知っていただくことができれば、とあえて話の雰囲気をそのまま活字にする次第だ」との編集部前文が付されている。

たくさんの物語とは　一九七五年四月刊行の「季刊ラボ・パーティ」第六号に掲載。同年一月、中国支部総会で話された講話をもとに編集部がまとめ、谷川雁が手を入れて仕上げたもの。講演時の語り口調を殆どそのまま残している様子で、やや冗長な箇所もあるが、その分貴重な講演記録とも言えよう。前記「ラボ・テープの考え方」と合わせて一九七六年十二月ラボ教育センター発行の小冊子にも収録。

ラボの核は童神との対話です　「テューター通信」一九七五年六月号に掲載。同年六月十一、十二の両日、滋賀県長浜で開かれたラボの全国常任運営委員会での谷川常務理事が行なった報告のうち、ラボにおける「幼児」の意味に触れた部分をまとめたもの。

ラボが「出来た」！　「ラボの世界」一九七五年十一月号に掲載。同年十一月一日〜三日、ラボランドで開催された第一回お父さん広場で、わずか二泊三日の間に起こったお父さんたち八十七名のまるでラボっ子そのものへのめざましい変身ぶりに接して、谷川雁が最終日に語った感想を文章化したもの。この八十七名は殆どがラボ・テューターの夫君だが、だからといって年齢的にも仕事が最も忙しい年代（当時三十代後半〜五十代）であり、必ずしもラボ活動の理解者ばかりではなかったところ、このような劇的現象が起こった事実に触発されてのコメントであり、それをまとめた一文だ。

三人一組の語り　「テューター通信」一九七六年六月号に掲載。肩書は「ラボ教育センター専務理事」となっている。以降の論考等の肩書も「専務理事」（テック専務は変わらず）。

物語テープ『アリ・ババ』について　一九七六年七月に刊行されたラボ物語テープ『アリ・ババ』にセットされた「テーマ活動の友」はしがきの一文。無署名だが、谷川雁以外に書けない文章であることは明白。

二つの力で大いなる渦を　一九七六年九月刊行の「季刊ラボ・パーティ」第十号に掲載。同年七月九日、新宿のラボセンタービルで開催された東京地方ラボ大学生広場（ただし高校生年代も参加）で話された内容に加筆修正したもの。

テーマ活動に日付を入れよう　「テューター通信」一九七六年十二月号に掲載。

「ラボっ子ばやし」について　一九七七年七月に刊行されたラボ・テープ『We Are Songbirds 2』（歌のすきな小鳥になろう2）のテキストブックに「らくだ・こぶに」名で書いた一文。自らが創作したラボっ子激励の囃子について、その趣意を子どもたちも理解できるよう明快に叙している。

〝学んで問う心〟を育てよう　一九七八年三月刊行のラボ土曜講座①『ハチの進化をたどる／富士山と気象観測』の「はじめに」として書かれた一文。発行元が財団法人ラボ国際交流センターとなっているので、肩書は「ラボ国際交流センター専務理事」。ラボ土曜講座は自然科学もまた「いろんな物語に満ちた世界」だということをラボの子どもたちに知ってもらうために、谷川雁が気象学者の根本順吉（ラボ国際交流センターの評議員でもあった）との相談・共同により始めた様々な分野の自然科学研究者の講話を聴く講座。一九七六年から七九年にかけて小5以上を対象に主に首都圏で春秋ごとに多くの講座が行なわれ、その内容が全六巻の「ラボ土曜講座」として出版された次第。その第一巻の「はじめに」がこの文章である。なお講座自体は「ラボっ子土曜講座」という名前で実施されている。

グリムの植えた木は今ラボのなかに　「ラボの世界」一九七八年四月号に掲載。グリム童話から四編の物語を選んで再話・

制作されたラボ・テープ『ひとうちななつ』の刊行を間近に控えた同年三月、ラボランドで開催されたスプリングキャンプで子どもたち相手に語られた講話をまとめたもの。

二つの死　野村万蔵氏、天野二郎氏を悼む　「ラボの世界」一九七八年五月号に掲載。ラボ・テープと狂言師の「因縁」の深さについては本書第二部所収の「ラボ・テープになぜ狂言か」に詳しいが、この縁を結べたのも野村万蔵があってこそで、その謝念があふれた追悼文。天野二郎は谷川雁の旧制中学の同級生で、演出家。

ラボ・テープと絵本のできるまで　一九七八年十二月、「ラボ教育センター中部総局開局十周年記念」と銘打って「東京イングリッシュセンター制作室」名で出された小冊子。当時は経営内部の事情で制作室が名目的に学校法人東京イングリッシュセンターに位置づけられていたものと思われる。絵本と併せてのラボ・テープ制作に関わるかなり難儀で細かい実務まで詳しく書かれているので、その辺りは部下の専門スタッフが下書きしたのかもしれないが、全体を通して、どんな犠牲を払ってでも至高の総合芸術作品にして比類なきテーマ活動素材としてのラボ・テープ制作に賭ける谷川雁の志と夢、使命感と責任感が子どもたちにも伝わるような平易な語り口で、かつどうみても雁の文体で書かれている。雁は何事にも相当な凝り性でもあった様子につき、制作関連の詳細かつ専門的な実務工程も含めて、一から全て彼が書き起こした可能性も捨てきれない。

物語としての日本神話　「ラボの世界」一九七九年四月号に掲載。当初同年六月刊行をめざし、ほぼ完成に近づいていたラボ・テープ『国生み』。『古事記』『日本書紀』に残されている日本神話の世界を谷川雁が再話し、制作の総責任者を務めていた作品だが、同年四月二十四日にテック経営内で、この『国生み』そのものの評価も含めて代取社長・榊原陽らによる代取専務・谷川雁解任事件が発生し、以後ラボ全体が大混乱と闘争の季節に突入することになる。本稿は、その少し前、同年三月三日～五日の全国テューター会議（ラボランド黒姫にて）および同三月二十七日東京・安田生命ホールで行われた講演をもとに文章化したもの。なお同一タイトルの『国生み』論が、「テーマ活動文庫」から刊行された『物語としての日本神話』（一九八〇年十二月）の巻頭を飾っているが、それは加筆修正稿であり、本書では初出稿を採用している。

第二部

　ここに収録した三編の谷川雁講演記録は、これまで諸事情（話とやりとりが長時間過ぎる、録音時からの長い歳月経過により音声の聴き取りにくい箇所が少なからずある等）から公にされることがないまま録音テープが闇の中に放置されてきたものだが、今回本書編集にあたる中でテープ起こしから始めて入念に検討した結果、大幅かつ誠実な手入れを行なえば、谷川雁ならではの得難い講演録となることに確信を得ることができた。その上で原稿確定作業にとりかかり、膨大な時間をかけて、雁の語り口と言わんとすることを可能な限り原形に近いかたちで再現することができたと胸を張れるようになったが、しかし、そのような経過からして、ここでの講演録三編の文責は編者・松本としておくことが望ましいと判断した。各講演録のタイトル、中見出しも全て編者が案出。

恋の「元素形態」を書くことに賭けたシェイクスピア　一九七五年八月下旬の一日、ラボ教育センター中部総局で開催されたラボ・テューター向け講演より。ラボ版『ロミオとジュリエット』刊行直後の講演である。午前と午後にわたって、昼休みも入れて、計四～五時間にも及ぶ講演と参加者との（今でいう）ワークショップ的やりとりがなされたようであり、音声不良の箇所も少なからずあるので大幅に削除したり圧縮したりしたところがある。とはいえ、講演テーマに即した谷川雁の思いと見識は過不足なく伝わる一編になっていると確信。

日本神話の真髄を体感して精神の飛躍を　一九七九年四月十九日、ラボ教育センター中部総局でのラボ・テューター向け講演より。当時刊行を目前にしていた『国生み』発刊前の講演だが、この五日後の同年四月二十四日には谷川雁解任事件が起こり、以後株式会社テックとラボ組織は大混乱に陥り、紆余曲折の末に実際に刊行されたのは、一九七九年十二月のことであった。第一部所収の「物語としての日本神話」と併せてご一読を。なお講演と質疑応答等で、昼休みを入れて計五～六時間にも及ぶ会であったようだが、『国生み』とは殆ど切り結んでいない前置き的な話約一時間分は全て削除とした上で、他にも論旨をゆがめない範囲でかなりの圧縮をほどこしている。

狂言とは「笑いの文学」であり、「朝の文学」である　一九七九年八月、中部ラボのテューター有志で構成される「狂言をみる会」から呼ばれて、「狂言共同社」の狂言をラボ・テューター、ラボっ子らとみる前に、主にはラボっ子対象に語った講話をまとめたもの。この話は二十五分ほどのものにつき、削除や圧縮は殆ど行なっていない。なお一九七九年八月と言えば、第三部所収の「谷川雁のテック時代略年譜」をみてもらえばわかる通り、四月二十四日に専務を解任された後大混乱の末に同年七月、ラボの夏活動（国際交流や全国各地でのキャンプ展開等）の円滑な遂行のためにも大河内一男財団会長裁定により解任が一旦「凍結」されていた時期である。その先はもう一つ見渡せなかったとしても一応は小康状態を保っていたので、谷川雁にもある種の余裕があればこそ、愛好してやまない狂言をラボ関係者と共にみることができる会に黒姫から馳せ参じたのであろう。無論、中部「狂言をみる会」に集うテューターたちへの親近感が強かったからでもあろうが。

第三部

言語学を一つの手がかりに世界に切り込もうとした谷川雁さん　二〇〇九年十一月七日開催の谷川雁研究会（雁研）主催第一回公開研究会での鈴木孝夫講演記録である。言語学者の鈴木孝夫がラボ草創期において谷川雁と親しく交流し、雁に言語学の何たるかを手ほどきするとともに世界と日本を貫く言語学の最先端の状況や課題をレクチャーしていたとは、後から思えば驚嘆すべき出来事であり、伝説的出会いと言ってもいいはず。鈴木孝夫もまたテックでの雁のめざましい活躍ぶりには目を見張り、雁の方が三歳年上でもあることから敬服の念を抱いていた。このような意外性の強い秘められた（？）二人の相関、共同関係を、編者がラボ教育センター在職中に鈴木孝夫先生（筆者にとってはやはり何時でも何処でも「先生」なのだ）からお聞きして大いに驚きかつ感じ入るところであったので、編者がラボ退職後雁研を立ち上げた際には鈴木先生に特別顧問を引き受けていただいた次第だ。その上で、雁研第一回公開研究会にて谷川雁との共同関係の実相と雁が日本の言語学活性化に果たした役割と意義について語っていただき、その講演記録を雁研機関誌『雲よ』第三号に掲載したという成行きである。本稿はその転載。

ラボ・パーティ誕生時の朝日新聞広告　一九六六年三月二十七日付の全面広告。この下段に二五八教室の紹介が付されているが割愛。いずれにせよ、ラボ教育センターとラボ・パーティ発足宣言時にすでに首都圏全域に二五八もの教室（当時はこう呼んでいたのだ）を生み出していたのだから、おそるべき組織力、「工作」力というべきだろう。いくら時代がちがうとはいえ、だ。

〝二ヵ国語時代〟来たる（上・下）　毎日新聞の谷川雁インタビュー記事　一九六六年八月九日、十日と連載された記事。谷川雁が「私は詩を書かないと宣言しました」と語るところから何故ラボの言語教育運動に賭けるかをかなり率直に自ら明かしているすこぶる貴重な記事につき収録した。

（松本輝夫）

解説兼編集後記

松本輝夫

ほんの数年前までは谷川雁の「沈黙時代」とか「空白期」と言われていた彼のテック時代（ラボ草創期）の言霊を集成した一巻がついに刊行となった。これは筆者が『谷川雁　永久工作者の言霊』（平凡社新書）を刊行した時（二〇一四年五月）以来の宿題、さらに言えば、筆者がラボ教育センターを退職後（雁とちがって円満退社です、念のため）谷川雁研究会（雁研）を立ち上げた時（二〇〇九年四月）以来、諸条件の成熟を待ちながら何としても果たすべき最大の仕事の一つであり続けてきただけに嬉しい限りだ。しかもこの発刊には事前の格別なご支援・ご協力を具体的に寄せてくださった数多くの皆さんの共同の意思が働いており、いわば運動としての出版となって、これは何よりも「共同」を重んじて生き、かつ表現し活動した谷川雁に最もふさわしい刊行となったわけで感無量でもある。

あるいは、もっと遥かに遡れば、筆者は谷川雁と学生時代に筑豊・中間で出会ったことが機縁で、その六年後の一九六九年秋、当時雁が経営の中枢にいたテック（ラボ教育センター）に入社したのだが、入社と同時にその頃著しく弱体化し少数組合となっていたテック労組に敢えて加入したため、いきなり雁とは対立関係の渦に巻き込まれる仕儀となり、以後十年近く雁と闘う立場にいたのだが、そうした時期でさえも筆者が密かに期することがあり続けた。それは、テック経営者、とりわけ労務政策責任者としての雁には許しがたい過剰や不足があるので労組員の一員としての立場は貫くが、ラボ教育運動に賭ける雁の大志や哲学、熱意や献身ぶりにはただならぬものがあるので、テック労組員として対立関係にある限り遠望するほかないとしても、遠からず時代と状況が大きく反転し雁との関係性が変わる時節、あるいは反対に労組が解体して筆者自身が早期に退社せざるをえなくなる時期のいずれかが到来するにちがいなかろうから、その時には、どうみても「沈黙」などしていない雁のことばや活動ぶりを自分がまとめて紹介し、書いてやろうとの野望というか魂胆である。

しかも、なぜか、この役割、この使命は世界中を見渡しても他ならぬこの自分にしか果たせないとの妙な思い込みがあり続けたのである。若気の至りなどというレベルを越えて奇態にしてそれこそ過剰な妄念だが、この野心が変わることはなかった。テック時代の雁についてはテック労組初代委員長だった平岡正明の雑文があるが、殆ど読むに堪えない低劣な漫談みたいなものでしかなかったことも一因となっていたように思う。だからこそ労組員差別政策の一環として見せしめ的に印刷業務に回されて衆人環視の中輪転機を回していた一年八ヵ月ほどの期間も、ゲステットナー輪転機の回転音をＢＧＭとしながら最もよく読んでいたのはラボ以前の雁の著作であるとともにラボで機関誌や社内報等に掲載された雁の文章なのであった。こうであれば会社側も「仕事中に本を読むのはやめろ」とは言いにくいであろうとの計算もあったことは間違いないが、とにかく輪転機の快い音調と雁の癖のある文章とは霊妙に相性が好かったのである。仕事上の差別をうけつつ雁の言霊がますます気に入る行くたてでもあった。

そして、いつの日にか使うこともあろうと予感しつつ入手した文章等は必ず大切に保管する癖もつけていった。何故こんなことを延々と書くかと言えば、実は今回の一巻に収録した雁の文章等は全てその頃からのコレクションだからである。別に威張るわけではないが、本書刊行に際して今のラボ教育センターから提供を受けたものは一編たりともないし、その必要がなかったということである。この言い方が今のラボ教育センターの名誉を多少なりとも傷つけることを心から恐れるが、そんな意図は毛頭あろうはずもない。ただ述べたいのは、本書にはそれだけの年季が入っているということであり、その分幾星霜を経ての今回の結実には万感胸に迫るものがあるということに他ならない。

さて、その上で、なぜそこまでテック時代の雁の言霊を残すことに執着しつづけたのであろうか。テック時代に限らず雁の散文について、一九六〇年代前半の一時期は雁の盟友であり、かつ先に逝った雁に対して最後まで「好意ある悪口が通じる」（熊本近代文学館報第62号）仲だったことを懐かし気に語る吉本隆明が、しかし厳しい批判を行なっていることはよく知られていよう。「わたしはまたかれ（雁）の書く散文に昔から不服を感じていた。いつも背後で政治運動だとか労働者運動だとか表現運動だとかを想定しなければならないかれの散文は独立していない文章だというのが、わたしの言い分だった」と雁の死を悼んだ文（「詩人的方法での『実践』」）でも書いているが、この「言い分」を吉本ならではの「不服」として百％理解するとしても、雁の散文の価値、とりわけ本書所収の散文群の価値はいささかも減じるものではあるまい。

なぜなら本書のどのページを開けても雁がラボを通して日本全体の言語教育のありよう、さらには教育全般、そして子ども論、物語論等に新たな切り込みをかけようとしていたのは明白であり、そうである限りすこぶる普遍性のある言説ともなっているからだ。たとえば「（ラボ・パーティの現場から）すぐれた例として報告される活動は、ほとんどの場合一人の子どもの事例ではなく大勢のグループの例であることに私たちは気がついた。教育とはグループの力による、ある働きのことだという考え方は私たちを明るい心持ちにする」（「十代への手紙」）とか「何のためにテーマ活動をするのか。人間のことばのはたらきを人間の生きるよろこびに結びつけようということ以外にテーマ活動の目的はありません」（「三人一組の語り」）、「また方法論として表現しますと人間を〈物語的存在〉としてとらえたということでしょう。断片ではなくて全体、分析ではなくて総合、法則ではなくて自然、解説ではなくて感動……」（「〈物語〉を心のものさしに」）等々、「テーマ活動」といったラボ固有の用語をさしかえれば、ラボに限らず真っ当な教育活動に携わる広範な人士や情理兼ね備えた読書人からあまねく共感される内容ではなかろうか。

谷川雁が実際に文章を書いたり、講演した時彼の目の前にあり続けたのがラボ・テューターでありラボっ子だったとしても雁の眼差しと大志はその彼方、つまりは普遍（日本全体、そして世界）に向けられていたのである。むしろラボという具体性、個別の現場に深く心身を根付かせて思念し、発言した方がはるかに鋭く普遍に迫れるのだというふうに。吉本が指摘するようにラボに限らず雁の散文は諸々の運動と一体不可分のものが多く、散文としての「独立」性が希薄なのかもしれないが、しかし、それゆえにこそむしろ肉感的迫力とリアリティが濃厚であり不滅なのだとうけとめるべきではなかろうか。併せて個々の運動なり闘争なりの得難い史料的価値も保ち得ているのではなかろうか。

本書を通して、谷川雁のそうした特長をもつ散文や講演録の魅力と醍醐味、ラボという個別にとことんこだわったからこそ熱く普遍性の核に触手している雁の言霊と交わって「知性というものの最高の姿」（「二つの力で大いなる渦を」）を感受してくだされば幸甚の至りだ。

ダメ押し的になるかもしれないが、もう一つ普遍性に溢れた言霊をやや長いが引用しておこう。「そしてテックは、外国語習得という一見地味な努力を通して、企業とその成員にたいして、能動的に感応する世界と人間の像を知覚させていかなければならない。ともあれテックの企業内教育で、システムとしての一定の形式性は得られたが、外国語習得という場において人間的感動をひきだすことにまで成功するに至っていないことは明らかである。したがって、これを口先で説得しようとしても問題にならない。感動の理論ではなく、感動の事実をつくらねばならない。そのためにはどうしなければならないか。何よりもまず我々が小さな事実に感動する人間でなければならない。他人の感動を味わうことのできる人間でなければならない。その感動を運んでゆき、まざまざと伝えることのできる人間でなければならない。我々の信仰や主義はさまざまであり、そうであってよいが、言語習得に対するQuaker（震える人〉であるという一点においては断乎結集しなければならないのだ」（「学在自得」の実現）……ビジネスとして各企業での社員の英語研修を引き受けつつ「人間的感動をひきだす」プログラム創出に向けて苦しんでいたテックの責任者として、一方でグループ内で新たに擡頭してきたラボ教育センターの画期的成功、「学はみずから得るにあり」の実現過程を踏まえながらの企業内教育担当スタッフへの激励メッセージだが、これまた個別に即して普遍に迫る言霊となっていよう。

そして、ここで言われている「感動の理論ではなく感動の事実」の集合体、運動体としてのラボ・パーティのさらなる発展に向けて、雁は総力を傾けていくのである。「ほんとうにラボの活動を感動の体系にして、なにか人間が人間の魂を揺り動かしていく、その物語に揺り動かされたこどもがおとなをまた揺り動かす、そしてまた我々が揺り動かされ、だれかに伝えていく」（「たくさんの物語とは」）そのような「感動の体系」としてのラボ・パーティ運動の質量共なる充実に全エネルギーを注ぎこんでいくのである。本書のメインタイトルを『〈感動の体系〉をめぐって』とした所以でもある。「感動」という言葉自体は今や使い古され、安っぽくさえなっていようが、「感動の体系」という言い方は異色であり、雁ならではの言語感覚の冴えが認められるので、アーツアンドクラフツの小島社長と共にこれで決まりとした次第だ。

谷川雁がめざした「革命」とは、つまるところ「命」を革める意味での革命であり、だからこそ政治革命優先主義ではなく文化革命、教育革命を必須とし前提とする革命運動を構想し、そのために粉骨砕身したのだが、「命」を革める可能性とはとりもなおさず「感動の体系」と近接した地点に拓かれるものに他なるまい。そして、さらに言えば、雁が「まる三年の業火」（「献花」）と書いた大正炭鉱闘争を大正行動隊、大正鉱業退職者同盟の仲間達と連帯しながら闘争終結、自力住宅建設運動開始に至るまで共にできたのもその闘争過程が「感動の体系」にもなり得ていたからにちがいない。この闘争においては子どもたちが主役ではないので「ここに酒あり」と同義だと言ってもいい。

思えば、雁の変転極まりない人生全体をおさえかえすならば、「人間＝物語的存在」論を自ら絵に描いたように実践した壮大なる「感動の体系」であったと言うこともできるだろう。その大いなる一点においては雁は紛れもなく「連続」しているのである。


さて、その上で、本書全体にちりばめられている雁がラボ草創期に抱いた大志、織り成した夢と構想はその後どうなったといえるのだろうか。「しかし文化の根源を、こどもの魂のなかでたがやそうとするこの運動は、長い長い時間に耐えなければなりません。いまのこどもたちがテューターになり、そのこどもたちがまたテューターになり、回帰してはのびるはるかな連鎖が、私たちを永遠の無名に送りこむとき、私たちのひとりひとりが、先駆者としての大きな意味をもつことになるのではないでしょうか。その水平線を見つめるまなざしを失わないようにしたいものです」と本書巻頭に掲載した文章（「こどもたちの意識の根を強くおおらかに育てよう」）の締めくくりでも記している通り、雁は相当に長いスパンでラボに託した夢の実現を考えていたことはまちがいないし、おそらく活動できる限りラボで人生を全うした上で、夢の実現を次代にバトンタッチするつもりでいたにちがいない。勿論雁の在職中に言語（学）研究誌『ことばの宇宙』創刊やチョムスキー、ヤコブソン招聘、物語テープの次々の発刊、ラボランド開設やラボ国際交流開始等々実現した夢や構想が多々あるし、何よりも「感動の体系」としてのラボ・パーティを全国津々浦々につくることができたことが最大の収穫であり喜びでもあったはずだ。

その上で「ラボが出来た！」との確かな手応えを一九七五年十一月二日夜には実感して当時の社長・榊原陽と固く握手までして祝福し合っているのだから、雁のラボ人生はひとまず充足していたといってもいいくらいではある。

しかしながら、それから程経ずしてその榊原と経営方針、教育運動方針、ラボ・テープのつくり方等殆ど全ての問題において溝が生じて、七九年四月二十四日に雁は解任されることになるのだから、皮肉と言えば皮肉な「物語」展開といわねばならない。雁のグリム作品、『国生み』の制作仕方や「むさし学堂」「ラボっ子土曜講座」等があまりに雁的すぎた（だからこそラボ・テープの質、教育活動の質は益々高まったのだが）ことへの榊原らの反発が雁が思っていた以上に強くなった結果でもあろう。榊原らからすれば、株式会社形態をとって展開している教育事業体の業務レベルをはるかに逸脱した芸術的遊び事、あるいは採算を度外視したあまりに高級すぎる教育プロジェクトとも思えたにちがいない。

いずれにせよ、雁のラボ人生は、これを機に中断され、無念の思いを深く抱きながら雁は八〇年九月にはラボから正式に去ることが余儀なくされた推移だ。そのような雁であるから退社後しばらくは組織分裂策動にいそしむことになるが、これまた雁が期待していたほどの吸引力とはならず（当時のラボ中枢がテューター組織とよく連携・協力して分裂策動からラボを守り抜いたということであり、この功績は大きい。もう一つ、榊原陽らによる分裂策動に対しても断乎たる対応を貫いた）雁からすれば、多分残念な規模で「十代の会」「ものがたり文化の会」設立へと向かうことになる。そして雁からすれば当然のことながらラボ時代は、それらの活動の「前史」化されることになる。

今から振り返れば、その後のラボでも何とか雁を活かして、雁が描いた比類なき夢と構想をラボでこそ共に実現に向けて活動できなかったものかと個人的には思わないでもないが、当時の代表取締役両名の対立・衝突から生じた組織混乱の被害と傷はあまりに大きく、その責任は両名それぞれに負わせる（両名ともやめてもらう）以外に事態克服への選択肢はなかったのである。さらにいえば、おそらく雁のなかでも『国生み』制作・刊行でラボにおける役割は完了したのではなかったか。それほどに至高・無類のラボ物語テープ（ラボ・ライブラリー）を残してくれたということであり、あの作品で雁はラボにおいて完全燃焼しきれたと断言してもいいくらいなのだ。その数年後から宮沢賢治一本の活動に邁進していったのは雁にとっても宮沢賢治にとっても望ましい成行きであったとも。

一方その後のラボでは、雁が夢みていた「いまのこどもたちがテューターになり」などということはごくあたりまえの現実となり、親子二代どころか祖母・母親・娘（息子）の三代がテューター、ラボっ子といったファミリーも少なからず生まれているように着実な歩みを刻んできている。とはいえ、かくいう筆者もラボを離れてすでに九年の歳月が流れているので、ラボの現状そのものについてコメントすることはできないし、なすべきではない。ただ一言、今の時代にラボのような教育活動を継続するのは筆者が在籍していた頃よりもはるかに難しくなっているはずのところ立派に守り続けてくれていることに対して、それだけで満身の評価と敬服に値するとだけは申し上げておきたい。

そして今回、本書出版に際して「協力」意思を表明してくれたことに心から感謝する次第だ。ラボ草創期における雁の散文や発言、講演録等は「職務著作」にあたるもので、うるさいことをいえば版権は今のラボ教育センターに属しているはずにつき、ラボ教育センターの「協力」は不可欠だったにちがいない。寺嶋社長をはじめ現役員会の皆さんに重ねて御礼申し上げたい。

またこれに関連して一言。谷川雁とラボとは、いわばケンカ別れしたようにうけとめられていようが、実はさにあらず。第三部所収の雁のテック時代略年譜をご覧いただければ瞭然とするはずだが、ラボと雁とは雁らが制作したラボ・テープの著作権をめぐって裁判でも争ったことは事実であるものの、その過程でのやりとりを通して（筆者も当時若年ながら会社代表の一人として出廷）互いに和解することが互いにとってベストと合意し大局的見地に立って正真正銘心から「和解」したのである。これにより雁らが制作に関わったラボ・テープ（今は「ラボ・ライブラリー」）は全てラボが専有的に使用することが確認された次第だ。それをうけて雁らは宮沢賢治一本の活動に向かっていくことになったのであり、つまりは互いの活動領域の「棲み分け」を行ない、共生していくことが合意されたのである。ついでに言えば、ラボで宮沢賢治作品をラボ・ライブラリーとして制作することが決まった際、一番始めに前提として確認したのは、「ものがたり文化の会」ですでに刊行している賢治作品はあらかじめ候補作品から除外するということであった。ラボと雁とはずうっと対立関係のままと受け止めている向きがあるとすれば、この際再考願いたいところでもある。

さて、縷々書いてきた通り様々な意味で難産ではあったが、ここに晴れて本書を刊行できたのには多くの方々の惜しみないご支援、ご協力がありました。

まずは、この解説兼編集後記の冒頭でも記した通り本書刊行に際しては事前に一定の資金を用意する必要があり、これをどう調達するかで、あれこれ思案しながら苦しんでいたところ、今どき破格の支援を名乗り出て、かつ即実行してくれた北野辰一さん（筆者のラボ在職中からのかなり年下の盟友であり谷川雁研究会発起人。劇団「藝術交響空間◎北辰旅団」主宰、「小田実を読む」発起人、兵庫県西宮市在住）。彼からの名乗りと一定の基金がなければ、心ある方たちから購読予約金を事前に受付けるという「運動としての出版」に踏み切る決断が難しかったであろうから、筆者からすれば救いの神であり、大いなる天佑であった。天界からの永久工作者・谷川雁の「工作」の賜物と本気でそう受けとめた次第でもある。この場も借りて改めて心から感謝します。

そして、本年九月初頭に「事前の刊行協力要請趣意書・目次一覧」を書いて配信した際、これに応じてくださった数多くの皆さん。筆者が主宰する雁研、鈴木孝夫研究会に集う方たち、筆者が参加する筑豊・川筋読書会の皆さん、そしてラボ教育センターとラボ・テューターの皆さん（元テューターの方たちも含めてです）等々実に多くの方たちが協力してくださり、版元を困らせることのない基盤をつくることができました。この「運動としての出版」が可能となり、実際に本書が出版に至ったプロセス自体も「感動の体系」と名付けることができるでしょう。皆さんお一人ひとりの笑顔（これまでに会ったことのない人も少なくないのですが）を思い浮かべつつ改めて御礼申し上げます。

本書を編むにあたって雁の文章類は筆者のコレクションで間に合ったのですが、第二部に掲載した講演記録編集では、矢部顕さん（同じく筆者のラボ在職中からのほんの少し年下の盟友で、雁研、鈴木孝夫研究会会員、岡山市在住の「定年帰農」者でもある）の格別な協力を得ました。何十年も前の貴重な音声資料を大事に保管しておいてくれたおかげで、今回文字通り幻の雁の講演録が三編も日の目をみることになったのですから有難い限りです。このテープ起こし稿から使える文字データへの手入れには地獄の苦しみと膨大な時間、エネルギーを費やすことになりましたが、今となっては至福の時間と思えるようになっています。いつもながらの惜しみない協力に心から感謝します。

また第三部所収の「言語学を一つの手がかりに世界に切り込もうとした谷川雁さん」講演録の転載を快諾してくださった鈴木孝夫先生にも改めて感謝いたします。

最後になりましたが、出版事情が年々厳しくなる一方の当今において、本書刊行を喜んで引き受け、様々な相談にも快く応じてくださったアーツアンドクラフツの小島雄社長に厚く御礼申し上げます。表紙を野見山暁治氏の絵で飾るとの案は小島社長からで、谷川雁が『国生み』と同じくらいに精魂傾けて再話・制作したラボ・ライブラリ―『ひとうちななつ』（四編のグリム童話から）の絵を担当したのが野見山氏であることからして、今は天界に遊ぶ谷川雁の御霊もさぞ喜んでくれることでしょう。

二〇一七年十二月八日

松本輝夫（まつもと・てるお）

1943年、石川県生まれ。東京大学文学部国文科卒。在学中に筑豊で谷川雁と出会い、69年、谷川雁のテック（ラボ）に入社。81年までは、仕事の傍ら労働組合活動に従事。以後ラボ教育センター本部長、常務等を経て、同センター会長。退社後、2009年谷川雁研究会を起こし、機関誌「雲よ」を発行。また2010年春より鈴木孝夫研究会を起こし代表を務める。主な著作に『谷川雁　永久工作者の言霊』（平凡社新書）や論考「保田與重郎覚書」（有精堂『日本浪漫派』所収）、「鈴木孝夫論」（冨山房インターナショナル『鈴木孝夫の世界』所収）など。近年は沖縄発の季刊誌『脈』に谷川雁関連の論考を多数発表。

〈感動《かんどう》の体系《たいけい》〉をめぐって
――谷川雁　ラボ草創期の言霊
2018年1月20日　第1版第1刷発行

編者◆松本輝夫《まつもとてるお》
協力◆ラボ教育センター
発行人◆小島　雄
発行所◆有限会社アーツアンドクラフツ
東京都千代田区神田神保町 2-7-17
〒101-0051
TEL. 03-6272-5207　FAX. 03-6272-5208
http://www.webarts.co.jp/
印刷　シナノ書籍印刷株式会社

落丁・乱丁本はお取り替えいたします。
ISBN978-4-908028-23-6　C0037